醒世恒言

會校本

下

〔明〕馮夢龍 編著
李金泉 點校

上海古籍出版社

打罵飢寒渾
不免人前一
樣叫娘親

昧心曉母尚如
豹只為親兒起
毒謀

第二十七卷　李玉英獄中訟冤

人間夫婦願白首，男長女大無疾疢。男娶妻兮女嫁夫，頻見森孫會行走。若還此願遂心懷，百年瞑目黄泉臺。莫教中道有差跌，前妻晚婦情離乖。晚婦狠毒勝蛇蝎，枕邊譖語無休歇。自己生兒似寶珍，他人子女遭磨滅。飯不飯兮茶不茶，蓬頭垢面徒傷嗟。君不見，大舜歷山終夜泣，閔騫十月衣蘆花。

這篇言語，大抵説人家繼母心腸狠毒，將親生子女勝過一顆九曲明珠，乃希世之寶，何等珍重。這也是人之常情，不足爲怪。單可恨的，偏生要把前妻男女百般凌虐，糞土不如。若年紀在十五六歲，還不十分受苦，縱然磨滅，漸漸長大，日子有數。惟有十歲内外的小兒女，最爲可憐。然雖如此，其間原有三等。那三等？

第一等乃富貴之家，幼時自有乳母養娘伏侍，到五六歲便送入學中讀書。况且親族蕃盛，手下婢僕，耳目衆多，尚怕被人談論，還要存個體面，不致有饑寒打駡之苦。或者自生得有子女，要獨吞家業，索性到弄個斬草除根的手段，有詩爲證：

焚廩捐階事可傷，申生遭謗伯奇殃。
後妻煽處從來有，幾個男兒肯直腸。

第二等乃中户人家，雖則體面還有，料道幼時未必有乳母養娘伏侍，諸色盡要在繼母手内出放。那饑寒打罵就不能勾免了。若父親是個硬掙的，定然衛護女兒，與老婆反目厮鬧，不許他凌虐。也有懼怕丈夫利害，背着眼方敢施行。倘遇了那不怕天，不怕地，也不怕羞，也不怕死，越殺越上的潑悍婆娘，動輒便拖刀弄劍，不是刎頸上吊，定是奔井投河，慣把死來嚇老公，常有弄假成真，連家業都完在他身上。俗語道得好：「逆子頑妻，無藥可治。」遇着這般潑婦，難道終日厮鬧不成？【眉批】説盡没用老婆光景。少不得鬧過幾次，奈何他不下，到只得詐瞎妝聾，含糊忍痛。也有將來過繼與人，也有送去爲僧學道，或托在父兄外家寄養。這還是有些血氣的所爲。

又有那一種横肚腸，爛心肝，忍心害理，無情義的漢子。前妻在生時，何等恩愛，把兒女也何等憐惜，到得死後，娶了晚妻，或奉承他妝奩富厚，或貪戀顔色美麗，或中年娶了少婦，因這幾般上，弄得神魂顛倒，意亂心迷，將前妻昔日恩義，撇向東洋大海。兒女也漸漸做了眼中之釘，肉内之刺。到得打罵，莫説護衛勸解，反要加上一頓，取他的歡心。常有後生兒女都已婚嫁，前妻之子尚無妻室。公論上説不去時，胡亂娶個與他，後母還千方百計，做下魘魅，要他夫妻不睦。若是魘魅不靈，便打兒子，罵媳婦，攛掇老公告忤逆，赶逐出去。那男女之間，女兒更覺苦楚。孩子家打過了，或向學中攻書，或與鄰家孩子們頑耍，還可以消遣。做了女兒時，終日不離房户，與那夜叉婆擠做一塊，不住脚把他使唤，還要限每日做若干女工。做得少，打駡自不必説。及至趲足了，却又嫌好道歉，也原脱白不過。生下兒女，恰像寫着包攬文書的，日夜替他懷抱。倘若啼哭，便道是不情願，使性兒難爲他孩子。偶或有些病症，又道是故意驚嚇出來的。就是身上有個蚊蟲疤兒，一定也説是故意放來釘的。更有一節苦處，任你滴水成冰的天氣，少不得向冰孔中洗浣污穢衣服，還要憎嫌洗得不潔净，加一場咒駡。熬到十五六歲，漸漸成人。那時打駡，就把污話來骯髒了。不駡要趁漢，定説想老公。可憐女子家無處伸訴，只好向背後吞聲飲泣。倘或聽見，又道妝這許多妖勢。多少女子當不起恁般羞辱，自去尋了一條死路。有詩爲證：

不正夫綱但怕婆，怕婆無奈後妻何。
任他打駡親生女，暗地心疼不敢訶。

第三等乃朝趁暮食，肩擔之家。此等人家兒女，縱是生母在時，只好苟免饑寒，料道没甚豐衣足食。巴到十來歲，也就要指望教去學做生意，趁三文五文幫貼柴火。若又遇着個兇惡繼母，豈不是苦上加苦。口中吃的，定然有一頓没一頓，擔饑忍餓。就要口熱湯，也須請問個主意，不敢擅專。身上穿的，不是前拖一塊，定是後破一片。受凍捱寒，也不敢在他面前説個冷字。【行側批】説得可憐。那幾根頭髮，整年也難得與梳子相會。胡亂挽個角兒，還不時撏得披頭蓋臉。兩隻脚久常赤着，從不曾見鞋襪面。若得了雙草鞋，就勝如穿着粉底皂靴。專任的是劈柴燒火，擔水提漿。稍不如意，軟的是拳頭脚尖，硬的是木柴棍棒。那咒駡乃口頭言語，只當與他消閒。到得將就挑得擔子，便限着每日要賺若干錢鈔。若還缺了一文，少不得敲個半死。倘肯攛掇老公，賣與人家爲奴，這就算他一點陰騭。所以小户人家兒女，經着後母，十個到有九個磨折死了。有詩爲證：

小家兒女受艱辛，後母加添妄怒嗔。
打駡饑寒渾不免，人前一樣唤娘親。

説話的，爲何只管絮絮叨叨，道後母的許多短處？只因在下今日要説一個繼母謀害前妻兒女，後來天理昭彰，反受了國法，與天下的後母做個榜樣，故先略道其概。這段話文，若説出來時：

直教鐵漢也心酸，總是石人亦淚灑。

你道這段話文出在那裏？就在本朝正德年間，北京順天府旗手衛，有個蔭籍百户李雄。他雖是武弁出身，却從幼聰明好學，深知典籍。及至年長，身材魁偉，膂力過人，使得好刀，射得好箭，是一個文武兼備的將官。因隨太監張永征陝西安化王有功，升錦衣衛千户。娶得個夫人何氏。夫妻十分恩愛。生下三女一男：兒子名曰承祖，長女名玉英，次女名桃英，三女名月英。元來是先花後果的，倒是玉英居長，次即承祖。不想何氏自産月英之後，便染了個虚怯症候，不上半年，嗚呼哀哉。可憐！

留得舊時殘錦繡，每因腸斷動悲傷。

那時玉英剛剛六歲，承祖五歲，桃英三歲，月英止有五六個月。雖有養娘奶子伏侍，到底像小鷄失了鷄母，七慌八亂，啼啼哭哭。李雄見兒女這般苦楚，心下煩惱，只得終日住在家中窩伴。他本是個官身，顧着家裏，便擔閣了公事；到得幹辦了公事，却又没工夫照管兒女。真個公私不能兩盡。捱了幾個月日，思想終不是長法，要娶個繼室，遂央媒尋親。那媒婆是走千家踏萬户的，得了這句言語，到處一兜，那些人家聞得李雄年紀止有三十來歲，又是錦衣衛千户，一進門就稱奶奶，誰個不肯？三日之間，就請了若干庚帖送來，任憑李雄選擇。俗語有云：「姻緣本是前生定，不許今人作主張。」李雄千擇萬選，却揀了個姓焦的人家女兒，年方一十六歲，父母雙亡，哥嫂作主。那哥哥叫做焦榕，專在各衙門打幹，是一個油裏滑的光棍。李雄一時没眼色，成了這頭親事，少不得行禮納聘。不則一日，娶得回家，花燭成親。

那焦氏生得有六七分顔色，女工針指，却也百伶百俐，只是心腸有些狠毒。見了四個小兒女，便生嫉妒之念。又見丈夫十分愛惜，又不時叮囑好生撫育，越發不懷好意。他想道：「若没有這一窩子賊男女，那官職産業好歹是我生子女來承受。如今遺下許多短命賊種，縱掙得潑天家計，少不得被他們先拔頭籌。設使久後也只有今日這些家業，派到我的子女，所存幾何，可不白白與他辛苦一世？須是哄熱了丈夫，然後用言語唆冷他父子，磨滅死兩三個，止存個把，就易處了。」你道天下有恁樣好笑的事。自己方纔十五六歲，還未知命短命長，生育不生育，却就算到幾十年後之事，起這等殘忍念頭，要害前妻兒女，可勝嘆哉！有詩爲證：

娶妻原爲生兒女，見成兒女反爲仇。
不是婦人心最毒，還因男子没長籌。

自此之後，焦氏將着丈夫百般殷勤趨奉。况兼正在妙齡，打扮得如花朵相似，枕席之間，曲意取媚。果然哄得李雄千歡萬喜，百順百依。只有一件不肯聽他。你道是那件？但說到兒女面上，便道：「可憐他没娘之子，年幼嬌癡。倘有不到之處，須將好言訓誨，莫要深責。」焦氏攛唆了幾次，見不肯聽，忍耐不住。一日趁老公不在家，尋起李承祖事過，揪來打罵。不道那孩子頭皮寡薄，他的手兒又老辣，一頓亂打，那頭上却如酵到饅頭，登時腫起幾個大疙瘩。可憐打得那孩子無個地孔可鑽，號淘痛哭。養娘奶子解勸不住。那玉英年紀雖小，生性聰慧，看見兄弟無故遭此毒打，已明白晚母不是個善良之輩，心中苦楚，淚珠亂落。在旁看不過，向前道：「告母親，兄弟年幼無知，望乞饒恕則個。」焦氏喝道：「小賤人！誰要你多言？難道我打不得的麽？你的打也只在頭上滴溜溜轉了，却與別人討饒？」玉英聞得這話，愈加哀楚。

正打之間，李雄已回。那孩子抱住父親，放聲號慟。李雄見打得這般光景，暴躁如雷，翻天作地，鬧將起來。那婆娘索性抓破臉皮，反要死要活，分毫不讓。早有人報知焦榕，特來勸慰。李雄告訴道：「娶令妹來，專爲要照管這幾個兒女，豈是没人打罵，娶來凌賤不成？況又幾番囑付。可憐無母嬌幼，你即是親母一般，凡事將就些，反故意打得如此模樣。」焦榕假意埋冤了妹子幾句，陪個不是，道：「舍妹一來年紀小，不知世故；二來也因從幼養嬌了性子，在家任意慣了。妹丈不消氣得。」又道：「省得在此不喜歡，待我接回去住幾日，勸喻他下次不可如此。」道罷，作別而去。

少頃，雇乘轎子，差個女使接焦氏到家。那婆娘一進門，就埋怨焦榕道：「哥哥，奴總有甚不好處，也該看爹娘分上，訪個好對頭匹配纔是，怎麽胡亂骯髒送在這樣人家，誤我的終身？」焦榕笑道：「論起嫁這錦衣衛千户，也不算骯髒了。但是你自己没有見識，怎麽抱怨别人？」焦氏道：「那見得我没有見識？」焦榕道：「妹夫既將兒女愛惜，就順着他性兒，一般着些疼熱。」焦氏嚷道：「又不是親生的，教我着疼熱，還要算計哩。」焦榕笑道：「正因這上，説你没見識。自古道：『將欲取之，必固與之。』你心下越不喜歡這男女，越該加意愛護。」焦氏道：「我恨不得頃刻除了這幾個冤孽，方纔乾净，爲何反要將他愛護？」焦榕道：「大抵小兒女，料没甚大過失。况婢僕都是他舊人，與你恩義尚疏，稍加責罰，此輩就到家主面前輕事重報，説你怎地凌虐。妹夫必然着意防範，何由除得？他存了這片疑心，就是生病死了，還要疑你有甚緣故，可不是無絲有綫。你若將就容得，落得做好人。撫養大了，不怕不孝順你。」焦氏把頭三四摇道：「這是斷然不成。」

焦榕道：「畢竟容不得，須依我説話。今後將他如親生看待，婢僕們施些小惠，結爲心腹。暗地察訪，内中倘有無心向你，并口嘴不好的，便赶逐出去。如此過了一年兩載，妹夫信得你真了，婢僕又皆是心腹，你也必然生下子女，分了其愛。那時覷個機會，先除却這孩子，料不疑慮到你。那幾個丫頭，等待年長，叮囑童僕們一齊駕起風波，只說有私情勾當。妹夫是有官職的，怕人耻笑，自然逼其自盡。是恁様陰陽勸做去，豈不省了目下受氣？又見得你是好人。」【眉批】焦榕更惡，有其兄宜有其妹。焦氏聽了這片言語，不勝喜歡道：「哥哥言之有理。是我錯埋怨你了。今番回去，依此而行。倘到緊要處，再來與哥哥商量。」

不題焦榕兄妹計議。且說李雄因老婆凌賤兒女，反添上一頂愁帽兒，想道：「指望娶他來看顧兒女，却到增了一個魔頭。後邊日子正長，教這小男女怎生得過？」【眉批】李雄還是有人心的，但七出之條，明有妒去，何不舉行？左思右算，想出一個道理。你道是什麽道理？元來收拾起一間書室，請下一個老儒，把玉英、承祖送入書堂讀書，每日茶飯俱着人送進去吃，直至晚方纔放學。教他遠了晚娘，躲這打駡。那桃英、月英自有奶子照管，料然無妨。常言：「夫妻是打駡不開的。」過了數日，只得差人去接焦氏。焦榕備些禮物，送將回來。焦氏知得請下先生，也解了其意，更不道破。這番歸來，果然比先大不相同，一味將笑撮在臉上，調引這幾個小男女，親親熱熱，勝如親生。莫説打駡，便是氣兒也不再呵一口。待婢僕們也十分寬恕，不常賞賜小東西。大凡下人，肚腸極是窄狹，得了須微之利，便極口稱功誦德，歡聲溢耳。李雄初時甚覺奇異，只道懼怕他鬧炒，當面假意殷勤，背後未必如此。幾遍暗地打聽，冷眼偷瞧，更不見有甚别樣做作。過了年餘，愈加珍愛。李雄萬分喜悦，想道：「不知大舅怎生樣勸喻，便能改過從善如此。可見好人原容易做的，只在一轉念耳。」從此放下這片肚腸。夫妻恩愛愈篤。

那焦氏巴不能生下個兒子。誰知做親二年，尚没身孕。心中着急，往各處寺觀庵堂，燒香許願。那菩薩果是有些靈驗。燒了香，許過願，真個就身懷六甲。到得十月滿足，生下一個兒子，乳名亞奴。你道爲何叫這般名字？元來民間有個俗套，恐怕小兒家養不大，常把賤物爲名，取其易長的意思，因此每每有牛兒狗兒之名。那焦氏也恐難養，又不好叫恁般名色，故只唤做亞奴，以爲比奴僕尚次一等，即如牛兒狗兒之意。李雄只道焦氏真心愛惜兒女，今番生下亞奴，亦十分珍重。三朝滿月，遍請親友吃慶喜筵宴，不在話下。

常言説得好：「只愁不養，不愁不長。」眨眼間，不覺亞奴又已周歲。那時玉英已是十齡，長得婉麗飄逸，如畫圖中人物，且又賦性敏慧，讀書過目成誦，善能吟詩作賦。其他描花刺繡，不教自會。兄弟李承祖，雖然也是個聰明孩子，到底赶不上姐姐，曾詠緑蕚梅，詩云：

并是調羹種，偏栽碧玉枝。
不誇紅有艷，兼笑白無奇。
蕊綻鶯忘啄，花香蝶未窺。
隴頭羌笛奏，芳草總堪疑。

因有了這般才藻，李雄倍加喜歡，連桃英、月英也送入書堂讀書。又嘗對焦氏說道：「玉英女兒，有如此美才，後日不捨得嫁他出去，訪一個有才學的秀士入贅家來，待他夫婦唱和，可不好麽？」焦氏口雖贊美，心下越增妒忌。

正要設計下手，不想其年乃正德十四年，陝西反賊楊九兒據皋蘭山作亂，累敗官軍，地方告急。朝廷遣都指揮趙忠充總兵官，統領兵馬前去征討。趙忠知得李雄智勇相兼，特薦爲前部先鋒。你想軍情之事，火一般緊急，可能勾少緩？半月之間，擇日出師。李雄收拾行裝器械，帶領家丁起程。臨行時，又叮囑焦氏，好生看管兒女。焦氏答道：「這事不消分付。但願你陣面上神靈護祐，馬到成功，博個封妻蔭子。」夫妻父子正在分別，外邊報：「趙爺傳令教場相會。」李雄灑淚出衙。急急上馬，直至教場中演武廳上，與諸將參謁已畢。朝廷又差兵部官犒勞，三軍齊向北闕謝恩，口稱萬歲三聲。趙爺分付李雄帶領前部軍馬先行。

李雄領了將令，放起三個轟天大砲，衆軍一聲吶喊，遍地鑼鳴，離了教場，望陝西而進。軍容整肅，器仗鮮明。一路上逢山開徑，遇水叠橋。不則一日，已至陝西地面，安營下寨，等大軍到來，一齊進發。與賊兵連戰數陣，互相勝負。到七月十四，賊兵挑戰，趙爺令李雄出陣。那李雄統領部下精兵，奮勇殺入。賊兵抵擋不住，大敗而走。李雄乘勝追逐數里。不想賊人伏兵四起，團團圍住，左衝右突，不能得脱，外面救兵又被截斷。李雄部下雖然精勇，終是衆寡不敵，鏖戰到晚，一軍盡没。可憐李雄蓋世英雄，到此一場春夢。正是：

正氣千尋横宇宙，孤魂萬里占清寒。

趙忠出征之事，按下不題。却説焦氏方要下手，恰好遇着丈夫出征，可不天凑其便。李雄去了數日，一乘轎子，擡到焦榕家裏，與他商議。焦榕道：「據我主意，再緩幾時。」焦氏道：「却是爲何？」焦榕道：「妹夫不在家，死了定生疑惑。如今還是把他倍加好好看承。妹夫回家知道，越信你是個好人。那時出其不意，弄個手脚，必無疑慮，可不妙哉！」焦氏依了焦榕説話，真個把玉英姊妹看承比前又勝幾分，終日盼望李雄得勝回朝。

誰知巴到八月初旬，陝西報到京中，説七月十四日與賊交鋒，前部千户李雄恃勇深入，先勝後敗，全軍盡没。焦榕是專在各衙門打幹的，早已知得這個消息，吃了一驚，如飛報于妹子。焦氏聞説丈夫戰死，放聲號慟。那玉英姊妹猶爲可憐，一個個哭得死而復蘇。焦氏與焦榕商議，就把先生打發出門，合家挂孝，招魂設祭，擺設靈座。親友盡來吊唁。那時焦氏將臉皮翻轉，動輒便是打駡。又過了月餘，焦氏向焦榕道：「如今丈夫已死，更無别慮，動了手罷。」焦榕道：「到有個妙策在此，不消得下手。只教他死在他鄉外郡，又怨你不着。」焦氏忙問：「有何妙策？」焦榕道：「妹夫陣亡，不知尸首下落。再捱兩月，等到嚴寒天氣，差一個心腹家人，同承祖去陝西尋覓妹夫骸骨。他是個孩子家，那曾經途路風霜之苦，水土不服，自然中道病死。【眉批】好計，好計！設或熬得到彼處，叮囑家人撇了他，暗地自回。那時身畔没了盤纏，進退無門，不是凍死，定然餓死。這幾個丫頭，饒他性命，賣與人爲妾作婢，還值好些銀子。豈非一舉兩得。」【眉批】立此心腸，當入阿鼻地獄。〔一〕焦氏連稱有理。

耐至臘月初旬，焦氏唤過李承祖説道：「你父親半世辛勤，不幸喪于沙場，無葬身之地。雖在九泉，安能瞑目？昨日聞得舅舅説，近日趙總兵連勝數陣，賊兵退去千里之外，道路已是寧静。我欲親往陝西尋覓你父親骸骨歸葬，少盡夫妻之情。又恐我是個少年寡婦，出頭露面，必被外人談耻，故此只得叫家人苗全服事你去走遭。倘能尋得回來，也見你爲子的一點孝心。行裝都已準備下了，明早便可登程。」承祖聞言，雙眼流淚道：「母親言之有理，孩兒明早便行。」玉英料道不是好意，大吃一驚，乃道：「告母親：爹爹暴棄沙場，理合兄弟前去尋覓。但他年紀幼小，道途跋涉，未曾經慣。萬一有些山高水低，可不枉送一死？何不再差一人，與苗全同去，總是一般的。」焦氏大怒道：「你這逆種！當初你父存日，將你姊妹如珍寶一般愛惜。如今死了，就忘恩背義，連骸骨也不要了。你讀了許多書，難道不曉得昔日木蘭代父征西，緹縈上書代刑？這兩個一般也是幼年女子，有此孝順之心。你不能勾學他恁般志氣，也去尋覓父親骸骨，反來阻當兄弟莫去。况且承祖還是個男兒，一路又有人服事，須不比木蘭女上陣征戰，出生入死，那見得有什麽山高水低，枉送了性命？要你這樣不孝女何用！」【眉批】是不達道理人，偏會說話，偏要牽扯道理。一頓亂嚷，把玉英羞得滿面通紅，哭告道：「孩兒豈不念爹爹生身大恩，要尋訪尸骸歸葬？止因兄弟年紀尚幼，恐受不得辛苦。孩兒情願代兄弟一行。」焦氏道：「你便想要到外邊去游山玩景快活，只怕我心裏還不肯哩。」

當晚玉英姊妹擠在一處言別，嗚嗚的哭了半夜。李承祖道：「姐姐，爹爹骸骨暴棄在外，就死也說不得。待我去尋覓回來，也教母親放心，不必你憂慮。」到了次早，焦氏催促起程。姊妹們灑淚而別。焦氏又道：「你若尋不着父親骸骨，也不必來見我。」李承祖哭道：「孩兒如不得爹爹骨殖，料然也無顏再見母親。」苗全扶他上了生口，徑出京師。

你道那苗全是誰？乃焦氏帶來贈嫁的家人中第一個心腹，已暗領了主母之意，自在不言之表。主僕二人離了京師，望陝西進發。此時正是隆冬天氣，朔風如箭，地上積雪有三四尺高。往來生口，恰如在綿花堆裏行走。那李承祖不上十歲的孩子，況且從幼嬌養，何曾受這般苦楚。在生口背上把不住的寒顫，常常望着雪窩裏攧將下來。在路曉行夜宿，約走了十數日。李承祖漸漸飲食減少，生起病來，對苗全道：「我身子覺得不好，且將息兩日再行。」苗全道：「小官人，奶奶付的盤纏有限，忙忙趲到那邊，只怕轉去還用度不來。路上若再擔閣兩日，越發弄不來了。且勉强捱到省下，那時將養幾日罷。」李承祖又問：「到省下還有幾多路？」苗全笑道：「早哩。極快還要二十個日子。」李承祖無可奈何，只得熬着病體，含淚而行。有詩爲證：

可憐童稚離家鄉，匹馬迢迢去路長。
遥望沙場何處是？亂雲衰草帶斜陽。

又行了兩日，李承祖看看病體轉重，生口甚難坐。苗全又不肯暫停，也不雇脚力，故意扶着步行，明明要送他上路的意思。又捱了半日，來到一個地方名喚保安村。李承祖道：「苗全，我半步移不動了，快些尋個宿店歇罷。」苗全聞言，暗想道：「看他這個模樣，料然活不成了。若到店客中住下，便難脱身，不如撇在此間，回家去罷。」乃道：「小官人，客店離此尚遠。你既行走不動，且坐在此，待我先去放下包裹，然後來背你去，何如？」李承祖道：「這也説得有理。」遂扶至一家門首階沿上坐下。苗全拽開脚步，走向前去，問個小路抄轉，買些飯食吃了，雇個生口，原從舊路回家去了。不在話下。

且説李承祖坐在階沿上，等了一回，不見苗全轉來。自覺身子存坐不安，倒身卧下，一覺睡去。那個人家却是個孤孀老嫗，住得一間屋兒，坐在門口紡紗。初時見一漢子扶個小厮，坐于門口，也不在其意。直至傍晚，拿隻桶兒要去打水，恰好攔門熟睡，叫道：「兀那小官人，快起來，讓我們打水。」李承祖從夢中驚醒，只道苗全來了，睁眼看時，乃是那屋裏的老嫗，便掙扎坐起道：「老婆婆有甚話説？」那老嫗聽得語音不是本地上人物，問道：「你是何處來的，却睡在此間？」李承祖道：「我是京中來的。只因身子有病，行走不動，借坐片時，等家人來到，即便去了。」老嫗道：「你家人在那裏？」李承祖道：「他説先至客店中，放了包裹，然後來背我去。」老嫗道：「哎哟。我見你那家人去時，還是上午。如今天將晚了，難道還走不到？想必包裹中有甚銀兩，撇下你逃走去了。」李承祖因睡得昏昏沉沉，不曾看天色早晚，只道不多一回。聞了此言，急回頭仰天觀望，果然日已矬西，吃了一驚，暗想道：「一定這狗才料我病勢漸凶，懶得伏侍，逃走去了。如今教我進退兩難，怎生是好。」禁不住眼中流淚，放聲啼哭。有幾個鄰家俱走來觀看。

那老嫗見他哭得苦楚，亦覺孤恓，倒放下水桶，問道：「小官人，你父母是何等樣人？有甚緊事，恁般寒天冷月，隨個家人行走？還要往那裏去？」李承祖帶淚說道：「不瞞老婆婆說，我父親是錦衣衛千户，因隨趙總兵往陝西征討反賊，不幸父親陣亡。母親着我同家人苗全到戰場上尋覓骸骨歸葬。不料途中患病，這奴才就撇我而逃，多分也做個他鄉之鬼了。」說罷，又哭。衆人聞言，各各嗟嘆。那老嫗道：「可憐，可憐！元來是好人家子息，些些年紀，有如此孝心，難得，難得！只是你身子既然有病，睡在這冷石上，愈加不好了。且闡閫起來，到我鋪上去睡睡，或者你家人還來也未可知。」李承祖道：「多謝婆婆美情。恐不好打攪。」那老嫗道：「說那裏話！誰人没有患難之處。」遂向前扶他進屋裏去。鄰家也各自散了。承祖跨入門檻看時，側邊便是個火炕，那鋪兒就在炕上。老嫗支持他睡下，急急去汲水燒湯，與承祖吃。到半夜間，老嫗摸他身上，猶如一塊火炭。至天明看時，神思昏迷，人事不省。那老嫗央人去請醫診脉，取出錢鈔，贖藥與他吃，早晚伏侍。那些鄰家聽見李承祖病凶，在背後笑那老嫗着甚要緊，討這樣煩惱。老嫗聽見，只做不知，毫無倦怠。這也是李承祖未該命絶，得遇恁般好人。有詩爲證：

家中母子猶成怨，路次閒人反着疼。
美惡性生天壤異，反教陌路笑親情。

李承祖這場大病，捱過殘年，直至二月中方纔稍可。在舖上看着那老嫗謝道：「多感婆婆慈悲，救我性命。正是再生父母。若能掙扎回去，定當厚報大德。」那老嫗道：「小官人何出此言？老身不過見你路途孤苦，故此相留，有何恩德，却説厚報二字。」

光陰迅速，倏忽又三月已盡，四月將交。那時李承祖病體全愈，身子硬掙，遂要別了老嫗，去尋父親骸骨。那老嫗道：「小官人，你病體新痊，只怕還不可勞動。二來前去不知尚有幾多路程，你孤身獨自，又無盤纏，如何去得？不如住在這裏，待我訪問近邊有入京的，托他與你帶信到家，教個的當親人來同去方好。」承祖道：「承婆婆過念，只是家裏也沒有甚親人可來；二則在此久擾，于心不安；三則恁般温和時候，正好行走。倘再捱幾時，天道炎熱，又是一節苦楚。我的病症，覺得全妥，料也無妨。就是一路去，少不得是個大道，自然有人往來。待我慢慢求乞前去，尋着了父親骸骨，再來相會。」那老嫗道：「你縱到彼尋着骸骨，又無銀兩裝載回去，也是徒然。」李承祖道：「那邊少不得有官府。待我去求告，或者可憐我父爲國身亡，設法裝送回家，也未可知。」那老嫗再三苦留不住，又去尋湊幾錢銀子相贈。兩下凄凄慘慘，不忍分別，到像個嫡親子母。臨別時，那老嫗含着眼淚囑道：「小官人轉來，是必再看看老身，莫要竟自過去。」李承祖喉間哽咽，答應不出，點頭涕泣而去；走兩步，又回過頭來觀看。那老嫗在門首，也直至望不見了，方纔哭進屋裏。這些鄰家没一個不笑他是個癡婆子：「一個遠方流落的小廝，白白裏賠錢賠鈔，伏侍得纔好，急鬆鬆就去了，有甚好處，還這般哭泣？不知他眼淚是何處來的？」遂把這事做笑話傳説。

看官，你想那老嫗乃是貧窮寡婦，倒有些義氣。一個從不識面的患病小廝，收留回去，看顧好了，臨行又賫贈銀兩，依依不捨。像這班鄰里，都是鬚眉男子，自己不肯施仁仗義，及見他人做了好事，反又攧唇簸嘴。可見人面相同，人心各別。閒話休題。

且説李承祖又無脚力，又不認得路徑，順着大道，一路問訊，捱向前去。覺道勞倦，隨分庵堂寺院，市鎮鄉村，即便借宿。又虧着那老嫗這幾錢銀子，將就半饑半飽，度到臨洮府。那地方自遭兵火之後，道路荒凉，人民稀少。承祖問了向日争戰之處，直至臯蘭山相近，思想要祭奠父親一番。怎奈身邊止存得十數文銅錢，只得單買了一陌紙錢，討個火種，向戰場一路跑來。遠遠望去，只見一片曠野，并無個人影來往，心中先有五分懼怯，便立住脚，不敢進步，却又想道：「我受了千辛萬苦，方到此間。若是害怕，怎能勾尋得爹爹骸骨？須索拚命前去。」大着膽飛奔到戰場中。舉目看時，果然好凄慘也。但見：

荒原漠漠，野草萋萋。四郊荆棘交纏，一望黄沙無際。髑髏暴露，堪憐昔日英雄；白骨抛殘，可惜當年壯士。陰風習習，惟聞鬼哭神號；寒霧濛濛，但見狐奔兔走。猿啼夜月腸應斷，雁唳秋雲魂自消。

李承祖吹起火種，焚化紙錢，望空哭拜一回。起來仔細尋覓，團團走遍，但見白骨交加，并没一個全尸。元來趙總兵殺退賊兵，看見尸横遍野，心中不忍，即於戰場上設祭陣亡將士，收拾尸骸焚化，因此没有全尸遺存。李承祖尋了半日，身子困倦，坐於亂草之中，歇息片時。忽然想起：「征戰之際，遇着便殺，即爲戰場，料非只此一處。正不知爹爹當日喪於那個地方？我却專在此尋覓，豈不是個騃子？」却又想道：「我李承祖好十分懞憧。爹爹身死已久，血肉定自腐壞，骸骨縱在目前，也難廝認。若尋認不出，可不空受這番勞碌？」心下苦楚，又向空禱告道：「爹爹陰靈不遠：孩兒李承祖千里尋訪至此，收取骸骨，怎奈不能識認。爹爹，你生前盡忠報國，死後自必爲神。乞顯示骸骨所在，奉歸安葬。免使暴露荒丘，爲無祀之鬼。」祝罷，放聲號哭。又向白骨叢中，東穿西走一回。看看天色漸晚，料來安身不得，隨路行走，要尋個歇處。

行不上一里田地，斜插裏林子中，走出一個和尚來。那和尚見了李承祖，把他上下一相，説道：「你這孩子，好大膽！此是什麽所在，敢獨自行走？」李承祖哭訴道：「小的乃京師人氏，只因父親隨趙總兵出征陣亡，特到此尋覓骸骨歸葬。不道没個下落，天又將晚，要覓個宿處。師父若有庵院，可憐借歇一晚，也是無量功德。」那和尚道：「你這小小孩子，反有此孝心，難得，難得。只是尸骸都焚化盡了，那裏去尋覓。」李承祖見説這話，哭倒在地。那和尚扶起道：「小官人，哭也無益，且隨我去住一晚，明日打點回家去罷。」李承祖無奈，只得隨着和尚。又行了二里多路，來到一個小小村落，看來只有五六家人家。

那和尚住的是一座小茅庵。開門進去，吹起火來，收拾些飯食，與李承祖吃了。

問道：「小官人，你父親是何衛軍士？在那個將官部下？叫甚名字？」李承祖道：「先父是錦衣衛千户，姓李名雄。」和尚大驚道：「元來是李爺的公子。」李承祖道：「師父，你如何曉得我先父？」和尚道：「實不相瞞，小僧原是羽林衛軍人，名叫曾虎二，去年出征，撥在老爺部下。因見我勇力過人，留我帳前親隨，另眼看承。許我得勝之日，扶持一官。誰知七月十四，隨老爺上陣，先斬了數百餘級，賊人敗去。一時恃勇，追逐十數里，深入重地。賊人伏兵四起，圍裹在内。外面救兵又被截住，全軍戰没。止存老爺與小僧二人，各帶重傷，只得同伏在亂尸之中，到深夜起來逃走，不想老爺已死。小僧望見傍邊有一帶土墻，隨負至墻下，推倒墻土掩埋。那時賊兵反攔在前面，不能歸營。逃到一個山灣中，遇一老僧，收留在庵。虧他服事，調養好了金瘡，朝暮勸化我出家。我也想，死裏逃生，不如圖個清閒自在。因此依了他，削髮爲僧。今年春間，老師父身故。有兩個徒弟道我是個洛來僧，【眉批】江流和尚，不洛來僧。不容住在庵中。我想既已出家，争甚是非？讓了他們，要往遠方去行脚。經過此地，見這茅庵空閒，就做個安身之處，往遠近村坊抄化度日。不想公子親來，天遣相遇。」

李承祖見説父親尸骨尚存，倒身拜謝。和尚連忙扶住，又問道：「公子恁般年嬌力弱，如何家人也不帶一個，獨自行走？」李承祖將中途染病，苗全抛棄逃回，虧老嫗救濟前後事細細説出，又道：「若尋不見父親骨殖，已拚觸死沙場。天幸得遇吾師，使我父子皆安。」和尚道：「此皆老爺英靈不泯，公子孝行感格，天使其然。只是公子孑然一身，又没盤纏，怎能勾裝載回去？」公子道：「意欲求本處官府設法，不知可肯？」和尚笑道：「公子差矣。常言道：『官情如紙薄。』總然極厚相知，到得死後，也還未可必，何况素無相識？却做恁般癡想。」李承祖道：「如此便怎麽好？」和尚沉吟半晌，乃道：「不打緊。我有個道理在此。明日將骸骨盛在一件家火之内，待我負着，慢慢一路抄化至京，可不好麽？」李承祖道：「吾師肯恁般用情，生死銜恩不淺。」和尚道：「我蒙老爺識拔之恩，少效犬馬之勞，何足挂齒。」

到了次日，和尚向鄰家化了一隻破竹籠，兩條索子，又借柄鋤頭，又買了幾陌紙錢，鎖上庵門，引李承祖前去。約有數里之程，也是一個村落，一發没個人煙。直到土墻邊放下竹籠，李承祖就哭啼起來。和尚將紙錢焚化，拜祝一番，運起鋤頭，掘開泥土，露出一堆白骨。從脚上逐節兒收置籠中，掩上籠蓋，將索子緊緊捆牢，和尚負在背上。李承祖掮了鋤頭，回至庵中。和尚收拾衣鉢被窩，打個包兒，做成一擔，尋根竹子，挑出庵門。把鋤頭還了，又與各鄰家作别，央他看守。二人離了此處，隨路抄化，盤纏儘是有餘。

不則一日，已至保安村。李承祖想念那老嫗的恩義，徑來謝别。誰知那老嫗自從李承祖去後，日夕挂懷，染成病症，一命歸泉。有幾個親戚，與他備辦後事，送出郊外，燒化久矣。李承祖問知鄰里，望空遥拜，痛哭一場，方纔上路。【眉批】天延老嫗之壽，專爲周全李承祖耳。人之一生一死，豈偶然哉！

共行了三個多月，方達京都。離城尚有十里之遠，見旁邊有個酒店，和尚道：「公子且在此少歇。」齊入店中，將竹籠放於卓上，對李承祖説道：「本該送公子到府，向靈前叩個頭兒纔是。只是我原係軍人，雖則出家，終有人認得。倘被拿作逃軍，便難脱身，只得要在此告别，異日再圖相會。」李承祖垂淚道：「吾師言雖有理，但承大德，到我家中，或可少盡。今在此處，無以爲報，如之奈何？」和尚道：「何出此言？此行一則感老爺昔年恩誼，二則見公子窮途孤弱，故護送前來。那個貪圖你的財物。」正説間，酒保將過酒肴。和尚先擺在竹籠前祭奠，一連叩了四五個頭，起來又與李承祖拜别。兩下各各流淚。飲了數杯，算還酒錢，又將錢雇個生口，與李承祖乘坐，把竹籠教脚夫背了，自己也背上包裹，齊出店門，灑淚而别。有詩爲證：

欲收父骨走風塵，千里孤窮一病身。
老嫗周旋僧作伴，皇天不負孝心人。

話分兩頭。却說苗全自從撇了李承祖，雇着生口赶到家中。只說已至戰場，無處尋覓骸骨，小官人患病身亡，因少了盤纏，不能帶回，就埋在彼。暗將真信透與焦氏。那時玉英姊妹一來思念父親，二來被焦氏日夕打罵，不勝苦楚，又聞了這個消息，愈加悲傷。焦氏也假意啼哭一番。那童僕們見家主陣亡，小官人又死，各尋旺處飛去，單單剩得苗全夫妻和兩個養娘，門庭冷如冰炭。焦氏恨不得一口氣吹大了亞奴，襲了官職，依然熱鬧。又聞得兵科給事中上疏，奏請優恤陣亡將士。聖旨下在兵部查覆。焦氏多將金銀與焦榕，到部中上下使用，要謀升個指揮之職。那焦榕平日與人幹辦，打慣了偏手，就是妹子也說不得也要下隻手兒。

一日，焦榕走來回覆妹子說話，焦氏安排酒肴款待。元來他兄妹都與酒甕同年，吃殺不醉的。從午後吃起直至申牌時分，酒已將竭，還不肯止。又教苗全去買酒。苗全提個酒瓶走出大門，剛欲跨下階頭，遠遠望見一騎生口，上坐一個小廝，却是小主人李承祖。吃這驚不小，暗道：「元來這寃家還在。」掇轉身跑入裏邊，悄悄報知焦氏。焦氏即與焦榕商議停當，教苗全出後門去買砒霜。二人依舊坐着飲酒，等候李承祖進來，不題。

且說李承祖到了自家門首，跳下生口，赶脚的背着竹籠，跟將進來。直至堂中，静悄悄并不見一人，心内傷感道：「爹爹死了，就弄得這般冷落。」教赶脚的把竹籠供在靈座上，打發自去。李承祖向靈前叩拜，轉着去時的苦楚，不覺淚如泉湧，哭倒在拜臺之上。焦氏聽得哭聲，假意教丫頭出來觀看。那丫頭跑至堂中，見是李承祖，驚得魂不附體，帶跌而奔，報道：「奶奶，公子的魂靈來家了。」焦氏照面一口涎沫，道：「啐！青天白日這様亂話。」丫頭道：「見在靈前啼哭。奶奶若不信，一同去看。」焦榕也假意説道：「不信有這般奇事。」一齊走出外邊。李承祖看見，帶着眼淚向前拜見。焦榕扶住道：「途路風霜，不要拜了。」焦氏掙下幾點眼淚，説道：「苗全回來，説你有不好的信息。口夜想念，懊悔當初教你出去。今幸無事，萬千之喜了。只是可曾尋得骸骨？」李承祖指着竹籠道：「這個裏邊就是。」焦氏捧着竹籠，便哭起天來。

玉英姊妹，已是知得李承祖無恙，又驚又喜，奔至堂前，四個男女，抱做一團而哭。哭了一回，玉英道：「苗全説你已死，怎地却又活了？」李承祖將途中染病，苗全不容暫停，直至遇見和尚送歸始末，一一道出。焦榕怨道：「苗全這奴才恁般可惡。待我送他到官，活活敲死，與賢甥出氣。」李承祖道：「若得舅舅張主，可知好麼。」焦氏道：「你途中辛苦了，且進去吃些酒飯，將息身子。」遂都入後邊。

焦榕扯李承祖坐下，玉英姊妹，自避過一邊。焦氏一面教丫頭把酒去熱，自己趕到後門首，恰好苗全已在那裏等候。焦氏接了藥，分付他停一回進來。焦氏到廚下，將丫環使開，把藥傾入壺中，依原走來坐下。少頃，丫頭將酒鏇湯得飛滚，拿至卓邊。焦榕取過一隻茶甌，滿斟一杯，遞與承祖道：「賢甥，借花獻佛，權當與你洗塵。」承祖道：「多謝舅舅。」接過手放下，也要斟一杯回敬。焦榕又拿起，直推至口邊道：「我們飲得多了，這壺中所存有限，你且乘熱飲一杯。」李承祖不知好歹，骨都都飲個乾净。焦榕又斟過一杯道：「小官人家須要飲個雙杯。」又推到口邊。那李承祖因是尊長相勸，不敢推托，又飲乾了。焦榕再把壺斟時，只有小半杯，一發勸李承祖飲了。那酒不飲也罷，纔到腹中，便覺難過，連叫肚痛。焦氏道：「想是路上觸了臭氣了。」李承祖道：「也不曾觸甚臭氣。」焦氏道：「或者三不知，那裏覺得。」須臾間，藥性發作，猶如鋼鎗攢刺，烈火焚燒，疼痛難忍，叫聲：「痛死我也。」跌倒在地。焦榕假驚道：「好端端地，爲何痛得恁般利害？」焦氏道：「一定是絞腸沙了。」急教丫頭扶至玉英床上睡下，亂擷亂跌，只叫難過。慌得玉英姊妹手足無措，那裏按得他住。不消半個時辰，五臟迸裂，七竅流紅，大叫一聲，命歸泉府。旁邊就哭殺了玉英姊妹，喜殺了焦氏婆娘，也假哭幾聲。焦榕道：「看這個模樣，必是觸犯了神道，被喪煞打了。如今幸喜已到家裏，還好。只是占了甥女卧處，不當穩便。就今夜殮過，省得他們害怕。」焦氏便去取出些銀錢。

那時苗全已轉進前門打探，聽得裏邊哭聲鼎沸，量來已是完帳，徑走入來。焦氏恰好看見，把銀遞與苗全，急忙去買下一具棺木，又買兩壺酒，與苗全吃勾一醉。先把棺木放在一間厢房裏，然後揎拳裸臂，跨入房中，教玉英姊妹走開。向床上翻那尸首，也不揩抹去血污，也不換件衣服，伸着雙手，便抱起來。一則那厮有些蠻力，二則又趁着酒興，三則十數歲孩子，原不甚重，輕輕的托在兩臂，直至厢房内盛殮。玉英姊妹，隨後哭泣。誰知苗全落了銀子，買小了棺木，尸首放下去，兩隻腿露出了五六寸。只得將腿兒豎起，却又頂浮了棺蓋。苗全扯來拽去，没做理會。玉英姊妹看了這個光景，越發哭得慘傷。焦氏沉吟半晌，心生一計。把玉英姊妹并丫頭都打發出外，掩上門兒，教苗全將尸首拖在地上，提起斧頭，砍下兩隻小腿，横在頭下，倒好做個枕兒。收拾停當，釘上棺蓋，開門出來。焦榕自回家去。玉英覷見棺已釘好，暗想道：「適來放不下，如何打發我姊妹出來了，便能釘上棺蓋？難道他們有甚法術，把棺木化大了，尸首縮小了？」好生委決不下。

過了兩日，焦氏備起衣衾棺椁，將丈夫骸骨重新殮過，擇日安葬祖塋。恰好優恤的覆本已下：李雄止贈忠勇將軍，不准升襲指揮。焦氏用費若干銀兩，空自送在水裏。到了安葬之日，親鄰齊來相送。李承祖也就埋在墳側。偶有人問及，只説路上得了病症，到家便亡。那親戚都不是切己之事，那個去查他細底。可憐李承祖沙場内倒鬪鬮得性命，家庭中反斷送了殘生。正是：

非故翻如故，宜親却不親。
萬般皆是命，半點不由人。

常言道：「痛定思痛。」李承祖死時，玉英慌張慌智不暇致詳。到葬後漸漸想出疑惑來。他道：「如何不前不後，恰恰裏到家便死，不信有恁般凑巧。况兼口鼻中又都出血，且又不揀個時辰，也不收拾個乾净。棺木小了，也不另换，哄了我們轉身，不知怎地，胡亂送入裏邊。那苗全聽説要送他到官，至今半句不題，比前反覺親密，顯係是母親指使的。看起那般做作，我兄弟這死，必定有些蹊蹺。」【眉批】□□可疑，□□比司□□殺成□□滅口□□。心中雖則明白，然亦無可奈何，只索付之涕泣而已。

那焦氏謀殺了李承祖之後，却又想道：「這小殺才已除，那幾個小賤人日常雖受了些磨折，也只算與他拂養。須是教他大大吃些苦楚，方不敢把我輕覷。」自此日逐尋頭討腦，動輒便是一頓皮鞭，〔一〕打得體無完膚，却又不許啼哭。若還則一則聲，又重新打起。每日止給兩餐稀湯薄粥，如做少了生活，打駡自不消説，連這稀湯薄粥也没有得吃了。身上的好衣服，盡都剥去。將丫頭們的舊衣舊裳，換與穿着。臘月天氣，也只得三四層單衣，背上披一塊舊綿絮。夜間止有一條藁薦，一條破被單遮蓋，寒冷難熬，如蛆蟲般攢做一團，苦楚不能盡述。玉英姊妹捱忍不過，幾遍要尋死路，却又指望還有個好日，捨不得性命，互相勸解。真個求生不能，求死不得。

看看過了殘歲，又是新年。玉英已是十二歲了。那年二月間，正德爺晏駕，嘉靖爺嗣統，下詔遍選嬪妃。府司着令民間挨家呈報，如有隱匿，罪坐鄰里。那焦氏的鄰家，平昔曉得玉英才貌兼美，將名具報本府。一張上選的黄紙帖在門上。那時焦氏就打帳了做皇親國戚的念頭，掉過臉來，將玉英百般奉承，通身換了綾羅錦繡，肥甘美味，與他調養。又將銀兩教焦榕到禮部使用。那玉英雖經了許多磨折，到底骨格猶存。將息數日，面容頓改，又兼穿起華麗衣服，便似畫圖中人物。府司選到無數女子，推他爲第一，備文齊送到禮部選擇。禮部官見了玉英這個容儀，已是萬分好了。但只年紀幼小，恐不諳侍御，發回寧家。那焦氏因用了許多銀子，不能勾中選，心下懊悔氣惱，原翻過向日嘴臉，好衣服也剥去了，好飲食也没得吃了，打罵也更覺勤了。

常言説得好：「坐吃山空，立吃地陷。」當初李雄家業，原不甚大。自從陣亡後，焦氏單單算計這幾個小兒女，那個思想去營運。一窩子坐食，能勾幾時？况兼爲封蔭選妃二事，又用空了好些。日漸日深，看看弄得罄盡，兩個丫頭也賣來完在肚裏。那時没處出豁，只得將住房變賣。誰知苗全這廝，見家中敗落，亞奴年紀正小，襲職日子尚遠，料想日前没甚好處，趁焦氏賣得房價，夜間捵入卧房，偷了銀兩，領着老婆，逃往遠方受用去了。到次早，焦氏方纔覺得。這股悶氣無處發泄，又遷怒到玉英姊妹，説道：「如何不醒睡，却被他偷了東西去？」又都奉承一頓皮鞭，一面教焦榕告官緝捕。過了兩月，那裏有個踪迹？此時買主又來催促出房。無可奈何，與焦榕商議，要把玉英出脱。焦榕道：「玉英這個模樣兒，慢慢的覓個好主顧，怕道不是一大注銀子。如今急切裏尋人，能值得多少？不若先把小的胡亂貨一個來使用。」焦氏依了焦榕，便把桃英賣與一個豪富人家爲婢。姊妹分别之時，你我不忍分捨，好不慘傷。焦氏賃了一處小房，擇日遷居。玉英想起祖父累世安居，一旦棄諸他人，不勝傷感。走出堂前，擡頭看見梁間燕子，補綴舊壘，傍邊又營一個新巢，暗嘆道：「這燕兒是個禽鳥，秋去春來，倒還有歸舊巢之日。我李玉英今日離了此地，反没個再來之期了。」撫景傷心，托物喻意，乃作《别燕詩》一首。詩云：

新巢泥落舊巢欹，塵半疏簾欲掩遲。
愁對呢喃終一别，畫堂依舊主人非。

元來焦氏要依傍焦榕，却搬在他側邊小巷中，相去只有半箭之遠，間壁乃是貴家的花園。那房屋止得兩間，諸色不便。要桶水兒，直要到鄰家去汲。那焦氏平昔受用慣的，自去不成，少不得通在玉英、月英兩個身上。姊妹此時也難顧羞耻，只得出頭露面。又過了幾時，桃英的身價漸漸又將摸完。一日傍晚，焦氏引着亞奴在門首閒立，見一個乞丐女兒，止有十數歲，在街上求討，聲音叫得十分慘切。有個鄰家老嫗對他説道：「這般時候，那個肯捨。不時回去罷。」那叫化女兒哭道：「奶奶，你那裏曉得我的苦楚。我家老的，限定每日要討五十文錢，若少了一文，便打個臭死，夜飯也不與我吃，又要在明日補足。如今還少六七文，怎敢回去。」那老嫗聽説得苦惱，就捨了兩文。旁邊的人，見老嫗捨了，一時助興，你一文，我一文，登時倒有十數文。那叫化女兒，千恩萬謝，轉身去了。焦氏聽了這片言語，那知反撥動了個貪念，想道：「這個小化子，一日倒討得許多錢。我家月英那賤人，面貌又不十分標致，賣與人，也值得有限，何不教他也做這樁道路，倒是個永遠利息？」正在沉吟，恰好月英打水回來。焦氏道：「小賤人，你可見那叫街的丫頭麽？他年紀比你還小，每日倒趁五十文錢。你可有處尋得三文五文哩？」月英道：「他是個乞丐，千爺爺、萬奶奶叫來的。孩兒怎比得他。」焦氏喝道：「你比他有甚麽差？自明日爲始，也要出去尋五十文一日，若少一文，便打下你下半截來。」【眉批】觀焦氏施行，直令人不敢再娶，可畏，可畏！無前妻子者不妨。

玉英姊妹見説要他求乞，驚得面面相覷，滿眼垂淚，一齊跪下，説道：「母親，我家世代爲官，多有人認得，也要存個體面。若教出去求乞，豈不辱抹門風，被人耻笑？」焦氏道：「見今飯也没得吃了，還要甚麼體面，怕甚麼耻笑。」月英又苦告道：「任憑母親打死了，我決不去的。」焦氏怒道：「你這賤人，恁般不聽教訓。先打個樣兒與你嘗嘗。」即去尋了一塊木柴，揪過來，没頭没腦亂敲。月英疼痛難忍，只得叫道：「母親饒恕則個。待我明日去便了。」焦氏放下月英，向玉英道：「不教你去，是我的好情了，反來放屁阻撓？」拖翻在地，也吃一頓木柴。到次早，即赶逐月英出門求乞。月英無奈，忍耻依隨。自此日逐沿街抄化。若足了這五十文，還没得開口；些兒欠缺，便打個半死。

光陰如箭，不覺玉英年已一十六歲。時值三月下旬，焦榕五十壽誕，焦氏引着亞奴同往祝壽。月英自向街坊抄化去了，止留玉英看家。玉英讓焦氏去後，掩上門兒，走入裏邊，手中拈着針指，思想道：「爹爹當年生我姊妹，猶如掌上之珠，熱氣何曾輕呵一口。誰道遇着這個繼母，受萬般凌辱。兄弟被他謀死，妹子爲奴爲丐，一個家業弄得瓦解冰消，淪落到恁樣地位，真個草菅不如。尚不知去後，還是怎地結果？」又想道：「在世料無好處，不如早死爲幸。趁他今日不在家，何不尋個自盡，也省了些打罵之苦。」却又想道：「我今年已十六歲了。再忍耐幾時，少不得嫁個丈夫，或者有個出頭日子，豈可枉送這條性命？」把那前後苦楚事，想了又哭，哭了又想。直哭得個有氣無力，没情没緒。放下針指，走至庭中，望見間壁園内，紅稀緑暗，燕語鶯啼，游絲斜裊，榆莢亂墜。看了這般景色，觸目感懷。遂吟《送春詩》一首。詩云：

柴扉寂寞鎖殘春，滿地榆錢不療貧。
雲鬢衣裳半泥土，野花何事獨撩人。

玉英吟罷，又想道：「自爹爹亡後，終日被繼母磨難，將那吟詠之情，久已付之流水。自移居時作了《别燕詩》，倏忽又經年許。時光迅速如此。」嗟嘆了一回，又恐誤了女工，急走入來趲赶，見桌上有個帖兒，便是焦榕請妹子吃壽酒的。玉英在後邊裁下兩摺，尋出筆硯，將兩首詩録出，細細展玩，又嘆口氣道：「古來多少聰明女子，或共姊妹賡酬，或是夫妻唱和，成千秋佳話。偏我李玉英恁般命薄，埋没至此，豈不可惜可悲！」又傷感多時，愈覺無聊。將那紙左摺右摺，隨手摺成個方勝兒，藏於枕邊，却忘收了筆硯，忙忙的趲完針指。天色傍晚，剛是月英到家，焦氏接脚也至，見他淚痕未乾，便道：「那個難爲了你，又在家做妖勢？」玉英不敢回答，將做下女工與他點看。月英也把錢交過，收拾些粥湯吃了。又做半夜生活，方纔睡卧。

到了明日，焦氏見桌上擺着筆硯，檢起那帖兒，後邊已去了幾摺，疑惑玉英寫他的不好處，問道：「你昨日寫的是何事？快把來我看。」玉英道：「偶然寫首詩兒，没甚别事。」焦氏嚷道：「可是寫情書約漢子，壞我的帖兒？」玉英被這兩句話，羞得徹耳根通紅。焦氏見他臉漲紅了，只道真有私情勾當，逼他拿出這紙來。又見摺着方勝，一發道是真了，尋根棒子，指着玉英道：「你這賤人恁般大膽。我剛不在家，便寫情書約漢子。快些實説是那個？有情幾時了？」玉英哭道：「那裏説起。却將無影醜事來骯髒，可不屈殺了人。」焦氏怒道：「贜證現在，還要口硬。」提起棒子，没頭没腦亂打，打得玉英無處躲閃，掙脱了往門首便跑。焦氏道：「想是要去叫漢子，相幫打我麽？」隨後來赶。不想絆上一交，正磕在一塊塼上，磕碎了頭腦，鮮血滿面，嚷道：「打得我好。只教你不要慌。」月英上前扶起，又要赶來，到虧亞奴緊緊扯住道：「娘，饒了姐姐罷。」那婆娘恐帶跌了兒子，只得立住脚，百般辱罵。玉英閃在門旁啼哭。

那鄰家每日聽得焦氏凌虐這兩個女兒，今日又聽得打得利害，都在門首議論。

恰好焦榕撞來，推門進去。那婆娘一見焦榕，便嚷道：「來得好。玉英這賤人偷了漢子，反把我打得如此模樣。」焦榕看見他滿面是血，信以爲實，不問情由，搶過焦氏手中棒子，赶近前，將玉英揪過來便打。那鄰家抱不平，齊走來説道：「一個十五六歲女子家，纔打得一頓大棒，不指望你來勸解，反又去打他。就是做母舅的，也没有打甥女之理。」焦榕自覺乏趣，撇下棒子，徑自去了。那鄰家又説道：「也不見這等人家，無一日不打駡這兩個女兒。如今一發連母舅都來助興了。看起來，這兩個女子也難存活。」又一個道：「若死了，我們就具個公呈，不怕那姓焦的不償命。」焦氏一句句聽見鄰家發作，只得住口，喝月英推上大門，自去揩抹血污，依舊打發月英出去求乞。

玉英哭了一回，忍着疼痛，原入裏邊去做針指。那焦氏恨聲不絶。到了晚間，吞聲飲泣，想道：「人生百歲，總只一死，何苦受恁般耻辱打駡。」等至焦氏熟睡，悄悄抽身起來，扯下脚帶，懸梁高挂。也是命不該絶。這到虧了晚母不去料理他身上，莫説衣衫藍縷，只這脚帶不知纏過了幾個年頭，布縷雖連，没有筋骨。一用力，就斷了。剛剛上吊，撲通的跌下地來。驚覺月英，身邊不見了阿姐，情知必走這條死路，叫聲：「不好了！」急跳起身，救醒轉來。兀自嗚嗚而哭。那焦氏也不起身，反駡道：

「這賤人。你把死來詐我麼?且到明日與你理會。」

至次早,分付月英在家看守,教亞奴引着到焦榕家裏,將昨日鄰家說話,并夜來玉英上吊事說與。又道:「倘然死了,反來連累着你。不如先送到官,除了這禍根罷。」焦榕道:「要擺布他也不難。那錦衣衛堂上,昔年曾替他打幹,與我極是相契。你家又是衛籍,竟送他到這個衙門,誰個敢來放屁。」焦氏大喜,便教焦榕央人寫下狀詞,說玉英奸淫忤逆,將那兩首詩做個執證,一齊至錦衣衛衙門前。焦榕與衙門中人都是厮熟的,先央進去道知其意。少頃升堂,准了焦氏狀詞,差四個校尉前去,拘拿玉英到來。那問官聽了一面之詞,不論曲直,便動刑具。玉英再三折辯,那裏肯聽。可憐受刑不過,只得屈招,擬成剮罪,發下獄中。兩個禁子扶出衙門,正遇月英妹子。元來月英見校尉拿去阿姐,嚇得魂飛魄散,急忙鎖上門兒,隨後跟來打探。望見禁子扶挾出來,便鑽向前抱住,放聲大哭,旁邊轉過焦氏,一把扯開道:「你這小賤人,家裏也不顧了,來此做甚?」月英見了焦氏,猶如老鼠見猫,膽喪心驚,不敢不跟着他走。到家又打勾半死,恨道:「你下次若又私地去看了這賤人,查訪着實,好歹也送你到這所在去。」月英口雖答應,終是同胞情分,割捨不下。過了兩三日,多求乞得幾十文錢,悄地�到監門口來探望,不題。【眉批】可憐。

再說玉英下到獄中，那禁子頭見他生得標致，懷個不良之念，假慈悲，照顧他，住在一個好房頭，又將些飲食調養。玉英認做好人，感激不盡。叮囑他：「有個妹子月英，定然來看，千萬放他進來，相見一面。」那禁子緊緊記在心上。至第四日午後，月英到監門口道出姓名，那禁子流水開門，引見玉英。兩下悲號，自不必說。漸至天晚，只得分別。自此月英不時進監看覷。不在話下。

且說那禁子貪愛玉英容貌，眠思夢想，要去姦他。一來耳目衆多，無處下手；二則恐玉英不從，喊叫起來，壞了好事。捉空就走去說長問短，把幾句風話撩撥。玉英是聰明女子，見話兒說得蹺蹊，已明白是個不良之人，留心隄防，便不十分招架。一日，正在檻上悶坐，忽見那禁子輕手輕脚走來，低聲啞氣，笑嘻嘻的說道：「小娘子，可曉得我一向照顧你的意思麼？」玉英知其來意，即立起身道：「奴家不曉得是甚意思。」那禁子又笑道：「小娘子是個伶俐人，難道不曉得？」便向前摟抱。玉英着了急，亂喊：「殺人！」那禁子見不是話頭，急忙轉身，口內說道：「你不從我麼？今晚就與你個辣手。」玉英聽了這話，搥胸跌脚的號哭，驚得監中人俱來觀看。玉英將那禁子調戲情由，告訴衆人。内中有幾個抱不平的，叫過那禁子說道：「你强姦犯婦，也有老大的罪名。今後依舊照顧他，萬事干休；倘有些兒差錯，我衆人連名出首，但憑你去計較。」【眉批】若不順禁子調戲，便要坐奸爲實。衆人若連名出首，□或可望□冤。噫！天下做好事者能幾人也？那禁子情虧理虛，滿口應承，陪告不是：「下次再不敢去惹他。」

正是：

羊肉饅頭没得吃，空教惹得一身羶。

玉英在獄不覺又經兩月有餘，〔三〕已是六月初旬。元來每歲夏間，朝廷例有寬恤之典，差太監審録各衙門未經發落之事。凡事枉人冤，許諸人陳奏。比及六月初旬，玉英聞得這個消息，想起一家骨肉，俱被焦氏陷害，此番若不伸冤，再無昭雪之日矣。【眉批】焦氏故惡，而焦榕更惡，恨死之也！遂草起辨冤奏章，將合家受冤始末，細細詳述。教月英賫奏，其略云：

臣聞先正有云：五刑以不孝爲先，四德以無義爲耻。故竇氏投崖，雲華墜井。是皆畢命於綱常，流芳於後世也。臣父錦衣衛千户李雄，先娶臣母，生臣姊妹三人，及弟李承祖。不幸喪母之日，臣等俱在孩提。父每見憐，仍娶繼母焦氏撫養。臣父於正德十四年七月十四日征陝西反賊陣亡。天禍臣家，流移日甚。臣年十六，未獲結縭。姊妹伶仃，孑無依倚。標梅已過，紅葉無憑。嘗有《送春詩》一絶云云，又有《别燕詩》一絶云云。是皆有感而言，情非得已。奈母氏不察臣衷，疑爲外遇，逼舅焦榕，拿送錦衣衛，誣臣姦淫不孝等情。問官昧臣事理，坐臣極刑。臣女流難辨，俯首聽從。蓋不敢逆繼母之情，以重不孝之罪也。邇蒙聖恩熱審，凡事枉人冤，許諸人陳奏。欽此欽遵。故不得不生樂生之心，以冀超脱。臣父本武人，頗知典籍。臣雖妾婦，幸領遺教。臣繼母年二十，有弟亞奴，生方周歲。母圖親兒陰襲，故當父方死之時，計令臣弟李承祖十歲孩兒，親往戰場，尋父遺骨，陷之死地，以圖己私。幸賴天佑父靈，抱骨以歸。前計不成，仍將臣弟毒藥身死，支解棄埋。又將臣妹李桃英賣爲人婢，李月英屏去衣食，沿街抄化。今將臣誣陷前情。臣設有不才，四鄰何不糾舉？又不曾經獲某人，只憑數句之詩，尋風捉影，以陷臣罪。臣之死，固當矣。十歲之弟，有何罪乎？數歲之妹，有何辜乎？臣母之過，臣不敢言。《凱風》有詩，臣當自責。臣死不足惜，恐天下後世之爲繼母者，得以肆其奸妒而無忌也。【眉批】婉而多風，才人之筆也。伏望陛下俯察臣心，將臣所奏付諸有司。先將臣速斬，以快母氏之心。次將臣詩委勘，有無事情。推詳臣母之心，盡在不言之表。則臣之生平獲雪，而臣父之靈亦有感於地下矣。

這一篇章疏奏上，天子重瞳親照，憐其冤抑，倒下聖旨，着三法司嚴加鞫審。三法司官不敢怠慢，會同拘到一干人犯，連桃英也喚至當堂，逐一細問。焦氏、焦榕初時抵賴，動起刑法，方纔吐露真情，與玉英所奏無異。勘得焦氏叛夫殺子，逆理亂倫，與無故殺子孫輕律不同，宜加重刑，以爲繼母之戒。焦榕通同謀命，亦應抵償。玉英、月英、亞奴發落寧家。又令變賣焦榕家産，贖回桃英。覆本奏聞，請旨。天子怒其兇惡，連亞奴俱敕即日處斬。玉英又上疏懇言：「亞奴尚在襁褓，無所知識。且係李氏一綫不絶之嗣，乞賜矜宥。」【眉批】玉英可謂識大體矣。天子准其所奏，詔下刑部，止將焦榕、焦氏二人綁付法場，即日雙雙受刑。【眉批】昧心者亦何益哉。亞奴終身不許襲職。另擇嫡枝次房承廕，以繼李雄之嗣。玉英、月英、桃英俱擇士人配嫁。至今《列女傳》中載有李玉英辨冤奏本，又爲讚云：

李氏玉英，父死家傾。《送春》《别燕》，母疑外情。置之重獄，險羅非刑。陳情一疏，冤滯始明。

後人又有詩嘆云：

昧心晚母曲如鉤，只爲親兒起毒謀。
假饒血化西江水，難洗黄泉一段羞。

【校記】

〔一〕「阿鼻地獄」，底本作「河鼻地獄」，據文意改。

〔二〕「動輒」，底本及校本均作「動轍」，據文意改。

〔三〕「不覺」，底本作「不見」，據衍慶堂本改。

天涯猶有夢
對面豈無緣

艙門輕叩小窗
開驚覺猶疑夢
裡来

第二十八卷　吴衙内鄰舟赴約

貪花費盡採花心，身損精神德損陰。
勸汝遇花休浪採，佛門第一戒邪淫。

話説南宋時，江州有一秀才，姓潘名遇，父親潘朗，曾做長沙太守，高致在家。潘遇已中過省元，别了父親，買舟往臨安會試。前一夜，父親夢見鼓樂旗彩，送一狀元扁額進門，扁上正注潘遇姓名。早起唤兒子説知。潘遇大喜，以爲春闈首捷無疑。一路去高歌暢飲，情懷開發。不一日，到了臨安，尋覓下處，到一個小小人家。主翁相迎，問：「相公可姓潘麽？」潘遇道：「然也，足下何以知之？」主翁道：「夜來夢見土地公公説道：『今科狀元姓潘，明日午時到此，你可小心迎接。』相公正應其兆。若不嫌寒舍簡慢，就在此下榻何如？」潘遇道：「若果有此事，房價自當倍奉。」即令家人搬運行李到其家停宿。

主人有女年方二八，頗有姿色。聽得父親説其夢兆，道潘郎有狀元之分，在窗下偷覷，又見他儀容俊雅，心懷契慕，無由通款。一日，潘生因取硯水，偶然童子不在，自往厨房，恰與主人之女相見。其女一笑而避之。潘生魂不附體，遂將金戒指二枚、玉簪一隻，囑付童兒，覷空致意此女，懇求幽會。此女欣然領受，解腰間繡囊相答。約以父親出外，親赴書齋。一連數日，潘生望眼將穿，未得其便。直至場事已畢，主翁治杯節勞。飲至更深，主翁大醉。潘生方欲就寢，忽聞輕輕叩門之聲，啓而視之，乃此女也。不及交言，捧進書齋，成其雲雨，十分歡愛。約以成名之後，當娶爲側室。

是夜，潘朗在家，復夢向時鼓樂旗彩，迎狀元扁額過其門而去。潘朗夢中唤云：「此乃我家旗扁。」送扁者答云：「非是。」潘朗追而看之，果然又一姓名矣。送扁者云：「今科狀元合是汝子潘遇，因做了欺心之事，天帝命削去前程，另换一人也。」潘朗驚醒，將信將疑。未幾揭曉，潘朗閲登科記，狀元果是夢中所迎扁上姓名，其子落第。待其歸而叩之，潘遇抵賴不過，只得實説。父子嗟嘆不已。潘遇過了歲餘，心念此女，遣人持金帛往聘之，則此女已適他人矣，心中甚是懊悔。後來連走數科不第，鬱鬱而終。

因貪片刻歡娱景，誤却終身富貴緣。

說話的，依你說，古來才子佳人，往往私諧歡好，後來夫榮妻貴，反成美談，天公大算盤，如何又差錯了？看官有所不知。大凡行奸賣俏，壞人終身名節，其過非小。若是五百年前合爲夫婦，月下老赤繩繫足，不論幽期明配，總是前緣判定，不虧行止。

聽在下再說一件故事，也出在宋朝，却是神宗皇帝年間。有一位官人，姓吴名度，汴京人氏，進士出身，除授長沙府通判。夫人林氏，生得一位衙内，單諱個彦字，年方一十六歲，一表人材，風流瀟灑。自幼讀書，廣通經史，吟詩作賦，件件皆能。更有一件異處，你道是甚異處？這等一個清標人物，却吃得東西，每日要吃三升米飯，二斤多肉，十餘斤酒。其外飲饌不算。這還是吴府尹恐他傷食，酌中定下的規矩。若論起吴衙内，只算做半饑半飽，未能趁心像意。

是年三月間，吴通判任滿，升選揚州府尹。彼處吏書差役帶領馬船，直至長沙迎接。吴度即日收拾行裝，辭别僚友起程。下了馬船，一路順風順水。非止一日，將近江州。昔日白樂天贈商婦《琵琶行》云：「江州司馬青衫濕。」便是這個地方。吴府尹船上正揚着滿帆，中流穩度。倏忽之間，狂風陡作，怒濤洶湧，險些兒掀翻。莫説吴府尹和夫人們慌張，便是篙師舵工無不失色，急忙收帆攏岸。只有四五里江面，也掙了兩個時辰。回顧江中往來船隻，那一隻上不手忙脚亂，求神許願，掙得到岸，便謝天不盡了。這裏吴府尹馬船至了岸旁，抛猫繫纜。那邊已先有一隻官船停泊。兩下相隔約有十數丈遠。這官船艙門上簾兒半捲，下邊站着一個中年婦人，一個美貌女子。背後又侍立三四個丫鬟。吴衙内在艙中簾内，早已瞧見。那女子果然生得嬌艷。怎見得？有詩爲證：

秋水爲神玉爲骨，芙蓉如面柳如眉。
分明月殿瑶池女，不信人間有異姿。

吴衙内看了，不覺魂飄神蕩，恨不得就飛到他身邊，摟在懷中，只是隔着許多路，看得不十分較切。心生一計，向吴府尹道：「爹爹，何不教水手移去，幫在這隻船上？到也安穩。」吴府尹依着衙内，分付水手移船。水手不敢怠慢，起猫解纜，撑近那隻船旁。吴衙内指望幫過了船邊，細細飽看。誰知纔傍過去，便掩上艙門，把吴衙内一團高興，直冷淡到脚指尖上。

你道那船中是甚官員？姓甚名誰？那官人姓賀名章，祖貫建康人氏，也曾中過進士。前任錢塘縣尉，新任荆州司户，帶領家眷前去赴任，亦爲阻風，暫駐江州。三府是他同年，順便進城拜望去了，故此家眷開着艙門閒玩。中年的便是夫人金氏，美貌女子乃女兒秀娥。元來賀司户没有兒子，止得這秀娥小姐，年纔十五，真有沉魚落雁之容，閉月羞花之貌。女工針指，百伶百俐，不教自能。兼之幼時賀司户曾延師教過，讀書識字，寫作俱高。賀司户夫婦因是獨養女兒，鍾愛勝如珍寶，要贅個快婿，難乎其配，尚未許人。當下母子正在艙門口觀看這些船隻慌亂，却見吴府尹馬船幫上來，夫人即教丫鬟下簾掩門進去。

吴府尹是仕路上人，便令人問是何處官府。不一時回報説：「是荆州司户，姓賀諱章，今去上任。」吴府尹對夫人道：「此人昔年至京應試，與我有交。向爲錢塘縣尉，不道也升遷了。既在此相遇，禮合拜訪。」教從人取帖兒過去傳報。從人又禀道：「那船上説，賀爺進城拜客未回。」正説間，船頭上又報道：「賀爺已來了。」吴府尹教取公服穿着，在艙中望去，賀司户坐着一乘四人轎，背後跟隨許多人從。元來賀司户去拜三府，不想那三府數日前丁憂去了，所以來得甚快。擡到船邊下轎，看見又有一隻座船，心内也暗轉：「不知是何使客？」走入艙中，方待問手下人，吴府尹帖兒早已遞進。賀司户看罷，即教相請。恰好艙門相對，走過來就是。見禮已畢，各叙間闊寒温。吃過兩杯茶，吴府尹起身作别。

不一時，賀司户回拜。吴府尹款留小酌，唤出衙内相見，命坐於傍。賀司户因自己無子，觀見吴彦儀表超群，氣質温雅，先有四五分歡喜。及至問些古今書史，却又應答如流。賀司户愈加起敬，稱贊不絶，暗道：「此子人材學識，盡是可人。若得他爲婿，與女兒恰好正是一對。但他居汴京，我住建康，兩地相懸，往來遥遠，難好成偶，深爲可惜。」【眉批】天緣作對，兆於此矣。此乃賀司户心内之事，却是説不出的話。吴府尹問道：「老先生有幾位公子？」賀司户道：「實不相瞞，止有小女一人，尚無子嗣。」吴衙内也暗想道：「適來這美貌女子，必定是了，看來年紀與我相仿，若求得爲婦，平生足矣。但他止有此女，料必不肯遠嫁，説也徒然。」又想道：「莫説求他爲婦，今後要再見一面，也不能勾了，怎做恁般癡想？」吴府尹聽得賀司户尚没有子，乃道：「元來老先生還無令郎，此亦不可少之事。須廣置姬妾，以圖生育便好。」賀司户道：「多承指教，學生將來亦有此意。」彼此談論，不覺更深方止。臨别時，吴府尹道：「儻今晚風息，明晨即行，恐不及相辭了。」賀司户道：「相别已久，後會無期，還求再談一日。」道罷，回到自己船中。夫人小姐都還未卧，秉燭以待。賀司户酒已半酣，向夫人説起吴府尹高情厚誼，又誇揚吴衙内青年美貌，學問廣博，許多好處，將來必是個大器，【眉批】分明在女兒前上一薦帖。明日要設席請他父子。因有女兒在旁，不好説出意欲要他爲婿這一段情來。那曉得秀娥聽了，便懷着愛慕之念。

至次日，風浪轉覺狂大，江面上一望去，煙水迷濛，浪頭推起約有二三丈高，惟聞湖湃之聲。往來要一隻船兒做樣，却也没有。吴府尹只得住下。賀司户清早就送請帖，邀他父子赴酌。那吴衙内記挂着賀小姐，一夜卧不安穩。早上賀司户相邀，正是穵耳當招，巴不能到他船中，希圖再得一覷。偏這吴府尹不會凑趣，道是父子不好齊擾賀司户。至午後獨自過去，替兒子寫帖辭謝。吴衙内難好説得，好不氣惱。幸喜賀司户不聽，再三差人相請。吴彦不敢自專，又請了父命，方纔脱换服飾，過船相見，入坐飲酒。早驚動後艙賀小姐，悄悄走至遮堂後，門縫中張望。那吴衙内妝束整齊，比平日愈加丰采飄逸。怎見得？也有詩爲證：

何郎俊俏顔如粉，荀令風流坐有香。
若與潘生同過市，不知擲果向誰傍？

賀小姐看見吴衙内這表人物，不覺動了私心，想道：「這衙内果然風流俊雅，我若嫁得這般個丈夫，便心滿意足了。只是怎好在爹媽面前啓齒？除非他家來相求纔好。但我便在思想，吴衙内如何曉得？欲待約他面會，怎奈爹媽俱在一處，兩邊船上，耳目又廣，没討個空處。眼見得難就，只索罷休。」心内雖如此轉念，那雙眼却緊覷定吴衙内。大凡人起了愛念，總有十分醜處，俱認作美處。何况吴衙内本來風流，自然轉盼生姿，愈覺可愛。又想道：「今番錯過此人，後來總配個豪家宦室，恐未必有此才貌兼全。」左思右想，把腸子都想斷了，也没個計策與他相會。心下煩惱，倒走去坐下。席還未暖，恰像有人推起身的一般，兩隻脚又早到屏門後張望。看了一回，又轉身去坐。不上吃一碗茶的工夫，却又走來觀看，猶如走馬燈一般，頃刻幾個盤旋，恨不得三四步攛至吴衙内身邊，把愛慕之情，一一細罄。

說話的，我且問你，那後艙中非止賀小姐一人，須有夫人丫鬟等輩，難道這般着迷光景，豈不要看出破綻？看官，有個緣故。只因夫人平素有件毛病，剛到午間，便要熟睡一覺，這時正在睡鄉，不得工夫。那丫頭們巴不得夫人小姐不來呼喚，背地自去打夥作樂，誰個管這樣閒帳？爲此并無人知覺。少頃，夫人睡醒，秀娥只得耐住雙脚，悶坐呆想。正是：

相思相見知何日，此時此際難爲情。

且說吴衙内身雖坐於席間，心却挂在艙後，不住偷眼瞧看。見屏門緊閉，毫無影響，暗嘆道：「賀小姐，我特爲你而來，不能再見一面，何緣分淺薄如此。」怏怏不樂，連酒也懶得去飲。抵暮席散，歸到自己船中，没情没緒，便向床上和衣而卧。這裏司户送了吴府尹父子過船，請夫人女兒到中艙夜飯。秀娥一心憶着吴衙内，坐在旁邊，不言不語，如醉如癡，酒也不沾一滴，箸也不動一動。【眉批】二人異體同心，天亦應憐矣。

夫人看了這個模樣，忙問道：「兒，爲甚一毫東西不吃，只是呆坐？」連問幾聲，秀娥方答道：「身子有些不好，吃不下。」司户道：「既然不自在，先去睡罷。」夫人便起身，教丫鬟掌燈，送他睡下，方纔出去。停了一回，夫人又來看覷一番，催丫鬟吃了夜飯，進來打舖相伴。秀娥睡在帳中，翻來覆去那裏睡得着。忽聞艙外有吟詠之聲，側耳聽時，乃是吴衙内的聲音。其詩云：

天涯猶有夢，對面豈無緣？
莫道歡娱暫，還期盟誓堅。

秀娥聽罷，不勝歡喜道：「我想了一日，無計見他一面。如今在外吟詩，豈非天付良緣。料此更深人静，無人知覺，正好與他相會。」又恐丫鬟們未睡，連呼數聲，俱不答應，量已熟睡。即披衣起身，將殘燈挑得亮亮的，輕輕把艙門推開。吴衙内恰如在門首守候的一般，門啓處便鑽入來，兩手摟抱。秀娥又驚又喜。日間許多想念之情，也不暇訴説，連艙門也不曾閉上，相偎相抱，解衣就寢，成其雲雨。

正在酣美深處，只見丫鬟起來解手，喊道：「不好了，艙門已開，想必有賊。」驚動合船的人，都到艙門口觀看。司户與夫人推門進來，教丫鬟點火尋覓。吴衙内慌做一堆，叫道：「小姐，怎麽處？」秀娥道：「不要着忙，你只躲在床上，料然不尋到此。

待我打發他們出去，送你過船。」剛抽身下床，不想丫鬟照見了吳衙内的鞋兒，乃道：「賊的鞋也在此，想躲在床上。」司户夫妻便來搜看。秀娥推住，連叫没有。那裏肯聽，向床上搜出吳衙内。秀娥只叫得「苦也」。司户道：「叵耐這厮，怎來點污我家？」夫人便説：「吊起拷打。」司户道：「也不要打，竟撇入江裏去罷。」教兩個水手，扛頭扛脚擡將出去。吳衙内只叫饒命。秀娥扯住叫道：「爹媽，都是孩兒之罪，不干他事。」司户也不答應，將秀娥推上一交，把吳衙内撲通撇在水裏。秀娥此時也不顧羞耻，跌脚捶胸，哭道：「吳衙内，是我害着你了。」又想道：「他既因我而死，我又何顔獨生？」遂搶出艙門，向着江心便跳：

可憐嫩玉嬌香女，化作隨波逐浪魂。

秀娥剛跳下水，猛然驚覺，却是夢魘，身子仍在床上。旁邊丫鬟還在那裏叫喊：「小姐蘇醒。」秀娥睁眼看時，天已明了，丫鬟俱已起身。外邊風浪依然狂大。丫鬟道：「小姐夢見甚的？恁般啼哭，叫唤不醒。」秀娥把言語支吾過了，想道：「莫不我與吳衙内没有姻緣之分，顯這等兇惡夢兆？」又想道：「若得真如夢裏這回恩愛，就死亦所甘心。」此時又被夢中那段光景在腹内打攪，越發想得癡了，覺道睡來没些聊賴，推枕而起。丫鬟們都不在眼前，即將門掩上，看着艙門，説道：「昨夜吳衙内明明從此進來，摟抱至床，不信到是做夢。」又想道：「難道我夢中便這般僥倖，醒時却真個無緣不成？」一頭思想，一面隨手將艙門推開，用目一覷。只見吴府尹船上艙門大開，吴衙内向着這邊船上呆呆而坐。

元來二人卧處，都在後艙，恰好間壁，止隔得五六尺遠。若去了兩重窗槅，便是一家。那吴衙内也因夜來魂顛夢到，清早就起身，開着窗兒，覷望賀司户船中。這也是癩蝦蟆想天鵝肉吃的妄想。那知姻緣有分，數合當然。湊巧賀小姐開窗，兩下正打個照面。四目相視，且驚且喜。恰如識熟過的，彼此微微而笑。秀娥欲待通句話兒，期他相會，又恐被人聽見。遂取過一幅桃花箋紙，磨得墨濃，醮得筆飽，題詩一首，摺成方勝，袖中摸出一方繡帕包裹，捲做一團，擲過船去。吴衙内雙手承受，深深唱個肥喏，秀娥還了個禮。然後解開看時，其詩云：

花箋裁錦字，繡帕裹柔腸。
不負襄王夢，行雲在此方。

傍邊又有一行小字道：「今晚妾當挑燈相候，以剪刀聲響爲號，幸勿爽約。」吴衙内看罷，喜出望外。暗道：「不道小姐又有如此秀美才華，真個世間少有。」一頭贊羡，即忙取過一幅金箋，題詩一首，腰間解下一條錦帶，也捲成一塊，擲將過來。秀娥接得看時，這詩與夢中聽見的一般，轉覺駭然，暗道：「如何他纔題的詩，昨夜夢中倒先見了？看起來我二人合該爲配，故先做這般真夢。」詩後邊也有一行小字道：「承芳卿雅愛，敢不如命。」看罷，納諸袖中。正在迷戀之際，恰值丫鬟送面水叩門。秀娥輕輕帶上槅子，開放丫鬟。隨後夫人也來詢視。見女兒已是起身，纔放下這片愁心。

那日乃是吴府尹答席，午前賀司户就去赴宴。夫人也自晝寢。秀娥取出那首詩來，不時展玩，私心自喜，盼不到晚。有恁般怪事。每常時，翣翣眼便過了一日。偏生這日的日子，恰像有條繩子繫住，再不能勾下去，心下好不焦躁。漸漸捱至黄昏，忽地想着這兩個丫鬟礙眼，不當穩便，除非如此如此。到夜飯時，私自賞那貼身伏侍的丫鬟一大壺酒，兩碗菜蔬。這兩個丫頭猶如渴龍見水，吃得一滴不留。少頃賀司户筵散回船，已是爛醉。秀娥恐怕吴衙内也吃醉了，不能赴約，反增憂慮。回到後艙，掩上門兒，教丫鬟將香兒燻好了衾枕，分忖道：「我還要做些針指，你們先睡則個。」那兩個丫鬟正是酒湧上來，面紅耳熱，脚軟頭旋，也思量幹這道兒，只是不好開口，得了此言，正中下懷，連忙收拾被窩去睡。頭兒剛剛着枕，鼻孔中就搧風箱般打鼾了。

秀娥坐了更餘，仔細聽那兩船人聲静悄，寂寂無聞，料得無事，遂把剪刀向棹兒上斷琅的一響。那邊吴衙内早已會意。元來吴衙内記挂此事，在席上酒也不敢多飲。賀司户去後，回至艙中，側耳專聽。約莫坐了一個更次，不見些影響，心内正在疑惑，忽聽得了剪刀之聲，喜不自勝，連忙起身，輕手輕脚，開了窗兒，跨將出去，依原推上，聳身跳過這邊船來，向窗門上輕輕彈了三彈。秀娥便來開窗，吴衙内鑽入艙中，秀娥原復帶上。兩下又見了個禮兒。吴衙内在燈下把賀小姐仔細一觀，更覺千嬌百媚。這時彼此情如火熱，那有閒工夫説甚言語。吴衙内捧過賀小姐，鬆開鈕釦，解卸衣裳，雙雙就枕。酥胸緊貼，玉體輕偎。這場雲雨，十分美滿。但見：

艙門輕叩小窗開，瞥見猶疑夢裏來。

萬種歡娱愁不足，梅香熟睡莫驚猜。

一回兒雲收雨散，各道想慕之情。秀娥只將夢中聽見詩句，却與所贈相同的話説出。吴衙内驚訝道：「有恁般奇事！我昨夜所夢，與你分毫不差。因道是奇異，悶坐呆想。不道天使小姐也開窗觀覷，遂成好事。看起來，多分是宿世姻緣，故令魂夢先通。明日即懇爹爹求親，以圖偕老百年。」秀娥道：「此言正合我意。」二人説到情濃之際，陽臺重赴，恩愛轉篤，竟自一覺睡去。

不想那晚夜半，風浪平静，五鼓時分，各船盡皆開放。賀司户、吴府尹兩邊船上，也各收拾篷檣，解纜開船。衆水手齊聲打號子起篷，早把吴衙内、賀小姐驚醒。又聽得水手説道：「這般好順風，怕赶不到蘄州。」嚇得吴衙内暗暗只管叫苦，【眉批】若是一偷而去，各自開船，太平無話。二人良緣終阻，行止俱虧。風息舟開，天所以玉成美事也。説道：「如今怎生是好？」賀小姐道：「低聲。儻被丫鬟聽見，反是老大利害。事已如此，急也無用。你且安下，再作區處。」吴衙内道：「莫要應了昨晚的夢便好。」這句話却點醒了賀小姐，想夢中被丫鬟看見鞋兒，以致事露，遂伸手摸起吴衙内那雙絲鞋藏過。賀小姐躊躇了千百萬遍，想出一個計來，乃道：「我有個法兒在此。」吴衙内道：「是甚法兒？」賀小姐道：「日裏你便向床底下躲避，我也只推有病，不往外邊陪母親吃飯，竟討進艙來。待到了荆州，多將些銀兩與你，趁起岸時人從紛紜，從鬧中脱身，覓個便船回到揚州，然後寫書來求親。爹媽若是允了，不消説起；儻或不肯，只得以實告之。爹媽平日將我極是愛惜，到此地位，料也只得允從。那時可不依舊夫妻會合。」吴衙内道：「若得如此，可知好哩。」

到了天明，等丫鬟起身出艙去後，二人也就下床。吴衙内急忙鑽入床底下，做一堆兒伏着。兩旁俱有箱籠遮隱，床前自有帳幔低垂。賀小姐又緊緊坐在床邊，寸步不離。盥漱過了，頭也不梳，假意靠在棹上。夫人走入看見，便道：「阿呀！爲何不梳頭，却靠在此？」秀娥道：「身子覺道不快，怕得梳頭。」夫人道：「想是起得早些，傷着風了，還不到床上去睡睡？」秀娥道：「因是睡不安穩，纔坐在這裏。」夫人道：「既然要坐，還該再添件衣服，休得凍了，越加不好。」教丫鬟尋過一領披風，與他穿起。又坐了一回，丫鬟請吃朝膳。夫人道：「兒，你身子不安，莫要吃飯，不如教丫鬟香香的煮些粥兒調養倒好。」秀娥道：「我心裏不喜歡吃粥，還是飯好。只不耐煩走動，拿進來吃罷。」夫人道：「既恁般，我也在此陪你。」秀娥道：「這班丫頭，背着你眼就要胡做了，母親還到外邊去吃。」夫人道：「也説得是。」遂轉身出去，教丫鬟將飯送進擺在棹上。秀娥道：「你們自去，待我喚時方來。」打發丫鬟去後，把門頂上，向床底下招出吴衙内來吃飯。那吴衙内爬起身，把腰伸了一伸，舉目看棹上時，乃是兩碗葷菜，一碗素菜，飯止有一吃一添。元來賀小姐平日飯量不濟，額定兩碗，故此只有這些。你想吴衙内食三升米的腸子，這兩碗飯填在那處？微微笑了一笑，舉起筯兩三超，就便了帳，却又不好説得，忍着餓原向床下躲過。秀娥開門，喚過丫鬟，又教添兩碗飯來吃了。那丫鬟互相私議道：「小姐自來只用得兩碗，今日説道有病，如何反多吃了一半，可不是怪事。」不想夫人聽見，走來説道：「兒，你身子不快，怎地反吃許多飯食？」秀娥道：「不妨事，我還未飽哩。」這一日三餐俱是如此。司户夫婦只道女兒年紀長大，增了飯食，正不知艙中，另有個替吃飯的，還餓得有氣無力哩。正是：

安排布地瞞天謊，成就偷香竊玉情。

當晚夜飯過了。賀小姐即教吴衙内先上床睡卧，自己隨後解衣入寢。夫人又來看時，見女兒已睡，問了聲自去，丫鬟也掩門歇息。吴衙内飢餒難熬，對賀小姐説道：「事雖好了，只有一件苦處。」秀娥道：「是那件？」吴衙内道：「不瞞小姐説，我的食量頗寬。今日這三餐，還不勾我一頓。若這般忍餓過日，怎能捱到荆州？」秀娥道：「既恁地，何不早説？明日多討些就是。」吴衙内道：「十分討得多，又怕惹人疑惑。」秀娥道：「不打緊，自有道理，但不知要多少纔勾？」吴衙内道：「那裏像得我意。每頓十來碗也胡亂度得過了。」

到次早，吴衙内依舊躲過。賀小姐詐病在床，呻吟不絶。司户夫人擔着愁心，要請醫人調治，又在大江中，没處去請。秀娥却也不要，只叫肚裏餓得慌。夫人流水催進飯來，又只嫌少，共争了十數多碗，倒把夫人嚇了一跳，勸他少吃時，故意使起性兒，連叫：「快拿去。不要吃了，索性餓死罷。」【眉批】撒嬌好。夫人是個愛女，見他使性，反賠笑臉道：「兒，我是好話，如何便氣你？若吃得，盡意吃罷了，只不要勉强。」親自拿起碗筯，遞到他手裏。秀娥道：「母親在此看着，我便吃不下去。須通出去了，等我慢慢的，或者吃不完也未可知。」夫人依他言語，教丫鬟一齊出外。秀娥披衣下床，將門掩上。吴衙内便鑽出來，因是昨夜餓壞了，見着這飯，也不謙讓，也不擡頭，一連十數碗，吃個流星赶月。約莫存得碗餘，方纔住手，把賀小姐到看呆了，低低問道：「可還少麽？」吴衙内道：「將就些罷，再吃便没意思了。」瀉杯茶漱漱口兒，向床下颼的又鑽入去了。【眉批】吴衙内好耐性，儘可坐禪。賀小姐將餘下的飯吃罷，拽開門兒，原到床上睡卧。那丫鬟專等他開門，就奔進去。看見飯兒菜兒，都吃得精光，收着家伙，一路笑道：「元來小姐患的却是吃飯病。」報知夫人。夫人聞言，只把頭摇，説道：「虧他怎地吃上這些。那病兒也患得蹊蹺。」急請司户來説知，教他請醫問卜。連司户也不肯信，分付午間莫要依他，恐食傷了五臟，便難醫治。那知未到午時，秀娥便叫肚饑。夫人再三把好言語勸諭時，秀娥就啼哭起來。夫人没法，只得又依着他。晚間亦是如此。司户夫妻只道女兒得了怪病，十分慌張。

這晚已到蘄州停泊，分付水手明日不要開船。清早差人入城，訪問名醫，一面求神占卦。不一時，請下個太醫來。那太醫衣冠濟楚，氣宇軒昂。賀司户迎至艙中，叙禮看坐。那太醫曉得是位官員，禮貌甚恭。獻過兩杯茶，問了些病緣，然後到後艙胗脉。胗過脉，復至中艙坐下。賀司户道：「請問太醫，小女還是何症？」太醫先咳了一聲嗽，方答道：「令愛是疳膨食積。」賀司户道：「先生差矣。疳膨食積乃嬰兒之疾，小女今年十五歲了，如何還犯此症？」太醫笑道：「老先生但知其一，不知其二。令愛名雖十五歲，即今尚在春間，只有十四歲之實。儻在寒月所生，纔十三歲有餘。老先生，你且想，十三歲的女子，難道不算嬰孩？大抵此症，起於飲食失調，兼之水土不伏，食積於小腹之中，凝滯不消，遂至生熱，升至胸中，便覺飢餓。及吃下飲食，反資其火，所以日盛一日。若再過月餘不醫，就難治了。」賀司户見説得有些道理，問道：「先生所見，極是有理了。但今如何治之？」太醫道：「如今學生先消其積滯，去其風熱，住了熱，飲食自然漸漸減少，平復如舊矣。」賀司户道：「若得如此神效，自當重酬。」道罷，太醫起身作別。賀司户封了藥資，差人取得藥來，流水煎起，送與秀娥。

那秀娥一心只要早至荆州，那個要吃什麽湯藥？初時見父母請醫，再三阻當不住，又難好道出真情，只得由他慌亂。曉得了醫者這班言語，暗自好笑。將來的藥，也打發丫鬟將去，竟潑入净桶。求神占卦，有的説是星辰不利，又觸犯了鶴神，須請僧道禳解，自然無事；有的説在野曠處，遇了孤魂餓鬼，若設醮追薦，便可痊癒。賀司户夫妻一一依從。見服了幾劑藥，没些效驗，吃飯如舊。又請一個醫者。那醫者更是擴而充之，乘着轎子，三四個僕從跟隨。相見之後，高談闊論，也先探了病源，方纔胗脉，問道：「老先生，可有那個看過麽？」賀司户道：「前日曾請一位看來。」醫者道：「他看的是何症？」賀司户道：「説是疳膨食積。」醫者呵呵笑道：「此乃癆瘵之症，怎説是疳膨食積？」賀司户道：「小女年紀尚幼，如何有此症候？」醫者道：「令愛非七情六欲癆怯之比，他本秉氣虚弱，所謂孩兒癆便是。」賀司户道：「飲食無度，這是爲何？」醫者道：「寒熱交攻，虚火上延，因此容易飢餓。」夫人在屏後打聽，教人傳説，小姐身子并不發熱。醫者道：「這乃内熱外寒骨蒸之症，故不覺得。」又討前日醫者藥劑看了，説道：「這般剋罰藥，削弱元氣。再服幾劑，便難救了。待學生先以煎劑治其虚熱，調和臟腑，節其飲食。那時方以滋陰降火養血補元的丸藥，慢慢調理，自當痊可。」賀司户稱謝道：「全仗神力。」遂辭别而去。

少頃，家人又請一個太醫到來。那太醫却是個老者，鬚鬢皓然，步履蹣跚，剛坐下，便誇張善識疑難怪異之病：「某官府虧老夫救的，某夫人又虧老夫用甚藥奏效。」那門面話兒就説了一大派。又細細問了病者起居飲食，纔去胗脉。賀司户被他大話一哄，認做有意思的，暗道：「常言老醫少卜，或者這醫人有些效驗，也未可知。」醫者胗過了脉，向賀司户道：「還是老先生有緣，得遇老夫。令愛這個病症，非老夫不能識。」【眉批】作者可謂謗醫矣，然世間此輩政自不少。賀司户道：「請問果是何疾？」醫者道：

「此乃有名色的，謂之膈病。」賀司户道：「吃不下飲食，方是膈病，目今比平常多食幾倍，如何是這症候？」醫者道：「膈病原有幾般。像令愛這膈病俗名唤做老鼠膈。背後儘多儘吃；及至見了人，一些也難下咽喉。後來食多發漲，便成蠱脹。二病相兼，便難醫治。如今幸爾初起，還不妨得，包在老夫身上，可以除根。」言罷，起身。賀司户送出船頭方别。那時一家都認做老鼠膈，見神見鬼的，請醫問卜。那曉得賀小姐把來的藥都送在净桶肚裏，背地冷笑。賀司户在蘄州停了幾日，算來不是長法，與夫人商議，與醫者求了個藥方，多買些藥材，一路吃去，且到荆州另請醫人。那老兒因要他寫方，着實詐了好些銀兩，可不是他的造化。有詩爲證：

醫人未必盡知醫，却是將機便就機。
無病妄猜云有病，却教司户折便宜。

常言説得好：「少女少郎，情色相當。」賀小姐初時，還是個處子，雲雨之際，尚是逡巡畏縮。況兼吴衙内心慌膽怯，不敢恣肆，彼此未見十分美滿。兩三日後，漸入佳境，恣意取樂，忘其所以。一晚夜半，丫鬟睡醒，聽得床上唧唧噥噥，床棱戛戛的響。隔了一回，又聽得氣喘吁吁，心中怪異，次早報與夫人。夫人也因見女兒面色紅活，不像個病容，正有些疑惑，聽了這話，合着他的意思。不去通知司户，竟走來觀看，又没些破綻。及細看秀娥面貌，〔一〕愈覺丰采倍常，却又不好開口問得，倒没了主意。坐了一回，原走出去。朝飯已後，終是放心不下，又進去探覷，把遠話挑問。秀娥見夫人話兒問得蹊蹺，便不答應。耳邊忽聞得打鼾之聲。元來吴衙内夜間多做了些正經，不曾睡得，此時吃飽了飯，在床底下酣睡。秀娥一時遮掩不來，被夫人聽見，將丫鬟使遣開去，把門頂上，向床下一望。只見靠壁一個擺頭孩子，曲着身體，睡得好不自在。夫人暗暗叫苦不迭，對秀娥道："你做下這等勾當，却詐推有病，嚇得我夫妻心花兒急碎了。如今羞人答答，怎地做人。這天殺的，還是那裏來的？"秀娥羞得滿面通紅，説道："是孩兒不是，一時做差事了。望母親遮蓋則個。這人不是别個，便是吴府尹的衙内。"夫人失驚道："吴衙内與你從未見面，况那日你爹在他船上吃酒，還在席間陪侍，夜深方散，四鼓便開船了，如何得能到此？"秀娥從實將司户稱贊留心，次日屏後張望，夜來做夢，早上開窗訂約，并睡熟船開，前後事細細説出，又道："不肖女一時情癡，喪名失節，玷辱父母，罪實難逭。但兩地相隔數千里，一旦因阻風而會，此乃宿世姻緣，天遣成配，非由人力。兒與吴衙内誓同生死，各不更改。望母親好言勸爹曲允，尚可挽回前失；儻爹有别念，兒即自盡，决不偷生苟活。今蒙耻禀知母親，一任主張。"道罷，淚如雨下。

這裏母子便説話，下邊吴衙内打齁聲越發雷一般響了。此時夫人又氣又惱，欲待把他難爲，一來嬌養慣了，那裏捨得？二來恐婢僕聞知，反做話靶，吞聲忍氣，拽開門走往外邊去了。秀娥等母親轉身後，急下床頂上門兒，在床下叫醒吴衙内，埋怨道：「你打齁也該輕些兒，驚動母親，事都泄漏了。」吴衙内聽説事露，嚇得渾身冷汗直淋，上下牙齒，頃刻就趷蹬蹬的相打，半句話也掙不出。秀娥道：「莫要慌。適來與母親如此如此説了。若爹爹依允，不必講起；不肯時，拚得學夢中結局，決不教你獨受其累。」説到此處，不覺淚珠亂滾。

且説夫人急請司户進來，屏退丫鬟，未曾開言，眼中早已簌簌淚下。司户還道愁女兒病體，反寬慰道：「那醫者説，只在數日便可奏效，不消煩惱。」夫人道：「聽那老光棍花嘴，什麽老鼠膈。論起恁樣太醫，莫説數日内奏效，就一千年還看不出病體。」司户道：「你且説怎的？」夫人將前事細述，把司户氣得個發昏章第十一，連聲道：「罷了，罷了。這等不肖之女，做恁般醜事，敗壞門風，要他何用？趁今晚都結果了性命，也脱了這個醜名。」這兩句話驚得夫人面如土色，勸道：「你我已在中年，止有這點骨血。一發斷送，更有何人？論來吴衙内好人家子息，才貌兼全，招他爲婿，原是門當户對。獨怪他不來求親，私下做這般勾當。事已如此，也説不得了。將錯就錯，悄地差人送他回去，寫書與吴府尹，令人來下聘，然後成禮，兩全其美。今若聲張，反妝幌子。」司户沉吟半晌，無可奈何，只得依着夫人。出來問水手道：「這裏是甚地方？」水手答道：「前邊已是武昌府了。」司户分付就武昌暫停，要差人回去。一面修起書札，喚過一個心腹家人，分付停當。

不一時，到了武昌。那家人便上涯寫下船隻，旁在船邊。賀司户與夫人同至後艙。秀娥見了父親，自覺無顔，把被蒙在面上。司户也不與他説話，只道：「做得好事。」向床底下，呼喚吴衙内。那吴衙内看見了司户夫婦，不知是甚意兒，戰兢兢爬出來，伏在地上，口稱死罪。司户低責道：「我只道你少年博學，可以成器，不想如此無行，辱我家門。本該撇下江裏，纔消這點惡氣。今姑看你父親面皮，饒你性命，差人送歸。若得成名，便把不肖女與你爲妻；如没有這般志氣，休得指望。」吴衙内連連叩頭領命。司户原教他躲過，捱至夜深人静，悄地教家人引他過船，連丫鬟不容一見面。彼時兩下分别，都還道有甚歹念，十分凄慘，又不敢出聲啼哭。秀娥又扯夫人到背後，説道：「此行不知爹爹有甚念頭，須教家人回時，討吴衙内書信覆我，方纔放心。」夫人真個依着他，又叮囑了家人。次日清早開船自去。賀司户船隻也自望荆州進發。賀小姐誠恐吴衙内途中有變，心下憂慮。即時真個倒想出病來。正是：

乍别冷如冰，動念熱如火。
三百六十病，唯有相思苦。

話分兩頭。且説吴府尹自那早離了江州，行了幾十里路，已是朝饍時分，不見衙内起身。還道夜來中酒，看看至午，不見聲息，以爲奇怪。夫人自去叫唤，并不答應。那時着了忙。吴府尹教家人打開觀看，只有一個空艙。嚇得府尹夫妻魂魄飛散，〔二〕呼天愴地的號哭，只是解説不出。合船的人都道："這也作怪。總來只有隻船，那裏去了？除非落在水裏。"吴府尹聽了衆人，遂泊住船，尋人打撈。自江州起至泊船之所，百里内外，把江也撈遍了，那裏羅得尸首。一面招魂設祭，把夫人哭得死而復蘇。吴府尹因没了兒子，連官也不要做了。手下人再三苦勸，方纔前去上任。

不則一日，賀司户家人送吴衙内到來。父子一見，驚喜相半。看了書札，方知就裏，將衙内責了一場，款留賀司户家人，住了數日，準備聘禮，寫起回書，差人同去求親。吴衙内也寫封私書寄與賀小姐。兩下家人領着禮物，别了吴府尹，直至荆州，參見賀司户。收了聘禮。又作回書，打發吴府尹家人回去。那賀小姐正在病中，見了吴衙内書信，然後漸漸痊愈。那吴衙内在衙中，日夜攻書。候至開科，至京應試，一舉成名，中了進士。凑巧除授荆州府湘潭縣縣尹。吴府尹見兒子成名，便告了致仕，同至荆州上任，擇吉迎娶賀小姐過門成親。同僚們前來稱賀。兩個花燭下新人，錦衾内一雙舊友。

秀娥過門之後，孝敬公姑，夫妻和順，頗有賢名。後來賀司户因念着女兒，也入籍汴京，靠老終身。吴彦官至龍圖閣學士，生得二子，亦登科甲。這回書唤做《吴衙内鄰舟赴約》。〔三〕詩云：

佳人才子貌相當，八句新詩暗自將。
百歲姻緣床下就，麗情千古播詞場。

【校記】

〔一〕「秀娥」，底本作「秀蛾」，據前後文改，下徑改，不出校。

〔二〕「府尹」，底本及東大本作「司户」，據衍慶堂本改。

〔三〕「鄰舟赴約」四字，底本缺失，據衍慶堂本及東大本補。

纷纷玉瓣堆
香御片片瓊
英遠蚤擱

不共春風鬦百芳
自甘籬落傲秋霜
園林一片蕭疎景
幾朶依稀散晚香

第二十九卷　盧太學詩酒傲公侯

衛河東岸浮丘高，竹舍雲居隱鳳毛。
遂有文章驚董賈，豈無名譽駕劉曹。
秋天散步青山郭，春日催詩白兔毫。
醉倚湛盧時一嘯，長風萬里破洪濤。

這首詩，乃本朝嘉靖年間一個才子所作。那才子是誰？姓盧名柟，字少楩，一字子赤，大名府濬縣人也。生得丰姿瀟灑，氣宇軒昂，飄飄有出塵之表。八歲即能屬文，十歲便閑詩律，下筆數千言，倚馬可待。人都道他是李青蓮再世，曹子建後身。一生好酒任俠，放達不羈，有輕世傲物之志。真個名聞天下，才冠當今。與他往來的，俱是名公巨卿。又且世代簪纓，家貲巨富，日常供奉，擬於王侯。所居在城外浮丘山下，第宅壯麗，高聳雲漢。後房粉黛，一個個聲色兼妙，又選小奚秀美者數人，教成吹彈歌曲，日以自娱。至於童僕廝養，不計其數。宅後又構一園，大可兩三頃，鑿池引水，疊石爲山，制度極其精巧，名曰嘯圃。大凡花性喜暖，所以名花俱出南方，那北地天氣嚴寒，花到其地，大半凍死，因此至者甚少。設或到得一花一草，必爲巨璫大畹所有，他人亦不易得。這濬縣又是個拗處，比京都更難，故宦家園亭雖有，俱不足觀。偏盧柟立心要勝似他人，不惜重價，差人四處構取名花異卉、怪石奇峰，落成這園，遂爲一邑之勝。真個景致非常。但見：

樓臺高峻，庭院清幽。山疊岷峨怪石，花栽閬苑奇葩。水閣遥通竹塢，風軒斜透松寮。回塘曲沼，〔一〕層層碧浪漾琉璃；疊嶂層巒，點點蒼苔鋪翡翠。牡丹亭畔，孔雀雙栖；芍藥欄邊，仙禽對舞。縈紆松徑，緑陰深處小橋横；屈曲花岐，紅艷叢中喬木聳。煙迷翠黛，意淡如無；雨洗青螺，色濃似染。木蘭舟蕩漾芙蓉水際，鞦韆架摇拽垂楊影裏。朱檻畫欄相掩映，湘簾繡幕兩交輝。

盧柟日夕吟花課鳥，笑傲其間，雖南面王樂，亦不是過。凡朋友去相訪，必留連盡醉方止。倘遇着個聲氣相投知音的知己，便兼旬累月，款留在家，不肯輕放出門。若人有患難來投奔的，一一都有賫發，决不令其空過。因此四方慕名來者，絡繹不絕。真個是：

座上客常滿，樽中酒不空。

盧柟只因才高學廣，以爲掇青紫如拾針芥，那知文福不齊，任你錦繡般文章，偏生不中試官之意，一連走上幾科，〔二〕不能勾飛黄騰達。他道世無識者，遂絶意功名，不圖進取，惟與騷人劍客、羽士高僧，談禪理，論劍術，呼盧浮白，放浪山水，自稱「浮丘山人」。曾有五言古詩云：

逸翮奮霄漢，高步躡天關。
褰衣在椒塗，長風吹海瀾。
瓊樹繫游鑣，瑶華代朝餐。
恣情戲靈景，静嘯喈鳴鸞。
浮世信淆濁，焉能濡羽翰。

話分兩頭，却説濬縣知縣姓汪名岑，少年連第，貪婪無比，性復猜刻，又酷好杯中之物。若擎着酒杯，便直飲到天明。自到濬縣，不曾遇着對手。平昔也曉得盧柟是個才子，當今推重，交游甚廣，又聞得邑中園亭，惟他家爲最，酒量又推尊第一。因這三件，有心要結識他，做個相知，差人去請來相會。你道有這樣好笑的事麽？别個秀才要去結交知縣，還要捱風緝縫，央人引進，拜在門下，稱爲老師。四時八節，饋送禮物，希圖以小博大。若知縣自來相請，就如朝廷徵聘一般，何等榮耀，還把名帖粘在壁上，誇炫親友。這雖是不肖者所爲，有氣節的未必如此，但知縣相請，也没有不肯去的。偏有盧柟比他人不同，知縣一連請了五六次，只當做耳邊風，全然不睬，只推自來不入公門。你道因甚如此？那盧柟才高天下，眼底無人，天生就一副俠腸傲骨，視功名如敝蓰，等富貴猶浮雲，就是王侯卿相，不曾來拜訪，要請去相見，他也斷然不肯先施，怎肯輕易去見個縣官？真個是天子不得臣，諸侯不得友，絶品的高人。

這盧柟已是個清奇古怪的主兒，撞着知縣又是個耐煩瑣碎的冤家，請人請到四五次不來，也只索罷了，偏生只管去纏帳。見盧柟決不肯來，却到情願自去就教。又恐盧柟他出，先差人將帖子訂期。差人領了言語，一直徑到盧家，把帖子遞與門公説道：「本縣老爺有緊要話，差我來傳達你相公，相煩引進。」門公不敢怠慢，即引到園上，來見家主。差人隨進園門，舉目看時，只見水光繞緑，山色送青，竹木扶疏，交相掩映，林中禽鳥，聲如鼓吹。那差人從不曾見這般景致，今日到此，恍如登了洞天仙府，好生歡喜，想道：「怪道老爺要來游玩，元來有恁地好景。我也是有些緣分，方得至此觀玩這番，也不枉爲人一世。」遂四下行走，恣意飽看。灣灣曲曲，穿過幾條花徑，走過數處亭臺，來到一個所在。周圍盡是梅花，一望如雪，霏霏馥馥，清香沁人肌骨。中間顯出一座八角亭子，朱甍碧瓦，畫棟雕梁，亭中懸一個扁額，大書「玉照亭」三字。下邊坐着三四個賓客，賞花飲酒，傍邊五六個標致青衣，調絲品竹，按板而歌。有高太史《梅花詩》爲證：

瓊姿只合在瑶臺，誰向江南處處栽。
雪滿山中高士卧，月明林下美人來。
寒依疏影蕭蕭竹，春掩殘香漠漠苔。
自去漁郎無好韻，東風愁寂幾回開。

門公同差人跕在門外，候歌完了，先將帖子禀知，然後差人向前説道：「老爺令小人多多拜上相公，説既相公不屑到縣，老爺當來拜訪。但恐相公他出，又不相值，先差小人來期個日子，好來請教。二來聞府上園亭甚好，順便就要游玩。」大凡事當湊就不起，那盧柟見知縣頻請不去，恬不爲怪，却又情願來就教，未免轉過念頭，想：「他雖然貪鄙，終是個父母官兒，肯屈己敬賢，亦是可取，若又峻拒不許，外人只道我心胸褊狹，不能容物了。」又想道：「他是個俗吏，這文章定然不曉得的。那詩律旨趣深奥，料必也没相干。若論典籍，他又是個後生小子，徼倖在睡夢中偷得這進士到手，已是心滿意足，諒來還未曾識面。至於理學禪宗，一發夢想所不到了。除此之外，與他談論，有甚意味，還是莫招攬罷。」却又念其來意惓惓，如拒絕了，似覺不情，正沉吟間，小童斟上酒來。他觸境情生，就想到酒上，道：「倘會飲酒，亦可免俗。」問來人道：「你本官可會飲酒麽？」答道：「酒是老爺的性命，怎麽不會飲？」盧柟又問：「能飲得多少？」答道：「但見拿着酒杯整夜吃去，不到酩酊不止，也不知有幾多酒量。」盧柟心中喜道：「原來這俗物却會飲酒，單取這節罷。」隨教童子取個帖兒，付與來人道：「你本官既要來游玩，趁此梅花盛時，就是明日罷。我這裏整備酒盒相候。」差人得了言語，原同門公一齊出來，回到縣裏，將帖子回覆了知縣。知縣大喜，正要明日到盧柟家去看梅花，不想晚上人來報新按院到任，連夜起身往府，不能如意。差人將個帖兒辭了。【眉批】一次。知縣到府，接着按院，伺行香過了，回到縣時，往還數日，這梅花已是：

紛紛玉瓣堆香砌，片片瓊英繞畫闌。

汪知縣因不曾赴梅花之約，心下怏怏，指望盧柟另來相邀。誰知盧柟出自勉强，見他辭了，即撇過一邊，那肯又來相請。看看已到仲春時候，汪知縣又想到盧柟園上去游春，差人先去致意。那差人來到盧家園中，只見園林織錦，堤草鋪茵，鶯啼燕語，蝶亂蜂忙，景色十分艷麗。須臾，轉到桃蹊上，那花渾如萬片丹霞，千重紅錦，好不爛熳。有詩爲證：

桃花開遍上林紅，耀服繁華色艷濃。
含笑動人心意切，幾多消息五更風。

盧柟正與賓客在花下擊鼓催花，豪歌狂飲，差人執帖子上前説知。盧柟乘着酒興，對來人道：「你快回去與本官説，若有高興，即刻就來，不必另約。」【眉批】其意甚輕。衆賓客道：「成不得。我們正在得趣之時，他若來了，就有許多文縐縐，怎能盡興？還是改日罷。」盧柟道：「説得有理，便是明日。」遂取個帖子，打發來人，回復知縣。

你道天下有恁樣不巧的事。次日汪知縣剛剛要去游春，誰想夫人有五個月身孕，忽然小産起來，暈倒在地，血污浸着身子。嚇得知縣已是六神無主，還有甚心腸去吃酒，只得又差人辭了盧柟。【眉批】二次。這夫人病體直至三月下旬，方纔稍可。那時盧柟園中牡丹盛開，冠絶一縣，真個好花。有《牡丹詩》爲證：

洛陽千古鬥春芳，富貴真誇濃艷妝。
一自《清平》傳唱後，至今人尚説花王。

汪知縣爲夫人這病，亂了半個多月，情緒不佳，終日只把酒來消悶，連政事也懶得去理。次後聞得盧家牡丹茂盛，想要去賞玩，因兩次失約，不好又來相期，差人送三兩書儀，就致看花之意。盧柟日子便期了，却不肯受這書儀。璧返數次，推辭不脱，只得受了。那日天氣晴爽，汪知縣打帳早衙完了就去。【眉批】三次。不道剛出私衙，左右來報：「吏科給事中某爺告養親歸家，在此經過。」正是要道之人，敢不去奉承麽？急忙出郭迎接，餽送下程，設宴款待。【眉批】既看周旋世故，又要享清福清玩，世間那有揚州鶴？只道一兩日就行，還可以看得牡丹，那知某給事又是好勝的人，教知縣陪了游覽本縣勝景之處，盤桓七八日方行。等到去後，又差人約盧柟時，那牡丹已萎謝無遺。盧柟也向他處游玩山水，離家兩日矣。

不覺春盡夏臨，彈指間又早六月中旬。汪知縣打聽盧柟已是歸家，在園中避暑，又令人去傳達，要賞蓮花。那差人徑至盧家，把帖兒教門公傳進。須臾間，門公出來説道：「相公有話，喚你當面去分付。」差人隨着門公，直到一個荷花池畔，看那池團團約有十畝多人，堤上緑槐碧柳，濃陰蔽日；池内紅妝翠蓋，艷色映人。有詩爲證：

凌波仙子鬥新妝，七竅虛心吐異香。
何似花神多薄倖，故將顔色惱人腸。

元來那池也有個名色，唤做灩碧池。池心中有座亭子，名曰錦雲亭。此亭四面皆水，不設橋梁，以採蓮舟爲渡，乃盧柟納凉之處。門公與差人下了採蓮舟，蕩動畫槳，頃刻到了亭邊，繫舟登岸。差人舉目看那亭子：周圍朱欄畫檻，翠幔紗窗，荷香馥馥，清風徐徐，水中金魚戲藻，梁間紫燕尋巢，鷗鷺争飛葉底，鴛鴦對浴岸傍。去那亭中看時，只見藤床湘簟，石榻竹几，瓶中供千葉碧蓮，爐内焚百和名香。盧柟科頭跣足，斜據石榻，面前放一帙古書，手中執着酒杯。傍邊冰盤中，列着金桃雪藕、沉李浮瓜，又有幾味案酒。一個小厮捧壺，一個小厮打扇。他便看幾行書，飲一杯酒，自取其樂。【眉批】且快樂。差人未敢上前，在側邊暗想道：「同是父母生長，他如何有這般受用？就是我本官中過進士，還有許多勞碌，怎及得他的自在。」盧柟擡頭看見，即問道：「就是縣裏差來的麽？」差人應道：「小人正是。」盧柟道：「你那本官到也好笑，屢次訂期定日，却又不來，如今又説要看荷花。恁樣不爽利，虧他怎地做了官。我也没有許多閒工夫與他纏帳，任憑他有興便來，不耐煩又約日子。」【眉批】輕世傲物，口氣亦令人難當。差人道：「老爺多拜上相公，説久仰相公高才，如渴思漿，巴不得來請教，連次皆爲不得已事羈住，故此失約。還求相公期個日子，小人好去回話。」盧柟見來人説話伶俐，却也聽信了他，〔三〕乃道：「既如此，竟在後日。」差人得了言語，討個回帖，同門公依舊下船，摿到柳陰堤下上岸，自去回復了知縣。

那汪知縣至後日，早衙發落了些公事，約莫午牌時候，起身去拜盧柟。誰想正值三伏之時，連日酷熱非常，汪知縣已受了些暑氣，這時却又在正午，那輪紅日猶如一團烈火，熱得他眼中火冒，口内煙生，剛到半路，覺道天旋地轉，從轎上直撞下來，險些兒悶死在地。【眉批】四次。從人急忙救起，擡回縣中，送入私衙，漸漸蘇醒。分付差人辭了盧柟，一面請太醫調治。足足裹病了一個多月，方纔出堂理事，不在話下。

且説盧柟一日在書房中，查點往來禮物，檢着汪知縣這封書儀，想道：「我與他水米無交，如何白白裏受他的東西？須把來消豁了，方纔乾净。」到八月中，差人來請汪知縣中秋夜賞月。那知縣却也正有此意，見來相請，好生歡喜，取回帖打發來人，説：「多拜上相公，至期準赴。」那知縣乃一縣之主，難道剛剛只有盧柟請他賞月不成？少不得初十邊，就有鄉紳同僚中相請，况又是個好飲之徒，可有不去的理麽？定然一家家捱次都到，至十四這日，辭了外邊酒席，於衙中整備家宴，與夫人在庭中玩賞。那晚月色分外皎潔，比尋常更是不同。有詩爲證：

玉宇淡悠悠，金波徹夜流。
最憐圓缺處，曾照古今愁。
風露孤輪影，山河一氣秋。
何人吹鐵笛？乘醉倚南樓。

夫妻對酌，直飲到酩酊，方纔入寢。那知縣一來是新起病的人，元神未復；二來連日沉酣糟粕，趁着酒興，未免走了酒字下這道兒；三來這晚露坐夜深，着了些風寒。三合湊又病起來。眼見得盧柟賞月之約，又虛過了。【眉批】五次。調攝數日，方能痊可。那知縣在衙中無聊，量道盧柟園中桂花必盛，意欲借此排遣。適值有個江南客來打抽豐，送兩大罎惠山泉酒，汪知縣就把一罎差人轉送與盧柟。盧柟見説是美酒，正中其懷，無限歡喜，乃道：「他的政事文章，我也一概勿論，只這酒中，想亦是知味的了。」即寫帖請汪知縣後日來賞桂花。有詩爲證：

涼影一簾分夜月，天宫萬斛動秋風。
淮南何用歌《招隱》？自可淹留桂樹叢。

自古道：「一飲一啄，莫非前定。」像汪知縣是個父母官，肯屈己去見個士人，豈不是件異事？誰知兩下機緣未到，臨期定然生出事故，不能相會。這番請賞桂花，汪知縣滿意要盡竟日之歡，罄夙昔仰想之誠，不料是日還在眠床上，外面就傳板進來報：「山西理刑趙爺行取入京，已至河下。」恰正是汪知縣鄉試房師，怎敢怠慢？【眉批】六次。即忙起身梳洗，出衙上轎，往河下迎接，設宴款待。你想兩個得意師生，没有就别之理，少不得盤桓數日，方纔轉身。這桂花已是：

飄殘金粟隨風舞，零亂天香滿地鋪。

却説盧柟素性剛直豪爽，是個傲上矜下之人，見汪知縣屢次卑詞盡敬，以其好賢，遂有俯交之念。時值九月末旬，園中菊花開遍，那菊花種數甚多，内中惟有三種爲貴。那三種：

鶴翎　剪絨　西施

每一種各有幾般顔色，〔四〕花大而媚，所以貴重。有《菊花詩》爲證：

不共春風鬥百芳，自甘籬落傲秋霜。
園林一片蕭疏景，幾朵依稀散晚香。

盧柟因想汪知縣幾遍要看園景，却俱中止，今趁此菊花盛時，何不請來一玩？也不枉他一番敬慕之情，即寫帖兒，差人去請次日賞菊。家人拿着帖子，來到縣裏，正值知縣在堂理事，一徑走到堂上跪下，把帖子呈上，禀道：「家相公多拜上老爺，園中菊花盛開，特請老爺明日賞玩。」汪知縣正想要去看菊，因屢次失約，難好啓齒，今見特地來請，正是穵耳當招，深中其意，看了帖子，乃道：「拜上相公，明日早來領教。」那家人得了言語，即便歸家回覆家主道：「汪大爺拜上相公，明日絶早就來。」那知縣説明日早來，不過是隨口的話，那家人改做絶早就來，這也是一時錯訛之言。不想因這句錯話上，得罪于知縣，後來把天大家私弄得罄盡，險些兒連性命都送了。正是：

舌爲利害本，口是禍福門。

當下盧柟心下想道：「這知縣也好笑，那見赴人筵席有個絶早就來之理。」又想道：「或者慕我家園亭，要盡竟日之游。」分付厨夫：「大爺明日絶早就來，酒席須要早些完備。」那厨夫所見知縣早來，恐怕臨時誤事，隔夜就手忙脚亂收拾。盧柟到次早分付門上人：「今日若有客來，一概相辭，不必通報。」又將個名帖差人去邀請知縣。不到朝食時，酒席都已完備，擺設在園上燕喜堂中。上下兩席，并無别客相陪。

【眉批】設上下席以賓主相見，亦常人所不敢也。

那酒席鋪設得花錦相似。正是：

富家一席酒，窮漢半年糧。

且説知縣那日早衙投文已過，也不退堂，就要去赴酌。因見天色太早，恐酒席未完，吊一起公事來問。那公事却是新拿到一班强盜，專在衛河裏打劫來往客商，因都在娼家宿歇，露出馬脚，被捕人拿住解到本縣，當下一訊都招。内中一個教做石雪哥，又扳出本縣一個開肉鋪的王屠，也是同夥，即差人去拿到。知縣問道：「王屠，石雪哥招稱你是同夥，贓物俱窩頓你家，從實供招，免受刑罰。」王屠禀道：「爺爺，小人是個守法良民，就在老爺馬足下開個肉鋪生理，平昔間就街市上不十分行走，那有這事？莫説與他是個同夥，就是他面貌，從不曾識認。老爺不信，拘鄰里來問平日所行所爲，就明白了。」知縣又叫石雪哥道：「你莫要誣陷平人，若審出是扳害的，登時就打死你這奴才。」石雪哥道：「小的并非扳害，真實是同夥。」王屠叫道：「我認也認不得你，如何是同夥？」石雪哥道：「王屠，我與你一向同做夥計，怎麽詐不認得？就是今日，本心原要出脱你的，只爲受刑不過，一時間説了出來，你不要怪我。」王屠叫屈連天道：「這是那裏説起？」知縣喝交一齊夾起來，可憐王屠夾得死而復蘇，不肯招承。這强盗咬定是個同夥，雖夾死終不改口。是巳牌時分夾起，日已倒西，兩下各執一詞，難以定招。此時知縣一心要去赴宴，已不耐煩，遂依着强盗口詞，葫蘆提將王屠問成斬罪，其家私盡作贓物入官。畫供已畢，一齊發下死囚牢裏，即起身上轎，到盧柟家去吃酒。不題。

你道這强盗爲甚死咬定王屠是個同夥？那石雪哥當初原是個做小經紀的人，因染了時疫症，把本錢用完，連幾件破家伙也賣來吃在肚裏。及至病好，却没本錢去做生意，只存得一隻鍋兒，要把去賣幾十文錢，來營運度日。旁邊却又有些破的，生出一個計較，將鍋煤拌着泥兒塗好，做個草標兒，提上街去賣。轉了半日，都嫌是破的，無人肯買。落後走到王屠對門開米舖的田大郎門首，叫住要買。那田大郎是個近覷眼，却看不出損處，一口就還八十文錢。石雪哥也就肯了。田大郎將錢遞與石雪哥，接過手剛在那裏數明。不想王屠在對門看見，叫道：「大郎，你且仔細看看，莫要買了破的。」這是嘲他眼力不濟，乃一時戲謔之言。誰知田大郎真個重新仔細一看，看出那個破損處來，【眉批】凡戲無益，近之理也，一時無心謔語，遂成傷心之怨，戒之，戒之。對王屠道：「早是你説，不然幾乎被他哄了，果然是破的。」連忙討了銅錢，退還鍋子。

石雪哥初時買成了，心中正在歡喜，次後討了錢去，心中痛恨王屠，恨不得與他性命相博。只爲自己貨兒果然破損，没個因頭，難好開口，忍着一肚子惡氣，提着鍋子轉身，臨行時，還把王屠怒目而視，巴不能等他問一聲，就要與他厮鬧。那王屠出自無心，那個去看他。石雪哥見不來招攬，只得自去。不想心中氣悶，不曾照管得脚下，絆上一交，把鍋子打做千百來塊，將王屠就恨入骨髓。思想没了生計，欲要尋條死路，詐那王屠，却又捨不得性命。没甚計較，就學做夜行人，到也順溜，手到擒來。做了年餘，嫌這生意微細，合入大隊裏，在衛河中巡綽，得來大碗酒、大塊肉，好不快活。那時反又感激王屠起來，他道是當日若没有王屠説這句話，賣成這隻鍋子，有了本錢，這時只做小生意過日，那有恁般快活。及至惡貫滿盈，被拿到官，情真罪當，料無生理，却又想起昔年的事來，那日若不是他説破，賣這幾十文錢做生意度日，不見致有今日。所以扳害王屠，一口咬定，死也不放。【眉批】一事也，而感恨轉於須臾，總爲窮所使耳，故曰小人窮斯濫矣。故此他便認得王屠，王屠却不相認。後來直到秋後典刑，齊綁在法場上，王屠問道：「今日總是死了，你且説與我有甚冤讎，害我致此？説個明白，死也甘心。」石雪哥方把前情説出。王屠連喊冤枉，要辨明這事。你想，此際有那個來采你？只好含冤而死。正是：

只因一句閒言語，斷送堂堂六尺軀。

閒話休題，且説盧柟早上候起，已至巳牌，不見知縣來到，又差人去打聽，回報説在那裏審問公事。盧柟心上就有三四分不樂，道：「既約了絶早就來，如何這時候還問公事？」停了一回，還不見到，又差人去打聽，來報説：「這件公事還未問完哩。」盧柟不樂有六七分了，想道：「是我請他的不是，只得耐這次罷。」俗語道得好：「等人性急。」略過一回，又差人去打聽，這人行無一箭之遠，又差一人前來，頃刻就差上五六個人去打聽。少停一齊轉來回覆説：「正在堂上夾人，想這事急切未得完哩。」盧柟聽見這話，凑成十分不樂，心中大怒道：「原來這俗物一無可取，却只管來纏帳，幾乎錯認了，如今幸爾還好。」即令家人撤開下面這卓酒席，走上前居中向外而坐，叫道：「快把大杯灑熱酒來，洗滌俗腸。」家人都稟道：「恐大爺一時來到。」盧柟睁起眼喝道：「哇！還説甚大爺，我這酒可是與俗物吃的麽？」家人見家主發怒，誰敢再言？只得把大杯斟上，厨下將肴饌供出，小奚在堂中宫商迭奏，絲竹并呈。盧柟飲了數杯，又討出大碗，一連吃上十數多碗，吃得性起，把巾服都脱去了，跣足蓬頭，踞坐於椅上，將肴饌撤去，止留果品案酒，又吃上十來大碗，連果品也賞了小奚，惟飲寡酒，又吃上幾碗。盧柟酒量雖高，〔五〕原吃不得急酒，因一時惱怒，連飲了幾十碗，不覺大醉，就靠在卓上齁齁睡去。家人誰敢去驚動，整整齊齊，都站在兩旁伺候。裏邊盧柟便醉了，外面管園的却不曉得。遠遠望見知縣頭踏來，急忙進來通報。到了堂中，看見家主已醉，到吃一驚道：「大爺已是到了，相公如何先飲得這個模樣？」衆家人聽得知縣來到，都面面相覷，没做理會，齊道：「那棹酒便還在，但相公不能勾醒，却怎好？」管園的道：「且叫醒轉來，扶醉陪他一陪也罷。終不然特地請來，冷淡他去不成。」衆家人只得上前叫喚，喉嚨都喊破了，如何得醒？漸漸聽得人聲喧雜，料道是知縣進來，慌了手脚，四散躲過。單單撇下盧柟一人。只因這番，有分教：佳賓賢主，變爲百世冤家；好景名花，化作一場春夢。正是：

盛衰有命天爲主，禍福無門人自生。

且説汪知縣離了縣中，來到盧家園門首，不見盧柟迎接，也没有一個家人俟候。

從人亂叫：「門上有人麽？快去通報，大爺到了。」并無一人答應。知縣料是管門的已進去報了，遂分付：「不必呼喚。」竟自進去，只見門上一個匾額，白地翠書「嘯圃」兩個大字。進了園門，一帶都是栢屏，轉過灣來，又顯出一座門樓，上書「隔凡」二字。過了此門，便是一條松徑。繞出松林，打一看時，但見山嶺參差，樓臺縹緲，草木蕭疏，花竹圍環。知縣見布置精巧，景色清幽，心下暗喜道：「高人胸次，自是不同。」但不聞得一些人聲，又不見盧柟相迎，未免疑惑，也還道是園中徑路錯雜，或者從別道往外迎我，故此相左。一行人在園中，任意東穿西走，反去尋覓主人。【眉批】有趣。

次後來到一個所在，却是三間大堂。一望菊花數百，霜英粲爛，楓葉萬樹，擁若丹霞，橙橘相亞，纍纍如金。池邊芙蓉千百株，顔色或深或淺，緑水紅葩，高下相映，鴛鴦鳧鴨之類，戲狎其下。汪知縣想道：「他請我看菊，必在這個堂中了。」徑至堂前下轎。走入看時，那裏見甚酒席，惟有一人蓬頭跣足，居中向外而坐，靠在棹上打齁，此外更無一個人影。從人赶向前亂喊：「老爺到了，還不起來。」汪知縣舉目看他身上服色不像以下之人，又見旁邊放着葛巾野服，分付且莫叫喚，看是何等樣人。那常來下帖的差人，向前仔細一看，認得是盧柟，禀道：「這就是盧相公，醉倒在此。」汪知縣聞言，登時紫漲了面皮，心下大怒道：「這斯恁般無理。故意哄我上門羞辱。」欲得教從人將花木打個希爛，又想不是官體，忍着一肚子惡氣，急忙上轎，分付回縣。轎夫擡起，打從舊路，直至園門首，依原不見一人。那些皂快，没一個不摇首咋舌道：「他不過是個監生，如何將官府恁般藐視？這也是件異事。」知縣在轎上聽見，自覺没趣，惱怒愈加，想道：「他總然才高，也是我的治下，曾請過數遍，不肯來見；情願就見，又饋送銀酒，我亦可爲折節敬賢之至矣。他却如此無理，將我侮慢。且莫説我是父母官，即使平交，也不該如此。」到了縣裏，怒氣不息，即便退入私衙。不題。

且説盧柟這些家人小厮，見知縣去後，方纔出頭，到堂中看家主時，睡得正濃，直至更餘方醒。衆人説道：「適纔相公睡後，大爺就來，見相公睡着，便起身而去。」盧柟道：「可有甚話説？」衆人道：「小人們恐難好答應，俱走過一邊，不曾看見。」盧柟道：「正該如此！」又懊悔道：「是我一時性急，不曾分付閉了園門，却被這俗物直至此間，踐污了地上。」教管園的：「明早快挑水，將他進來的路徑掃滌乾净。」又着人尋訪常來下帖的差人，將向日所送書儀并那罎泉酒，發還與他。那差人不敢隱匿，遂即到縣裏去繳還，不在話下。

却説汪知縣退到衙中，夫人接着，見他怒氣衝天，問道：「你去赴宴，如何這般氣惱？」汪知縣將其事説知。夫人道：「這都是自取，怪不得别人。你是個父母官，横行直撞，少不得有人奉承，如何屢屢卑污苟賤，反去請教子民。他總是有才，與你何益？今日討恁般怠慢，可知好麽。」汪知縣又被夫人搶白了幾句，一發怒上加怒，坐在交椅上，氣憤憤的半晌無語。夫人道：「何消氣得，自古道：『破家縣令。』」只這四個字，把汪知縣從睡夢中喚醒，放下了憐才敬士之心，頓提起生事害人之念。當下口中不語，心下躊躇，尋思計策安排盧生：「必置之死地，方泄吾恨。」當夜無話。

汪知縣早衙已過，次日喚一個心腹令史，進衙商議。那令史姓譚名遵，頗有才幹，慣與知縣通贓過付，是一個積年猾吏。當下知縣先把盧柟得罪之事叙過，次説要訪他過惡參之，以報其恨。譚遵道：「老爺要與盧柟作對，不是輕舉妄動的，須尋得一件没躲閃的大事，坐在他身上，方可完得性命。那參訪一節恐未必了事，在老爺反有干礙。」汪知縣道：「却是爲何？」譚遵道：「盧柟與小人原是同里，曉得他多有大官府往來，且又家私豪富。平昔雖則恃才狂放，却没甚違法之事。總然拿了，少不得有天大分上到上司處挽回，决不至死的田地。那時懷恨挾讎，老爺豈不反受其累？」汪知縣道：「此言雖是，但他恁地放肆，定有幾件惡端，你去細細訪來，我自有處。」譚遵答應出來，只見外邊繳進原送盧柟的書儀、泉酒。汪知縣見了，轉覺没趣，無處出氣，遷怒到差人身上，説道不該收他的回來，打了二十毛板，就將銀酒都賞了差人。正是：

勸君莫作傷心事，世上應多切齒人。

話分兩頭。却説浮丘山脚下有個農家，叫做鈕成，老婆金氏。夫妻兩口，家道貧寒，却又少些行止，因此無人肯把田與他耕種，歷年只在盧柟家做長工過日。二年前，生了個兒子，那些一般做工的，同盧家幾個家人鬥分子與他賀喜。論起鈕成恁般窮漢，只該辭了纔是，十分情不可却，稱家有無，胡亂請衆人吃三杯，可也罷了。不想他却去弄空頭，裝好漢，寫身子與盧柟家人盧才，抵借二兩銀子，整個大大筵席款待衆人。鄰里盡送湯餅，熱烘烘倒像個財主家行事。外邊正吃得快活，那得知孩子隔日被猫驚了，這時了帳，十分敗興，不能勾盡歡而散。

那盧才肯借銀子與鈕成，原懷着個不良之念。你道爲何？因見鈕成老婆有三四分顔色，指望以此爲由，要勾搭這婆娘。誰知緣分淺薄，這婆娘情願白白裏與別人做些交易，偏不肯上盧才的椿兒，反去學向老公説盧才怎樣來調戲。鈕成認做老婆是個貞節婦人，把盧才恨入骨髓，立意要賴他這項銀子。盧才�了年餘，見這婆娘妝喬做樣，料道不能勾上鈎，也把念頭休了，一味索銀。兩下面紅了好幾場，只是没有。有人教盧才個法兒道：「他年年在你家做長工，何不耐到發工銀時，一并扣清，可不乾净？」盧才依了此言，再不與他催討，等到十二月中，打聽了發銀日子，緊緊伺候。

那盧柟田産廣多，〔六〕除了家人，顧工的也有整百，每年至十二月中預發來歲工銀。到了是日，衆長工一齊進去領銀。盧柟恐家人們作弊，短少了衆人的，親自唱名親發，又賞一頓酒飯。吃個醉飽，叩謝而出。剛至宅門口，盧才一把扯住鈕成，問他要銀。那鈕成一則還錢肉痛，二則怪他調戲老婆，乘着幾杯酒興，反撒賴起來，將銀塞在兜肚裏，罵道：「狗奴才！只欠得這丢銀子，便生心來欺負老爺。今日與你性命相博。」當胸撞一個滿懷。盧才不曾隄防，踉踉蹌蹌倒退了十數步，幾乎跌上一交，惱動性子，赶上來便打。那句「狗奴才」却又犯了衆怒，家人們齊道：「這厮恁般放潑。總使你的理直，到底是我家長工，也該讓我們一分。怎地欠了銀子，反要行兇？打這狗亡八。」齊擁上前亂打。常言道：「雙拳不敵四手。」鈕成獨自一個，如何抵當得許多人，着實受了一頓拳脚。盧才看見銀子藏在兜肚中，扯斷帶子，奪過去了。衆長工再三苦勸，方纔住手，推着鈕成回家。

不道盧柟在書房中隱隱聽得門首喧嚷，唤管門的查問。他的家法最嚴，管門的恐怕連累，從實禀説。盧柟即叫盧才進去，説道：「我有示在先，家人不許擅放私債，盤算小民，如有此等，定行追還原券，重責逐出。你怎麽故違我法？却又截搶工銀，行兇打他？這等放肆可惡。」登時追出兜肚銀子并那紙文契，打了三十，逐出不用，分付管門的：「鈕成來時，着他來見我，領了銀券去。」管門的連聲答應出來。不題。

且説鈕成剛吃飽得酒食，受了這頓拳頭脚尖，銀子原被奪去，轉思轉惱，愈想愈氣。到半夜裏，火一般發熱起來，覺道心頭脹悶難過，次日便爬不起。至第二日早上，對老婆道：「我覺得身子不好，莫不要死？你快去叫我哥哥來商議。」自古道：「無巧不成話。」元來鈕成有個嫡親哥子鈕文，正賣與令史譚遵家爲奴。金氏平昔也曾到譚家幾次，路徑已熟，故此教他去叫。當下金氏聽見老公説出要死的話，心下着忙，帶轉門兒，冒着風寒，一徑往縣中去尋鈕文。

那譚遵四處察訪盧柟的事過，并無一件。知縣又再三催促，到是個兩難之事。這一日正坐在公廨中，只見一個婦人慌慌張張的走入來，舉目看時，不是別人，却是家人鈕文的弟婦。金氏向前道了萬福，問道：「請問令史，我家伯伯可在麼？」譚遵道：「到縣門前買小菜就來，你有甚事恁般驚惶？」金氏道：「好教令史知得，我丈夫前日與盧監生家人盧才費口，夜間就病起來，如今十分沉重，特來尋伯伯去商量。」譚遵聞言，不勝喜歡，忙問道：「且説爲甚與他家費口？」金氏即將與盧才借銀起，直至相打之事，細細説了一遍。譚遵道：「原來恁地。你丈夫没事便罷，倘有些山高水低，急來報知，包在我身上，與你出氣。還要他一注大財鄉，彀你下半世快活。」金氏道：「若得令史張主，可知好麽。」正説間，鈕文已回。金氏將這事説知，一齊同去。臨出門，譚遵又囑付道：「如有變故，速速來報。」鈕文應允。離了縣中，不消一個時辰，早到家中。推門進去，不見一些聲息，到床上看時，把二人嚇做一跳。元來直僵僵挺在上面，不知死過幾時了。金氏便號淘大哭起來。正是：

夫妻本是同林鳥，大限來時各自飛。

那些東鄰西舍，聽得哭聲，都來觀看，齊道：「虎一般的後生，活活打死了。可憐，可憐！」鈕文對金氏説道：「你且莫哭，同去報與我主人，再作區處。」金氏依言，鎖了大門，囑付鄰里看覷則個，跟着鈕文就走。那鄰里中商議道：「他家一定去告狀了。地方人命重情，我們也須呈明，脱了干係。」隨後也往縣裏去呈報。其時遠近村坊盡知鈕成已死，早有人報與盧柟。那盧柟原是疏略之人，兩日鈕成不去領這銀券，連其事却也忘了。及至聞了此信，即差人去尋獲盧才送官。那知盧才聽見鈕成死了，料道不肯干休，已先桃之夭夭。不在話下。

且説鈕文、金氏一口氣跑到縣裏，報知譚遵。譚遵大喜，悄悄的先到縣中，禀了知縣，出來與二人説明就裏，教了説話，流水寫起狀詞，單告盧柟强占金氏不遂，將鈕成擒歸打死，教二人擊鼓叫冤。鈕文依了家主，領着金氏，不管三七念一，執了一塊木柴，把鼓亂敲，口内一片聲叫喊：「救命。」衙門差役，自有譚遵分付，并無攔阻。汪知縣聽得擊鼓，即時升堂，唤鈕文、金氏至案前。纔看狀詞，恰好地鄰也到了。知縣專心在盧柟身上，也不看地鄰呈子是怎樣情由，假意問了幾句，不等發房，即時出籤，差人提盧柟立刻赴縣。公差又受了譚遵的叮囑，説：「大爺惱得盧柟要緊，你們此去只除婦女孩子，其餘但是男子漢，盡數拿來。」衆皂快素知知縣與盧監生有仇，况且是個大家，若還人少，進不得他大門，遂聚起三兄四弟，共有四五十人，分明是一群猛虎。

此時隆冬日短，天已傍晚，彤雲密布，朔風凛冽，好不寒冷。譚遵要奉承知縣，陪出酒漿，與衆人先發個興頭。一家點起一根火把，飛奔至盧家門首，發一聲喊，齊搶入去，逢着的便拿。家人們不知爲甚，嚇得東倒西歪，兒啼女哭，没奔一頭處。盧柟娘子正同着丫鬟們，在房中圍爐向火，忽聞得外面人聲鼎沸，只道是漏了火，急叫丫鬟們觀看。尚未動步，房門口早有家人報道：「大娘，不好了。外邊無數人執着火把，打進來也。」盧柟娘子還認是强盗來打劫，驚得三十六個牙齒，矻磴磴的相打，慌忙叫丫鬟快閉上房門。言猶未畢，一片火光，早已擁入房裏。那些丫頭們奔走不迭，只叫：「大王爺饒命。」衆人道：「胡説。我們是本縣大爺差來拿盧柟的，什麼大王爺。」盧柟娘子見說這話，就明白向日丈夫怠慢了知縣，今日尋事故來擺布，便道：「既是公差，難道不知法度的？我家總有事在縣，量來不過户婚田土的事罷了，須不是大逆不道。如何白日裏不來，黑夜間率領多人，明火執杖，打入房帷，乘機搶劫。明日到公堂上去講，該得何罪？」衆公差道：「只要還了我盧柟，但憑到公堂上去講。」遂滿房遍搜一過，只揀器皿寶玩，取勾像意，方纔出門。又打到别個房裏，把姬妾們都驚得躲入床底下去。各處搜到，不見盧柟，料想必在園上，一齊又赶入去。

盧柟正與四五個賓客在暖閣上飲酒，小優兩傍吹唱。恰好差去拿盧才的家人，在那裏回話，又是兩個亂喊上樓報道：「相公，禍事到也。」盧柟帶醉問道：「有何禍事？」家人道：「不知爲甚？許多人打進大宅搶劫東西，逢着的便被拿住，今已打入相公房中去了。」衆賓客被這一驚，一滴酒也無了，齊道：「這是爲何？可去看來。」便要起身。盧柟全不在意，反攔住道：「由他自搶，我們且吃酒，莫要敗興。快斟熱酒來。」家人跌足道：「相公，外邊恁般慌亂，如何還要飲酒。」説聲未了，忽見樓前一派火光閃爍，衆公差齊擁上樓，唬得那幾個小優滿樓亂滾，無處藏躲。盧柟大怒，喝道：「甚麽人？敢到此放肆。」叫人快拿。衆公差道：「本縣大爺請你説話，只怕拿不得的。」一條索子，套在頸裏，道：「快走，快走！」盧柟道：「我有何事？這等無禮。

偏不去。」衆公差道：「老實説，向日請便請你不動，如今拿到要拿去的。」牽着索子，推的推，扯的扯，擁下樓來。家人共拿了十四五個。衆人還想連賓客都拿，内中有人認得俱是貴家公子，又是有名頭秀才，遂不敢去惹他。一行人離了園中，一路鬧炒炒直至縣裏。這幾個賓客，放心不下，也隨來觀看。躲過的家人，也自出頭，奉着主母之命，將了銀兩，赶來央人使用打探，不在話下。

且説汪知縣在堂等候，堂前燈籠火把，照耀渾如白晝，四下絶不聞一些人聲。衆公差押盧柟等，直至丹墀下，舉目看那知縣，滿面殺氣，分明坐下個閻羅天子。兩行隸卒排列，也與牛頭夜叉無二。家人們見了這個威勢，一個個膽戰心驚。衆公差跪上堂禀道：「盧柟一起拿到了。」將一干人帶上月臺，齊齊跪下。鈕文、金氏另跪在一邊，惟有盧柟挺然居中而立。汪知縣見他不跪，仔細看了一看，冷笑道：「是一個土豪，見了官府，猶恁般無狀，在外安得不肆行無忌！我且不與你計較，暫請到監裏去坐一坐。」盧柟倒走上三四步，横挺着身子説道：「就到監裏去坐也不妨，只要説個明白，我得何罪，昏夜差人抄没？」知縣道：「你强占良人妻女不遂，打死鈕成，這罪也不小。」盧柟聞言，微微笑道：「我只道有甚天大事情，元來爲鈕成之事。據你説止不過要我償他命罷了，何須大驚小怪。但鈕成原係我家傭奴，與家人盧才角口而死，却與我無干。即使是我打死，亦無死罪之律，若必欲借彼證此，横加無影之罪，以雪私怨，我盧柟不難屈承，只怕公論難泯！」【眉批】要害人的，那顧公論？可嘆，可嘆！汪知縣大怒道：「你打死平人，昭然耳目，却冒認爲奴，污衊問官，抗拒不跪。公堂之上，尚敢如此狂妄，平日豪横，不問可知矣。今且勿論人命真假，只抗逆父母官，該得何罪？」喝教拿下去打。衆公差齊聲答應，赶向前一把揪翻。盧柟叫道：「士可殺而不可辱，我盧柟堂堂漢子，何惜一死！却要用刑？任憑要我認那一等罪，無不如命，不消責罰。」衆公差那裏由他做主，按倒在地，打了三十。知縣喝教住了，并家人齊發下獄中監禁。鈕成尸首着地方買棺盛殮，發至官壇候驗。鈕文、金氏干證人等，召保聽審。

盧柟打得血肉淋漓，兩個家人扶着，一路大笑走出儀門。這幾個朋友上前相迎。家人們還恐怕來拿，遠遠而立，不敢近身。衆友問道：「爲甚事，就到杖責？」盧柟道：「并無別事，汪知縣公報私仇，借家人盧才的假人命，妝在我名下，要加個小小死罪。」衆友驚駭道：「不信有此等奇冤。」内中一友道：「不打緊，待小弟回去，與家父説了，明日拉合縣鄉紳孝廉，與縣公講明。料縣公難滅公論，自然開釋。」盧柟道：「不消兄等費心，但憑他怎地擺布罷了。只有一件緊事，煩到家間説一聲，教把酒多送幾罎到獄中來。」衆友道：「如今酒也該少飲。」盧柟笑道：「人生貴在適意，貧富榮辱，俱身外之事，于我何有。難道因他要害我，就不飲酒了？這是一刻也少不得的。」正在那裏説話，一個獄卒推着背道：「快進獄去，有話另日再説。」那獄卒不是别人，叫做蔡賢，也是汪知縣得用之人。盧柟睁起眼喝道：「哇！可惡！我自説話，與你何干？」蔡賢也焦躁道：「阿呀。你如今是在官人犯了，這樣公子氣質，且請收起，用不着了。」盧柟大怒道：「什麽在官人犯，就不進去，便怎麽！」蔡賢還要回話，有幾個老成的，將他推開，做好做歹，勸盧柟進了監門，衆友也各自回去。盧柟家人自歸家回覆主母。不在話下。

元來盧柟出衙門時，譚遵緊隨在後察訪，這些説話，一句句聽得明白，進衙報與知縣。知縣到次早只説有病，不出堂理事。衆鄉官來時，門上人連帖也不受。至午後忽地升堂，唤齊金氏一干人犯，并仵作人等，監中吊出盧柟主僕，徑去檢驗鈕成尸首。那仵作人已知縣主之意，輕傷盡報做重傷。地鄰也理會得知縣要與盧柟作對，齊咬定盧柟打死。知縣又哄盧柟將出鈕成傭工文券，只認做假的，盡皆扯碎。嚴刑拷逼，問成死罪，又加二十大板，長枷手杻，下在死囚牢裏。家人們一概三十，滿徒三年，召保聽候發落。金氏、鈕文干證人等，發回寧家。尸棺俟詳轉定奪。將招由疊成文案，并盧柟抗逆不跪等情，細細開載在内，備文申報上司。雖衆鄉紳力爲申理，知縣執意不從。有詩爲證：

縣令從來可破家，冶長非罪亦堪嗟。
福堂今日容高士，名圃無人理百花。

且説盧柟本是貴介之人，生下一個膿窠瘡兒，就要請醫家調治的，如何經得這等刑杖？到得獄中，昏迷不醒。幸喜合監的人，知他是個有錢主兒，奉承不暇，流水把膏藥末藥送來。家中娘子又請太醫來調治，外修内補，不勾一月，平服如舊。那些親友，絡繹不絶到監中候問。獄卒人等，已得了銀子，歡天喜地，由他們直進直出，并無攔阻。内中單有蔡賢是知縣心腹，如飛稟知縣主，魆地到監點閘，搜出五六人來，却都是有名望的舉人秀士，不好將他難爲，教人送出獄門。又把盧柟打上二十。四五個獄卒，一概重責。那獄卒們明知是蔡賢的緣故，咬牙切齒，因是縣主得用之人，誰敢與他計較。

那盧柟平日受用的高堂大廈，錦衣玉食，眼内見的是竹木花卉，耳中聞的是笙簫細樂。到了晚間，嬌姬美妾，倚翠偎紅，似神仙般散誕的人。如今坐於獄中，住的却是鑽頭不進半塌不倒的房子，眼前見的無非死犯重囚，語言嘈雜，面目兇頑，分明一班妖魔鬼怪，耳中聞的不過是脚鐐手杻鐵鏈之聲。到了晚間，提鈴喝號，擊柝鳴鑼，唱那歌兒，何等淒慘。他雖是豪邁之人，見了這般景像，也未免睹物傷情，恨不得脇下頃刻生出兩個翅膀飛出獄中；又恨不得提把板斧，劈開獄門，連衆犯也都放走。一念轉着受辱光景，毛髮倒竪，恨道：「我盧柟做了一世好漢，却送在這個惡賊手裏！如今陷於此間，怎能勾出頭日子。總然掙得出去，〔七〕亦有何顔見人。要這性命何用？不如尋個自盡，到得乾浄。」又想道：「不可，不可。昔日成湯、文王，有夏臺、羑里之囚，孫臏、馬遷有刖足腐刑之辱，這幾個都是聖賢，尚忍辱待時，我盧柟豈可短見？」却又想道：「我盧柟相知滿天下，身列縉紳者也不少，難道急難中就坐觀成敗？還是他們不曉得我受此奇冤？須索寫書去通知，教他們到上司處挽回。」遂寫起若干書啓，差家人分頭投遞。那些相知，也有見任，也有林下，見了書札，無不駭然。也有直達汪知縣，要他寬罪的，也有托上司開招的。那些上司官，一來也曉得盧柟是當今才子，有心開釋，都把招詳駁下縣裏。回書中又露個題目，教盧柟家屬前去告狀，轉批别衙門開招出罪。盧柟得了此信，心中暗喜，即教家人往各上司訴冤。果然都批發本府理刑勘問。理刑官已先有人致意，不在話下。

却説汪知縣幾日間連接數十封書札，都是與盧柟求解的。正在躊躇，忽見各上司招詳，又都駁轉。過了幾日，理刑廳又行牌到縣，吊卷提人，已明知上司有開招放他之意，心下老大驚懼，想道：「這厮果然神通廣大，身子坐在獄中，怎麽各處關節已是布置到了？若此番脱漏出去，如何饒得我過。一不做，二不休，若不斬草除根，恐有後患。」〔八〕當晚差譚遵下獄，教獄卒蔡賢拿盧柟到隱僻之處，遍身鞭朴，打勾半死，推倒在地，縛了手足，把個土囊壓住口鼻，那消一個時辰，嗚呼哀哉！可憐滿腹文章，到此冤沉獄底。正是：

英雄常抱千年恨，風木寒煙空斷魂。

話分兩頭。却説濬縣有個巡捕縣丞，姓董名紳，貢士出身，任事强幹，用法平恕。見汪知縣將盧柟屈陷大辟，十分不平，只因官卑職小，不好開口。每下獄查點，便與盧柟談論，兩下遂成相知。那晚恰好也進監巡視，不見了盧柟。問衆獄卒時，都不肯説。惱動性子，一片聲喝打，方纔低低説：「大爺差譚令史來討氣絶，已拿向後邊去了。」董縣丞大驚道：「大爺乃一縣父母，那有此事？必是你們這些奴才，索詐不遂，故此謀他性命，快引我去尋來。」衆獄卒不敢違逆，直引至後邊一條夾道中，劈面撞着譚遵、蔡賢。喝教拿住。上前觀看，只見盧柟仰在地上，手足盡皆綁縛，面上壓個土囊。董縣丞叫左右提起土囊，高聲叫喚。也是盧柟命不該死，漸漸蘇醒。與他解去繩索，扶至房中，尋些熱湯吃了，方能説話。乃將譚遵指揮蔡賢，打駡謀害情由説出。

董縣丞安慰一番，教人伏事他睡下。

然後帶譚遵二人到於廳上，思想：「這事雖出是縣主之意，料今敗露，也不敢承認。」欲要拷問譚遵，又想：「他是縣主心腹，只道我不存體面，反爲不美。」單喚過蔡賢，要他招承與譚遵索詐不遂，同謀盧柟性命。那蔡賢初時只推縣主所遣，不肯招承。董縣丞大怒，喝教夾起來。那衆獄卒因蔡賢向日報縣主來閙監，打了板子，心中懷恨，尋過一副極短極緊的夾棍，纔套上去，就喊叫起來，連稱：「願招。」董縣丞即便教住了。衆獄卒恨着前日的毒氣，只做不聽見，倒務命收緊，夾得蔡賢叫爹叫娘，連祖宗十七八代盡叫出來。董縣丞連聲喝住，方纔放了。把紙筆要他親供。蔡賢只得依着董縣丞説話供招。董縣丞將來袖過，分付衆獄卒：「此二人不許擅自釋放，待我見過大爺，然後來取。」起身出獄回衙，連夜備了文書。次早汪知縣升堂，便去親遞。

汪知縣因不見譚遵回覆，正在疑惑；又見董縣丞呈説這事，暗吃一驚，心中雖恨他衝破了網，却又奈何他不得。看了文書，只管摇頭：「恐没這事。」董縣丞道：「是晚生親眼見的，怎説没有？堂尊若不信，唤二人對證便了。」那譚遵猶可恕，這蔡賢最是無理，連堂尊也還污衊。若不究治，何以懲戒後人？」汪知縣被道着心事，滿面通紅，生怕傳揚出去，壞了名聲，只得把蔡賢問徒發遣。自此懷恨董縣丞，尋兩件風流事過，參與上司，罷官而去。此是後話，不題。

再説汪知縣因此謀不諧，遂具揭呈，送各上司，又差人往京中傳送要道之人。大抵説：盧枏恃富横行鄉黨，結交勢要，打死平人，抗逆問官，〔九〕營謀關節，希圖脱罪。把情節做得十分利害，無非要張揚其事，使人不敢救援。又教譚遵將金氏出名，連夜刻起冤單，遍處粘帖。布置停當，然後備文起解到府。那推官原是没擔當懦怯之輩，見了知縣揭帖并金氏冤單，果然恐怕是非，不敢開招，照舊申報上司。大凡刑獄，經過理刑問結，别官就不敢改動。盧枏指望這番脱離牢獄，誰道反坐實了一重死案，依舊發下濬縣獄中監禁。還指望知縣去任，再圖昭雪。那知汪知縣因扳翻了個有名富豪，京中多道他有風力，到得了個美名，行取入京，升爲給事之職。他已居當道，盧枏總有通天攝地的神通，也没人敢翻他招案。有一巡按御史樊某，憐其冤枉，開招釋罪。汪給事知道，授意與同科官，劾樊巡按一本，説他得了賄賂，賣放重囚，罷官回去，着府縣原拿盧枏下獄。因此後來上司雖知其冤，誰肯捨了自己官職，出他的罪名。

光陰迅速，盧枏在獄不覺又是十有餘年，經了兩個縣官。那時金氏、鈕文雖都病故，汪給事却升了京堂之職，威勢正盛，盧枏也不做出獄指望。不道灾星將退，那年又選一個新知縣到任。只因這官人來，有分教：

此日重陰方啓照，今朝甘露不成霜。

却説濬縣新任知縣，姓陸名光祖，乃浙江嘉興府平湖縣人氏。那官人胸藏錦繡，腹隱珠璣，有經天緯地之才，濟世安民之術。出京時，汪公曾把盧柟的事相囑，心下就有些疑惑，想道：「雖是他舊任之事，今已年久，與他還有甚相干，諄諄教諭？其中必有緣故。」到任之後，訪問邑中鄉紳，都爲稱枉，叙其得罪之由。陸公還恐盧柟是個富家，央浼下的，未敢全信。又四下暗暗體訪，所説皆同，乃道：「既爲民上，豈可以私怨羅織，陷人大辟？」欲要申文到上司，與他昭雪，又想道：「若先申上司，必然行查駁勘，便不能決截了事，不如先開釋了，然後申報。」【眉批】陸公子孫繁衍，迄甲第如雲，皆陰德之報也。遂吊出那宗卷來，細細查看，前後招由，并無一毫空隙。反覆看了幾次，想道：「此事不得盧才，如何結案？」乃出百金爲信賞錢，立限與捕役要拿盧才。不一月，忽然獲到，將嚴刑究訊，審出真情。遂援筆批云：

審得鈕成以領工食銀於盧柟家，爲盧才叩債，以致争鬥，則鈕成爲盧氏之雇工人也明矣。雇工人死，無家翁償命之理。况放債者才，叩債者才，厮打者亦才，釋才坐柟，律何稱焉？才遁不到官，累及家翁，死有餘辜，擬抵不枉。盧柟久於獄，亦一時之厄也。相應釋放云云。

當日監中取出盧柟，當堂打開枷杻，釋放回家。合衙門人無不驚駭，就是盧柟也出自意外，甚以爲異。陸公備起申文，把盧才起釁根由，并受枉始末，一一開叙，親至府中，相見按院呈遞。按院看了申文，道他擅行開釋，必有私弊，問道：「聞得盧柟家中甚富，賢令獨不避嫌乎？」陸公道：「知縣但知奉法，不知避嫌。但知問其枉不枉，不知問其富不富。若是不枉，夷齊亦無生理；若是枉，陶朱亦無死法。」【眉批】貧而枉，無路請釋；富而枉，又避不敢釋。當今之世難乎免矣。按院見説得詞正理直，更不再問，乃道：「昔張公爲廷尉，獄無冤民，賢令近之矣。敢不領教。」陸公辭謝而出。不題。

且説盧柟回至家中，合門慶幸，親友盡來相賀。過了數日，盧柟差人打聽陸公已是回縣，要去作謝。他却也素位而行，換了青衣小帽。娘子道：「受了陸公這般大德大恩，須備些禮物去謝他便好。」盧柟道：「我看陸公所爲，是個有肝膽的豪傑，不比那齷齪貪利的小輩。若送禮去，反輕褻他了。」娘子道：「怎見得是反爲輕褻？」盧柟道：「我沉冤十餘載，上官皆避嫌不肯見原。陸公初莅此地，即廉知枉，毅然開釋，此非有十二分才智，十二分膽識，安能如此？今若以利報之，正所謂『故人知我，我不知故人也』。如何使得？」即輕身而往。陸公因他是個才士，不好輕慢，請到後堂相見。

盧柟見了陸公，長揖不拜。陸公暗以爲奇，也還了一禮，遂教左右看坐。門子就扯把椅子，放在傍邊。看官，你道有恁樣奇事。那盧柟乃久滯的罪人，虧陸公救拔出獄，此是再生恩人，就磕穿頭，也是該的，他却長揖不拜。若論別官府見如此無禮，心上定然不樂了。那陸公毫不介意，反又命坐。可見他度量寬洪，好賢極矣。誰想盧柟見教他傍坐，倒不悦起來，説道：「老父母，但有死罪的盧柟，没有傍坐的盧柟。」【眉批】意氣到底不挫，天生傲骨，不可學也。陸公聞言，即走下來，重新叙禮，説道：「是學生得罪了。」即遜他上坐。兩下談今論古，十分款洽，只恨相見之晚，遂爲至友。有詩爲證：

昔聞長揖大將軍，今見盧生抗陸君。
夕釋桁陽朝上坐，丈夫意氣薄青雲。

話分兩頭。却話汪公聞得陸公釋了盧柟，心中不忿，又托心腹連按院劾上一本。按院也將汪公爲縣令時，挾怨誣人始末，細細詳辯一本。倒下聖旨，將汪公罷官回去，按院照舊供職，陸公安然無恙。那時譚遵已省祭在家，專一挑寫詞狀。陸公廉訪得實，參了上司，拿下獄中，問邊遠充軍。盧柟從此自謂餘生，絶意仕進，益放於詩酒，家事漸漸淪落，絶不爲意。

再説陸公在任，分文不要，愛民如子，况又發奸摘隱，剔清利弊，奸宄懾伏，盜賊屏迹，合縣遂有神明之稱，聲名振于都下。只因不附權要，止遷南京禮部主事。離任之日，士民攀轅卧轍，泣聲盈道，送至百里之外。那盧柟直送五百餘里，兩下依依不捨，欷歔而別。後來陸公累官至南京吏部尚書。盧柟家已赤貧，乃南游白下，依陸公爲主。陸公待爲上賓，【眉批】賢主人。每日供其酒資一千，縱其游玩山水。所到之處，必有題詠，都中傳誦。

一日游采石李學士祠，遇一赤脚道人，風致飄然，盧柟邀之同飲。道人亦出葫蘆中玉液以酌盧柟。柟飲之，甘美異常，問道：「此酒出於何處？」道人答道：「此酒乃貧道所自造也。貧道結庵於廬山五老峰下，居士若能同游，當恣君斟酌耳。」盧柟道：「既有美醞，何憚相從。」即刻於李學士祠中，作書寄謝陸公，不携行李，隨着那赤脚道人而去。【眉批】脱灑處不減晉人風流。陸公見書，嘆道：「翛然而來，翛然而去，以乾坤爲逆旅，以七尺爲浮蝣，真狂士也。」屢遣人於廬山五老峰下訪之，不獲。後十年，陸公致政歸田，朝廷遣官存問。陸公使其次子往京謝恩，從人見之於京都，寄問陸公安否。或云：遇仙成道矣。後人有詩讚云：

命蹇英雄不自由，獨將詩酒傲公侯。

一絲不挂飄然去，羸得高名萬古留。

後人又有一詩警戒文人，莫學盧公以傲取禍。詩曰：

酒癖詩狂傲骨兼，高人每得俗人嫌。
勸人休蹈盧公轍，凡事還須學謹謙。

【校記】

〔一〕「沼」字，底本缺失，據《奇觀》補，衍慶堂本作「檻」。

〔二〕「走上幾科」，底本作「走上幾利」，據《奇觀》改，衍慶堂本作「走上幾次」。

〔三〕「聽信了他」，底本作「聽這了他」，據衍慶堂本改，《奇觀》同衍慶堂本。

〔四〕「幾般顏色」，底本作「幾股顏色」，據衍慶堂本改，《奇觀》同衍慶堂本。

〔五〕「酒量」，底本作「須量」，據衍慶堂本改。

〔六〕「盧柟」，底本及衍慶堂本作「盧才」，據文意改。

〔七〕「挣得出去」，底本作「睁得出去」，據衍慶堂本改，《奇觀》同衍慶堂本。

〔八〕「恐有後患」，底本作「空有後患」，據衍慶堂本改，《奇觀》作「必有後患」。

〔九〕「抗逆」，底本及衍慶堂本作「抗送」，據《奇觀》改。

捏就巧言賺豪士
造成毒計害忠人、

從來恩怨
要分明將
怨酬恩最
不平安得
劍仙床下
士人間遍
斬負心人

第三十卷　李汧公窮邸遇俠客

世事紛紛如奕棋，輸贏變幻巧難窺。
但存方寸公平理，恩怨分明不用疑。

話説唐玄宗天寶年間，長安有一士人，姓房名德，生得方面大耳，偉幹豐軀。年紀三十以外，家貧落魄，十分淹蹇，全虧着渾家貝氏紡織度日。時遇深秋天氣，頭上還裹着一頂破頭巾，身上穿着一件舊葛衣。那葛衣又逐縷縷開了，却與簑衣相似。思想：「天氣漸寒，這模樣怎生見人？」知道老婆餘得兩匹布兒，欲要討來做件衣服。誰知老婆原是小家子出身，器量最狹，却又配着一副悍毒的狠心腸。那張嘴頭子又巧于應變，賽過刀一般快。憑你什麼事，高來高就，低來低對，死的也説得活起來，活的也説得死了去，是一個翻唇弄舌的婆娘。那婆娘看見房德没甚活路，靠他吃死飯，常把老公欺負。房德因不遇時，説嘴不響，每事只得讓他，漸漸的有幾分懼内。【眉批】

買臣見棄於其妻，季子不禮於其嫂，男子不遇，真可憐也。

是日貝氏正在那裏思想，老公恁般狼狽，如何得個好日？却又怨父母，嫁錯了對頭，賺了終身，心下正是十分煩惱。恰好觸在氣頭上，乃道：「老大一個漢子，没處尋飯吃，靠着女人過日。如今連衣服都要在老娘身上出豁，説出來可不羞麽？」房德被搶白了這兩句，滿面羞慚，事在無奈，只得老着臉，低聲下氣道：「娘子，一向深虧你的氣力，感激不盡。但目下雖是落薄，少不得有好的日子，權借這布與我，後來發積時，大大報你的情罷。」貝氏摇手道：「你的甜話兒哄得我多年了，信不過。這兩匹布，老娘自要做件衣服過寒的，休得指望。」房德布又取不得，反討了許多没趣，欲待厮鬧一場，因怕老婆嘴舌又利，喉嚨又響，恐被鄰家聽見，反妝幌子。敢怒而不敢言，彆口氣撞出門去，指望尋個相識告借。

走了大半日，一無所遇。那天却又與他做對頭，偏生的忽地發一陣風雨起來。這件舊葛衣被風吹得颼颼如落葉之聲，就長了一身寒栗子。冒着風雨，奔向前面一古寺中躲避。那寺名爲雲華禪寺。房德便進山門看時，已先有個長大漢子，坐在左廊檻上。殿中一個老僧誦經。房德便向右廊檻上坐下，呆呆的看着天上。那雨漸漸止了，暗道：「這時不走，只怕少刻又大起來。」却待轉身，忽掉過頭來，看見墻上畫一隻禽鳥，翎毛兒、翅膀兒、足兒、尾兒，件件皆有，單單不畫鳥頭。天下有恁樣空腦子的人，自己飢寒尚且難顧，有甚心腸，却評品這畫的鳥來。【眉批】的是無聊之極。想道：「常聞得人説：畫鳥先畫頭。這畫法怎與人不同？却又不畫完，是甚意故？」一頭想，一頭看，轉覺這鳥畫得可愛，乃道：「我雖不曉此道，諒這鳥頭也没甚難處，何不把來續完。」即往殿上與和尚借了一枝筆，蘸得墨飽，走來將鳥頭畫出，却也不十分醜，自覺歡喜道：「我若學丹青，到可成得。」

剛畫時，左廊那漢子就捱過來觀看，把房德上下仔細一相，笑容可掬，向前道：「秀才，借一步説話。」房德道：「足下是誰？有甚見教？」那漢道：「秀才不消細問，同在下去，自有好處。」房德正在窮困之鄉，聽見説有好處，不勝之喜。將筆還了和尚，把破葛衣整一整，隨那漢子前去。此時風雨雖止，地上好生泥濘，却也不顧。

離了雲華寺，直走出升平門，到樂游原傍邊。這所在最是冷落。那漢子向一小角門上連叩三聲，停了一回，有個人開門出來，也是個長大漢子，看見房德，亦甚歡喜，上前聲喏。房德心中疑道：「這兩個漢子，是何等樣人？不知請我來有甚好處？」問道：「這裏是誰家？」二漢答道：「秀才到裏邊便曉得。」房德跨入門裏，二漢原把門撑上，引他進去。房德看時，荆蓁滿目，衰草漫天，乃是個敗落花園。灣灣曲曲，轉到一個半塌不倒的亭子上，裏邊又走出十四五個漢子，一個個拳長臂大，面貌猙獰，見了房德，盡皆滿面堆下笑來，道：「秀才請進。」房德暗自驚駭道：「這班人來得蹺蹊，且看他有甚話說？」

衆人迎進亭中，相見已畢，遜在板凳上坐下，問道：「秀才尊姓？」房德道：「小生姓房，不知列位有何説話？」起初同行那漢道：「實不相瞞，我衆弟兄乃江湖上豪傑，專做這件没本錢的生意。只爲俱是一勇之夫，前日幾乎弄出事來，故此對天禱告，要覓個足智多謀的好漢，讓他做個大哥，聽其指揮。適來雲華寺墻上畫不完的禽鳥，便是衆弟兄對天禱告，設下的誓願，取羽翼俱全，單少頭兒的意思。若合該興隆，天遣個英雄好漢，補足這鳥，便迎請來爲頭。等候數日，未得其人。且喜天隨人願，今日遇着秀才恁般魁偉相貌，一定智勇兼備，正是真命寨主了。衆兄弟今後任憑調度，保個終身安穩快活，可不好麽？」對衆人道：「快去宰殺性口，祭拜天地。」内中有三四個，一溜煙跑向後邊去了。

房德聞言，道：「原來這班人，却是一夥强盜。我乃清清白白的人，如何做恁様事？」答道：「列位壯士在上，若要我做别事則可，這一樁實不敢奉命。」衆人道：「却是爲何？」房德道：「我乃讀書之人，還要巴個出身日子，怎肯幹這等犯法的勾當？」

衆人道：「秀才所言差矣。方今楊國忠爲相，賣官鬻爵，有錢的，便做大官。除了錢時，就是李太白恁樣高才，也受了他的惡氣，不能得中，若非辨識番書，恐此時還是個白衣秀士哩。不是冒犯秀才說，看你身上這般光景，也不像有錢的，如何指望官做？不如從了我們，大碗酒大塊肉，整套穿衣，論秤分金，且又讓你做個掌盤，何等快活散誕！倘若有些氣象時，據着個山寨，稱孤道寡，也由得你。」房德沉吟未答。

那漢又道：「秀才十分不肯時，也不敢相强。但只是來得去不得，不從時，便要壞你性命，這却莫怪。」都向靴裏颼的拔出刀來，嚇得房德魂不附體，倒退下十數步來，道：「列位莫動手，容再商量。」衆人道：「從不從，一言而決，有甚商量？」房德想道：「這般荒僻所在，若不依他，豈不白白送了性命，有那個知得？且哄過一時，到明日脱身去出首罷。」算計已定，乃道：「多承列位壯士見愛，但小生平昔膽怯，恐做不得此事。」衆人道：「不打緊，初時便膽怯，做過幾次，就不覺了。」房德道：「既如此，只得順從列位。」【眉批】所以君子慎習。衆人大喜，把刀依舊納在靴中，道：「即今已是一家，皆以弟兄相稱了，快將衣服來與大哥換過，好拜天地。」便進去捧出一套錦衣，一頂新唐巾，一雙新靴。房德着扮起來，威儀比前更是不同。衆人齊聲喝采道：「大哥這個人品，莫説做掌盤，就是皇帝，也做得過。」

古語云：「不見可欲，使心不亂。」房德本來是個貧士，這般華服，從不曾着體，如今忽地煥然一新，不覺移動其念，把衆人那班説話，細細一味，轉覺有理，想道：「如今果是楊國忠爲相，賄賂公行，不知埋没了多少高才絶學。像我恁樣平常學問，真個如何能勾官做？若不得官，終身貧賤，反不如這班人受用了。」又想起：「見今恁般深秋天氣，還穿着破葛衣。與渾家要匹布兒做件衣服，尚不能勾。及至仰告親識，又并無一個肯慨然周濟。看起來到是這班人義氣，與他素無相識，就把如此華美衣服與我穿着，又推我爲主。便依他們胡做一場，到也落得半世快活。」却又想道：「不可，不可。倘被人拿住，這性命就休了。」正在胡思亂想，把腸子攪得七横八竪，疑惑不定。只見衆人忙擺香案，擡出一口猪，一腔羊，當天排列，連房德共是十八個好漢，一齊跪下，拈香設誓，歃血爲盟。祭過了天地，又與房德八拜爲交，各叙姓名。

少頃擺上酒肴，請房德坐了第一席，肥甘美醖，恣意飲啖。房德日常不過黄齏淡飯，尚且自不全，間或覓得些酒肉，也不能勾趁心醉飽。今日這番受用，喜出望外。且又衆人輪流把盞，大哥前，大哥後，奉承得眉花眼笑。起初還在欲爲未爲之間，到此時便肯死心塌地，做這椿事了。想道：「或者我命裏合該有些造化，遇着這班弟兄扶助，真個弄出大事業來也未可知。若是小就時，只做兩三次，尋了些財物，即便罷手，料必無人曉得。然後去打楊國忠的關節，覓得個官兒，豈不美哉！【眉批】打楊國忠關節者，皆盜流也。萬一敗露，已是享用過頭，便吃刀吃剮，亦所甘心，也强如擔饑受凍，一生做個餓莩。」有詩爲證：

風雨蕭蕭夜正寒，扁舟急槳上危灘。
也知此去波濤惡，只爲饑寒二字難。

衆人杯來盞去，直吃到黄昏時候。一人道：「今日大哥初聚，何不就發個利市？」衆人齊聲道：「言之有理。還是到那一家去好？」房德道：「京都富家，無過是延平門王元寶這老兒爲最，况且又在城外，没有官兵巡邏，前後路徑，我皆熟慣。上這一處，就抵得十數家了。不知列位以爲何如？」衆人喜道：「不瞞大哥説，這老兒我們也在心久了。只因未得其便，不想却與大哥暗合，足見同心。」即將酒席收過，取出硫磺、焰硝、火把、器械之類，一齊扎縛起來。但見：

白布羅頭，鞝鞋兜脚。臉上抹黑搽紅，手内提刀持斧。袴裩剛過膝，牢拴裹肚；衲襖却齊腰，緊纏搭膊。一隊么魔來世界，數群虎豹入山林。

衆人結束停當，捱至更餘天氣，出了園門，將門反撑好了，如疾風驟雨而來。這延平門離樂游原約有六七里之遠，不多時就到了。

且説王元寶乃京兆尹王鉷的族兄，家有敵國之富，名聞天下，玄宗天子亦嘗召見。三日前被小偷竊了若干財物，告知王鉷，責令不良人捕獲，又撥三十名健兒防護。不想房德這班人晦氣，正撞在網裏。當下衆强盗取出火種，引着火把，照耀渾如白晝，輪起刀斧，一路砍門進去。那些防護健兒并家人等，俱從睡夢中驚醒，鳴鑼吶喊，各執棍棒上前擒拿。莊前莊後鄰家聞得，都來救護。這班强盗見人已衆了，心下慌張，便放起火來，奪路而走。王家人分一半救火，一半追趕上去，團團圍住。衆强盗拚命死戰，戳傷了幾個莊客。終是寡不敵衆，被打翻數人，餘者儘力奔脱，房德亦在打翻數内。一齊繩穿索縛，等至天明，解進京兆尹衙門。王鉷發下畿尉推問。那畿尉姓李名勉，字玄卿，乃宗室之子，素性忠貞尚義，有經天緯地之才，濟世安民之志。只爲李林甫、楊國忠相繼爲相，妒賢嫉能，病國殃民，屈在下僚，不能施展其才。這畿尉品級雖卑，却是個刑名官兒。凡捕到盗賊，俱屬鞫訊；上司刑獄，悉委推勘。故歷任的畿尉，定是酷吏，專用那周興、來俊臣、索元禮遺下有名色的極刑。是那幾般名色？有《西江月》爲證：

犢子懸車可畏，驢兒拔橛堪哀。鳳凰曬翅命難捱，童子參禪魂捽。玉女登梯最慘，仙人獻果傷哉。獼猴鑽火不招來，换個夜叉望海。

那些酷吏，一來仗刑立威，二來或是權要囑托，希承其旨，每事不問情真情枉，一味嚴刑鍛錬，羅織成招。任你銅筋鐵骨的好漢，到此也膽喪魂驚，不知斷送了多少忠臣義士。惟有李勉與他尉不同，專尚平恕，一切慘酷之刑，置而不用，臨事務在得情，故此并無冤獄。那一日正值早衙，京尹發下這件事來，十來個强盜，五六個戳傷莊客，跪做一庭，行兇刀斧，都堆在階下。李勉舉目看時，内中惟有房德人材雄偉，丰彩非凡，想道：「恁様一條漢子，如何爲盜？」心下就懷個矜憐之念。當下先唤巡邏的并王家莊客，問了被劫情由，然後又問衆盜姓名，逐一細鞫。俱係當時就擒，不待用刑，盡皆款伏，又招出黨羽窟穴。李勉即差不良人前去捕緝。問至房德，乃匍匐到案前，含淚而言道：「小人自幼業儒，原非盜輩。止因家貧無措，昨到親戚處告貸，爲雨阻于雲華寺中，被此輩以計誘，威逼入夥，出于無奈。」遂將晝烏及入夥前後事，一一細訴。李勉已是惜其材貌，又見他説得情詞可憫，便有意釋放他，却又想：「一夥同罪，獨放一人，公論難泯。况是上司所委，如何回覆？除非如此如此。」乃假意叱喝下去，分付俱上了枷杻，禁於獄中，俟拿到餘黨再問。砍傷莊客，遣回調理。巡邏人記功有賞。

發落衆人去後，即唤獄卒王太進衙。原來王太昔年因誤觸了本官，被誣搆成死罪，也虧李勉審出，原在衙門服役。那王太感激李勉之德，凡有委托，無不盡力。爲此就參他做押獄之長。當下李勉分付道：「適來强人內，有個房德，我看此人相貌軒昂，言詞挺拔，是個未遇時的豪傑。【眉批】好個豪傑！李公誤矣。所以聖人言必有試。有心要出脱他，因礙着衆人，不好當堂明放。托在你身上，覷個方便，縱他逃走。」取過三兩一封銀子，教他遞與，贈爲盤費，速往遠處潛避，莫在近邊，又爲人所獲。王太道：「相公分付，怎敢有違？但恐遺累衆獄卒，却如何處？」李勉道：「你放他去後，即引妻小，躲入我衙中，將申文俱做於你的名下，衆人自然無事。你在我左右，做個親隨，豈不强如爲這賤役？」王太道：「若得相公收留，在衙伏侍，萬分好了。」將銀袖過，急急出衙，來到獄中，對小牢子道：「新到囚犯，未經刑杖，莫教聚於一處，恐弄出些事來。」小牢子依言，遂將衆人四散分開。王太獨引房德置在一個僻静之處，把本官美意，細細説出，又將銀兩交與。房德不勝感激道：「煩禁長哥致謝相公，小人今生若不能補報，死當作犬馬酬恩。」王太道：「相公一片熱腸救你，那指望報答？但願你此去改行從善，莫負相公起死回生之德。」房德道：「多感禁長哥指教，敢不佩領。」

捱到傍晚，王太眼同衆牢子將衆犯盡上囚床，第一個先從房德起，然後挨次而去。王太覷衆人正手忙脚亂之時，捉空踅過來，將房德放起，開了枷鎖，又把自己舊衣帽與他穿了，引至監門口。且喜內外更無一人來往，急忙開了獄門，攙他出去。房德拽開脚步，不顧高低，也不敢回家，挨出城門，連夜而走。心下思想：「多感畿尉相公救了性命，如今投兀誰好？」想起當今惟有安禄山最爲天子寵任，收羅豪傑，何不投之？遂取路直至范陽，恰好遇着個故友嚴莊，爲范陽長史，引見禄山。那時安禄山久蓄異志，專一招亡納叛，見房德生得人材出衆，談吐投機，遂留於部下。房德住了幾時，暗地差人迎取妻子到彼，不在話下。正是：

掙破天羅地網，撇開悶海愁城。
得意盡誇今日，回頭却認前生。

且説王太當晚只推家中有事要回，分付衆牢子好生照管，將匙鑰交付明白，出了獄門，來至家中，收拾囊篋，悄悄領着妻子，連夜躲入李勉衙中。不題。

且説衆牢子到次早放衆囚水火，看房德時，枷鎖撇在半邊，不知幾時逃去了。衆人都驚得面如土色，叫苦不迭道：「恁樣緊緊上的刑具，不知這死囚怎地捽脱逃走了？却害我們吃屈官司。」又不知從何處去的？」四面張望墻壁，并不見塊磚瓦落地，連泥屑也没有一些，齊道：「這死囚昨日還哄畿尉相公，説是初犯，到是個積年高手。」内中一人道：「我去報知王獄長，教他快去禀官，作急緝獲。」那人一口氣跑到王太家，見門閉着，一片聲亂敲，那裏有人答應。間壁一個鄰家走過來，道：「他家昨夜亂了兩個更次，想是搬去了。」牢子道：「并不見王獄長説起遷居，那有這事。」鄰家道：「無過止這間屋兒，如何敲不應？難道睡死不成？」牢子見説得有理，儘力把門攑開，原來把根木子反撑的，裏邊止有幾件粗重家火，并無一人。牢子道：「却不作怪。他爲甚麽也走了？這死囚莫不到是他賣放的？休管是不是，且都推在他身上罷了。」把門依舊帶上，也不回獄，徑望畿尉衙門前來。恰好李勉早衙理事，牢子上前禀知。李勉佯驚道：「向來只道王太小心，不想恁般大膽，敢賣放重犯。料他也只躲在左近，你們四散去緝訪，獲到者自有重賞。」牢子叩頭而出。李勉備文報府。王鉷以李勉疏虞防閑，以不職奏聞天子，罷官爲民。一面懸榜，捕獲房德、王太。李勉即日納還官誥，收拾起身，將王太藏於女人之中，帶回家去。

不因濟困扶危意，肯作藏亡匿罪人？

李勉家道素貧，却又愛做清官，分文不敢妄取，及至罷任，依原是個寒士。歸到鄉中，親率童僕，躬耕而食。家居二年有餘，貧困轉劇，乃别了夫人，帶着王太并兩個家奴，尋訪故知。由東都一路，直至河北，聞得故人顔杲卿新任常山太守，遂往謁之。路徑栢鄉縣過，這地方離常山尚有二百餘里。李勉正行間，只見一行頭踏，手持白棒，開道而來，呵喝道：「縣令相公來，還不下馬？」李勉引過半邊回避。王太遠遠望見那縣令，上張皂蓋，下乘白馬，威儀濟濟，相貌堂堂。仔細認時，不是別個，便是昔年釋放的房德，乃道：「相公不消避得，這縣令就是房德。」李勉聞言，心中甚喜，道：「我說那人是個未遇時的豪傑，今却果然。但不知怎地就得了官職？」欲要上前去問，又想道：「我若問時，此人只道曉得他在此做官，來與索報了，莫問罷。」分付王太禁聲，把頭回轉，讓他過去。

那房德漸漸至近，一眼覷見李勉背身而立，王太也在傍邊，又驚又喜，連忙止住從人，跳下馬來，向前作揖道：「恩相見了房德，如何不喚一聲，反掉轉頭去？險些兒錯過。」李勉還禮道：「恐妨足下政事，故不敢相通。」房德道：「説那裏話。難得恩相至此，請到敝衙少叙。」李勉此時鞍馬勞倦，又見其意殷勤，答道：「既承雅情，當暫話片時。」遂上馬并轡而行，王太隨在後面。

不一時到了縣中，直至廳前下馬。房德請李勉進後堂，轉過左邊一個書院中來，分付從人不必跟入，止留一個心腹幹辦陳顏，在門口伺候，一面着人整備上等筵席。將李勉四個生口，發於後槽喂養，行李即教王太等搬將入去。又教人傳話衙中，喚兩個家人來伏侍。那兩個家人，一個教做路信，一個教做支成，都是房德爲縣尉時所買。且説房德爲何不要從人入去?只因他平日冒稱是宰相房玄齡之後,在人前夸炫家世,同僚中不知他的來歷,信以爲真,把他十分敬重。今日李勉來至,相見之間,恐題起昔日爲盜這段情由,怕衆人聞得,傳説開去,被人耻笑,做官不起,因此不要從人進去,這是他用心之處。當下李勉步入裏邊去看時,却是向陽一帶三間書室,側邊又是兩間厢房。這書室庭户虚敞,窗槅明亮,正中挂一幅名人山水,供一個古銅香爐,爐内香烟馥郁。左邊設一張湘妃竹榻,右邊架上堆滿若干圖書。沿窗一隻几上,擺列文房四寶。庭中種植許多花木,鋪設得十分清雅。這所在乃是縣令休沐之處,故爾恁般齊整。

且説房德讓李勉進了書房,忙忙的掇過一把椅子,居中安放,請李勉坐下,納頭便拜。李勉急忙扶住道:「足下如何行此大禮?」房德道:「某乃待死之囚,得恩相超拔,又賜贈盤纏,遁逃至此,方有今日。恩相即某之再生父母,豈可不受一拜。」李勉是個忠正之人,見他説得有理,遂受了兩拜。房德拜罷起來,又向王太禮謝,引他三人到厢房中坐地,又叮嚀道:「倘隸卒詢問時,切莫與他説昔年之事。」王太道:「不消分付,小人理會得。」〔二〕

房德復身到書房中,扯把椅兒,打横相倍道:「深蒙相公活命之恩,日夜感激,未能酬報，不意天賜至此相會。」李勉道：「足下一時被陷，吾不過因便斡旋，何德之有？乃承如此垂念。」獻茶已畢，房德又道：「請問恩相，升在何任，得過敝邑？」李勉道：「吾因釋放足下，京尹論以不職，罷歸鄉里。家居無聊，故遍游山水，以暢襟懷。今欲往常山，訪故人顔太守，路經於此。不想却遇足下，且已得了官職，甚慰鄙意。」房德道：「元來恩相因某之故，累及罷官，某反苟顔竊禄於此，深切惶愧。」李勉道：「古人爲義氣上，雖身家尚然不顧，區區卑職，何足爲道。但不識足下别後，歸於何處，得宰此邑？」房德道：「某自脱獄，逃至范陽，幸遇故人，引見安節使，收於幕下，甚蒙優禮，半年後，即署此縣尉之職。近以縣主身故，遂表某爲令。自愧謭陋菲才，濫叨民社，還要求恩相指教。」李勉雖則不在其位，却素聞安禄山有反叛之志。今見房德乃是他表舉的官職，恐其後來黨逆，故就他請教上，把言語去規訓道：「做官也没甚難處，但要上不負朝廷，下不害百姓，遇着死生利害之處，總有鼎鑊在前，斧鑕在後，亦不能奪我之志；切勿爲匪人所惑，小利所誘，頓爾改節。雖或僥倖一時，實是貽笑千古。足下立定這個主意，莫説爲此縣令，就是宰相，亦儘可做得過。」【眉批】的是明言，可書座右。房德謝道：「恩相金玉之言，某當終身佩銘。」兩下一遞一答，甚説得來。

少頃，路信來禀：「筵宴已完，請爺入席。」房德起身，請李勉至後堂，看時，乃是上下兩席。房德教從人將下席移過左傍。李勉見他要傍坐，乃道：「足下如此相叙，反覺不安，還請坐轉。」房德道：「恩相在上，侍坐已是僭妄，豈敢抗禮？」李勉道：「吾與足下今已爲聲氣之友，何必過謙。」遂令左右，依舊移在對席。從人獻過杯筯，房德安席定位。庭下承應樂人，一行兒擺列奏樂。那筵席杯盤羅列，非常豐盛：

雖無炮鳳烹龍，也極山珍海錯。

當下賓主歡洽，開懷暢飲，更餘方止。王太等另在一邊款待，自不必說。此時二人轉覺親熱，携手而行，同歸書院。房德分付路信，取過一副供奉上司的鋪蓋，親自施設裀褥，提携溺器。李勉扯住道：「此乃僕從之事，何勞足下自爲。」房德道：「某受相公大恩，即使生生世世執鞭隨鐙，尚不能報萬一；今不過少盡其心，何足爲勞。」【眉批】房德初念，儘有分寸。鋪設停當，又教家人另放一榻，在傍相倍。李勉見其言詞誠懇，以爲信義之士，愈加敬重。兩下挑燈對坐，彼此傾心吐膽，各道生平志願，情投契合，遂爲至交，只恨相見之晚。直至夜分，方纔就寢。次日同僚官聞得，都來相訪。相見之間，房德只說：「是昔年曾蒙識薦，故此有恩。」同僚官又在縣主面上討好，各備筵席款待。

話休煩絮。房德自從李勉到後，終日飲酒談論，也不理事，也不進衙，其侍奉趨承，就是孝子事親，也没這般盡禮。李勉見恁樣殷勤，諸事俱廢，反覺過意不去。住了十來日，作辭起身。房德那裏肯放，説道：「恩相至此，正好相聚，那有就去之理。須是多住幾月，待某撥夫馬送至常山便了。」李勉道：「承足下高誼，原不忍言别。但足下乃一縣之主，今因我在此，耽誤了許多政務，倘上司知得，不當穩便。況我去心已决，强留于此，反不適意。」房德料道留他不住，乃道：「恩相既堅執要去，某亦不好苦留。只是從此一别，後會無期。明日容治一樽，以盡竟日之歡，後日早行何如？」李勉道：「既承雅意，只得勉留一日。」房德留住了李勉，唤路信跟着回到私衙，要收拾禮物餽送。只因這番，有分教，李畿尉險些兒送了性命。正是：

禍兮福所倚，福兮禍所伏。

所以恬淡人，無營心自足。

話分兩頭，却説房德老婆貝氏，昔年房德落薄時，讓他做主慣了，到今做了官，每事也要喬主張。此番見老公唤了兩個家人出去，一連十數日不見進衙，只道瞞了他做甚事體，十分惱恨。這日見老公來到衙裏，便待發作，因要探口氣，滿臉反堆下笑來，【眉批】好一副花臉。問道：「外邊有何事，久不退衙？」房德道：「不要説起，大恩人在此，幾乎當面錯過。幸喜我眼快瞧着，留得到縣裏，故此盤桓了這幾日。特來與你商量，收拾些禮物送他。」貝氏道：「那裏什麽大恩人？」房德道：「哎呀。你如何忘了？便是向年救命的畿尉李相公。只爲我走了，帶累他罷了官職，今往常山去訪顔太守，路經於此，那獄卒王太也隨在這裏。」貝氏道：「元來是這人麽？你打帳送他多少東西？」房德道：「這個大恩人，乃再生父母，須得重重酬報。」貝氏道：「送十匹絹可少麽？」房德呵呵大笑道：「奶奶到會説耍話，恁地一個恩人，這十匹絹送他家人也少。」貝氏道：「胡説。你做了個縣官，家人尚没處一注賺十匹絹，一個打抽豐的，如何家人便要許多？老娘還要算計哩。如今做我不着，再加十匹，快些打發起身。」房德道：「奶奶怎説出恁樣没氣力的話來？他救了我性命，又賫贈盤纏，又壞了官職，這二十匹絹當得甚的？」貝氏從來鄙吝，連這二十匹絹，還不捨得的，只爲是老公救命之人，故此慨然肯出，他已算做天大的事了。房德兀自嫌少，心中便有些不悦，故意道：「一百匹何如？」房德道：「這一百匹只勾送王太了。」

貝氏見説一百匹還只勾送王太，正不知要送李勉多少，十分焦躁道：「王太送了一百匹，畿尉極少也送得五百匹哩。」房德道：「五百匹還不勾。」貝氏怒道：「索性湊足一千何如？」房德道：「這便差不多了。」【眉批】李勉何嘗望報？房德以小人之常待君子，即果贈千金，已不得稱知心矣。貝氏聽了這話，向房德劈面一口涎沫道：「啐！想是你失心風了。做得幾時官，交多少東西與我？却來得這等大落。恐怕連老娘身子賣來，還凑不上一半哩，那裏來許多絹送人？」房德看見老婆發喉急，便道：「奶奶有話好好商量，怎就着惱？」貝氏嚷道：「有甚商量，你若有，自去送他，莫向我説。」房德道：「十分少，只得在庫上撮去。」貝氏道：「嘖嘖，你好天大的膽兒。庫藏乃朝廷錢糧，你敢私自用得的。倘一時上司查核，那時怎地回答？」房德聞言，心中煩惱道：「話雖有理，只是恩人又去得急，一時没處設法，却怎生處？」坐在傍邊躊躇。

誰想貝氏見老公執意要送恁般厚禮，就似割身上肉，也没這樣疼痛，連腸子也急做千百段，頓起不良之念，乃道：「看你枉做了個男子漢，這些事没有决斷，如何做得大官？我有個捷徑法兒在此，到也一勞永逸。」房德認做好話，忙問道：「你有甚麽法兒？」貝氏答道：「自古有言：『大恩不報。』不如今夜覷個方便，結果了他性命，豈不乾净。」只這句話，惱得房德徹耳根通紅，喝道：「你這不賢婦。當初只爲與你討匹布兒做件衣服不肯，以致出去求告相識，被這班人誘去入夥，險些兒送了性命。若非這恩人，捨了自己官職，釋放出來，安得今日夫妻相聚？你不勸我行些好事，反教傷害恩人，于心何忍？」【眉批】説得是。

貝氏一見老公發怒，又陪着笑道：「我是好話，怎到發惡？若說得有理，你便聽了；沒理時，便不要聽，何消大驚小怪。」房德道：「你且說有甚理？」貝氏道：「你道昔年不肯把布與你，至今恨我麽？你且想，我自十七歲隨了你，日逐所需，那一件不虧我支持？難道這兩匹布，真個不捨得？因聞得當初有個蘇秦，未遇時，合家佯爲不禮，激勵他做到六國丞相。我指望學這故事，也把你激發。不道你時運不濟，却遇這强盜，又沒蘇秦那般志氣，就隨他們胡做，弄出事來。此乃你自作之孽，與我什麽相干？那李勉當時豈真爲義氣上放你麽？」房德道：「難道是假意？」貝氏笑道：「你枉自有許多聰明，這些事便見不透。大凡做刑名官的，多有貪酷之人，就是至親至戚，犯到手裏，尚不肯順情。何况與你素無相識，且又情真罪當，怎肯捨了自己官職，輕易縱放個重犯？無非聞說你是個强盜頭兒，定有贓物窩頓，指望放了暗地去孝順，將些去買上囑下。這官又不壞，又落些入己。不然，如何一夥之中，獨獨縱你一個？那裏知道你是初犯的窮鬼，竟一溜煙走了，他這官又罷休。今番打聽着在此做官，可可的來了。」

房德摇首道：「沒有這事。當初放我，乃一團好意，何嘗有絲毫別念。如今他自往常山，偶然遇見，還怕誤我公事，把頭掉轉，不肯相見，并非特地來相見，不要疑壞了人。」貝氏又嘆道：「他説往常山乃是假話，如何就信以爲真？且不要論别件，只他帶着王太同行，便見其來意了。」【眉批】利口中耳，巧言入愚心。〔二〕房德道：「帶王太同行便怎麽？」貝氏道：「你也忒殺懵懂。那李勉與顔太守是相識，或者去相訪是真了。這王太乃京兆府獄卒，難道也與顔太守有舊去相訪，却跟着同走？若説把頭掉轉，不來招攬，此乃冷眼覷你可去相迎。正是他奸巧之處，豈是好意？如果真要到常山，怎肯又住這幾多時。」房德道：「他那裏肯住，是我再三苦留下的。」貝氏道：「這也是他用心處，試你待他的念頭誠也不誠。」

房德原是没主意的人，被老婆這班話一聳，漸生疑惑，沉吟不語。貝氏又道：「總來這恩是報不得的。」房德道：「如何報不得？」貝氏道：「今若報得薄了，他一時翻過臉來，將舊事和盤托出，那時不但官兒了帳，只怕當做越獄强盗拿去，性命登時就送；若報得厚了，他做下額子，不常來取索。如照舊饋送，自不必説；稍不滿欲，依然揭起舊案，原走不脱，可不是到底終須一結？自古道：『先下手爲强。』今若不依我言，事到其彼，悔之晚矣。」房德聞説至此，暗暗點頭，心腸已是變了。又想了一想，乃道：「如今原是我要報他恩德，他却從無一字題起，恐没這心腸。」貝氏笑道：「他還不曾見你出手，故不開口，到臨期自然有説話的。還有一件，他此來這番，縱無别話，你的前程，已是不能保了。」房德道：「却是爲何？」貝氏道：「李勉至此，你把他萬分親熱，衙門中人不知來歷，必定問他家人。那家人肯替你遮掩？少不得以直告之。【眉批】□説近似有理。你想衙門人的口嘴，好不利害。知得本官是强盗出身，定然當做新聞，互相傳説。同僚們知得，雖不敢當面笑你，背後誹議也經不起，就是你也無顔再存坐得住。這個還算小可的事。那李勉與顔太守既是好友，到彼難道不説？自然一一道知其詳。聞得這老兒最是古怪，且又是他屬下，倘被遍河北一傳，連夜走路，還只算遲了。那時可不依舊落薄，終身怎處？如今急急下手，還可免得顔太守這頭出醜。」

房德初時，原怕李勉家人走漏了消息，故此暗地叮嚀王太。如今老婆説出許多利害，正投其所忌，遂把報恩念頭，撇向東洋大海，連稱：「還是奶奶見得到，不然，幾乎反害自己。但他來時，合衙門人通曉得，明日不見了，豈不疑惑？况那尸首也難出脱。」貝氏道：「這個何難？少停出衙，止留幾個心腹人答應，其餘都打發去了。將他主僕灌醉，到夜静更深，差人刺死。然後把書院放上一把火燒了，明日尋出些殘尸剩骨，假哭一番，衣棺盛殮。那時人只認是火燒死的，有何疑惑？」房德大喜道：「此計甚妙。」便要起身出衙。那婆娘曉得老公心是活的，恐兩下久坐長談，説得入港，又改過念來，乃道：「總則天色還早，且再過一回出去。」房德依着老婆，真個住下。有詩爲證：

猛虎口中劍，長蛇尾上針。
兩般猶未毒，最毒婦人心。

自古道：「隔墻須有耳，窗外豈無人。」房德夫妻在房説話時，那婆娘一味不捨得這絹匹，專意攛唆老公害人，全不隄防有人竊聽。況在私衙中，料無外人來往，恣意調唇弄舌。不想家人路信，起初聞得貝氏焦躁，便覆在間壁墻上，聽他們争多競少，直至放火燒屋，一句句聽得十分仔細，到吃了一驚，想道：「元來我主人曾做過强盜，虧這官人救了性命。今反恩將仇報，天理何在！看起來這般大恩人，尚且如此，何況我奴僕之輩。倘稍有過失，這性命一發死得快了。此等殘薄之人，跟他何益。」【眉批】僕中乃有此人，主夫婦愧死矣。又想道：「常言『救人一命，勝造七級浮屠』。何不救了這四人，也是一點陰騭。」却又想道：「若放他們走了，料然不肯饒我，不如也走了罷。」遂取些銀兩，藏在身邊，覷個空，悄悄閃出私衙，一徑奔入書院。只見支成在厢房中烹茶，坐於檻上，執着扇子打盹，也不去驚醒他。竟踅入書室，看王太時，却都不在，止有李勉正襟據案而坐，展玩書籍。

路信走近案傍，低低道：「相公，你禍事到了。還不快走，更待幾時？」李勉被這驚不小，急問：「禍從何來？」路信扯到半邊，將適來所聞，一一細説，又道：「小人因念相公無辜受害，特來通報。如今不走，少頃就不能免禍了。」李勉聽了這話，驚得身子猶如吊在冰桶裏，把不住的寒顫，向着路信倒身下拜道：「若非足下仗義救我，李勉性命定然休矣。大恩大德，自當厚報。決不學此負心之人。」急得路信答拜不迭，道：「相公莫要高聲，恐支成聽得走漏了消息，彼此難保。」李勉道：「但我走了，遺累足下，於心何安？」路信道：「小人又無妻室，待相公去後，亦自遠遁，不消慮得。」李勉道：「既如此，何不隨我同往常山？」路信道：「相公肯收留，小人情願執鞭隨鐙。」李勉道：「你乃大恩人，怎説此話？」遂叫王太，一連十數聲，再没一人答應，跌足叫苦道：「他們都往那裏去了？」路信道：「待小人去尋來。」李勉又道：「馬匹俱在後槽，却怎處？」路信道：「也等小人去哄他帶來。」急出書室，回頭看支成已不在檻上打盹了。路信即走入廂房中觀看，却也不在。元來支成登東厮去了。

路信只道被他聽得，進衙去報房德，【眉批】錯認好。心下慌張，覆轉身向李勉道：「相公，不好了。想被支成聽見，〔三〕去報主人了，快走罷。等不及管家矣。」李勉又吃一驚，半句話也應答不出，棄下行李，光身子同着路信踉踉蹌蹌搶出書院。做公的見了李勉，坐下的都跕起來。李勉兩步并作一步，奔出儀門外，見有三騎馬繫着，是候縣令、主簿、縣尉出入的。路信心生一計，【眉批】路信儘通得。對馬夫道：「李相公要往西門拜客，快帶馬來。」那馬夫曉得李勉是縣主貴客，且又縣主管家分付，怎敢不依？連忙牽過兩騎。李勉剛剛上馬，王太撞至馬前，手中提着一雙麻鞋，問道：「相公往何處去？」路信接口道：「相公要往西門拜客，你們通到那裏去了？」王太道：「因麻鞋壞了，上街去買，相公拜那個客？」路信道：「你跟來罷了，問怎的？」又叫馬夫帶那騎馬與他乘坐，齊出縣門，馬夫在後跟隨。路信分付道：「頃刻就來，不消你隨了。」那馬夫真個住下。

離了縣中，李勉加上一鞭，那馬如飛而走。王太見家主恁般慌促，正不知要拜甚客。行不上一箭之地，兩個家人，也各提着麻鞋而來，望見家主，便閃在半邊，問道：「相公往那裏去？」李勉道：「你且莫問，快跟來便了。」話還未了，那馬已跑向前去，二人負命的赶，如何跟得上。看看行近西門，早有兩人騎着生口，從一條巷中横冲出來。路信舉目觀看，不是別人，却是幹辦陳顏，同着一個令史。二人見了李勉，滚鞍下馬聲喏。路信見景生情，急叫道：「李相公，管家們還少生口，何不借陳幹辦的暫用？」李勉暗地意會，遂收韁勒馬道：「如此甚好。」路信向陳顏道：「李相公要去拜客，暫借你的生口與管家一乘，少頃便來。」二人巴不能奉承得李勉歡喜，指望在本官面前，增添些好言語，可有不肯的理麽？連聲答應道：「相公要用，只管乘去。」等了一回，兩個家人帶跌的赶到，走得汗淋氣喘。陳顔二人將鞭轡遞與兩個家人上了馬，隨李勉趲出城門，縱開絲轡，二十個馬蹄，如撒鈸相似，循着大道，望常山一路飛奔去了。正是：

折破玉籠飛彩凰，頓開金鎖走蛟龍。

話分兩頭。且説支成上了東厮轉來，烹了茶，捧進書室，却不見了李勉。只道在花木中行走，又遍尋一過，也没個影兒，想道：「是了，一定兩日久坐在此，心中不舒暢，往外閒游去了。」約莫有一個時辰，還不見進來，走出書院去觀看，剛至門口，劈面正撞着家主。元來房德被老婆留住，又坐了一大回，方起身打點出衙，恰好遇見支成，問：「可見路信麽？」支成道：「不見，想隨李相公出外閒走去了。」房德心中疑慮，正待差支成去尋覓，只見陳顔來到。房德問道：「曾見李相公麽？」陳顔道：「方纔在西門遇見。路信説要往那裏去拜客，連小人的生口，都借與他管家乘坐。一行共五個馬，飛跑如雲，正不知有甚緊事？」房德聽罷，料是路信走漏消息，暗地叫苦，也不再問，覆轉身，原入私衙，報與老婆知得。

那婆娘聽説走了，到吃一驚道：「罷了，罷了！這禍一發來得速矣。」房德見老婆也着了急，慌得手足無措，埋怨道：「未見得他怎地，都是你説長道短，如今到弄出事來了！」貝氏道：「不要慌，自古道：『一不做，二不休。』事到其間，説不得了。料他去也不遠，快喚幾個心腹人，連夜追趕前去，扮作强盗，一齊砍了，豈不乾净？」【眉批】本色伎倆。房德隨唤陳顔進衙，與他計較。陳顔道：「這事行不得，一則小人們只好趨承奔走，那殺人勾當，從不曾習慣；二則倘一時有人救應拿住，反送了性命。小人到有一計在此，不消勞師動衆，教他一個也逃不脱。」房德歡喜道：「你且説有甚妙策？」

陳顔道：「小人間壁，一月前有一個異人，搬來居住，不言姓名，也不做甚生理，每日出去吃得爛醉方歸。小人見他來歷蹺蹊，行踪詭秘，有心去察他動静。忽一日，有一豪士青布錦袍，躍馬而來，從者數人，徑到此人之家，留飲三日方去。小人私下問那從者賓主姓名，都不肯説。有一人悄對小人説：『那人是個劍俠，能飛劍取人頭，又能飛行，頃刻百里。且是極有義氣，曾與長安市上代人報仇，白晝殺人，潛踪於此。』相公何不備些禮物前去，只説被李勉陷害，求他報仇。若得應允，便可了事，可不好麽？」房德道：「此計雖好，只恐他不肯。」陳顔道：「他見相公是一縣之主，屈己相求，定不推托，還怕連禮物也未必肯受哩。」貝氏在屏後聽得，便道：「此計甚妙。快去求之。」房德道：「將多少禮物送去？」陳顏道：「他是個義士，重情不重物，得三百金足矣。」貝氏一力攛掇，就備了三百金禮物。

天色傍晚，房德易了便服，陳顏、支成相隨，也不乘馬，悄悄的步行到陳顏家裏。元來却住在一條冷巷中，不上四五家鄰舍，好不寂静。陳顏留房德到裏邊坐下，點起燈火，向壁縫中張看，那人還未曾回。走出門口觀望，等了一回，只見那人又是爛醉，東倒西歪的，撞入屋裏去了。陳顏奔入報知，房德起身就走。陳顏道：「相公須打點了一班説話，更要屈膝與他，這事方諧。」房德點頭道：「是。」一齊到了門首，向門上輕輕扣上兩下。那人開門出問：「是誰？」陳顏低聲啞氣答道：「本縣知縣相公，在此拜訪義士。」那人帶醉説道：「咱這裏没有什麽義士。」便要關門。陳顏道：「且莫閉門，還有句説話。」那人道：「咱要緊去睡，誰個耐煩。有話明日來説。」房德道：「略話片時，即便相别。」那人道：「既如此，到裏面來。」

三人跨進門内，掩上門兒。引過一層房子，乃是小小客坐，點將燈燭熒煌。房德即倒身下拜道：「不知義士駕臨敝邑，有失迎迓，今日幸得識荆，深慰平生。」那人將手扶住道：「足下一縣之主，如何行此大禮，豈不失了體面？况咱并非什麽義士，不要錯認了。」房德道：「下官專來拜訪義士，安有差錯之理。」教陳顔、支成將禮物獻上，説道：「些小薄禮，特獻義士爲斗酒之資，望乞哂留。」那人笑道：「咱乃閭閻無賴，四海爲家，無一技一能，何敢當義士之稱？這些禮物也没用處，快請收去。」房德又躬身道：「禮物雖微，出自房某一點血誠，幸勿峻拒。」那人道：「足下蓦地屈身匹夫，且又賜恁般厚禮，却是爲何？」房德道：「請義士收了，方好相告。」那人道：「咱雖貧賤，誓不取無名之物。足下若不説明白，斷然不受。」房德假意哭拜於地道：「房某負戴大冤久矣！今仇在目前，無能雪耻。特慕義士是個好男子，有聶政、荆卿之技，故敢斗膽，叩拜階下。望義士憐念房某含冤負屈，少展半臂之力，刺死此賊，生死不忘大德。」那人摇手道：「我説足下認錯了，咱資身尚且無策，安能爲人謀大事？况殺人勾當，非通小可，設或被人聽見這話，反連累咱家，快些請回。」言罷轉身，先向外而走。房德上前，一把扯道：「聞得義士素抱忠義，專一除殘祛暴，濟困扶危，有古烈士之風。今房某身抱大冤，義士反不見憐，料想此仇永不能報矣。」道罷，又假意啼哭。

那人冷眼瞧了這個光景，只道是真情，方道：「足下真個有冤麽？」房德道：「若没大冤，怎敢來求義士？」那人道：「既恁様，且坐下，將冤抑之事并仇家姓名，今在何處，細細說來。可行則行，可止則止。」兩下遂對面而坐，陳顏、支成站於傍邊。房德捏出一段假情，反說：「李勉昔年誣指爲盜，【眉批】心背則其言反。百般毒刑拷打，陷於獄中，幾遍差獄卒王太謀害性命，皆被人知覺，不致於死。幸虧後官審明釋放，得官此邑。今又與王太同來挾制，索詐千金，意尤未足，又串通家奴暗地行刺。事露，適來連此奴挈去，奔往常山，要唆顏太守來擺布。」把一片說話，妝點得十分利害。那人聽畢，大怒道：「原來足下受此大冤，咱家豈忍坐視！足下且請回縣，在咱身上，今夜往常山一路，找尋此賊，爲足下報仇，夜半到衙中復命。」房德道：「多感義士高義，某當秉燭以待。事成之日，另有厚報。」那人作色道：「咱一生路見不平，拔刀相助，那個希圖你的厚報？這禮物咱也不受。」說猶未絕，飄然出門，其去如風，須臾不見了。房德與衆人驚得目睜口呆，連聲道：「真異人也。」權將禮物收回，待他復命時再送。有詩爲證：

報仇憑一劍，重義藐千金。
誰謂奸雄舌，能違烈士心？

話分兩頭。且說王太同兩個家人，見家主出了城門，又不拜甚客，只管亂跑，正不知爲甚緣故。一口氣就行了三十餘里，天色已晚，却又不尋店宿歇。那晚乃是十三，一輪明月，早已升空，趁着月色，不顧途路崎嶇，負命而逃，常恐後面有人追趕。在路也無半句言語，只管趲向前去。約莫有二更天氣，共行了六十多里，來到一個村鎮，已是井陘縣地方。那時走得口中又渴，腹内又饑，馬也漸漸行走不動。路信道：「來路已遠，料得無事了，且就此覓個宿處，明日早行。」李勉依言，徑投旅店。誰想夜深了，家家閉户關門，無處可宿。直到市稍頭，見一家門兒半開半掩，還在那裏收拾家伙，遂一齊下馬，走入店門。將生口卸了鞍轡，繫在槽邊喂料。路信道：「主人家，揀一處潔净所在，與我們安歇。」店家答道：「不瞞客官説，小店房頭，没有個不潔净的。如今也止空得一間在此。」教小二掌燈引入房中。李勉向一條板凳上坐下，覺得氣喘吁吁。王太忍不住問道：「請問相公，那房縣主惓惓苦留，後日撥夫馬相送，從容而行，有何不美？却反把自己行李棄下，猶如逃難一般，連夜奔走，受這般勞碌。路管家又隨着我們同來，是甚意故？」李勉嘆口氣道：「汝那知就裏？若非路管家，我與汝等死無葬身之地矣。今幸得脱虎口，已謝天不盡了，還顧得什麽行李、辛苦？」王太驚問其故。

李勉方待要説，不想店主人見他們五人五騎，深夜投宿，一毫行李也無，疑是歹人，走進來盤問脚色，説道：「衆客長做甚生意？打從何處來，這時候到此？」李勉一肚子氣恨，正没處説，見店主相問，答道：「話頭甚長，請坐下了，待我細訴。」乃將房德爲盜犯罪，憐其材貌，暗令王太釋放，以致罷官，及客游遇見，留回厚款，今日午後，回衙聽信老婆讒言，設計殺害，虧路信報知逃脱，前後之事，細説一遍。王太聽了這話，連聲唾駡：「負心之賊！」店主人也不勝嗟嘆。路信道：「主人家，相公鞍馬辛苦，快些催酒飯來吃了，睡一覺好赶路。」店主人答應出去。

只見床底下忽地鑽出一個大漢，渾身結束，手持匕首，威風凛凛，殺氣騰騰，嚇得李勉主僕魂不附體，一齊跪到，口稱：「壯士饒命。」那人一把扶起李勉道：「不必慌張，自有話説。咱乃義士，平生專抱不平，要殺天下負心之人。【眉批】纔是真義士。適來房德假捏虚情，反説公誣陷，謀他性命，求咱來行刺。那知這賊子恁般狼心狗肺，負義忘恩！早是公説出前情，不然，險些誤殺了長者。」李勉連忙叩下頭去，道：「多感義士活命之恩。」那人扯住道：「莫謝莫謝，咱暫去便來。」即出庭中，聳身上屋，疾如飛鳥，頃刻不見。主僕都驚得吐了舌，縮不上去，不知再來還有何意。懷着鬼胎，不敢睡卧，連酒飯也吃不下。有詩爲證：

奔走長途氣上冲，忽然床下出青鋒。
一番衷曲殷勤訴，唤醒奇人睡夢中。

再説房德的老婆，見丈夫回來，大事已就，禮物原封不動，喜得滿臉都是笑靨。連忙整備酒席，擺在堂中，夫妻秉燭以待。陳顔也留在衙中俟候。到三更時分，忽聽得庭前宿鳥驚鳴，落葉亂墜，一人跨入堂中。房德舉目看時，恰便是那義士，打扮得如天神一般，比前大似不同，且驚且喜，向前迎接。那義士全不謙讓，氣忿忿的大踏步走入去，居中坐下。房德夫妻叩拜稱謝。方欲啓問，只見那義士怒容可掬，颼地掣出匕首，指着駡道：「你這負心賊子。李畿尉乃救命大恩人，不思報效，反聽婦人之言，背恩反噬。既已事露逃去，便該悔過，却又架捏虚詞，哄咱行刺。若非他道出真情，連咱也陷於不義。剮你這負心賊一萬刀，方出咱這點不平之氣。」房德未及措辨，頭已落地，驚得貝氏慌做一堆，平時且是會話會講，到此心膽俱裂，一張嘴猶如膠漆粘牢，動撣不得。義士指着駡道：「你這潑賤狗婦，〔四〕不勸丈夫爲善，反教他傷害恩人。我且看你肺肝是怎樣生的。」托地跳起身來，將貝氏一脚踢翻，左脚踏住頭髮，右膝捺住兩腿。這婆娘連叫：「義士饒命。今後再不敢了。」那義士駡道：「潑賤淫婦。咱也到肯饒你，只是你不肯饒人。」提起匕首向胸膛上一刀，直剖到臍下。將匕首銜在口中，雙手拍開，把五臟六腑，摳將出來，血瀝瀝提在手中，〔五〕向燈下照看道：「咱只道這狗婦肺肝與人不同，原來也只如此，怎生恁般狠毒？」遂撇過一邊，也割下首級，兩顆頭結做一堆，盛在革囊之中。揩抹了手上血污，藏了匕首，提起革囊，步出庭中，踰垣而去。

說時義膽包天地，話起雄心動鬼神。

再說李勉主僕在旅店中，守至五更時分，忽見一道金光，從庭中飛入。衆人一齊驚起，看時，正是那義士。放下革囊，說道：「負心賊已被咱刳腹屠腸，今携其首在此。」向革囊中取出兩顆首級。李勉又驚又喜，倒身下拜道：「足下高義，千古所無。請示姓名，當圖後報。」義士笑道：「咱自來没有姓名，亦不要人酬報。頃咱從床下而來，日後設有相逢，竟以『床下義士』相呼便了。」道罷，向懷中取一包藥兒，用小指甲挑少許，彈於首級斷處，舉手一拱，早已騰上屋檐，挽之不及，須臾不知所往。李勉見棄下兩個人頭，心中慌張，正没擺布。〔六〕可霎作怪，看那人頭時，漸漸縮小，須臾化爲一搭清水，李勉方纔放心。坐至天明，路信取些錢鈔，還了店家，收拾馬匹上路。

說話的，據你說，李勉共行了六十多里方到旅店，這義士又無生口，如何一夜之間，往返如風？這便是前面說起，頃刻能飛行百里，乃劍俠常事耳。那義士受房德之托，不過黄昏時分，比及追赶，李勉還在途中馳驟，未曾棲息。他先一步埋伏等候。一往一來，有風無影，所以伏於床下，店中全然不知。此是劍術妙處。

且説李勉當夜無話。次日起身，又行了兩日，方到常山，徑入府中，拜謁顏太守。故人相見，喜隨顏開，遂留於衙署中安歇。顏太守也見没有行李，心中奇怪，問其緣故。李勉將前事一一訴出，不勝駭異。

過了兩日，栢鄉縣將縣宰夫妻被殺緣由，申文到府。元來是夜陳顏、支成同幾個奴僕見義士行兇，一個個驚號鼠竄，四散潛躲，直至天明，方敢出頭。只見兩個没頭尸首，横在血泊裏，五臟六腑，都摳在半邊，首級不知去向，卓上器皿一毫不失。一家叫苦連天。報知主簿、縣尉，俱吃一驚，齊來驗過。細詢其情，陳顏只得把房德要害李勉，求人行刺始末説出。主簿、縣尉即點起若干做公的，各執兵器，押陳顏作眼，前去捕獲刺客。那時閧動合縣人民，都跟來看。到了陳顏間壁，打將入去，惟有幾間空房，那見一個人影。主簿與縣尉商議申文，已曉得李勉是顏太守的好友，從實申報，在他面上，怕有干礙，二則又見得縣主薄德。乃將真情隱過，只説夜半被盜越入私衙，殺死縣令夫婦，竊去首級，無從捕獲，兩下周全其事，一面買棺盛殮。顏太守依擬，申文上司。那時河北一路，都是安禄山專制，知得殺了房德，豈不去了一個心腹？倒下回文，着令嚴加緝獲。李勉聞了這個消息，恐怕纏到身上，遂作别顏太守，回歸長安故里。恰好王鉷坐事下獄，凡被劾罷官，盡皆起任。李勉原起畿尉，不上半年，即升監察御史。

一日，在長安街上行過，只見一人身衣黄衫，跨下白馬，兩個胡奴跟隨，望着節導中亂撞，從人呵喝不住。李勉舉目觀看，却便是昔日床下義士，遂滚鞍下馬，鞠恭道：「義士别來無恙？」那義士笑道：「虧大人還認得咱家。」李勉道：「李某日夜在心，安有不識之理？請到敝衙少叙。」義士道：「咱另日竭誠來拜，今日不敢從命。倘大人不棄，同到敝寓一話何如？」李勉欣然相從，并馬而行。來到慶元坊，一個小角門内入去。過了幾重門户，忽然顯出一座大宅院，廳堂屋舍，高聳雲漢；奴僕趨承，不下數百。李勉暗暗點頭道：「真是個異人。」請入堂中，重新見禮，分賓主而坐。頃刻擺下筵席，豐富勝於王侯。唤出家樂在庭前奏樂，一個個都是明眸皓齒，絶色佳人。義士道：「隨常小飯，不足以供貴人，幸勿怪。」李勉滿口稱謝。當下二人席間談論些古今英雄之事，至晚而散。

次日，李勉備了些禮物，再來拜訪時，止存一所空宅，不知搬向何處去了。嗟嘆而回。後來李勉官至中書門下平章事，封爲汧國公。王太、路信亦扶持做個小小官職。詩云：

從來恩怨要分明，將怨酬恩最不平。

安得劍仙床下士，人間遍取不平人。

【校記】

〔一〕「理會得」，底本作「理會會得」，疑衍「會」字，徑删。衍慶堂本作「理會得了」，《奇觀》作「自理會得」。

〔二〕「利口中耳」，《奇觀》作「利口中俗耳」。

〔三〕「支成」，底本作「支仁」，據衍慶堂本改。

〔四〕「你這」，底本作「你那」，據衍慶堂本改，《奇觀》同底本。

〔五〕「提在手中」，底本作「提在口中」，據衍慶堂本改，《奇觀》同衍慶堂本。

〔六〕「正没擺布」，底本及衍慶堂本作「正在擺布」，據《奇觀》改。

千層怪石惹閒云一道飛泉垂素練

紅白蜘蛛
鬥法

第三十一卷　鄭節使立功神臂弓

顛狂彌勒到明州，布袋横拖拄杖頭。
饒你化身千百億，一身還有一身愁。

話説東京汴梁城開封府，有個萬萬貫的財主員外，姓張，排行第一，雙名俊卿。這個員外，冬眠紅錦帳，夏臥碧紗厨，兩行珠翠引，一對美人扶。家中有赤金白銀、斑點玳瑁、鶻輪珍珠、犀牛頭上角、大象口中牙。門首一壁開個金銀鋪，一壁開所質庫。他那爹爹大張員外，方死不多時，只有媽媽在堂。張員外好善，人叫他做張佛子。忽一日在門首觀看，見一個和尚，打扮非常。但見：

雙眉垂雪，横眼碧波。衣披烈火七幅鮫綃，杖拄降魔九環錫杖。若非圓寂光中客，定是楞嚴峰頂人。

那和尚走至面前，道：「員外拜揖。」員外還禮畢，只見和尚袖中取出個疏頭來，上面寫道：「竹林寺特來抄化五百香羅木。」員外口中不說，心下思量：「我從小只見說竹林寺，那曾見有？况兼這香羅木，是我爹在日許下願心，要往東峰岱岳蓋嘉寧大殿，尚未答還。」員外便對和尚道：「此是我先人在日許下願心，不敢動着。若是吾師要別物，但請法旨。」和尚道：「若員外不肯捨施，貧僧到晚自教人取。」說罷轉身。員外道：「這和尚莫是風。」天色漸晚，員外吃了三五杯酒，却待去睡，只見當值的來報：「員外禍事！家中後園火發。」諕殺員外，荒忙走來時，只見焰焰地燒着。去那火光之中，見那早來和尚，將着百十人，都長七八尺，不類人形，盡數搬這香羅板去。員外赶上看時，火光頓息，和尚和衆人都不見了；再來園中一看，不見了那五百片香羅木，枯炭也没些個：「却是作怪！我爹爹許下願心，却如何好？」一夜不眠。但見：

玉漏聲殘，金烏影吐。鄰鷄三唱，唤佳人傅粉施珠；寶馬頻嘶，催行客争名奪利。幾片曉霞飛海嶠，一輪紅日上扶桑。

員外起來洗漱罷，去家堂神道前燒了香，向堂前請見媽媽，把昨夜事說了一遍，道：「三月二十八日，却如何上得東峰岱岳，與爹爹答還心願？」媽媽道：「我兒休煩惱，到這日却又理會。」員外見說，辭了媽媽，退去金銀鋪中坐地。却正是二月半天氣。正是：

金勒馬嘶芳草地，玉樓人醉杏花天。

只聽得街上鑼聲響，一個小節級同個茶酒，把着團書來請張員外團社。原來大張員外在日，起這個社會，朋友十人，近來死了一兩人，不成社會。如今這幾位小員外，學前輩做作，約十個朋友起社。却是二月半，便來團社。員外道：「我去不得，要與爹還願時，又不見了香羅木，如何去得？」那人道：「若少了員外一個，便拆散了社會。」員外與決不下，去堂前請見媽媽，告知：「衆員外請兒團社，緣没了香羅木與爹爹還願，兒不敢去。」媽媽就手把着錦袋，説向兒子道：「我這一件寶物，是你爹爹泛海外得來的無價之寳，我兒將此物與爹爹還願心。」員外接得，打開錦袋紅紙包看時，却是一個玉結連縧環。員外謝了媽媽，留了請書，團了社，安排上廟。那九個員外，也準備行李，隨行人從，不在話下。

却説張員外打扮得一似軍官：

裹四方大萬字頭巾，帶一雙撲獸匾金環，着西川錦紵絲袍，繫一條乾紅大匾縧，揮一把玉靶壓衣刀，穿一雙鞝靴。

員外同幾個社友，離了家中，迤邐前去。饑餐渴飲，夜住曉行。不則一日，到得東岳，就客店歇了。至日，十個員外都上廟來燒香，各自答還心願。員外便把玉結連縧環，捨入炳靈公殿内。還願都了，别無甚事，便在廊下看社火酌獻。這幾個都是後生家，乘興去游山，員外在後，徐徐而行。但見：

山明水秀，風軟雲閒。一巖風景如屏，滿目松筠似畫。輕煙淡淡，數聲啼鳥落花天；麗日融融，是處緑楊芳草地。

員外自覺脚力疲困，却教衆員外先行，自己走到一個亭子上歇脚。只聽得斧鑿之聲，看時，見一所作場，竹笆夾着。望那裏面時，都是七八尺來長大漢做生活。忽地鑿出一片木屑來，員外拾起看時，正是園中的香羅木，認得是爹爹花押。疑怪之間，只見一個行者開笆門，來面前相揖道：「長老法旨，請員外略到山門獻茶。」員外入那笆門中，一似身登月殿，步入蓬瀛。但見：

三門高聳，梵宇清幽。當頭敕額字分明，兩個金剛形勇猛。觀音位接水陸臺，寶蓋相隨鬼子母。

員外到得寺中，只見一個和尚出來相揖道：「外日深荷了辦緣事，今日幸得員外至此，請過方丈獻茶。」員外遠觀不審，近睹分明，正是向日化香羅木的和尚，只得應道：「日昨多感吾師過訪，接待不及。」和尚同至方丈，叙禮分賓主坐定，點茶吃罷，不曾説得一句話。只見黄巾力士走至面前，暴雷也似聲個喏：「告我師，炳靈公相見。」

諕得員外神魂蕩漾，口中不語，心下思量：「炳靈公是東岳神道，如何來這裏相見？」那和尚便請員外：「屏風後少待，貧僧斷了此事，却與員外少叙。」員外領法旨，潛身去屏風後立地看時，見十數個黃巾力士，隨着一個神道入來，但見：

眉單眼細，貌美神清。身披紅錦衮龍袍，腰繫藍田白玉帶。裹簇金帽子，着側面絲鞋。

員外仔細看時，與岳廟塑的一般。只見和尚下階相揖，禮畢，便問：「昨夜公事如何？」炳靈公道：「此人直不肯認做諸侯，只要做三年天子。」和尚道：「直恁難勘，教押過來。」只見幾個力士，押着一大漢，約長八尺，露出滿身花繡。至方丈，和尚便道：「教你做諸侯，有何不可？却要圖王争帝。好打！」【眉批】炳靈公之威靈，何以不如和尚？道不了，黃巾力士撲翻長漢在地，打得幾杖子。那漢長嘆一聲道：「休，休。不肯還我三年天子，胡亂認做諸侯罷。」黃巾力士即時把過文字，安在面前，教他押了花字，便放他去。炳靈公擡身道：「甚勞吾師心力。」相辭别去。和尚便請員外出來坐定。和尚道：「山門無可見意，略備水酒三杯，少延清話。」員外道：「深感吾師見愛。」道罷，酒至面前。吃了幾杯，便教收過一壁。和尚道：「員外可同往山後閒游。」員外道：「謹領法旨。」二人同至山中閒走。但見：

奇峰聳翠，佳木交陰。千層怪石惹閒雲，一道飛泉垂素練。萬山横碧落，一柱入丹霄。

員外觀看之間，喜不自勝，便問和尚：「此處峭壁，直恁險峻！」和尚道：「未爲險峻，請員外看這路水。」員外低頭看時，被和尚推下去。員外吃一驚，却在亭子上睡覺來，道：「作怪。」欲道是夢來，口中酒香；道不是夢來，却又不見踪迹。正疑惑間，只見衆員外走來道：「員外，你却怎地不來？獨自在這裏打磕睡。」張員外道：「（一）賤體有些不自在，有失陪步，得罪得罪。」也不説夢中之事。衆員外游山都了，離不得買些人事，整理行裝，厮赶歸來。

單説張員外到家，親鄰都來遠接，與員外洗拂。見了媽媽，歡喜不盡。只見：

四時光景急如梭，一歲光陰如撚指。

却早臘月初頭，但見北風凛冽，瑞雪紛紛，有一隻《鷓鴣天》詞爲證：

凛烈嚴凝霧氣昏，空中瑞雪降紛紛。須臾四野難分别，頃刻山河不見痕。銀世界，玉乾坤，望中隱隱接崑崙。若還下到三更後，直要填平玉帝門！

員外看見雪却大，便教人開倉庫散些錢米與窮漢。且説一個人在客店中，被店小二埋怨道：「喏大個漢，没些運智，這早晚兀自不起。今日又是兩個月，不還房錢。哥哥你起休。」那人長嘆一聲：「苦，苦。小二哥莫怪，我也是没計奈何。」店小二道：「今日前巷張員外散貧，你可討些湯洗了頭臉，胡亂討得些錢來，且做盤纏，我又不指望你的。」那人道：「罪過你。」便去帶了那頂搭圾頭巾，身上披着破衣服，露着腿，赤着脚，離了客店，迎着風雪走到張員外宅前。

事有鬥巧，物有故然，却來得遲些，都散了。這個人走至宅前，見門公唱個喏：「聞知宅上散貧。」門公道：「却不早來，都散了。」那人聽得，叫聲：「苦！」匹然倒地。員外在窗中看見，即時教人扶起。頃刻之間，三魂再至，七魄重來。員外仔細看時，吃一驚，這人正是亭子上夢中見的，却恁地模樣。便問那漢：「你是那裏人？姓甚名誰？見在那裏住？」那人叉着手，告員外：「小人是鄭州泰寧軍大户財主人家孩兒，父母早喪，流落此間，見在宅後王婆店中安歇，姓鄭名信。」員外即時討幾件舊衣服與他，討些飯食請他吃罷，便問：「你會甚手藝？」那人道：「略會些書算。」員外見説，把些錢物與他，還了店中，便收留他。見他會書算，又似夢中見的一般，便教他在宅中做主管。那人却伶俐，在宅中小心向前。員外甚是敬重，便做心腹人。

又過幾時，但見時光如箭，日月如梭，不覺又是二月半間。那衆員外便商量來請張員外同去出郊，一則團社，二則賞春。那幾個員外隔夜點了妓弟，一家帶着一個尋常閒來往説得着行首。知得張員外有孝，怕他不肯帶妓女，先請他一個得意的表子在那裏。張員外不知是計，走到花園中，見了幾個行首，廝叫了。只見衆中走出一個行首來，他是兩京詩酒客，煙花杖子頭，唤做王倩，却是張員外説得着的頂老。員外見了，却待要走，被王倩一把扯住道："員外，久别台顔。"一向疏失。"員外道："深荷姐姐厚意。緣先父亡去，持服在身，恐外人見之，深爲不孝。"便轉身來辭衆員外道："俊卿荷諸兄見愛，偶賤體不快，坐侍不及，先此告辭。"那衆員外和王倩再三相留，員外不得已，只得就席，和王行首并坐。衆員外身邊一家一個妓弟，便教整頓酒來。

正吃得半酣，只見走一個人入來。如何打扮：

裹一頂藍青頭巾，帶一對撲匾金環，着兩上領白綾子衫，腰繫乾紅絨綫縧，下着多耳麻鞋，手中携着一個籃兒。

這人走至面前，放下籃兒，叉着手唱三個喏。衆員外道："有何話説？"只見那漢就籃内取出砧刀，借個盤子，把塊牛肉來切得幾片，安在盤裏，便來衆員外面前道："得知衆員外在此吃酒，特來送一勸。"道罷，安在面前，唱個喏便去。

張員外看了，暗暗叫苦道："我被那廝詐害幾遍了。"元來那廝是東京破落户，姓夏名德，有一個諢名，叫做"扯驢"。先年曾有個妹子，嫁在老張員外身邊，爲争口閒氣，一條繩縊死了。夏德將此人命爲由，屢次上門嚇詐，在小張員外手裏，也詐過了一二次。衆員外道：「不須憂慮，他只是討些賞賜，我們自吃酒。」道不了，那厮立在面前道：「今日夏德有采，遭際這一會員外。」衆人道：「各支二兩銀子與他。」討至張員外面前，員外道：「依例支二兩。」那厮看着張員外道：「員外依例不得。別的員外二兩，你却要二百兩。」張員外道：「我比別的加倍，也只四兩，如何要二百兩？」夏德道：「別的員外没甚事，你却有些瓜葛，莫待我説出來不好看。」張員外被他直詐到二十兩，衆員外道：「也好了。」那厮道：「看衆員外面，也罷，只求便賜。」張員外道：「没在此間，把批子去我宅中質庫内討。」

夏扯驢得了批子，唱個喏，便出園門，一徑來張員外質庫裏，揭起青布簾兒，走入去唱個喏。衆人還了禮。未發迹的貴人問道：「贖典，還是解錢？」夏扯驢道：「不贖不解，員外有批子在此，教支二十兩銀。」鄭信便問：「員外買你甚麽？支許多銀？」那厮道：「買我牛肉吃。」鄭信道：「員外直吃得許多牛肉？」夏扯驢道：「主管莫問，只照批子付與我。」兩個説來説去，一聲高似一聲。這鄭信只是不肯付與他，將了二十兩銀子在手道：「夏扯驢，我説與你，銀子已在此了，我同到花園中去見員外，若是當面分付得有話，我便與你。」【眉批】鄭信豪傑，豈爲他人吝此二十金哉？必素知夏扯驢無賴，心中懷忿不平故耳。夏扯驢罵道：「打脊客作兒。員外與我銀子，干你甚事？却要你作難。便與你去見員外，這批子須不是假的。」

這鄭信和夏扯驢一徑到花園中，見衆員外在亭子上吃酒，進前唱個喏。張員外見鄭信來，便道：「主管没甚事？」鄭信道：「覆使頭：蒙台批支二十兩銀，如今自把來取台旨。」張員外道：「這厮是個破落户，把與他去罷。」夏扯驢就來鄭信手中搶那銀子。鄭信那肯與他，便對夏扯驢道：「銀子在這裏，員外教把與你，我却不肯。你倚着東京破落户，要平白地騙人錢財，别的怕你，我鄭信不怕你。就衆員外面前，與你比試。你打得我過，便把銀子與你；打我不過，教你許多時聲名，一旦都休。」夏扯驢聽得説：「我好没興，吃這客作欺負。」鄭信道：「莫説你强我會。這裏且是寬，和你賭個勝負。」鄭信脱膊下來，衆人看了喝采：

先自人才出衆，那堪滿體雕青。左臂上三仙仗劍，右臂上五鬼擒龍。胸前一搭御屏風，脊背上巴山龍出水。

夏扯驢也脱膊下來，衆人打一看時，那厮身上刺着的是木拐梯子，黄胖兒忍字。當下兩個在花園中厮打，賭個輸贏。這鄭信拳到手起，去太陽上打個正着。夏扯驢撲的倒地，登時身死，諕得衆員外和妓弟都走了。即時便有做公的圍住。鄭信拍着手道：「我是鄭州泰寧軍人，見今在張員外宅中做主管。夏扯驢來騙我主人，我拳手重，打殺了他，不干他人之事，便把條索子縛我去。」衆人見説道：「好漢子！與我東京除了一害，也不到得償命。」離不得解到開封府，押下兇身對尸。這鄭信一發都招認了，下獄定罪。張員外在府裏使錢，教好看他，指望遷延，等天恩大赦，不在話下。

忽一日，開封府大尹出城謁廟，正行轎之間，只見路傍一口古井，黑氣衝天而起。大尹便教住轎，看了道：「怪哉。」便去廟中燒了香。回到府，不入衙中，便教客將諸衆官來。不多時，衆官皆至，相見茶湯已畢。大尹便道：「今日出城謁廟，路傍見一口古井，其中黑氣衝天，不知有何妖怪？」衆官無人敢應。只有通判起身道：「據小官愚見，要知井中怪物，何不具奏朝廷，照會將見在牢中該死罪人，教他下井去看驗的實，必知休咎。」大尹依言，即具奏朝廷。便指揮獄中，揀選當死罪人下井，要看仔細。大尹和衆人到地頭，押過罪人把籃盛了，用轆轤放將下去。只聽鈴響，上來看時，止有骨頭。一個下去一個死，二人下去一雙亡，似此死了數十人。獄中受了張員外囑托，也要藏留鄭信。【眉批】針綫。大尹台旨，教獄中但有罪人都要押來，却藏留鄭信不得，只得押來。大尹教他下井去，鄭信道：「下去不辭，願乞五件物。」【眉批】有智量人，便自不凡。大尹問：「要甚五件？」鄭信道：「要討頭盔衣甲和靴、劍一口、一斗酒、二斤肉、炊餅之類。」大尹即時教依他所要，一一將至面前。鄭信唱了喏，把酒肉和炊餅吃了，披挂衣中，仗了劍。衆人喝聲采。但見：

頭盔似雪，衣甲如銀。穿一輛抹緑皂靴，手仗七星寶劍。

鄭信打扮了，坐在籃中，轆轤放將下去。鈴響絞上來看時，不見了鄭信，那井中黑氣也便不起。大尹再教放下籃去取時，杳無踪迹，一似石沉大海，綫斷風筝。大尹和衆官等候多時，且各自回衙去。

却說未發迹變泰國家節度使鄭信到得井底，便走出籃中，仗劍在手，去井中一壁立地。初下來時便黑，在下多時却明。鄭信低頭看時，見一壁厢一個水口，却好容得身，挨身入去。行不多幾步，擡頭看時，但見：

山嶺相連，煙霞繚繞。芳草長茸茸嫩緑，巖花噴馥馥清香。蒼崖鬱鬱長青松，曲澗涓涓流細水。

鄭信正行之間，悶悶不已，知道此處是那裏？又没人煙。日中前後，去松陰竹影稀處望時，只見飛檐碧瓦，棟宇軒窗，想有幽人居止。遂登危歷險，尋徑而往。只聞流水松聲，步履之下，漸漸林麓兩分，巒峰四合。但見：

溪深水曲，風静雲閒。青松鎖碧瓦朱甍，修竹映雕檐玉砌。樓臺高聳，院宇深沉。若非王者之宫，必是神仙之府。

鄭信見這一所宫殿，便去宫前立地多時，更無一人出入。擡頭看時，只見門上一面硃紅牌，金字寫着「日霞之殿」。裏面寂寥，杳無人迹。仗劍直入宫門，走到殿内，只見一個女子，枕着件物事，齁齁地裸體而卧。但見：

蘭柔柳困，玉弱花羞。似楊妃出浴轉香衾，如西子心疼欹玉枕。柳眉斂翠，桃臉凝紅。却是西園芍藥倚朱欄，南海觀音初入定。

鄭信見了女子，這却是此怪，便悄悄地把隻手襯着那女子，拿了枕頭的物事，又輕輕放下女子頭。走出外面看時，却是個乾紅色皮袋。鄭信不解其故，把這件物事去花樹下，將劍掘個坑埋了。又回身仗劍再入殿中，看着那女子，盡力一喝道：「起。」只見那女子閃開那嬌滴滴眼兒，荒忙把萬種妖嬈謊做一團，回頭道：「鄭郎，你來也。妾守空房，等你多時。妾與你五百年前姻眷，今日得見你。」那女子初時待要變出本相，却被鄭信偷了他的神通物事，只得將錯就錯。若是生得不好時，把來一劍剁了，却見他如花似玉，不覺心動，便問：「女子孰氏？」女子道：「丈夫，你可放下手中寶劍，脱了衣甲，妾和你少叙綢繆。」但見：

暮雲籠帝樹，薄靄罩池塘。雙雙粉蝶宿芳叢，對對黄鸝棲翠柳。畫梁悄悄，珠簾放下燕歸來；小院沉沉，繡被薰香人欲睡。風定子規啼玉樹，月移花影上紗窗。

女子便叫青衣，安排酒來。頃刻之間，酒至面前，百味珍羞俱備。飲至數杯，酒已半酣。女子道：「今日天與之幸，得見丈夫，盡醉方休。」鄭信推辭。女子道：「妾與鄭郎是五百年前姻眷，今日豈可推托？」又吃了多時，乃令青衣收過杯盤。兩個同携素手，共入蘭房。正是：

繡幌低垂，羅衾漫展。兩情歡會，共訴海誓山盟；二意和諧，多少雲情雨意。雲淡淡天邊鸞鳳，水沉沉交頸鴛鴦。寫成今世不休書，結下來生合歡帶。

到得天明，女子起來道：「丈夫，夜來深荷見憐。」鄭信道：「深感娘娘見愛，未知孰氏？恐另日相見，即當報答深恩。」女子道：「妾乃日霞仙子，我與丈夫盡老百年，何有思歸之意？」這兩口兒，同行并坐，暮樂朝歡。

忽一日，那女子對鄭信道：「丈夫，你耐静則個。我出去便歸。」鄭信道：「到那裏去？」女子道：「我今日去赴上界蟠桃宴便歸，留下青衣相伴。如要酒食，旋便指揮。有件事囑付丈夫，切不可去後宮游戲，若還去時，利害非輕。」那女子分付了，暫别。兩個青衣伏侍。鄭信獨自無聊，遂令安排幾杯酒消遣，思量：「却似一場春夢，留落在此。適來我妻分付，莫去後宮，想必另有景致，不交我去。我再試探則個。」遂移步出門，迤邐奔後宮來，打一看，又是一個去處，一個宮門。到得裏面，一個大殿，金書牌額「月華之殿」。正看之間，聽得鞋履響，脚步鳴，語笑喧雜之聲。只見一簇青衣擁着一個仙女出來，生得：

盈盈玉貌，楚楚梅妝。口點櫻桃，眉舒柳葉。輕疊烏雲之髮，風消雪白之肌。不饒照水芙蓉，恐是凌波菡萏。一塵不染，百媚俱生。

鄭信見了，喜不自勝。只見那女子便道：「好也。何處不尋，甚處不覓，元來我丈夫只在此間。」不問事由，便把鄭信簇擁將去，叫道：「丈夫你來也。妾守空房，等你久矣。」鄭信道：「娘娘錯認了，我自有渾家在前殿。」那女子不由分說，簇擁到殿上，便教安排酒來。那女子和鄭信飲了數杯，二人携手入房，向鴛幃之中，成夫婦之禮。頃刻間雲收雨散，整衣而起。

只見青衣來報：「前殿日霞娘娘來見。」這女子慌忙藏鄭信不及，日霞仙子走至面前道：「丈夫，你却走來這裏則甚？」便拖住鄭信臂膊，將歸前殿。月華仙子見了，柳眉剔豎，星眼圓睁道：「你却將身嫁他，我却如何？」便帶數十個青衣奔來，直至殿上道：「姐姐，我的丈夫，你却如何奪了？」日霞仙子道：「妹妹，是我丈夫，你却說甚麼話？」兩個一聲高似一聲。這鄭信被日霞仙子把來藏了，月華仙子無計奈何。兩個打做一團，紐做一塊。

鬥了多時，月華仙子覺道鬥姐姐不下，喝聲：「起！」跳至虛空，變出本相。那日霞仙子，也待要變，元來被鄭信埋了他的神通，便變不得，却輸了，荒忙走來見鄭信，兩淚交流道：「丈夫，只因你不信我言，故有今日之苦。又被你埋了我的神通，我變不得。若要奈何得他，可把這件物事還我。」鄭信見他哀求不已，只得走來殿外花樹下，掘出那件物事來。日霞仙子便再和月華仙子鬥聖。日霞仙子又輸了，走回來。鄭信道：「我妻又怎的奈何他不下？」日霞仙子道：「爲我身懷六甲，贏那賤人不得。我有件事告你。」鄭信道：「我妻有話但説。」日霞仙子教青衣去取來。不多時，把一張弓，一隻箭，道：「丈夫，此弓非人間所有之物，名爲神臂弓，百發百中。【眉批】千彎萬曲，只要神臂弓出現。我在空中變就神通，和那賤人鬥法，你可在下看着白的，射一箭，助我一臂之力。」鄭信道：「好，你但放心。」説不了，月華仙子又來，兩個上雲中變出本相相鬥。鄭信在下看時，那裏見兩個如花似玉的仙子？只見一個白一個紅，兩個蜘蛛在空中相鬥。鄭信道：「原來如此。」只見紅的輸了便走，後面白的赶來，被鄭信彎弓，覷得親，一箭射去，喝聲道：「著！」把白蜘蛛射了下來。月華仙子大痛無聲，便罵鄭信：「負心賊，暗算了我也！」自往後殿去不題。

這裏日霞仙子，收了本相，依先一個如花似玉佳人，看着鄭信道：「丈夫，深荷厚恩，與妾解圍，使妾得遂終身偕老之願。」兩個自此越説得著，行則并肩，坐則疊股，無片時相捨。正是：

春和淑麗，同携手於花前；夏氣炎蒸，共納凉於花下。秋光皎潔，銀蟾與桂偶同圓；冬景嚴凝，玉體與香肩共暖。受物外無窮快樂，享人間不盡歡娛。

倏忽間過了三年，生下一男一女。鄭信自思：「在此雖是朝歡暮樂，作何道理，發迹變態？」遂告道：「感荷娘娘收留在此，一住三年，生男育女。若得前途發迹，報答我妻，是吾所願。」日霞仙子見説，淚下如雨道：「丈夫，你去不争，教我如何？兩個孩兒却是怎地？」鄭信道：「我若得一官半職，便來取你們。」仙子道：「丈夫你要何處去？」鄭信道：「我往太原投軍。」仙子見説，便道：「丈夫，我與你一件物事，教你去投軍，有分發迹。」便叫青衣取那張神臂剋敵弓，便是今時踏凳弩，分付道：「你可帶去軍前立功，定然有五等諸侯之貴。這一男一女，與你撫養在此。直待一紀之後，奴自遣人送還。」鄭信道：「我此去若有發迹之日，早晚來迎你母子。」仙子道：「你我相遇，亦是夙緣。今三年限滿，仙凡路隔，豈復有相見之期乎？」説罷，不覺潸然下淚。鄭信初時求去，聽説相見無期，心中感傷，亦流淚不已，情願再住幾時。仙子道：「夫妻緣盡，自然分别。妾亦不敢留君，恐誤君前程，必遭天譴。」即命青衣置酒餞别。飲至數杯，仙子道：「丈夫，你先前携來的劍，和那一副盔甲，權留在此。他日送兒女還你，那時好作信物。」鄭信道：「但憑賢妻主意。」仙子又親勸别酒三杯，取一大包金珠相贈，親自送出宫門。約行數里之程，遠遠望見路口，仙子道：「丈夫，你從此出去，便是大路。前程萬里，保重，保重！」鄭信方欲眷戀，忽然就脚下起陣狂風，風定後已不見了仙子。但見：

青雲藏寶殿，薄霧隱回廊。静聽不聞消息之聲，回視已失峰巒之勢。日霞宫想歸海上，神仙女料返蓬萊。多應看罷僧繇畫，捲起丹青一幅圖。

鄭信抱了一張神臂弓，呆呆的立了半晌，没奈何，只得前行。到得路口看時，却是汾州大路，此路去河東太原府不遠。那太原府主，却是种相公，諱師道，見在出榜招軍。鄭信走到轅門投軍，獻上神臂弓。种相公大喜，分付工人如法制造數千張，遂補鄭信爲帳前管軍指揮。後來收番累立戰功，都虧那神臂弓之用。十餘年間，直做到兩川節度使之職。思念日霞公主恩義，并不婚娶。

話分兩頭，再説張俊卿員外，自從那年鄭信入井之後，好生思念。每年逢了此日，就差主管備下三牲祭禮，親到井邊祭奠，也是不忘故舊之意。如此數年，未嘗有缺。忽一日祭奠回來，覺得身子困倦，在廳屋中少憩片時，不覺睡去。夢見天上五色雲霞，燦爛奪目，忽然現出一位紅衣仙子，左手中抱着一男，右手中抱着一女，高叫：「張俊卿，這一對男女，是鄭信所生，今日交付與你，你可好生撫養。待鄭信發迹之後，送至劍門，不可負吾之托。」説罷，將手中男女，從半空裏撇下來。員外接受不迭，驚出一身冷汗，驀然醒來，口稱奇怪。尚未轉動，只見門公報道：「方纔有個白鬚公公，領着一男一女，送與員外，説道：『員外在古井邊，曾受他之托。』又有送這個包裹，這一口劍，説是兩川節度使的信物在内，教員外親手開看。男女不知好歹，特來報知。」張員外聽説，正符了夢中之言，打開包裹看時，却是一副盔甲在内，和這口劍。收起，親走出門前看時，已不見了白鬚公公，但見如花似玉的一雙男女，約莫有三四歲長成。問其來歷，但云：「娘是日霞公主，〔二〕教我去跟尋鄭家爹爹。」再叩其詳，都不能言。張員外想道：「鄭信已墮井中，幾曾出來？那裏又有兒女，莫非是同名同姓的？」又想起岳廟之夢，分明他有五等諸侯之貴，心中委决不下。且收留着這雙男女，好生撫養，一面打探鄭信消息。

光陰如箭，看看長大。張員外把作自己親兒女看成，男取名鄭武，女取名彩娘。

張員外自有一子，年紀相方，叫做張文。一文一武，如同胞兄弟，同在學堂攻書。彩娘自在閨房針指。又過了幾年，并不知鄭信下落。忽一日，張員外走出廳來，忽見門公來報：「有兩川節度使差來進表官員，寫了員外姓名居址，問到這裏，他要親自求見。」員外心中疑慮，忙教請進。只見那差官：

頭頂纏棕大帽，脚踏粉底烏靴。身穿蜀錦窄袖襖子，腰繫間銀純鐵挺帶。行來魁岸之容，面帶風塵之色。從者牽着一匹大馬相隨。

張員外降階迎接，叙禮已畢。那差官取出一包禮物，并書信一封，説道：「節使鄭爺多多拜上。」張員外拆書看時，認得是鄭信手筆，書上寫道：

信向蒙恩人青目，獄中又多得看覷，此乃莫大之恩也。前入古井，自分無幸，何期有日霞仙子之遇。伉儷三年，復贈資斧，送出汾州投軍，累立戰功。今叨節鉞，在於蜀中。向無便風，有失奉候。今因進表之便，薄具黄金三十兩，蜀錦十端，權表微忱。儻不畏蜀道之難，肯到敝治光顧，信之萬幸。懸望懸望。

張員外看罷，舉手加額道：「鄭家果然發迹變泰，又不忘故舊，遠送禮物，真乃有德有行之人也。」遂將向來夢中之事，一一與差官説知。差官亦驚訝不已。是日設筵，款待差官。那差官雖然是有品級的武職，却受了節使分付言語來迎取張員外的，好生謙謹。張員外就留他在家中作寓，日日宴會。

閒話休叙。過了十來日，公事了畢，差官催促員外起身。〔三〕張員外與院君商量，要帶那男女送還鄭節使。又想女兒不便同行，只得留在家中，單帶那鄭武上路。隨身行李，童僕四人，和差官共是七個馬，一同出了汴京，望劍門一路進發。不一日，到了節度使衙門。差官先入禀復，鄭信忙教請進私衙，以家人之禮相見。員外率領鄭武拜認父親，叙及白鬚公公領來相托，獻上盔甲、腰刀信物，并説及兩翻奇夢。鄭信念起日霞仙子情分，凄然傷感。屈指算之，恰好一十二年，男女皆一十二歲。仙子臨行所言，分毫不爽。其時大排筵會，管待張員外，禮爲上賓。就席間將女兒彩娘許配員外之子張文，親家相稱。此謂以德報德也。

却説鄭信思念日霞仙子不已，於錦江之傍，建造日霞行宫，極其壯麗。歲時親往行香。

再説張員外住了三月有餘，思想家鄉。鄭信不敢强留，安排車馬，送出十里長亭之外。贈遺之厚，自不必説，又將黄金百兩，托員外施捨岳廟修造炳靈公大殿。後來因金兀术入寇，天子四下徵兵，鄭信帶領兒子鄭武勤王，累敗金兵，到汴京復與張俊卿相會，方纔認得女婿張文及女兒彩娘。鄭信壽至五十餘，白日看見日霞仙子車駕來迎，無疾而逝。其子鄭武以父蔭累官至宣撫使。其後金兵入寇不已，各郡縣俱做神臂弓之制，多能殺賊。到徽、欽北狩，康王渡江，爲金兵所追，忽見空中有金甲神人，率領神兵，以神臂弓射賊，賊兵始退。康王見旗幟上有「鄭」字，以問從駕之臣。有人奏言：「前兩川節度使鄭信，曾獻剋敵神臂弓，此必其神來護駕耳。」康王既即位，敕封明靈昭惠王，立廟於江上，至今古迹猶存。詩曰：

鄭信當年未遇時，俊卿夢裏已先知。
運來自有因緣到，到手休嫌早共遲。

【校記】

〔一〕「張員外」，底本作「却員外」，據衍慶堂本改。
〔二〕「日霞公主」，底本及衍慶堂本作「日華公主」，據前後文改，下徑改，不出校。
〔三〕「催促」，底本作「催捉」，據衍慶堂本改。

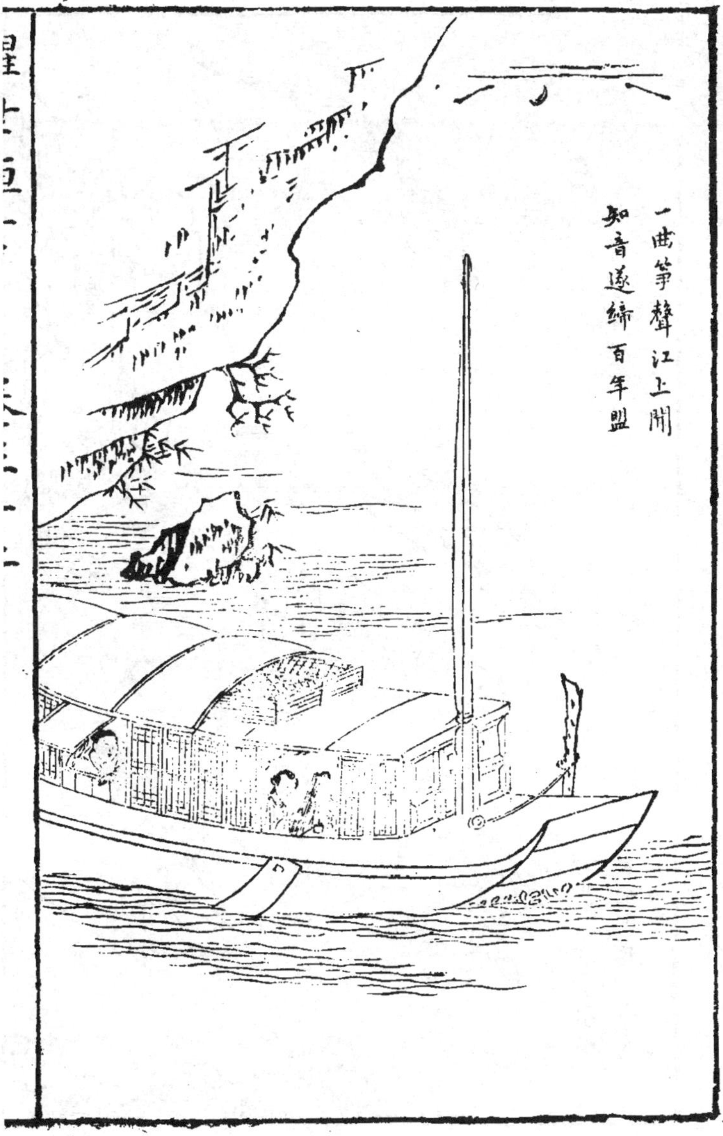
一曲箏聲江上開
知音遂締百年盟

今日雲端來顯聖
方知玉馬主人家

第三十二卷　黄秀才徼靈玉馬墜

净几明窗不染塵，圖書鎮日與相親。
偶然談及風流事，多少風流誤了人。

話說唐乾符年間，揚州有一秀士，姓黄名損，字益之，年方二十一歲，生得丰姿韶秀，一表人才，兼之學富五車，才傾八斗，同輩之中，推爲才子。原是閥閲名門，因父母早喪，家道零落。父親手裏遺下一件寶貝，是一塊羊脂白玉雕成個馬兒，唤做玉馬墜，色澤温潤，鏤刻精工。雖然是小小東西，等閒也没有第二件勝得他的。黄損秀才自幼愛惜，佩帶在身，不曾頃刻之離。【眉批】愛惜玉馬墜尚得其報，况愛惜人才者乎？偶一日閒游市中，遇着一個老叟，生得怎生模樣：

頭帶箬葉冠，身穿百衲襖，腰繫黄絲縧，手執逍遥扇。童顔鶴髮，碧眼方瞳。不是蓬萊仙長，也須學道高人。

那老者看着黃生，微微而笑。黃生見其儀容古雅，竦然起敬，邀至茶坊，獻茶叙話。那老者所談，無非是理學名言，玄門妙諦，黃生不覺嘆服。正當語酣之際，黃生偶然舉袂，老者看見了那玉馬墜兒，道：「願借一觀。」黃生即時解下，雙手獻與老者。老者看了又看，嘖嘖嘆賞，問道：「此墜價值幾何？老漢意欲奉價相求，未審郎君允否？」黃生答道：「此乃家下祖遺之物，老翁若心愛，便當相贈，何論價乎？」【眉批】慷慨丈夫，宜有異人之遇。老者道：「既蒙郎君慷慨不吝，老漢何敢固辭。老漢他日亦有所報。」便將此墜懸挂在黃絲縧上，揮手而別，其去如飛。生愕然驚怪，想道：「此老定是異人，恨不曾問其姓名也。」這段話閣過不題。

却說荆襄節度使劉守道，平昔慕黃生才名，差官持手書一封，白金綵幣，聘爲幕賓。如何叫做幕賓？但凡幕府軍民事冗，要人商議，况一應章奏及書札，亦須要個代筆，必得才智兼全之士，方稱其職，厚其禮幣，奉爲上賓，所以謂之幕賓，又謂之書記。有官職者，則謂之記室參軍。黃損秀才正當窮困無聊之際，却聞得劉節使有此美意，遂欣然許之。先寫了回書，打發來人，約定了日期，自到荆州謁見。差官去了。

黃生收拾衣裝，別過親友，一路搭船，行至江州。忽見巨舟泊岸，篷窗雅潔，朱欄油幕，甚是整齊。黃生想道：「我若趁得此船，何愁江中波浪之險乎。」適有一水手上岸沽酒，黄生尾其後而問之：「此舟從何而來？今往何處？」水手答道：「徽人姓韓，今往蜀中做客。」黄生道：「此去蜀中，必從荆江而過，小生正欲往彼，未審可容附舟否？」水手道：「船頗寬大，那争趁你一人？只是主人家眷在上，未知他意允否若何？」黄生取出青蚨三百，奉爲酒資，求其代言。水手道：「官人但少停於此，待我禀過主人，方敢相請。」須臾，水手沽酒回來，黄生復囑其善言方便，水手應允。不一時，見船上以手相招，黄生即登舟相問。水手道：「主人最重斯文，説是個單身秀士，并不推拒，但前艙貨物充滿，只可於艄頭存坐，夜間在後火艙歇宿。主人家眷在於中艙，切須謹慎，勿取其怪。」遂引黄生見了主人韓翁。言談之間，甚相器重。

是夜，黄生在後火艙中坐了一回，方欲解衣就寢，忽聞箏聲凄婉，其聲自中艙而出。黄生披衣起坐，側耳聽之：

乍雄乍細，若沉若浮。或如雁語長空，或如鶴鳴曠野，或如清泉赴壑，或如亂雨灑窗。漢宫初奏《明妃曲》，唐家新譜《雨淋鈴》。

唐時第一琵琶手是康崑崙，第一箏手是郝善素。揚州妓女薛瓊瓊獨得郝善素指法，瓊瓊與黄生最相契厚。僖宗皇帝妙選天下知音女子，入宫供奉，揚州刺史以瓊瓊應選。黄生思之不置，遂不忍復聽彈箏。今日所聞箏聲，宛似瓊瓊所彈。黄生暗暗稱奇。時夜深人静，舟中俱已睡熟。黄生推篷而起，悄然從窗隙中窺之，見艙中一幼女年未及笄，身穿杏紅輕綃，雲鬟半軃，嬌艷非常。燃蘭膏，焚鳳腦，纖手如玉，撫箏而彈。須臾曲罷，蘭銷篆滅，杳無所聞矣。那時黄生神魂俱蕩，如逢神女仙妃，薛瓊瓊輩又不足道也。在艙中展轉不寐，吟成小詞一首。詞云：

生平無所願，願作樂中箏。得近佳人纖手子，砑羅裙上放嬌聲。便死也爲榮。【眉批】好詞。

一夜無眠，巴到天明起坐，便取花箋一幅，楷寫前詞，後題「維揚黄損」四字，叠成方勝，藏於懷袖。梳洗已畢，頻頻向中艙觀望，絶無動静。少頃，韓翁到後艄答拜，就拉往前艙獻茶。黄生身對老翁，心懷幼女，自覺應對失次，心中慚悚，而韓翁殊不知也。忽聞中艙金盆聲響，生意此女盥漱，急急起身，從船舷而過，偷眼窺睹窗櫺，不甚分明，而香氣芬馥，撲於鼻端。生之魂已迷，而骨已軟矣，急於袖中取出花箋小詞，從窗隙中投入。誠恐舟人旁瞷，移步遠遠而立。兩隻眼覷定窗櫺，真個是目不轉睛。

却説中艙那女子梳妝盥手剛畢，忽聞窗間簌簌之響，取而觀之，解開方勝，乃是小詞一首。讀罷，贊嘆不已，仍折做方勝，藏於裙帶上錦囊之中。明明曉得趁船那秀才夜來聞箏而作，情詞俱絶，心中十分欣慕。但内才如此，不知外才何如？遂啓半窗，舒頭外望，見生凝然獨立，如有所思。麟鳳之姿，皎皎絶塵，雖潘安、衛玠，無以過也。心下想道：「我生長賈家，耻爲販夫販婦，若與此生得偕伉儷，豈非至願。」本欲再看一時，爲舟中耳目甚近，只得掩窗。黄生亦退於艙後，然思慕之念益切。時舟尚停泊未開，黄生假推上岸，屢從窗邊往來。女聞窗外履聲，亦必啓窗露面，四目相視，未免彼此送情，只是不能接語。正是：

彼此滿懷心腹事，大家都在不言中。

到午後，韓翁有鄰舟相識，拉上岸於酒家相款。舟人俱整理篷楫，爲明早開船之計。黄生注目窗櫺，適此女推窗外望，見生忽然退步，若含羞欲避者。少頃，復以手招生。生喜出望外，移步近窗。女乃倚窗細語道：「夜勿先寢，妾有一言。」【眉批】憐才惜貌，不能自制矣。黄生再欲叩之，女已掩窗而去矣。黄生大喜欲狂，恨不能一拳打落日頭，把孫行者的瞌睡蟲，遍派滿船之人，等他呼呼睡去，獨留他男女二人，叙一個心滿意足。正是：

無情不恨良宵短，有約偏嫌此日長。

至夜韓翁扶醉而歸，到船即睡。捱至更深，舟子俱已安息，微聞隔壁彈指三聲。黄生急整冠起視，時新月微明，輕風徐拂，女已開半户，向外而立。黄生即於船舷上作揖，女於艙中答禮。生便欲跨足下艙，女不許，向生道：「慕君之才，本欲與君吐露心腹，幸勿相偪。」黄生亦不敢造次，乃矬身坐於窗口。女問生道：「君何方人氏？有妻室否？」黄生答道：「維揚秀才，家貧未娶。」女道：「妾之母裴姓，亦維揚人也。吾父雖徽籍，浮家蜀中，向到維揚，聘吾母爲側室，止生妾一人。十二歲吾母見背，今三年喪畢，吾父移妾歸蜀耳。」黄生道：「既如此，則我與小娘子同鄉故舊，安得無情乎？幸述芳名，當銘胸臆。」女道：「妾小字玉娥，幼時吾母教以讀書識字，頗通文墨。昨承示佳詞，逸思新美，君真天下有心人也。願得爲伯鸞婦，效孟光舉案齊眉，妾願足矣。」黄生道：「小娘子既有此心，我豈木石之比？誓當竭力圖之。若不如願，當終身不娶，以報高情。」女道：「慕君才調，不羞自媒，異日富貴，勿令妾有白頭之嘆。」黄生道：「卿家雅意，陽侯、河伯實聞此言，如有負心，天地不宥。但小娘子乃尊翁之愛女，小生逆旅貧儒，即使通媒尊翁，未必肯從。異日舟去人離，相會不知何日？不識小娘子有何奇策，使小生得遂盟言？」女道：「夜話已久，嚴父酒且醒矣，難以盡言。此後三月，必到涪州。十月初三日，乃水神生日，吾父每出入，必往祭賽，舟人盡行。君以是日能到舟次一會，當爲决終身之策。幸勿負約，使妾望穿兩眸也。」黄生道：「既蒙良約，敢不趨赴。」言畢，舒手欲握女臂，忽聞韓翁酒醒呼茶，女急掩窗。黄生逡巡就寢，忽忽如有所失。從此合眼便見此女，頃刻不能忘情。此女亦不復啓窗見生矣。【眉批】不復啓窗，大有識見。

舟行月餘，方抵荆江。正值上水順風，舟人欲赶程途，催生登岸。生雖徘徊不忍，難以推托。將酒錢贈了舟子，別過韓翁，取包裹上岸，復佇立凝視中艙，凄然欲淚。女亦微啓窗櫺，停眸相送。俄頃之間，揚帆而去，迅速如飛。黄生盼望良久，不見了船，不覺墮淚。傍人問其緣故，黄生哽咽不能答一語。正是：

不如意事常八九，可與人言無二三。

黄生呆立江岸，直至天晚，只得就店安歇。次早問了守帥府前，投了名刺，劉公欣然接納，叙起敬慕之意，即日開筵相待。黄生於席間思念玉娥，食不下咽。劉公見其精神恍惚，疑有心事，再三問之，黄生含淚不言，但云：「中途有病未痊。」劉公亦好言撫慰。至晚劉公親自送入書館，鋪設極其華整。黄生心不在焉，鬱鬱而已。過了數日，黄生恐誤玉娥之期，托言欲往鄰郡訪一故友，暫假出外，月餘即返。劉公道：「軍務倥傯，政欲請教，且待少暇，當從尊命。」又過了數日，生再開言，劉公只是不允。生度不可强，又公館守衛嚴密，夜間落鎖，不便出入。一連躊躕了三日夜，更無良策。

忽一日，問館童道：「此間何處可以散悶？」館童道：「一墻之隔，便是本府後花園中，亭臺樹木，儘可消遣。」黄生命童子開了書館，引入後園，游玩了一番，問道：「花園之外，還是何處？」館童道：「墻外便是街坊，周圍有人巡警。日則敲梆，夜則打更。老爺法度，好不嚴哩。」黄生聽在肚裏，暗暗打帳，除非如此如此。是夜和衣而卧，寢不成寐，挨到五更，鼓聲已絶，寂無人聲，料此際司更的辛苦了一夜，必然困倦。此時不去，更待何時？近墻有石榴樹一株，黄生攀援而上，聳身一跳，出了書房的粉墻，【眉批】此番跳墻，比張生更有情趣。静悄悄一個大花園，園墻上都有荆棘。黄生心生一計，將石塊填脚，先扒開那些棘刺，踰墻而出，并無人知覺，早離了帥府。趁此天色未明，拽開脚步便走。忙忙若喪家之狗，急急如漏網之魚。有詩爲證：

已效郗生入幕，何當干木踰垣。
豈有墻東窺宋，却同月下追韓。

次日，館中童子早起承值，叫聲：「奇怪。門不開，户不開，房中不見了黄秀才。」忙去報知劉公。劉公見説，吃了一驚，親到書房看了一遍，一步步看到後園，見棘刺扒動，墻上有缺，想必那没行止的秀才，從此而去，正不知甚麽急務。當下傳梆升帳，拘巡警員役詢問，皆云不知，劉公責治了一番。因他説鄰邦訪友，差人於襄鄧各府逐縣挨查緝訪，并無踪影，嘆息而罷。

話分兩頭。却説黄秀才自離帥府，挨門出城，又怕有人追趕，放脚飛跑。逢人問路，晚宿早行，徑望涪州而進。自古道：「無巧不成話。」趕到涪州，剛剛是十月初三日。且説黄秀才在帥府中擔閣多日，如何還趕得上？只因客船重大，且是上水，有風則行，無風則止。黄秀才從陸路短盤，風雨無阻，所以趕着了。沿江一路抓尋，只見高檣巨艦，比次凑集，如魚鱗一般。逐隻挨去，并不見韓翁之舟。心中早已着忙，莫非忙中有錯，還是再捱轉去。方欲回步，只見前面半箭之地，江岸有枯柳數株，下面單單泊着一隻船兒。上前仔細觀看，那船上寂無一人，止中艙有一女子，獨倚篷窗，如有所待。那女子非别，正是玉娥，因爲有黄生之約，恐衆人耳目之下，相接不便，在父親前，只説愛那柳樹之下泊船，僻静有趣。韓翁愛女，言無不從。此時黄生一見，其喜非小。

謾説洞房花燭夜，且喜他鄉遇故知。

那玉娥望見黄生，笑容可掬。其船離岸尚遠，黄生便欲跳上，玉娥道：「水勢甚急，須牽纜至近方可。」黄生依言，便舉手去牽那纜兒。也是合當有事，那纜帶在柳樹根上，被風浪所激，已自鬆了。黄生去拿他時，便脱了結。你説巨舟在江濤汹湧之中，何等力氣，黄生又是個書生，不是筋節的，一隻手如何帶得住？説時遲，那時快，只叫得一聲「阿呀」，但見舟逐順流下水，去若飛電，若現若隱，瞬息之間，不知幾里。黃生沿岸叫呼。衆船上都往水神廟祭賽去了，便有來往舟隻，那涪江水勢又與下面不同，離川江不遠，瞿塘三峽，一路下來，如銀河倒瀉一般，各船過此，一個個手忙脚亂，自顧且不暇，何暇顧別人？黃生狂走約有一二十里，到空闊處，不見了那船。又走二十來里，料無覓處。欲待轉去報與韓翁知道，又恐反惹其禍。對着江面，痛哭了一場，【眉批】好事多磨，然不得此等磨折，不見至情。想起遠路天涯，孤身無倚，欲再見劉公，又無顏面。况且盤纏缺少，有家難奔，有國難投：「不如投向江流，或者得小娘子魂魄相見，也見我黃損不是負心之人。罷！罷！罷！」

人生自古誰無死，留與風流作話文。

黃秀才方欲投江，只聽得背後一人叫道：「不可，不可。」黃生回頭看時，不是別人，正是維揚市上曾遇着請他玉馬墜兒這個老叟。黃生見了那老叟，又羞又苦，淚如雨下。老叟道：「郎君有何痛苦？說與老漢知道，或者可以分憂一二。」黃生道：「到此地位，不得不說了。」便將初遇玉娥，及相約涪江、纜斷舟行之事，備細述了一遍。老叟呵呵大笑，道：「原來如此，些須小事，如何便拚得一條性命？」黃生道：「老翁是局外之人，把這事看得小。依小生看來，比天更高，比海更闊，這事大得多哩。」老叟把十指一輪，説道：「老漢頗通數學，方纔輪算，尊可命不該絶，郎君還有相會之期。此去前面一里之外，有一茅庵，是我禪兄所居，郎君但往借宿，徐以此事求之，彼必能相濟，老漢不及奉陪。」黄生道：「老翁若不同去，恐禪師未必相信，不肯留宿。」老叟道：「郎君前所惠玉馬墜兒，老漢佩帶在身，我禪兄所常見，但以此爲信可也。」説罷，就黄絲縧上解下玉馬墜來，遞與黄生。黄生接得在手，老叟竟自飄然去了。

黄生爲心事擾亂，依舊不曾問得姓名，懊悔無及。天色已晚，且自前去。約行一里之外，果然荒野中獨獨有個茅庵，其門半掩。黄生捱身而入，佛堂中一盞琉璃燈，半明不滅。居中放個蒲團，一位高年胡僧，與塑的西番羅漢無二，盤膝打坐，雙眸緊閉，如入定之狀。黄生不敢驚動，端跪於前。約有一個時辰，胡僧開眼看見，喝道：「何物俗子，敢來混人？」黄生再拜，奉上玉馬墜，代老叟致意：「今晚求借一宿。」胡僧道：「一宿不難，但塵路茫茫，郎君此行將何底止？」黄生道：「小生黄損正有心願，欲求聖僧指迷。」遂將玉娥涪州之約始終叙述，因叩首問計。胡僧道：「俺出家人，心如死灰，那管人間兒女之事。」黄生拜求不已。胡僧道：「郎君念既至誠，可通神明。但觀郎君，必是仕宦中人品，大丈夫以致身青雲、顯宗揚名爲本，此事須於成名之後，從容及之。」黄生又拜道：「小生舉目無親，口食尚然不周，那有功名之念？

適間若非老翁相救，已作江中之鬼矣。」胡僧道：「佛座下有白金十兩，聊助郎君路費，且往長安。俟機緣到日，當有以報命耳。」說罷，依先閉目入定去了。黄生身體亦覺困倦，就蒲團之側，曲肱而枕之，猛然睡去。醒將轉來，已是黎明時候，但見破敗荒庵，墻壁俱無，并不見坐禪胡僧的踪迹。上邊佛像也剥落破碎，不成模樣。佛座下露出白晃晃一錠大銀錠，上鑿有「黄損」二字。黄生叫聲「慚愧」，方知夜來所遇，真聖僧也，向佛前拜禱了一番，取了這錠銀子，權爲路費，徑往長安。正是：

人有逆天之時，天無絶人之路。
萬事不由人計較，一生都是命安排。

話分兩頭。却說韓翁同舟人賽神回來，不見了船，急忙尋問。别個守船的看見，都說：「斷了纜，被流水滚下去多時了，我們没本事救得。」韓翁大驚，一路尋將下來，聞岸上人所說，亦是如此。抓尋了兩三日，并無影響，痛哭而回，不在話下。

再說揚州妓女薛瓊瓊鴇兒叫做薛媪，爲女兒瓊瓊以彈筝充選，入宫供奉，以及二載。薛媪自去了這女兒，門户蕭條，乃買舟欲往長安探女，希求天子恩澤。其舟行至漢水，見有一覆舟自上流而下，回避不迭，砰的一聲，正觸了船頭。【眉批】天使其然。那隻船就停止不行了。舟人疑覆舟中必有財物，遂牽近岸邊，用斧劈開，其中有一女子。薛媼聞知，忙教救出，已是淹淹將盡，只有一絲未斷。原來冬天水寒，但是下水便没了命。只因此女藏在中艙，船底遮蓋，暖氣未泄，所以留得這一息生氣。舟中貨物，已自漂失了，便有存留，舟人都分散去訖。薛媼爲去了女兒瓊瓊，正想没有個替代，見此女容貌美麗，喜不可言，慌忙將通身濕衣解下，置於絮被之内，自己將肉身偎貼。【眉批】薛媼之意不善，若非玉娥有志，已爲瓊瓊之續矣。那女子得了暖氣，漸漸蘇醒。然後將薑湯粥食，慢慢扶持，又將好言撫慰。女子漸能言語，索取濕衣中錦囊。薛媼問其來歷，女子答道：「奴家姓韓，小字玉娥，隨父往蜀。舟至涪州，父親同舟人往賽水神，奴家獨守舟中，偶因纜脱，漂没到此。」薛媼道：「可曾適人麽？」玉娥道：「與維揚黄損秀才，曾有百年之約。錦囊中藏有花箋小詞，即黄郎所贈也。」薛媼道：「黄秀才原是我女兒瓊瓊舊交，此人才貌雙全，與小娘子正是一對良緣。小娘子不須憂慮，隨老身同到長安，來年大比，黄秀才必來應舉，那時待老身尋訪他來，與娘子續秦晋之盟，豈不美乎？」玉娥道：「若得如此，便是重生父母。」自此玉娥，遂拜薛媼爲義母。薛媼亦如己女相待。正是：

休言事急且相隨，受恩深處親骨肉。

不一日，行到長安，薛媼賃了小小一所房子，同玉娥住下。其時瓊瓊入宫進御，寵倖無比，曉得假母到來，無由相會，但遣人不時饋送些東西候問。玉娥又扃户深藏，終日針指，以助薪水之費，所以薛媼日用寬然有餘。光陰似箭，不覺歲盡春來。怎見得？有詩爲證：

爆竹聲中一歲除，春風送暖入屠蘇。
千門萬户曈曈日，總把新桃换舊符。

且説除夜，玉娥想着母死父離，情人又無消息，暗暗墮淚。是夜睡去，夢見天門大開，一尊羅漢從空中出現。玉娥拜訴衷情。羅漢將黄紙一書，從空擲下，紙上寫「維揚黄損佳音」六字。玉娥大喜，方欲開看，忽聞霹靂一聲，驀然驚覺，乃是人家歲朝開門，放火砲聲響。玉娥想了一回，凄然不樂。其日新年，只得强起梳妝。薛媼往鄰家拜年去了。玉娥垂下竹簾，立於門内，眼覷街市上人來人往，心中想道：「今年是大比之期，不知黄郎曾到長安否？若得他此地經過，重逢一面，應着夜來之夢，也不往奴死裏逃生。」方纔轉動念頭，忽見一個胡僧當簾而立，高叫道：「募化有緣男女。」玉娥從簾中仔細一看，那胡僧面貌與夜來夢中所見羅漢無異，不覺竦然起敬。孤身女子，却又不好招接他，正在躊躕，那胡僧竟自揭簾而入。玉娥倒退幾步，閃在一邊。胡僧直入中庭，盤膝而坐，頂上現出毫光數道，直透天門。玉娥大驚，跪拜無數，稟道：「弟子墮落火坑，有夙緣未了，望羅漢指示迷津，救拔苦海。」胡僧道：「汝誠念皈依，但尚有塵劫未脱。老僧贈汝一物，可密藏於身畔，勿許一人知道，他日夫婦重逢，自有靈驗。」當下取出一件寶貝，贈與玉娥，乃是玉馬墜兒。玉娥收訖，即見一道金光，衝天而起，胡僧忽然不見。玉娥知是聖僧顯化，望空拜謝，將玉馬墜牢繫襟帶之上，薛媪回來，并不題起。

滿懷心事無人訴，一炷心香禮聖僧。

再説黄損秀才得胡僧助了盤纏，一徑往長安應試。然雖如此，心上只挂着玉娥，也不去温習經史，也不去静養精神，終日串街走巷，尋覓聖僧，庶幾一遇。早出晚回，終日悶悶而已。試期已到，黄生只得隨例入場，舉筆一揮，絶不思索。他也只當應個故事，那有心情去推敲磨練。誰知那偏是應故事的文字容易入眼。正是：

不願文章中天下，只願文章中試官。

金榜開時，高高挂一個黄損名字，除授部郎之職。

其時吕用之專權亂政，引用無籍小人，左道惑衆，中外嫉之如仇。然怕他權勢，不敢則聲。黄損獨條陳他前後奸惡，事事有據。天子聽信，敕吕用之免官就第。黄生少年高第，又上了這個疏，做了天下第一件快心之事，那一個不欽服他！真個名傾朝野。長安貴戚，聞黄生尚未娶妻，多央媒説合，求他爲婿。黄生心念玉娥，有盟言在前，只是推托不允。那時薛媪也風聞得黄損登第，欲待去訪他，到是玉娥教他：「且慢。貴易交，富易妻，人情乎，未知黄郎真心何如？」【眉批】因聞貴戚多有議親者，玉娥徐之以覘生心術何如耳。這也是他把細處。

話分兩頭。且説吕用之閒居私第，終日講爐鼎之事，差人四下緝訪名姝美色，以爲婢妾。有人誇薛媪的養女，名曰玉娥，天下絶色，只是不肯輕易見人。吕用之道：「只怕求而没有，那怕有而難求？」當下差幹僕數十人，以五百金爲聘，也不通名道姓，竟撇向薛媪家中，直入卧房搶出玉娥，不由分説，擡上花花暖轎，望吕府飛奔而去。嚇得薛媪軟做一團，急忙裏想不出的道理。後來曉得吕府中要人，聲也不敢則了；欲待投訴黄損，恐無益於事，反討他抱怨。只得忍氣吞聲，不在話下。

且説玉娥到了府中，吕用之親自捲簾，看見姿容絶世，喜不自勝，即命丫鬟養娘扶至香房，又取出錦衣數箱，奇樣首飾，教他裝扮。玉娥只是啼哭，將首飾擲之於地，一件衣服也不肯穿。丫鬟養娘回覆吕相公。吕相公只教：「莫難爲了他。好言相勸。」衆人領命，你一句，我一句，只是勸他順從。玉娥全然不理。正是：

萬事可將權勢使，寸心不爲綺羅移。

姻緣自古皆前定，堪笑狂夫妄用機。

却説吕家門生故吏，聞得相公納了新寵，都來拜賀，免不得做慶賀筵席。飲至初更，只見後槽馬夫喘吁吁上堂禀事：「適間有白馬一匹，約長丈餘，不知那裏來的，突入後槽，嚙傷群馬。小人持棍赶他，那馬直入内宅去了。」吕用之大驚道：「那有此事？」即命幹僕明火執杖，同着馬夫於各房搜檢。馬屁也不聞得一個，都來回話。吕相公心知不祥之事，不肯信以爲然，只怪馬夫妄言，下老實打四十棍，革去不用。衆客咸不歡而散。

吕用之乘着酒興，徑入新房，玉娥兀自哭哭啼啼。吕用之一般也會幫襯，説道：「我富貴無比，你若順從，明日就立你爲夫人，一生受用不盡。」玉娥道：「奴家雖是女流，亦知廉耻，曾許配良人，一女不更二夫。况相公珠翠成群，豈少奴家一人？願賜矜憐，以全名節。」吕用之那裏肯聽，用起拔山之力，抱向床頭按住，親解其衣。玉娥雙手拒之，氣力不加，口中駡聲不絶。正在危急之際，忽有白馬一匹，約長丈餘，從床中奔出，向吕用之亂撲亂咬。吕用之着忙，只得放手，【眉批】何以人而不如馬乎？喝教侍婢上前。那白馬在房中亂舞，逢着便咬，咬得侍婢十損九傷。吕用之驚惶逃竄。比及吕用之出了房門，那白馬也不見了。吕用之明明曉得是個妖孽，暗地差人四下訪求高人禳解。

次日有胡僧到門，自言：「善能望氣，預知凶吉。今見府上妖氣深重，特來禳解。」【眉批】天下有情無如佛子。門上通報了用之，即日請進，甚相敬禮。胡僧道：「府上妖氣深重，主有非常之禍。」呂用之道：「妖氣在於何處？」胡僧道：「似在房闈之內，待老僧細查。」呂用之親自引了胡僧，各房觀看。行至玉娥房頭，胡僧大驚道：「妖氣在此。不知此房中是相公何人？」呂用之道：「新納小妾，尚未成婚。」胡僧道：「恭喜相公，洪福齊天，得遇老僧，若成親之後，相公必遭奇禍矣。此女乃上帝玉馬之精，來人間行禍者。今已到相公府中，若不早些發脱，禍必不免。」呂用之被他説着玉馬之事，連呼爲神人，請問如何發脱。胡僧道：「將此女速贈他人，使他人代受其禍，相公便没事了。」【眉批】胡僧善爲説辭，勝似古押衙許俊費許多力氣也。呂用之雖然愛那女色，性命爲重，説得活靈活現，怎的不怕？又問了：「贈與誰人方好？」胡僧道：「只揀相公心上第一個不快的，將此女贈之。一月之内，此人必遭奇禍，相公可高枕無憂也。」呂用之被黄損一本劾奏罷官，心中最恨的。那時便定了個主意，即忙作禮道：「領教，領教。」分付幹僕備齋相款，多取金帛厚贈。胡僧道：「相公天下福人，老僧特來相救，豈敢受賜。」連齋也不吃，拂衣而去。

分明一席無稽話，却認非常禳禍功。

呂用之當時差人喚取薛媪到府説話，薛媪不敢不來。呂用之便道：「你女兒年幼，不知禮數，我府中不好收用。聞得新進士黄損尚無妻室，此人與我有言，我欲將此女送他，解釋其恨，須得你親自送去，善言道達，必得他收納方好。」薛媪叩首道：「相公鈞旨，敢不遵依。」呂用之又道：「房中衣飾箱籠，盡作嫁資，你可自去收拾，竟自擡去，連你女兒也不消相見了。」薛媪聞言，正中其懷。中堂自有人引進香房。玉娥見薛媪到來，認是呂用之着他來解勸，心頭突突的跳。薛媪向女兒耳邊低説道：「你如今好了，相公不用，着我另送與一個知趣的人。」玉娥道：「奴家所以貪生忍耻，跟隨到此，只望黄郎一會。〔一〕若轉贈他人，與陷身此地何異？奴家寧死，不願爲逐浪之萍，隨風之絮也。」薛媪道：「方纔説知趣的人兒，正是黄郎。房中衣飾箱籠，盡數相贈。快些出門，防他有翻悔之事。」玉娥道：「原來如此。」當下母子二人，忙忙的收拾停當。囑付丫鬟養娘，寄謝相公，唤下脚力，一道煙去了。

鰲魚脱却金鈎去，擺尾摇頭再不來。

却説黄損閒坐衙齋，忽見門役來報：「有維揚薛媽媽求見。」黄生忙教請進。薛媪一見了黄生，連稱：「賀喜。」黄生道：「下官何喜可賀？」薛媪道：「老身到長安，已半年有餘，平時不敢來冒瀆，今日特奉一貴官之命，送一位小娘子到府成親。」黄生問道：「貴官是那個？」薛媪道：「是新罷職的吕相公。」黄生大怒道：「這個奸雄，敢以美人局戲我。若不看你舊時情分，就把你叱咤一場。」薛媪道：「官人休惱。那美人非别，却是老身的女兒，與官人有瓜葛的。」【眉批】步步説來，有趣。黄生聞言，就把怒容放下了五分，從容問道：「令愛瓊瓊，久已入宫供奉，以下更有誰人？與下官有何瓜葛？」薛媪道：「是老身新認的小女，姓韓名玉娥。」黄生大驚道：「你在那裏相會來？」薛媪便把漢江撈救之事，説了一遍：「近日被吕相公用强奪去，女兒抵死不從。不知何故，分付老身送與官人，權爲修好之意。」黄生摇首道：「既被吕用之這厮奪去，必然點污，豈有白白發出之理，又如何偏送與下官？」薛媪道：「只問我女兒便知。」黄生道：「莫非不是那維揚韓玉娥麽？」薛媪道：「見有官人所贈花箋小詞爲證。」遂出諸袖中，還是被水浸濕過的，都縐了。

黄生見之，提起昔日涪江光景，不覺慘然淚下，即刻命肩輿人從，同薛媪迎接玉娥到衙相會。兩下抱頭大哭。哭罷，各叙衷腸。玉娥舉玉馬墜，對生説道：「妾若非此物，必爲吕賊所污，當以頸血濺其衣，不復得見君面矣。」黄生見墜，大驚道：「此玉馬墜，原是吾家世寶，去年涪州獻與胡僧，芳卿何以得之？」玉娥道：「妾除夜曾得一夢，次日歲朝遇一胡僧，宛如夢中所見，將此墜贈我，囑付我夫妻相會，都在這個墜上。妾謹藏於身。那夜呂賊用强相犯，忽有白馬從床頭奔出，欲嚙呂賊。呂賊驚惶逃去。後聞得也有個胡僧，對呂賊説：『白馬爲妖，不利主人。』所以將妾贈君，欲貽禍於君耳。」黄生道：「如此説，你我夫妻重會，皆胡僧之力。胡僧真神人，玉馬墜真神物也。今日禮當謝之。」遂命設下香案，供養玉馬墜於上，擺列酒脯之儀，夫妻雙雙下拜。薛媪亦從旁叩頭。忽見一白馬約長丈餘，從香案上躍出，騰空而起。衆人急出户看之，見雲端裏面站着一人，鬚眉可辨。那人是誰？

維揚市上初相識，再向涪江渡口逢。
今日雲端來顯相，方知玉馬主人翁。

那人便是起首説，維揚市上相遇，請那玉馬墜的老翁。老翁跨上白馬，〔二〕須臾煙雲繚繞，不知所往。黄生想起江頭活命之恩，望空再拜。看案上，玉馬墜已不見矣。

是夜，黄損與玉娥遂爲夫婦。薛媪養老送終。黄損又差人持書往蜀中訪問韓翁，迎來奉養。歲時必設老叟及胡僧神位，焚香禮拜。【眉批】到底不知胡僧及老叟爲何人。後黄損官至御史中丞，玉娥生三子，并列仕途，夫婦百年諧老。有詩贊云：

一曲箏聲江上聽，知音遂締百年盟。
死生離合皆前定，不是姻緣莫强爭。

【校記】

〔一〕「黄郎」，底本作「韓郎」，據衍慶堂本改。

〔二〕自「老翁」及以下文字，衍慶堂本無。

第三十三卷　十五貫戲言成巧禍宋本作《錯斬崔寧》

聰明伶俐自天生，懵懂癡呆未必真。
嫉妒每因眉睫淺，戈矛時起笑談深。
九曲黄河心較險，十重鐵甲面堪憎。
時因酒色亡家國，幾見詩書誤好人。

這首詩，單表爲人難處。只因世路窄狹，人心叵測，大道既遠，人情萬端。熙熙攘攘，都爲利來；蚩蚩蠢蠢，皆納禍去。持身保家，萬千反覆。所以古人云：「顰有爲顰，笑有爲笑。顰笑之間，最宜謹慎。」這回書，單説一個官人，只因酒後一時戲笑之言，遂至殺身破家，陷了幾條性命。且先引下一個故事來，權做個德勝頭回。

却説故宋朝中，有一個少年舉子，姓魏名鵬舉，字沖霄，年方一十八歲。娶得一個如花似玉的渾家，未及一年，只因春榜動，選場開，魏生别了妻子，收拾行囊，上京取應。臨别時，渾家分付丈夫：「得官不得官，早早回來，休抛閃了恩愛夫妻。」魏生答道：「功名二字，是俺本領前程，不索賢卿憂慮。」别後登程到京，果然一舉成名，除授一甲第二名榜眼及第。在京甚是華艷動人。少不得修了一封家書，差人接取家眷入京。書上先叙了寒温及得官的事，後却寫下一行，道是：「我在京中早晚無人照管，已討了一個小老婆，專候夫人到京，同享榮華。」【眉批】討口氣，看風色，非止戲謔而已。家人收了書程，一徑到家，見了夫人，稱説賀喜。因取家書呈上。夫人拆開看了，見是如此如此，這般這般，便對家人道：「官人直恁負恩。甫能得官，便娶了二夫人。」家人便道：「小人在京，并没見有此事。想是官人戲謔之言。夫人到京，便知端的，休得憂慮。」夫人道：「恁地説，我也罷了。」却因人舟未便，一面收拾起身，一面尋覓便人，先寄封平安家書到京中去。那寄書人到了京中，尋問新科魏榜眼寓所，下了家書，管待酒飯自回。不題。

却説魏生接書拆開來看了，并無一句閒言閒語，只説道：「你在京中娶了一個小老婆，我在家中也嫁了一個小老公，早晚同赴京師也。」【眉批】必是平日以戲爲嘗的。魏生見了，也只道是夫人取笑的説話，全不在意，未及收好，【眉批】太懶散。外面報説有個同年相訪。京邸寓中，不比在家寬轉，那人又是相厚的同年，又曉得魏生并無家眷在內，直至裏面坐下，叙了些寒温。魏生起身去解手，那同年偶翻卓上書帖，看見了這封家書，寫得好笑，故意朗誦起來。【眉批】此生刻薄。魏生措手不及，通紅了臉，説道：「這是没理的話。因是小弟戲謔了他，他便取笑寫來的。」那同年呵呵大笑道：「這節事却是取笑不得的。」【眉批】這句却説得是。別了就去。那人也是一個少年，喜談樂道，把這封家書一節，頃刻間遍傳京邸。也有一班妒忌魏生少年登高科的，將這椿事只當做風聞言事的一個小小新聞，【眉批】風聞多枉，厚德君子慎之。奏上一本，説這魏生年少不檢，不宜居清要之職，降處外任。魏生懊恨無及。後來畢竟做官蹭蹬不起，把錦片也似一段美前程，等閒放過去了。

這便是一句戲言，撒漫了一個美官。今日再説一個官人，也只爲酒後一時戲言，斷送了堂堂六尺之軀，連累兩三個人，枉屈害了性命。却是爲着甚的？有詩爲證：

世路崎嶇實可哀，傍人笑口等閒開。
白雲本是無心物，又被狂風引出來。

却説南宋時，建都臨安，繁華富貴，不減那汴京故國。去那城中箭橋左側，有個官人，姓劉名貴，字君薦，祖上原是有根基的人家，到得君薦手中，却是時乖運蹇。先前讀書，後來看看不濟，却去改業做生意。便是半路上出家的一般，買賣行中，一發不是本等伎倆，又把本錢消折去了。漸漸大房改換小房，賃得兩三間房子，與同渾家王氏，年少齊眉。後因没有子嗣，娶下一個小娘子，姓陳，是陳賣糕的女兒，家中都呼爲二姐。這也是先前不十分窮薄的時，做下的勾當。至親三口，并無閒雜人在家。那劉君薦，極是爲人和氣，鄉里見愛，都稱他劉官人：「你是一時運限不好，如此落莫，再過幾時，定須有個亨通的日子。」説便是這般説，那得有些些好處？只是在家納悶，無可奈何。

却説一日閒坐家中，只見丈人家裏的老王，年近七旬，走來對劉官人説道：「家間老員外生日，特令老漢接取官人娘子，去走一遭。」劉官人便道：「便是我日逐愁悶過日子，連那泰山的壽誕也都忘了。」便同渾家王氏，收拾隨身衣服，打叠個包兒，交與老王背了，分付二姐：「看守家中，今日晚了，不能轉回，明晚須索來家。」説了就去。離城二十餘里，到了丈人王員外家，叙了寒温。當日坐間客衆，丈人女婿，不好十分叙述許多窮相。到得客散，留在客房裏宿歇。

直至天明，丈人却來與女婿攀話，説道：「姐夫，你須不是這般算計，坐吃山空，立吃地陷，咽喉深似海，日月快如梭。你須計較一個常便。我女兒嫁了你，一生也指望豐衣足食，不成只是這等就罷了。」劉官人嘆了一口氣道：「是。泰山在上，道不得個上山擒老虎易，開口告人難。如今的時勢，再有誰似泰山這般憐念我的？只索守困，若去求人，便是勞而無功。」丈人便道：「這也難怪你說。老漢却是看你們不過，今日賫助你些少本錢，胡亂去開個柴米店，撰得些利息來過日子，却不好麽？」劉官人道：「感蒙泰山恩顧，可知是好。」

當下吃了午飯，丈人取出十五貫錢來，付與劉官人道：「姐夫，且將這些錢去，收拾起店面，開張有日，我便再應付你十貫。你妻子且留在此過幾日，待有了開店日子，老漢親送女兒到你家，就來與你作賀，意下如何？」劉官人謝了又謝，馱了錢一徑出門，到得城中，天色却早晚了，却撞着一個相識，順路在他家門首經過。那人也要做經紀的人，就與他商量一會，可知是好。便去敲那人門時，裏面有人應喏，出來相揖，便問：「老兄下顧，有何見教？」劉官人一一說知就裏。那人便道：「小弟閒在家中，老兄用得着時，便來相幫。」劉官人道：「如此甚好。」當下說了些生意的勾當。那人便留劉官人在家，現成杯盤，吃了三杯兩盞。劉官人酒量不濟，便覺有些朦朧起來，抽身作别，便道：「今日相擾，明早就煩老兄過寒家，計議生理。」那人又送劉官人至路口，作别回家，不在話下。若是說話的同年生，并肩長，攔腰抱住，把臂拖回，也不見得受這般災悔。却教劉官人死得不如：

《五代史》李存孝，《漢書》中彭越。

却説劉官人馱了錢，一步一步捱到家中。敲門已是點燈時分，小娘子二姐獨自在家，没一些事做，守得天黑，閉了門，在燈下打瞌睡。劉官人打門，他那裏便聽見。敲了半晌，方纔知覺，答應一聲來了，起身開了門。劉官人進去，到了房中，二姐替劉官人接了錢，放在卓上，便問：「官人，何處那移這項錢來，却是甚用？」那劉官人一來有了幾分酒，二來怪他開得門遲了，【眉批】小怪不釋，大怪至矣。且戲言嚇他一嚇，便道：「説出來，又恐你見怪；不説時，又須通你得知。只是我一時無奈，没計可施，只得把你典與一個客人，又因捨不得你，只典得十五貫錢。若是我有些好處，加利贖你回來。若是照前這般不順溜，只索罷了。」那小娘子聽了，欲待不信，又見十五貫錢堆在面前；欲待信來，他平白與我没半句言語，大娘子又過得好，怎麽便下得這等狠心辣手？疑狐不決，只得再問道：「雖然如此，也須通知我爹娘一聲。」劉官人道：「若是通知你爹娘，此事斷然不成。你明日且到了人家，我慢慢央人與你爹娘説通，他也須怪我不得。」【眉批】戲而不已即真。小娘子又問：「官人今日在何處吃酒來？」劉官人道：「便是把你典與人，寫了文書，吃他的酒，纔來的。」小娘子又問：「大姐姐如何不來？」劉官人道：「他因不忍見你分離，待得你明日出了門纔來，這也是我没計奈何，一言爲定。」説罷，暗地忍不住笑，不脱衣裳，睡在床上，不覺睡去了。

那小娘子好生擺脱不下：「不知他賣我與甚色樣人家？我須先去爹娘家裏説知。就是他明日有人來要我，尋到我家，也須有個下落。」沉吟了一會，却把這十五貫錢，一垛兒堆在劉官人脚後邊，趁他酒醉，輕輕的收拾了隨身衣服，款款的開了門出去，拽上了門。却去左邊一個相熟的鄰舍，叫做朱三老兒家裏，與朱三媽借宿了一夜，説道：「丈夫今日無端賣我，我須先去與爹娘説知。煩你明日對他説一聲，既有了主顧，可同我丈夫到爹娘家中來討個分曉，也須有個下落。」那鄰舍道：「小娘子説得有理，你只顧自去，我便與劉官人説知就裏。」過了一宵，小娘子作別去了，不題。正是：

鰲魚脱却金鈎去，擺尾摇頭再不回。

放下一頭。却説這裏劉官人一覺，直至三更方醒，見卓上燈猶未滅，小娘子不在身邊。只道他還在厨下收拾家火，便唤二姐討茶吃。叫了一回，没人答應，却待挣扎起來，酒尚未醒，不覺又睡了去。不想却有一個做不是的，日間賭輸了錢，没處出豁，夜間出來掏摸些東西，却好到劉官人門首。因是小娘子出去了，門兒拽上不關。那賊略推一推，豁地開了，捏手捏脚，直到房中，并無一人知覺。到得床前，燈火尚明。

周圍看時，并無一物可取。摸到床上，見一人朝着裏床睡去，脚後却有一堆青錢，便去取了幾貫。不想驚覺了劉官人，起來喝道：「你須不近道理。我從丈人家借辦得幾貫錢來養身活命，不争你偷了我的去，却是怎的計結？」那人也不回話，照面一拳，【眉批】對賊輩訴衷腸可不枉然。劉官人側身躲過，便起身與這人相持。那人見劉官人手脚活動，便拔步出房。劉官人不捨，搶出門來，一徑赶到厨房裏，恰待聲張鄰舍，起來捉賊。那人急了，正好没出豁，却見明晃晃一把劈柴斧頭，正在手邊，也是人極計生，被他綽起，一斧正中劉官人面門，撲地倒了，又復一斧，斫倒一邊。眼見得劉官人不活了，嗚呼哀哉，伏惟尚饗！那人便道：「一不做，二不休，却是你來赶我，不是我來尋你。」索性翻身入房，取了十五貫錢。扯條單被，包裹得停當，拽扎得爽俐，出門，拽上了門就走，不題。

次早鄰舍起來，見劉官人家門也不開，并無人聲息，叫道：「劉官人，失曉了。」裏面没人答應，捱將進去，只見門也不關。直到裏面，見劉官人劈死在地。「他家大娘子，兩日前已自往娘家去了，小娘子如何不見？」免不得聲張起來。却有昨夜小娘子借宿的鄰家朱三老兒説道：「小娘子昨夜黄昏時到我家宿歇，説道劉官人無端賣了他，他一徑先到爹娘家裏去了，教我對劉官人説，既有了主顧，可同到他爹娘家中，也討得個分曉。今一面着人去追他轉來，便有下落；一面着人去報他大娘子到來，再作區處。」衆人都道：「説得是。」先着人去到王老員外家報了凶信。老員外與女兒大哭起來，對那人道：「昨日好端端出門，老漢贈他十五貫錢，教他將來作本，如何便恁的被人殺了？」那去的人道：「好教老員外大娘子得知，昨日劉官人歸時，已自昏黑，吃得半酣，我們都不曉得他有錢没錢，歸遲歸早。只是今早劉官人家門兒半開，衆人推將進去，只見劉官人殺死在地，十五貫錢一文也不見，小娘子也不見蹤迹。聲張起來，却有左鄰朱三老兒出來，説道他家小娘子昨夜黄昏時分借宿他家。小娘子説道劉官人無端把他典與人了，小娘子要對爹娘説一聲，住了一宵，今早徑自去了。如今衆人計議，一面來報大娘子與老員外，一面着人去追小娘子。若是半路裏追不着的時節，直到他爹娘家中，好歹追他轉來，問個明白。老員外與大娘子，須索去走一遭，與劉官人執命。」老員外與大娘子急急收拾起身，管待來人酒飯，三步做一步，赶入城中，不題。

却説那小娘子清早出了鄰舍人家，挨上路去，行不上一二里，早是脚疼走不動，坐在路傍。却見一個後生，頭帶萬字頭巾，身穿直縫寬衫，背上馱了一個搭膊，裏面却是銅錢，脚下絲鞋净襪，一直走上前來。到了小娘子面前，看了一看，雖然没有十二分顔色，却也明眉皓齒，蓮臉生春，秋波送媚，好生動人。正是：

野花偏艷目，村酒醉人多。

那後生放下搭膊，向前深深作揖：「小娘子獨行無伴，【眉批】劉官人因酒，此後生因色，俱致喪身。却是往那裏去的？」小娘子還了萬福，道：「是奴家要往爹娘家去，因走不上，權歇在此。」因問：「哥哥是何處來？今要往何方去？」那後生叉手不離方寸：「小人是村裏人，因往城中賣了絲帳，討得些錢，要往褚家堂那邊去的。」小娘子道：「告哥哥則個，奴家爹娘也在褚家堂左側，若得哥哥帶挈奴家，同走一程，可知是好。」那後生道：「有何不可。既如此說，小人情願伏侍小娘子前去。」

兩個厮赶着，一路正行，行不到三二里田地，只見後面兩個人脚不點地，赶上前來。赶得汗流氣喘，衣襟敞開，連叫：「前面小娘子慢走，我却有話說知。」小娘子和那後生看見赶得蹺蹊，都立住了脚。後邊兩個赶到根前，見了小娘子與那後生，不容分說，一家扯了一個，說道：「你們幹得好事。却走往那裏去？」小娘子吃了一驚，舉眼看時，却是兩家鄰舍，一個就是小娘子昨夜借宿的主人。小娘子便道：「昨夜也須告過公公得知，丈夫無端賣我，我自去對爹娘說知；今日赶來，却有何說？」朱三老道：「我不管閒帳，只是你家裏有殺人公事，你須回去對理。」小娘子道：「丈夫賣我，昨日錢已馱在家中，有甚殺人公事？我只是不去。」朱三老道：「好自在性兒。你若真個不去，叫起地方，有殺人賊在此，煩爲一捉，不然，須要連累我們。你這裏地方也不得清净。」那個後生見不是話頭，便對小娘子道：「既如此説，小娘子只索回去，小人自家去休。」那兩個赶來的鄰舍，齊叫起來説道：「若是没有你在此便罷，既然你與小娘子同行同止，你須也去不得。」那後生道：「却也作怪，我自半路遇見小娘子，偶然伴他行一程路兒，却有甚皂絲麻綫，要勒掯我回去？」朱三老道：「他家現有殺人公事，不争放你去了，却打没對頭官司。」【眉批】事出意外，而不在理外，此善折獄者，所以不專憑理。當下不容小娘子和那後生做主。看的人漸漸立滿，都道：「後生你去不得。你日間不作虧心事，半夜敲門不吃驚，便去何妨。」那赶來的鄰舍道：「你若不去，便是心虚，我們却和你罷休不得。」四個人只得厮挽着一路轉來。

到得劉官人門首，好一場熱鬧。小娘子入去看時，只見劉官人斧劈倒在地死了，床上十五貫錢分文也不見。開了口合不得，伸了舌縮不上去。那後生也慌了，便道：「我恁的晦氣。没來由和那小娘子同走一程，却做了干連人。」衆人都和閧着。正在那裏分豁不開，只見王老員外和女兒一步一攧走回家來，見了女婿身尸，哭了一場，便對小娘子道：「你却如何殺了丈夫？劫了十五貫錢，逃走出去？今日天理昭然，有何理說。」小娘子道：「十五貫錢，委是有的。只是丈夫昨晚回來，説是無計奈何，將奴家典與他人，典得十五貫身價在此，説過今日便要奴家到他家去。奴家因不知他典與甚色樣人家，先去與爹娘説知，故此趁他睡了，將這十五貫錢，一垛兒堆在他脚後邊，拽上門，借朱三老家住了一宵，今早自去爹娘家裏説知。臨去之時，也曾央朱三老對我丈夫説，既然有了主顧，可同到我爹娘家裏來交割，却不知因甚殺死在此？」那大娘子道：「可又來。我的父親昨日明明把十五貫錢與他馱來作本，養贍妻小，他豈有哄你説是典來身價之理？這是你兩日因獨自在家，勾搭上了人，又見家中好生不濟，無心守耐，又見了十五貫錢，一時見財起意，殺死丈夫，劫了錢，又使見識，往鄰舍家借宿一夜，却與漢子通同計較，一處逃走。現今你跟着一個男子同走，却有何理説，抵賴得過？」衆人齊聲道：「大娘子之言，甚是有理。」又對那後生道：「後生，你却如何與小娘子謀殺親夫？却暗暗約定在僻静處等候一同去，逃奔他方，却是如何計結？」那人道：「小人自姓崔名寧，與那娘子無半面之識。小人昨晚入城，賣得幾貫絲錢在這裏，因路上遇見小娘子，小人偶然問起往那裏去的，却獨自一個行走。小娘子説起是與小人同路，以此作伴同行，却不知前後因依。」衆人那裏肯聽他分説，搜索他搭膊中，恰好是十五貫錢，一文也不多，一文也不少。【眉批】後生冤案。衆人齊發起喊來，道是：「天網恢恢，疏而不漏。你却與小娘子殺了人，拐了錢財，盜了婦女，同往他鄉，却連累我地方鄰里打没頭官司。」

當下大娘子結扭了小娘子，王老員外結扭了崔寧，四鄰舍都是證見，一鬨都入臨安府中來。那府尹聽得有殺人公事，即便升廳，便叫一干人犯，逐一從頭説來。先是王老員外上去告説：「相公在上，小人是本府村莊人氏，年近六旬，止生一女。先年嫁與本府城中劉貴爲妻，後因無子，取了陳氏爲妾，呼爲二姐。一向三口在家過活，并無片言。只因前日是老漢生日，差人接取女兒女婿到家，過了一夜。次日，因見女婿家中全無活計，養贍不起，把十五貫錢與女婿作本，開店養身。却有二姐在家看守。到得昨夜，女婿到家時分，不知因甚緣故，將女婿斧劈死了，二姐却與一個後生，名喚崔寧，一同逃走，被人追捉到來。望相公可憐見老漢的女婿身死不明。奸夫淫婦，贓證現在，【行側批】冤哉。伏乞相公明斷。」

府尹聽得如此如此，便叫陳氏上來：「你却如何通同奸夫殺死了親夫，劫了錢，與人一同逃走，是何理説？」二姐告道：「小婦人嫁與劉貴，雖是做小老婆，却也得他看承得好，大娘子又賢慧，却如何肯起這片歹心？只是昨晚丈夫回來，吃得半酣，馱了十五貫錢進門。小婦人問他來歷，丈夫説道，爲因養贍不周，將小婦人典與他人，典得十五貫身價在此，又不通我爹娘得知，明日就要小婦人到他家去。小婦人慌了，連夜出門，走到鄰舍家裏，借宿一宵。今早一徑先往爹娘家去，教他對丈夫說，既然賣我有了主顧，可到我爹媽家裏來交割。纔走得到半路，却見昨夜借宿的鄰家赶來，捉住小婦人回來，却不知丈夫殺死的根由。」那府尹喝道：「胡說。這十五貫錢，分明是他丈人與女婿的，你却説是典你的身價，眼見得没巴臂的説話了。况且婦人家，如何黑夜行走？定是脱身之計。這樁事須不是你一個婦人家做的，一定有奸夫幫你謀財害命，你却從實説來。」

那小娘子正待分説，只見幾家鄰舍一齊跪上去告道：「相公的言語，委是青天。他家小娘子，昨夜果然借宿在左鄰第二家的，今早他自去了。小的們見他丈夫殺死，一面着人去赶，赶到半路，却見小娘子和那一個後生同走，苦死不肯回來。小的們勉强捉他轉來，却又一面着人去接他大娘子與他丈人，到時，説昨日有十五貫錢，付與女婿做生理的。今者女婿已死，這錢不知從何而去。再三問那小娘子時，説道他出門時，將這錢一堆兒堆在床上。却去搜那後生身邊，十五貫錢，分文不少。却不是小娘子與那後生通同作奸？贜證分明，却如何賴得過？」

府尹聽他們言言有理，便唤那後生上來道：「帝輦之下，怎容你這等胡行？你却如何謀了他小老婆，劫了十五貫錢，殺死了親夫，今日同往何處？從實招來。」那後生道：「小人姓崔名寧，是鄉村人氏。昨日往城中賣了絲，賣得這十五貫錢。今早偶然路上撞着這小娘子，并不知他姓甚名誰，那裏曉得他家殺人公事？」府尹大怒，喝道：「胡說。世間不信有這等巧事。他家失去了十五貫錢，你却賣的絲恰好也是十五貫錢，這分明是支吾的説話了。況且他妻莫愛，他馬莫騎，你既與那婦人没甚首尾，却如何與他同行共宿？你這等頑皮賴骨，不打如何肯招？」當下衆人將那崔寧與小娘子，死去活來，拷打一頓。那邊王老員外與女兒并一干鄰佑人等，口口聲聲咬他二人。府尹也巴不得了結這段公案。拷訊一回，可憐崔寧和小娘子，受刑不過，只得屈招了，説是一時見財起意，殺死親夫，劫了十五貫錢，同奸夫逃走是實。左鄰右舍都指畫了「十」字，將兩人大枷枷了，送入死囚牢裏。將這十五貫錢，給還原主，也只好奉與衙門中人做使用，也還不勾哩。府尹叠成文案，奏過朝廷，部覆申詳，倒下聖旨，説：「崔寧不合奸騙人妻，謀財害命，依律處斬。陳氏不合通同奸夫，殺死親夫，大逆不道，凌遲示衆。」當下讀了招狀，大牢内取出二人來，當廳判一個斬字，一個剮字，押赴市曹，行刑示衆。兩人渾身是口，也難分説。正是：

啞子謾嘗黄蘗味，難將苦口對人言。

看官聽説：這段公事，果然是小娘子與那崔寧謀財害命的時節，他兩人須連夜逃走他方，怎的又去鄰舍人家借宿一宵？明早又走到爹娘家去，却被人捉住了？這段冤枉，仔細可以推詳出來。誰想問官糊塗，只圖了事，不想捶楚之下，何求不得？冥冥之中，積了陰騭，遠在兒孫近在身。他兩個冤魂，也須放你不過。所以做官的切不可率意斷獄，任情用刑，【眉批】好話，聽之有益。也要求個公平明允。道不得個死者不可復生，斷者不可復續，可勝嘆哉！

閒話休題。却説那劉大娘子到得家中，設個靈位，守孝過日。父親王老員外勸他轉身，大娘子説道：「不要説起三年之久，也須到小祥之後。」父親應允自去。光陰迅速，大娘子在家，巴巴結結，將近一年。父親見他守不過，便叫家裏老王去接他來，説：「叫大娘子收拾回家，與劉官人做了周年，轉了身去罷。」大娘子没計奈何，細思父言亦是有理，收拾了包裹，與老王背了，與鄰舍家作別，暫去再來。一路出城，正值秋天，一陣烏風猛雨，只得落路，往一所林子去躲，不想走錯了路。正是：

猪羊入屠宰之家，一脚脚來尋死路。

走入林子裏來，只聽他林子背後，大喝一聲：「我乃静山大王在此。行人住脚，須把買路錢與我。」大娘子和那老王吃那一驚不小，只見跳出一個人來：

頭帶乾紅凹面巾，身穿一領舊戰袍，腰間紅絹搭膊裹肚，脚下蹬一雙烏皮皂靴，手執一把朴刀。

舞刀前來。那老王該死，便道：「你這剪徑的毛團。我須是認得你，做這老性命着，與你兑了罷。」一頭撞去，被他閃過空。老人家用力猛了，撲地便倒。那人大怒道：「這牛子好生無禮。」連搠一兩刀，血流在地，眼見得老王養不大了。那劉大娘子見他兇猛，料道脱身不得，心生一計，叫做「脱空計」，拍手叫道：「殺得好。」那人便住了手，睁員怪眼，喝道：「這是你甚麽人？」那大娘子虚心假氣的答道：「奴家不幸喪了丈夫，却被媒人哄誘，嫁了這個老兒，只會吃飯。今日却得大王殺了，也替奴家除了一害。」那人見大娘子如此小心，又生得有幾分顔色，便問道：「你肯跟我做個壓寨夫人麽？」大娘子尋思，無計可施，便道：「情願伏侍大王。」那人回嗔作喜，收拾了刀杖，將老王尸首攛入澗中，領了劉大娘子到一所莊院前來，甚是委曲。只見大王向那地上拾些土塊，抛向屋上去，裏面便有人出來開門。到得草堂之上，分付殺羊備酒，與劉大娘子成親。兩口兒且是説得着。正是：

明知不是伴，事急且相隨。

不想那大王自得了劉大娘子之後，不上半年，連起了幾主大財，家間也豐富了。

大娘子甚是有識見，早晚用好言語勸他：「自古道：『瓦罐不離井上破，將軍難免陣中亡。』你我兩人，下半世也勾吃用了，只管做這没天理的勾當，終須不是個好結果。却不道是梁園雖好，不是久戀之家，不若改行從善，做個小小經紀，也得過養身活命。」那大王早晚被他勸轉，果然回心轉意，把這們道路撇了，却去城市間賃下一處房屋，開了一個雜貨店。遇閒暇的日子，也時常去寺院中，念佛持齋。【眉批】心虚。

忽一日在家閒坐，對那大娘子道：「我雖是個剪徑的出身，却也曉得冤各有頭，債各有主。每日間只是嚇騙人東西，將來過日子，後來得有了你，一向買賣順溜，今已改行從善。閒來追思既往，止曾枉殺了兩個人，又冤陷了兩個人，時常挂念。思欲做些功果，超度他們，一向未曾對你説知。」大娘子便道：「如何是枉殺了兩個人？」那大王道：「一個是你的丈夫，前日在林子裏的時節，他來撞我，我却殺了他。他須是個老人家，與我往日無仇，如今又謀了他老婆，他死也是不肯甘心的。」大娘子道：「不恁地時，我却那得與你厮守？這也是往事，休題了。」又問：「殺那一個，又是甚人？」

那大王道：「説起來這個人，一發天理上放不過去，且又帶累了兩個人無辜償命。是一年前，也是賭輸了，身邊并無一文，夜間便去掏摸些東西。不想到一家門首，見他門也不閂，推進去時，裏面并無一人。摸到門裏，只見一人醉倒在床，脚後却有一堆銅錢，便去摸他幾貫。正待要走，却驚醒了那人，起來説道：『這是我丈人家與我做本錢的，不争你偷去了，一家人口都是餓死。』起身搶出房門。正待聲張起來，是我一時見他不是話頭，却好一把劈柴斧頭在我脚邊，這叫做人極計生，綽起斧來，喝一聲道：『不是我，便是你。』兩斧劈倒。却去房中將十五貫錢盡數取了。後來打聽得他，却連累了他家小老婆，與那一個後生，唤做崔寧，説他兩人謀財害命，雙雙受了國家刑法。我雖是做了一世强人，只有這兩樁人命，是天理人心打不過去的。早晚還要超度他，也是該的。」【眉批】自心上打不過，也還是有天理的强盜。那大娘子聽説，暗暗地叫苦：「原來我的丈夫也吃這厮殺了，又連累我家二姐與那個後生無辜被戮。思量起來，是我不合當初執證他兩人償命，料他兩人陰司中，也須放我不過。」當下權且歡天喜地，并無他話。明日捉個空，便一徑到臨安府前，叫起屈來。【眉批】此婦亦大有作用。

那時换了一個新任府尹，纔得半月，正直升廳，左右捉將那叫屈的婦人進來。劉大娘子到於階下，放聲大哭，哭罷，將那大王前後所爲：「怎的殺了我丈夫劉貴。問官不肯推詳，含糊了事，却將二姐與那崔寧朦朧償命。後來又怎的殺了老王，奸騙了奴家。今日天理昭然，一一是他親口招承。伏乞相公高擡明鏡，昭雪前冤。」説罷又哭。府尹見他情詞可憫，即着人去捉那静山大王到來，用刑拷訊，與大娘子口詞一些不差。即時問成死罪，奏過官裏。待六十日限滿，倒下聖旨來：「勘得静山大王謀財害命，連累無辜，准律：殺一家非死罪三人者，斬加等，决不待時。原問官斷獄失情，削職爲民。崔寧與陳氏枉死可憐，有司訪其家，諒行優恤。王氏既係强徒威逼成親，又能伸雪夫冤，着將賊人家産，一半没入官，一半給與王氏養贍終身。」劉大娘子當日往法場上，看决了静山大王，又取其頭去祭獻亡夫，并小娘子及崔寧，大哭一場。將這一半家私，捨入尼姑庵中，自己朝夕看經念佛，追薦亡魂，盡老百年而終。有詩爲證：

善惡無分總喪軀，只因戲語釀殃危。
勸君出話須誠信，口舌從來是禍基。

相爭只為一
文錢小隙誰
知奇禍連

設就巧謀
姱自色
粧成圈套
害他人

第三十四卷　一文錢小隙造奇冤

世上何人會此言，休將名利挂心田。
等閒倒盡十分酒，遇興高歌一百篇。
物外煙霞爲伴侣，壺中日月任嬋娟。
他時功滿歸何處？直駕雲車入洞天。

這八句詩，乃回道人所作。那道人是誰？姓吕名岩，號洞賓，岳州河東人氏。大唐咸通中應進士舉，游長安酒肆，遇正陽子鍾離先生，點破了黄粱夢，知宦途不足戀，遂求度世之術。鍾離先生恐他立志未堅，十遍試過，知其可度。欲授以黄白秘方，使之點石成金，濟世利物，然後三千功滿，八百行圓。洞賓問道：「所點之金，後來還有變異否？」鍾離先生答道：「直待三千年後，還歸本質。」洞賓愀然不樂道：「雖然遂我一時之願，可惜誤了三千年後遇金之人，【眉批】世人今日不顧明日，誰惜三千年後之人。弟子不願受此方也。」鍾離先生呵呵大笑道：「汝有此好心，三千八百盡在於此。吾向蒙苦竹真君分付道：『汝游人間，若遇兩口的，便是你的弟子。』遍游天下，從没見有兩口之人，今汝姓吕，即其人也。」【眉批】佛中地藏，仙中洞賓，儒中孔子，□而已。遂傳以分合陰陽之妙。

洞賓修煉丹成，發誓必須度盡天下衆生，方肯上升。從此混迹塵途，自稱爲回道人。「回」字也是二「口」，暗藏着「吕」字。嘗游長沙，手持小小磁罐乞錢，向市上大言：「我有長生不死之方，有人肯施錢滿罐，便以方授之。」市人不信，争以錢投罐，罐終不滿。衆皆駭然。忽有一僧人推一車子錢從市東來，戲對道人説：「我這車子錢共有千貫，你罐裏能容之否？」道人笑道：「連車子也推得進，何况錢乎？」那僧不以爲然，想着：「這罐子有多少大嘴，能容得車兒？明明是説謊。」道人見其沉吟，便道：「只怕你不肯布施。若道個肯字，不愁這車子不進我罐兒裏去。」此時衆人聚觀者極多，一個個肉眼凡夫，誰人肯信，都去攛掇那僧人。那僧人也道必無此事，便道：「看你本事，我有何不肯？」道人便將罐子側着，將罐口向着車兒，尚離三步之遠，對僧人道：「你敢道三聲『肯』麽？」僧人連叫三聲：「肯，肯，肯。」每叫一聲「肯」，那車兒便近一步，到第三個「肯」字，那車兒却像罐内有人扯拽一般，一溜子滚入罐内去了。衆人一個眼花，不見了車兒，發聲喊，齊道：「奇怪，奇怪！」都來張那罐口，只見裏面黑洞洞地。那僧人就有不悦之意，問道：「你那道人是神仙，還是幻術？」道人口占八句道：

非神亦非仙，非術亦非幻。
天地有終窮，桑田經幾變。
此身非吾有，財又何足戀。
苟不從吾游，騎鯨騰汗漫。

那僧人疑心是個妖術，欲同衆人執之送官。道人道：「你莫非懊悔，不捨得這車子錢財麽？我今還你就是。」遂索紙筆，寫一道符，投入罐内，喝聲：「出，出。」衆人千百隻眼睛，看着罐口，并無動静。道人説道：「這罐子貪財，不肯送將出來，待貧道自去討來還你。」説聲未了，聳身望罐口一跳，如落在萬丈深潭，影兒也不見了。【眉批】壺天法。（二）那僧人連呼：「道人出來，道人快出來！」罐裏并不則聲。僧人大怒，提起罐兒，向地下一擲，其罐打得粉碎，也不見道人，也不見車兒，連先前衆人布施的散錢并無一個，正不知那裏去了。只見有字紙一幅，取來看時，題得有詩四句道：

尋真要識真，見真渾未悟。

一笑再相逢，驅車東平路。

衆人正在傳觀，只見字迹漸滅，須臾之間，連這幅白紙也不見了。衆人纔信是神仙，一鬨而散。只有那僧人失脱了一車子錢財，意氣沮喪，忽想着詩中「一笑再相逢，驅車東平路」之語，汲汲回歸，行到東平路上，認得自家車兒，車上錢物宛然分毫不動。那道人立於車傍，舉手笑道：「相待久矣。錢車可自收之。」又嘆道：「出家之人，尚且惜錢如此，更有何人不愛錢者？【眉批】出家人惜錢，比在家人更倍。普天下無一人可度，可憐哉，可痛哉！」言訖騰雲而去。那僧人驚呆了半晌，去看那車輪上，每邊各有二「口」字，二「口」成「吕」，乃知吕洞賓也。懊悔無及。正是：

天上神仙容易遇，世間難得捨財人。

方纔説吕洞賓的故事，因爲那僧人捨不得這一車子錢，把個活神仙，當面挫過。有人論這一車子錢，豈是小事，也怪那僧人不得。世上還有一文錢也捨不得的。依在下看來，捨得一車子錢，就從那捨得一文錢這一念推廣上去；捨不得一文錢，就從那捨不得一車了錢這一念算計入來。不要把錢多錢少，看做兩樣。【眉批】見理之言。如今聽在下説這一文錢小小的故事。列位看官們，各宜警醒，懲忿窒欲，且休望超凡入道，也是保身保家的正理。詩云：

不争閒氣不貪錢，捨得錢時結得緣。
除却錢財煩惱少，無煩無惱即神仙。

話説江西饒州府浮梁縣，有景德鎮，是個馬頭去處。鎮上百姓，都以燒造瓷器爲業，四方商賈，都來載往蘇杭各處販賣，儘有利息。就中單表一人，叫做丘乙大，是窑户家一個做手，渾家楊氏，善能描畫。乙大做就磁胚，就是渾家描畫花草、人物，兩口俱不吃空。住在一個冷巷裏，儘可度日有餘。那楊氏年三十六歲，貌頗不醜，也肯與人活動。只爲老公利害，只好背地裏偶一爲之，却不敢明當做事。所生一子，名唤丘長兒，年一十四歲，資性愚魯，尚未會做活，只在家中走跳。

忽一日楊氏患肚疼，思想椒湯吃，把一文錢教長兒到市上買椒。長兒拿了一文錢，纔走出門，剛剛遇着東間壁一般做磁胚劉三旺的兒子，叫做再旺，也走出門來。那再旺年十三歲，比長兒到乖巧，平日喜的是攧錢耍子。怎的樣攧錢？也有八個六個，攧出或字或背，一色的謂之渾成。也有七個五個，攧去一背一字間花兒去的，謂之背間。再旺和長兒閒常有錢時，多曾在巷口一個空階頭上耍過來。這一日巷中相遇，同走到常時耍錢去處，再旺又要和長兒耍子，長兒道：「我今日没有錢在身邊。」再旺道：「你往那裏去？」長兒道：「娘肚疼，教我買椒泡湯吃。」再旺道：「你買椒，一定有錢。」長兒道：「只有得一文錢。」再旺道：「一文錢也好耍，我也把一文與你賭個背字，兩背的便都贏去，兩字便輸，一字一背不算。」長兒道：「這文錢是要買椒的，倘或輸與你了，把什麽去買？」再旺道：「不妨事，你若贏了是造化，若輸了時，我借與你，下次還我就是。」【眉批】聞賭近盗、奸近殺，誰知賭亦近殺也。

長兒一時不老成，就把這文錢撇在地上。再旺在兜肚裏也摸出一個錢丢下地來。長兒的錢是個背，再旺的是個字。這擲錢也有先後常規，該是背的先擲。長兒檢起兩文錢，攤在第二手指上，把大拇指掐住，曲一曲腰，叫聲：「背。」擲將下去，果然兩背。長兒贏了，收起一文，留一文在地。再旺又在兜肚裏摸出一文錢來，連地下這文錢揀起，一般樣，攤在第二手指上，把大拇指掐住，曲一曲腰，叫聲：「背。」擲將下去，却是兩個字，又是再旺輸了。長兒把兩個錢都收起，和自己這一文錢，共是三個。長兒贏得順溜，動了賭興，問再旺：「還有錢麽？」再旺道：「錢儘有，只怕你没造化赢得。」當下伸手在兜肚裏摸出十來個净錢，捻在手裏，嘖嘖誇道：「好錢，好錢！」問長兒：「還敢擲麽？」又丢下一文來。長兒又擲了兩背，第四次再旺擲，又是兩字。一連擲了十來次，都是長兒贏了，共得了十二文，分明是掘藏一般。喜得長兒笑容滿面，拿了錢便走。再旺那肯放他，上前攔住，道：「你赢了我許多錢，走那裏去？」長兒道：「娘肚疼，等椒湯吃，我去去，閒時再來。」再旺道：「我還有錢在腰裏，你贏得時，都送你。」長兒只是要去，再旺發起喉急來，便道：「你若不肯擲時，還了我的錢便罷。你把一文錢來騙了我許多錢，如何就去？」長兒道：「我是擲得有采，須不是白奪你的。」再旺索性把兜肚裏錢，盡數取出，約莫有二三十文，做一垛兒堆在地下道：「待我輸盡了這些錢，便放你走。」長兒是小廝家，眼孔淺，見了這錢，不覺貪心又起，況且再旺抵死纏住，只得又擲。誰知風無常順，兵無常勝。這番采頭又輪到再旺了。照前擲了一二十次，雖則中間互有勝負，却是再旺贏得多。到結末來，這十二文錢，依舊被他復去。長兒剛剛原剩得一文錢。

自古道：賭以氣勝。初番長兒擲贏了一兩文，膽就壯了，偶然有些采頭，就連贏數次。到第二番又擲時，不是他心中所願，況且着了個貪心，手下就覺有些矜持。到一連擲輸了幾文，去一個捨不得一個，又添了個吝字，氣便索然。【眉批】此言雖小，可以喻大。怎當再旺一股憤氣，又且稍粗膽壯，自然贏了。大凡人富的好過，貧的好過，只有先富後貧的，最是難過。據長兒一文錢起手時，贏得一二文也是勾了，一連得了十二文錢，一拳頭捻不住，就似白手成家，何等歡喜。把這錢不看做儻來之物，就認作自己東西，重復輸去，好不氣悶，癡心還想再像初次贏將轉來：「就是輸了，他原許下借我的，有何不可？」這一交，合該長兒攧了，忍不住按定心坎，再復一攧，又是二字，心裏着忙，就去搶那錢，手去遲些，先被再旺搶到手中，都裝入兜肚裏去了。長兒道：「我只有這文錢，要買椒的，你原説過贏時借我，怎的都收去了？」再旺怪長兒先前贏了他十二文錢就要走，今番正好出氣。君子報讎，直待三年，小人報讎，只在眼前，怎麽還肯把這文錢借他？把長兒雙手攩開，故意的一跳一舞，跑入巷去了。急得長兒且哭且叫，也回身進巷扯住再旺要錢，兩個扭做一堆厮打。

孫龐鬥智誰爲勝，楚漢争鋒那個强？

却説楊氏專等椒來泡湯吃，望了多時，不見長兒回來。覺得肚疼定了，走出門來張看，只見長兒和再旺扭住厮打，罵道：「小殺才！教你買椒不買，到在此尋鬧，還不撒開。」兩個小厮聽得罵，都放了手。再旺就閃在一邊。楊氏問長兒：「買的椒在那裏？」長兒含着眼淚回道：「那買椒的一文錢，被再旺奪去了。」再旺道：「他與我攧錢，輸與我的。」楊氏只該罵自己兒子不該攧錢，不該怪别人。【眉批】人人如此責己恕人，身家可保矣。況且一文錢，所值幾何，既輸了去，只索罷休。單因楊氏一時不明，惹出一場大禍，展轉的害了多少人的性命。正是：

事不三思終有悔，人能百忍自無憂。

楊氏因等候長兒不來，一肚子惡氣，正没出豁，聽説贏了他兒子的一文錢，便罵道：「天殺的野賊種。要錢時，何不教你娘趁漢，却來騙我家小厮攧錢。」口裏一頭説，一頭便扯再旺來打。恰正抓住了兜肚，鑿下兩個栗暴。那小厮打急了，把身子負命一掙，却掙斷了兜肚帶子，落下地來，索郎一聲響，兜肚子裏面的錢，撒做一地。楊氏道：「只還我那一文便了。」長兒得了娘的口氣，就勢搶了一把錢，奔進自屋裏去。再旺就叫起屈來。楊氏赶進屋裏，喝教長兒還了他錢。長兒被娘逼不過，把錢望着街上一撒，再旺一頭哭，一頭罵，一頭檢錢。檢起時，少了六七文錢，情知是長兒藏下，攔着門只顧罵。楊氏道：「也不見這天殺的野賊種，恁地撒潑。」把大門關上，走進去了。再旺敲了一回門，又罵了一回，哭到自屋裏去。母親孫大娘正在竈下燒火，問其緣故，再旺哭訴道：「長兒搶了我的錢，他的娘不説他不是，到罵我天殺的野賊種，要錢時何不教你娘趁漢。」孫大娘不聽時萬事全休，一聽了這句不入耳的言語，不覺：

怒從心上起，惡向膽邊生。

原來孫大娘最痛兒子，極是護短，又兼性暴，能言快語，是個攬事的女都頭。若相罵起來，一連罵十來日，也不口乾，有名叫做綽板婆。他與丘家只隔得三四個間壁居住，也曉得楊氏平日有些不三不四的毛病，只爲從無口面，不好發揮出來。一聞再旺之語，太陽裏爆出火來，立在街頭，駡道：「狗潑婦，狗淫婦，自己瞞着老公趁漢子，我不管你罷了，到來謗別人。老娘人便看不像，却替老公争氣。前門不進師姑，後門不進和尚，拳頭上立得人起，臂膊上走得馬過，不像你那狗淫婦，人硬貨不硬，表壯裏不壯，作成老公帶了緑帽兒，羞也不羞。還虧你老着臉在街坊上駡人。便臊賤時，也不是恁般做作。我家小厮年小，連頭帶腦，也還不勾與你補空，你休得纏他。臊發時還去尋那舊漢子，是多尋幾遭，多養了幾個野賊種，大起來好做賊。」一聲潑婦，一聲淫婦，駡一個路絶人稀。楊氏怕老公，不敢攬事，又没處出氣，只得駡長兒道：「都是你那小天殺的不學好，引這長舌婦開口。」提起木柴，把長兒劈頭就打，打得長兒頭破血淋，豪淘大哭。丘乙大正從窑上回來，聽得孫大娘叫駡，側耳多時，一句句都聽在肚裏，想道：「是那家婆娘不秀氣？替老公妝幌子，惹這綽板婆叫駡。」及至回家，見長兒啼哭，問起緣由，到是自家家裏招攬的是非。丘乙大是個硬漢，怕人耻笑，聲也不噴，氣忿忿地坐下。遠遠的聽得駡聲不絶，直到黄昏後，方纔住口。

丘乙大吃了幾碗酒，等到夜深人静，叫老婆來盤問道：「你這賤人瞞着我幹得好事！趁的許多漢子，姓甚名誰？好好招將出來，我自去尋他説話。」【眉批】丘乙大亦是一股正氣，但少細作耳。那婆娘原是怕老公的，聽得這句話，分明似半空中響一個霹靂，戰兢兢還敢開口？丘乙大道：「潑賤婦，你有本事偷漢子，如何没本事説出來？若要不知，除非莫爲。瞞得老公，瞞不得鄰里，今日教我如何做人？你快快説來，也得我心下明白。」楊氏道：「没有這事，教我説誰來？」丘乙大道：「真個没有？」楊氏道：「没有。」丘乙大道：「既是没有時，他們如何説你，你如何憑他説，不則一聲？顯是心虚口軟，應他不得。若是真個没有，是他們作説你時，你今夜吊死在他門上，方表你清白，也出脱了我的醜名，明日我好與他講話。」那婆娘怎肯走動，流下淚來，被丘乙大三兩個把掌，摟出大門，把一條麻索丢與他，叫道：「快死，快死！不死便是戀漢子了。」説罷，關上門兒進來。長兒要來開門，被乙大一頓栗暴，打得哭了一場睡去了。乙大有了幾分酒意，也自睡了。

單撇楊氏在門外好苦，上天無路，入地無門。千不是，萬不是，只是自家不是，除却死，别無良策。自悲自怨了多時，恐怕天明，慌慌張張的取了麻索，去認那劉三旺的門首。也是將死之人，失魂顛智，劉家本在東間壁第三家，却錯走到西邊去，走過了五六家，到第七家。見門面與劉家相像，忙忙的把幾塊亂磚襯脚，搭上麻索於檐下，繫頸自盡。可憐伶俐婦人，只爲一文錢鬥氣，喪了性命。【眉批】一命。正是：

地下新添惡死鬼，人間不見畫花人。

却説西鄰第七家，是個打鐵的匠人門首。這匠人渾名叫做白鐵，每夜四更，便起來打鐵。偶然開了大門撒溺，忽然一陣冷風，吹得毛骨竦然，定睛看時，吃了一驚：

不是魂碯場中鮑老，也像鞦韆架上佳人。

檐下挂着一件物事，不知是那裏來的，好不怕人。猶恐是眼花，轉身進屋，點個亮來一照，原來是新縊的婦人，咽喉氣斷，眼見得救不活了。欲待不去照管他，到天明被做公的看見，却不是一場飛來横禍，辨不清的官司，思量一計：「將他移在别處，與我便無干了。」耽着驚恐，上前去解這麻索。那白鐵本來有些蠻力，輕輕的便取下挂來，背出正街，心慌意急，不暇致祥，向一家門首撇下，頭也不回，竟自歸家，兀自連打幾個寒噤，鐵也不敢打了，復上床去睡卧，不在話下。

且説丘乙大黑蚤起來開門，打聽老婆消息，走到劉三旺門前，并無動静，直走到巷口，也没些踪影，又回來坐地尋思：「莫不是這賤婦逃走他方去了？」又想：「他出門稀少，又是黑暗裏，如何行動？」又想道：「他若不死時，麻索必然還在。」再到門前看時，地下不見了麻繩：「定是死在劉家門首，被他知覺，藏過了尸首，與我白賴。」又想：「劉三旺昨晚不回，只有那綽板婆和那小厮在家，那有力量搬運？」又想道：「蟲蟻也有幾隻脚兒，豈有人無幫助？且等他開門出來，看他什麼光景，見貌辨色，可知就裏。」等到劉家開門，再旺出來，把錢去市心裏買饝饝點心，并不見有一些驚慌之意。丘乙大心中委決不下，又到街前街後閒蕩，打探一回，并無影響。回來看見長兒還睡在床上打鼾，不覺怒起，掀開被，向腿上四五下，打得這小厮睡夢裏直跳起來。丘乙大道：「娘也被劉家逼死了，你不去討命，還只管睡。」這句話，分明丘乙大教長兒去惹事，看風色。長兒聽説娘死了，便哭起來，忙忙的穿了衣服，帶着哭，一逕直赶到劉三旺門首，大罵道：「狗娼根，狗淫婦。還我娘來。」那綽板婆孫大娘見長兒罵上門，如何耐得，急赶出來，罵道：「千人射的野賊種，敢上門欺負老娘麼？」便揪着長兒頭髮，却待要打，見丘乙大過來，就放了手。這小厮滿街亂跳亂舞，帶哭帶罵討娘。丘乙大已耐不住，也罵起來。綽板婆怎肯相讓，旁邊鑽出個再旺來相幫，兩下乾罵一場，鄰里勸開。

丘乙大教長兒看守家裏，自去街上央人寫了狀詞，赶到浮梁縣告劉三旺和妻孫氏人命事情。大尹准了狀詞，差人拘拿原被告和鄰里干證，到官審問。原來綽板婆孫氏平昔口嘴不好，極是要衝撞人，鄰里都不歡喜，因此説話中間，未免偏向丘乙大幾分，把相罵的事情，增添得重大了，隱隱的將這人命，射實在綽板婆身上。這大尹見衆人説話相同，信以爲實，錯認劉三旺將尸藏匿在家，希圖脱罪。差人搜檢，連地也翻了轉來，只是搜尋不出，故此難以定罪。且不用刑，將綽板婆拘禁，差人押劉三旺尋訪楊氏下落，丘乙大討保在外。這場官司好難結哩。有分教：

綽板婆消停口舌，磁器匠擔誤生涯。

這事且閣過不題。再説白鐵將那尸首，却撇在一個開酒店的人家門首。那店主人王公，年紀六十餘歲，有個媽媽，靠着賣酒過日。是夜睡至五更，只聽得叩門之聲，醒時又不聽得。剛剛合眼，却又聞得鬧鬧聲叩響。心中驚異，披衣而起，即唤小二起來，開門觀看。只見街頭上不横不直，攩着這件物事。王公還道是個醉漢，對小二道：「你仔細看一看，還是遠方人，是近處人？若是左近鄰里，可叩他家起來，扶了去。」小二依言，俯身下去認看，因背了星光，看不仔細，見頸邊拖着麻繩，却認做是條馬鞭，便道：「不是近邊人，想是個馬夫。」王公道：「你怎麽曉得他是個馬夫？」小二道：「見他身邊有根馬鞭，故此知得。」王公道：「既不是近處人，由他罷。」小二欺心，要拿他的鞭子，伸手去拾時，却拿不起，只道壓在身底下，儘力一扯，那尸首直竪起來，把小二嚇了一跳，叫道：「阿呀。」連忙放手，那尸撲的倒下去了。連王公也吃一驚，問道：「這怎麽説？」小二道：「我道是根鞭兒，要拿他的，不想却是縊死的人，頸下拖的繩子。」王公聽説，慌了手脚，欲待叫破地方，又怕這没頭官司惹在身上。不報地方，這事越發洗身不清，便與小二商議，小二道：「不打緊，只教他離了我這裏，就没事了。」王公道：「説得有理，還是拿到那裏去好？」小二道：「撇他在河裏罷。」當下二人動手，直擡到河下，遠遠望見岸上有人，打着燈籠走來，恐怕被他撞見，不管三七二十一，撇在河邊，奔回家去了，不在話下。

且説岸上打燈籠來的是誰？那人乃是本鎮一個大户，叫做朱常，爲人奸詭百出，變詐多端，是個好打官司的主兒。因與隔縣一個姓趙的人家争田，這一蚤要到田頭去割稻，同着十來個家人，拿了許多扁挑索子鐮刀，正來下船。那提燈的在前，走下岸來，只見一人横倒在河邊，也認做是個醉漢，便道：「這該死的，貪這樣膿血。若再一個翻身，却不滚在河裏，送了性命？」内中一個家人，叫做卜才，是朱常手下第一出尖的幫手，他只道醉漢身邊有些錢鈔，就蹲倒身，伸手去摸他腰下，却冰一般冷，嚇得縮手不迭，便道：「元來死的了。」朱常聽説是死人，心下頓生不良之念，忙叫：「不要嚷。把燈來照看，是老的？是少的？」衆人在燈下仔細打一認，却是個縊死的婦人。朱常道：「你們把他頸裏繩子快解掉了，扛下艄裏去藏好。」衆人道：「老爹，這婦人正不知是甚人謀死的？我們如何却到去招攬是非？」朱常道：「你莫管，我自有用處。」衆人只得依他，解去麻繩，叫起看船的，扛上船，藏在艄裏，將平基蓋好。

朱常道：「卜才，你回去，媳婦子叫五六個來。」卜才道：「這二三十畝稻，勾什麼砍，要這許多人去做甚？」朱常道：「你只管叫來，我自有用處。」卜才不知是甚意見，即便提燈回去，不一時叫到，坐了一船，解纜開船。兩人蕩槳，離了鎮上。衆人問道：「老爹載這東西去有甚用處？」朱常道：「如今去割稻，趙家定來攔阻，少不得有一場相打，到告狀結殺。如今天賜這東西與我，豈不省了打官司，還有許多妙處。」衆人道：「老爹，怎見省了打官司？又有妙處？」朱常道：「有了這尸首時，只消如此如此，這般這般，却不省了打官司，你們也有些財采。他若不見機，弄到當官，定然我們占個上風，可不好麼？」衆人都喜道：「果然妙計。」小人們怎省得？」正是：

算定機謀誇自己，安排圈套害他人。

這些人都是愚野村夫，曉得什麼利害？聽見家主說得都有財采，當做甕中取鱉，手到擒來的事，樂極了，巴不得趙家的人這時就到船邊來厮鬧便好。銀子心急，發狠蕩起槳來，這船恰像生了七八個翅膀一般，頃刻就飛到了。此時天色漸明，朱常教把船歇在空闊無人居住之處，離田中尚有一箭之路。衆人都上了岸，尋出一條一股連一股斷的爛草繩，將船纜在一棵草根上，止留一人坐在艄上看守，衆男女都下田砟稻。朱常遠遠的站在岸上打探消耗。

元來這地方叫做鯉魚橋，離景德鎮止有十里多遠，再過去里許，又喚做太白村，乃南直隸徽州府婺源縣所管。因是兩省交界之處，人民錯壤而居。與朱常争田這人名喚趙完，也是個大富之家，原是浮梁縣人户，却住在婺源縣地方。兩縣俱置得有田產。那争的田，止得三十餘畆，乃趙完族兄趙寧的。先把來抵借了朱常銀子，却又賣與趙完，恐怕出醜，就攬來佃種，兩邊影射了三四年。不想近日身死，故此兩家相争。這稻子還是趙寧所種。説話的，這田在趙完屋脚跟頭，如何不先砟了，却留與朱常來割？看官有所不知，那趙完也是個强横之徒，看得自己大了，道這田是明中正契買族兄的，又在他的左近；朱常又是隔省人户，料必不敢來砟稻，所以放心托膽。那知朱常又是個專在虎頭上做窠，要吃不怕死的魍魎，竟來放對，正在田中砍稻。蚤有人報知趙完。趙完道：「這厮真是吃了大蟲的心，豹子的膽，敢來我這裏撩撥。想是來送死麽。」兒子趙壽道：「爹，自古道：『來者不懼，懼者不來。』也莫輕覷了他。」趙完問報人道：「他們共有多少人在此？」答道：「十來個男子，六七個婦人。」趙完道：「既如此，也教婦人去。男對男，女對女，都拿回來，敲斷他的孤拐子。連船都拔他上岸，那時方見我的手段。」即便唤起二十多人，十來個婦人，一個個粗脚大手，裸臂揎拳，如疾風驟雨而來。趙完父子隨後來看。

且説衆人遠遠的望着田中，便喊道：「偷稻的賊不要走。」朱常家人媳婦，看見趙家有人來了，連忙住手，望河邊便跑。到得岸傍，朱常連叫快脱衣服。衆人一齊卸下，堆做一處，叫一個婦人看守，覆身轉來，叫道：「你來你來，若打輸與你，不爲好漢。」趙完家有個雇工人，叫做田牛兒，自恃有些氣力，搶先飛奔向前。朱家人見他勢頭來得勇猛，兩邊一閃，讓他衝將過來。纔讓他衝進時，男子婦人，一裹轉來圍住。田牛兒叫聲：「來得好。」提起升籮般拳頭，揀着個精壯村夫面上，一拳打去，只指望先打倒了一個硬的，其餘便如摧枯拉朽了。誰知那人却也來得，拳到面上時，將頭略偏一偏，這拳便打個空，剛落下來，就順手牽羊把拳留住。田牛兒捽脱不得，急起左拳來打，手尚未起，又被一人接住，兩邊扯開。田牛兒便施展不得。朱家人也不打他，推的推，扯的扯，到像八擡八綽一般，脚不點地竟拿上船。那爛草繩繫在草根上，有甚觔骨，初踏上船就斷了。艄上人已預先將篙攔住，衆人將田牛兒納在艙中亂打。

趙家後邊的人，見田牛兒捉上船去，蜂擁赶上船搶人。朱家婦女都四散走開，放他上去。説時遲，那時快，攔篙的人一等趙家男子婦人上齊船時，急掉轉篙，望岸上用力一點，那船如箭一般，向河心中直蕩開去。人衆船輕，三四幌便翻將轉來。兩家男女四十多人，盡都落水。這些婦人各自挣扎上岸，男子就在水中相打，縱横攪亂，激得水濺起來，恰如驟雨相似，把岸上看的人眼都耀花了，只叫莫打，有話上岸來説。正打之間，卜才就人亂中，把那縊死婦人尸首，直攛過去，便喊起來道：「地方救護，趙家打死我家人了。」朱常同那六七個婦人，在岸邊接應，一齊喊叫，其聲震天動地。趙家的婦人正絞擠濕衣，聽得打死了人，帶水而逃。水裏的人，一個個唬得膽戰心驚，正不知是那個打死的，巴不能擺脱逃走。被朱家人乘勢追打，吃了老大的虧，挣上了岸，落荒逃奔，此時只恨父母少生了兩隻脚兒。

朱家人欲要追趕，朱常止住道：「如今不是相打的事了，且把尸首收拾起來，擡放他家屋裏了再處。」衆人把尸首拖到岸上，卜才認做妻子，假意啼啼哭哭。朱常又教撈起船上篙槳之類，寄頓佃户人家，又對看的人道：「列位地方鄰里，都是親眼看見，活打死的，須不是誣陷趙完。倘到官司時，少不得要相煩做個證見，但求實説罷了。」這幾句，乃朱常引人來兜攬處和的話。此時内中若有個有力量的出來擔當，不教朱常把尸首擡去趙家，説和這事，也不見得後來害許多人的性命。只因趙完父子平日是個難説話的，恐怕説而不聽，反是一場没趣，况又不曉得朱常心中是甚樣個意兒，故此并無一人招攬。朱常見無人招架，教衆人穿起衣服，把尸首用蘆席捲了，將繩索絡好，四人扛着，望趙完家來。看的人隨後跟來，觀看兩家怎地結局？

銅盆撞了鐵掃帚，惡人自有惡人磨。

且說趙完父子隨後走來，遠望着自家人追趕朱家的人，心中歡喜。漸漸至近，只見婦女家人，渾身似水，都像落湯鷄一般，四散奔走。趙完驚訝道：「我家人多，如何反被他都打下水去？」急那步上前，衆人看見，亂喊道：「阿爹不好了。快回去罷。」趙壽道：「你們怎地恁般没用？都被打得這模樣。」衆人道：「打是小事，只是他家死了人，却怎處？」趙完聽見死了個人，嚇得就酥了半邊，兩隻脚就像釘了，半步也行不動。趙壽與田牛兒，兩邊挾着胳膊而行，扶至家中坐下，半晌方纔開言問道：「如何就打死了人？」衆人把相打翻船之事，細説一遍，又道：「我們也没有打婦人，不知怎地死了？想是淹死的。」趙完心中没了主意，只叫：「這事怎好？」那時合家老幼，都叢在一堆，人人心下驚慌。正説之間，人進來報：「朱家把尸首擡來了。」趙完又吃這一嚇，恰像打坐的禪和子，急得身色一毫不動。

自古道：「物極則反，人急計生。」趙壽忽地轉起一念。便道：「爹莫慌，我自有對付他的計較在此。」便對衆人道：「你們都向外邊閃過，讓他們進來之後，聽我鳴鑼爲號，留幾個緊守門口，其餘都赶進來拿人，莫教走了一個。解到官司，見許多人白日搶劫，這人命自然從輕。」衆人得了言語，一齊轉身。趙完恐又打壞了人，分付：「只要拿人，不許打人。」衆人應允，一陣風出去。趙壽止留下一個心腹義孫趙一郎道：「你且在此。」又把婦女妻小打發進去，分付不要出來。趙完對兒子道：「雖則告他白日打搶，終是人命爲重，只怕抵當不過。」趙壽走到耳根前，低低道：「如今只消如此這般。」趙完聽了大喜，不覺身子就健旺起來，乃道：「事不宜遲，快些停當。」趙壽先把各處門户閉好，然後尋了一把斧頭，一個棒槌，兩扇板門，都已完備，方教趙一郎到厨下叫出一個老兒來。那老兒名喚丁文，約有六十多歲，原是趙完的表兄，因有了個懶黄病，吃得做不得，却又無男無女，捱在趙完家燒火，博口飯吃。當下老兒不知頭腦，走近前問道：「兄弟有甚話？」趙完還未答應，趙壽閃過來，提起棒槌，看正太陽，便是一下。那老兒只叫得聲「阿呀」，翻身跌倒。趙壽赶上，又復一下，登時了帳。【眉批】二命。當下趙壽動手時，以爲無人看見，不想田牛兒的娘田婆，就住在趙完宅後，聽見打死了人，恐是兒子打的，心中着急，要尋來問個仔細，從後邊走出，正撞着趙壽行兇。嚇得蹲倒在地，便立不起身，口中念聲：「阿彌陀佛。青天白日，怎做這事？」趙完聽得，回頭看了一看，把眼向兒子一顛。趙壽會意，急赶近前，照頂門一棒槌打倒，腦漿鮮血一齊噴出。還怕不死，又向肋上三四脚，眼見得不能勾活了。【眉批】三命。只因這一文錢上起，又送了兩條性命。正是：

耐心終有益，任意定生灾。

且說趙一郎起初喚丁老兒時，不道趙壽懷此惡念，驀見他行兇，驚得直縮到一壁角邊去。丁老兒剛剛完事，接脚又撞個田婆來湊成一對，他恐怕這第三棒槌輪到頭上，心下着忙，欲待要走，這脚上却像被千百斤石頭壓住，那裏移得動分毫。正在慌張，只見趙完叫道：「一郎快來幫一幫。」趙一郎聽見叫他相幫，方纔放下肚腸，挣扎得動，向前幫趙壽拖這兩個尸首，放在遮堂背後，尋兩扇板門壓好，將遮堂都起浮了窠臼。【眉批】好計，好計。又分付趙一郎道：「你切不可泄漏，待事平了，把家私分一股與你受用。」趙一郎道：「小人靠阿爹洪福過日的，怎敢泄漏？」剛剛準備停當，外面人聲鼎沸，朱家人已到了。趙完三人退入側邊一間屋裏，掩上門兒張看。

且說朱常引家人媳婦，扛着尸首赶到趙家，一路打將進去。直到堂中，見四面門户緊閉，并無一個人影。朱常教：「把尸首居中停下，打到裏邊去，拿趙完這老亡八出來，鎖在死尸脚上。」衆人一齊動手，乒乒乓乓，將遮堂亂打，那遮堂已是離了窠臼的，不消幾下，一扇扇都倒下去，尸首上又壓上一層。衆人只顧向前，那知下面有物。趙壽見打下遮堂，把鑼篩起，外邊人聽見，發聲喊，搶將入來。朱常聽得篩鑼，只道有人來搶尸首，急掣身出來，衆人已至堂中，兩下你揪我扯，攪做一團，滾做一塊。裏邊趙完三人大喊：「田牛兒，你母親都被打死了，不要放走了人。」田牛兒聽見，急奔來問：「我母親如何却在這裏？」趙完道：「他剛同丁老官走來問我，遮堂打下，壓死在內。我急走得快，方逃得性命，若遲一步兒，這時也不知怎地了。」田牛兒與趙一郎將遮堂搬開，露出兩個尸首。田牛兒看娘時，頭已打開，腦漿鮮血滿地，放聲大哭。朱常聽見，還只道是假的，急抽身一望，果然有兩個尸首，着了忙，往外就跑。這些家人媳婦，見家主走了，各要擺脱逃走，一路揪扭打將出來。那知門口有人把住，一個也走不脱，都被拿住。趙完只叫：「莫打壞了人。」故此朱常等不十分吃虧。趙壽取出鏈子繩索，男子婦女鎖做一堂。田牛兒痛哭了一回，心中忿怒，跳起身道：「我把朱常這狗亡八，照依母親打死罷了。」趙完攔住道：「不可不可。如今自有官法治了，你打他做甚？」教衆人扯過一邊。

此時已閧動遠近村坊、地方鄰里，無有不到趙家觀看。趙完留到後邊，備起酒飯款待，要衆人具個「白晝劫殺」公呈。那些人都是趙完的親戚佃户、〔一〕雇工人等，誰敢不依。趙完連夜裝起四五隻農船，載了地鄰干證人等，把兩隻將朱常一家人鎖縛在艙裏，行了一夜，方到婺源縣中，候大尹蚤衙升堂。地方人等先將呈子具上。這大尹展開觀看一過，問了備細，即差人押着地方并尸親趙完、田牛兒、卜才前去。將三個尸首盛殮了，吊來相驗。朱常一家人都發在舖裏覊候。那時朱常家中自有佃户報知。兒子朱太星夜赶來看覷，自不必説。

有句俗語道得好：「官無三日急。」那尸棺便吊到了，這大尹如何就有工夫去相驗？隔了半個多月，方纔出牌，着地方備辦登場法物。舖中取出朱常一干人都到尸場上。仵作人逐一看報道：「丁文太陽有傷，周圍二寸有餘，骨頭粉碎。田婆腦門打開，腦髓漏盡，右肋骨踢折三根。二人實係打死。卜才妻子，頸下有縊死繩痕，遍身別無傷損，此係縊死是實。」大尹見報，心中駭異，道：「據這呈子上稱説船翻落水身死，如何却是縊死的？」朱常就稟道：「爺爺，衆耳衆目所見，如何却是縊死的？這明明仵作人得了趙完銀子，妄報老爺。」大尹恐怕趙完將別個尸首顛換了，便喚卜才道：「你去認這尸首，正是你妻子的麽？」卜才上前一認，回覆道：「正是小人妻子。」大尹道：「是昨日登時死的？」卜才道：「是。」大尹問了詳細，自走下來把三個尸首逐一親驗，仵作人所報不差，暗稱奇怪。分付把棺木蓋上封好，帶到縣裏來審。

大尹在轎上，一路思想，心下明白，回縣坐下，發衆犯都跪在儀門外，單喚朱常上去，道：「朱常，你不但打死趙家二命，連這婦人也是你謀死的。須從實招來。」朱常道：「這是家人卜才的妻子余氏，實被趙完打下水死的，地方上人都是見的，如何反是小人謀死？爺爺若不信，只問卜才便見明白。」大尹喝道：「胡說。這卜才乃你一路之人，我豈不曉得。敢在我面前支吾。夾起來！」衆皂隸一齊答應上前，把朱常鞋襪去了，套上夾棍，便喊起來。那朱常本是富足之人，雖然好打官司，從不曾受此痛苦，只得一一吐實：「這尸首是浮粱江口不知何人撇下的。」大尹録了口詞，叫跪在丹墀下。又唤卜才進來，問道：「死的婦人果是你妻子麽？」卜才道：「正是小人妻子。」大尹道：「既是你妻子，如何把他謀死了，詐害趙完？」卜才道：「爺爺，昨日趙完打下水身死，地方上人都看見的。」大尹把氣拍在卓上一連七八拍，大喝道：「你這該死的奴才。這是誰家的婦人，你冒認做妻子，詐害別人？你家主已招稱，是你把他謀死。還敢巧辯，快夾起來！」卜才見大尹像道士打靈牌一般，把氣拍一片聲亂拍亂喊，將魂魄都驚落了，又聽見家主已招，只得稟道：「這都是家主教小人認作妻子，并不干小人之事。」【眉批】害人者何益哉？大尹道：「你一一從實細説。」卜才將下船遇見尸首，定計詐趙完前後事細説一過，與朱常無二。

大尹已知是實，又問道：「這婦人雖不是你謀死，也不該冒認爲妻，詐害平人。那丁文、田婆却是你與家主打死的，這須没得説。」卜才道：「爺爺，其實不曾打死，就夾死小人，也不招的。」大尹也教跪下丹墀，又喚趙完并地方來問，都執朱常扛尸到家，乘勢打死。大尹因朱常造謀詐害趙完事實，連這人命也疑心是真，又把朱常夾起來。朱常熬刑不起，只得屈招。大尹將朱常、卜才各打四十，擬成斬罪，下在死囚牢裏。其餘十人，各打二十板，三個充軍，七個徒罪，亦各下監。六個婦人，都是杖罪，發回原籍。其田斷歸趙完，代趙寧還原借朱常銀兩。又行文關會浮梁縣查究婦人尸首來歷。

那朱常初念，只要把那尸首做個媒兒，趙完怕打人命官司，必定央人兜收私處，這三十多畝田，不消說起歸他，還要扎詐一注大錢，故此用這一片心機。誰知激變趙壽做出没天理事來對付，反中了他計。當下來到牢裏，不勝懊悔，想道：「這蚤若不遇這尸首，也不見得到這地位。」正是：

蚤知更有強中手，却悔當初枉用心。

朱常料道此處定難翻案，叫兒子分付道：「我想三個尸棺，必是釘稀板薄，交了春氣，自然腐爛。你今先去會了該房，捺住關會文書。回去教婦女們莫要泄漏這縊死尸首消息。一面向本省上司去告准，捱至來年四五月間，然後催關去審，那時爛没了縊死繩痕，好與他白賴。一事虛了，事事皆虛，不愁這死罪不脱。」朱太依着父親，前去行事，不在話下。

却説景德鎮賣酒王公家小二，因相幫撇了尸首，指望王公些東西，過了兩三日，却不見説起。小二在口内野唱，王公也不在其意。又過了幾日，小二不見動静，心中焦躁，忍耐不住，當面明明説道：「阿公，前夜那話兒，虧我把去出脱了還好，若没我時，到天明地方報知官司，差人出來相驗，饒你硬掙，不使酒錢，也使茶錢。就拌上十來擔涎吐，只怕還不得乾净哩。如今省了你許多錢鈔，怎麽竟不説起謝我？」大凡小人度量極窄，眼孔最淺，偶然替人做件事兒，徼倖得效，便道是天大功勞，就來挾制那人，責他厚報，稍不遂意，便把這事翻局來害。往往人家用錯了人，反受其累。譬如小二不過一時用得些氣力，便想要王公的銀子。那王公若是個知事的，不拘多寡與他些也就罷了，誰知王公又是捨不得一文錢的慳吝老兒，説着要他的錢，恰像割他身上的肉，就面紅頸赤起來了。

當下王公見小二要他銀子，便發怒道：「你這人忒没理！吃黑飯，護漆柱。吃了我家的飯，得了我的工錢，便是這些小事，略走得幾步，如何就要我錢？」小二見他發怒，也就嚷道：「嗜呀！就不把我，也是小事，何消得喉急？用得我着，方吃得你的飯，賺得你的錢，須不是白把我用的。還有一句話，得了你工錢，只做得生活，原不曾説替你拽死尸的。」王婆便走過來道：「你這蠻子，真個儳懶！自古道：『茄子也讓三分老。』怎麽一個老人家，全没些尊卑，一般樣與他争嚷！」小二道：「阿婆，我出了力，不把銀子與我，反發喉急，怎不要嚷？」王公道：「什麽！是我謀死的？要詐我錢！」小二道：「雖不是你謀死，便是擅自移尸，也須有個罪名。」王公道：「你到去首了我來。」小二道：「要我首也不難，只怕你當不起這大門户。」王公赶上前道：「你去首，我不怕。」望外劈頸就攧。那小二不曾隄防，捉脚不定，翻筋斗直跌出門外，磕碎了腦後，鮮血直淌。小二跌毒了，罵道：「老亡八！虧了我，反打麽！」就地下拾起一塊磚來，望王公擲去。誰知數合當然，這磚不歪不斜，恰恰正中王公太陽，一交跌倒，再不則聲。王婆急上前扶時，只見口開眼定，氣絶身亡。【眉批】四命。跌脚叫苦，便哭起天來。只因這一文錢上，又送一條性命：

總爲惜財喪命，方知財命相連。

小二見王公死了，爬起來就跑。王婆喊叫鄰里，赶上拿轉，鎖在王公脚上。問王婆：「因甚事起？」王婆一頭哭，一頭將前情説出，又道：「煩列位與老身作主則個。」衆人道：「這廝元來恁地可惡！先教他吃些痛苦，然後解官。」三四個鄰里走上前，一頓拳頭脚尖，打得半死，方纔住手。教王婆關閉門户，同到縣中告狀。此時紛紛傳說，遠近人都來觀看。

且説丘乙大正訪問妻子尸首不着，官司難結，心中氣悶。這一日聞得小二打死王公的根由，想道："這婦人尸首，莫不就是我妻子麽？"急走來問，見王婆正鎖門要去告狀。丘乙大上前問了詳細，計算日子，正是他妻子出門這夜，便道："怪道我家妻子尸首，當朝就不見踪影，元來却是你們撇掉了。如今有了實據，綽板婆却白賴不過了。我同你們見官去！"當下一干人牽了小二，直到縣裏。次早大尹升堂，解將進去。地方將前後事細稟。大尹又喚王婆問了備細。小二料道情真難脱，不待用刑，從實招承。打了三十，問成死罪，下在獄中。丘乙大稟説妻子被劉三旺謀死，正是此日，這尸首一定是他撇下的。證見已確，要求審結。此時婺源縣知會文書未到，大尹因没有尸首，終無實據，原發落出去尋覓。再説小二，初時已被鄰里打傷，那頓板子，又十分利害。到了獄中，没有使用，又遭一頓拳脚，三日之間，血崩身死。【眉批】五命。

爲這一文錢起，又送一條性命：

只因貪白鏹，番自喪黄泉。

且説丘乙大從縣中回家，正打白鐵門首經過，只聽得裏邊叫天叫地的啼哭。元來白鐵自那夜擔着驚恐，出脱這尸首，冒了風寒，回家上得床，就發起寒熱。病了十來日，方纔斷命，【眉批】六命。所以老婆啼哭。眼見爲這一文錢，又送一條性命：

化爲陰府驚心鬼，失却陽間打鐵人。

丘乙大問知白鐵已死，嘆口氣道：「恁般一個好漢！有得幾日，却又了帳。可見世人真是没根的！」走到家裏，單單止有這個小厮，鬼一般縮在半邊，要口熱水也不能勾。看了那樣光景，方懊悔前日逼勒老婆，做了這樁拙事。如今又弄得不尷不尬，心下煩惱，連生意也不去做，終日東尋西覓，并無尸首下落。

看看捱過殘年，又早五月中旬。那時朱常兒子朱太已在按院告准狀詞，批在浮梁縣審問，【眉批】縊尸出浮梁，而批狀下浮梁，此天意也。行文到婺源縣關提人犯尸棺。起初朱太還不上緊，到了五月間，料得尸首已是腐爛，大大送個東道與婺源縣該房，起文關解。那趙完父子因婺源縣已經問結，自道没事，毫無畏懼，抱卷赴理。兩縣解子領了一干人犯，三具尸棺，直至浮梁縣當堂投遞。大尹將人犯羈禁，尸棺發置官壇候檢，打發婺源回文，自不必說。

不則一日，大尹吊出衆犯，前去相驗。那朱太合衙門通買囑了，要勝趙完。大尹到尸場上坐下，趙完將浮梁縣案卷呈上。大尹看了，對朱常道：「你借尸扎詐，打死二命，事已問結，如何又告？」朱常禀道：「爺爺，趙完打余氏落水身死，衆目共見。

却買囑了地鄰仵作，妄報是縊死的。那丁文、田婆，自己情謊，謀害抵飾，硬誣小人打死。且不要論別件，但據小人主僕俱被拿住，趙完是何等勢力，却容小人打死二命？況死的俱年七十多歲，難道恁地不知利害，只揀垂死之人來打？爺爺推詳這上，就見明白。」大尹道：「既如此，當時怎就招承？」朱常道：「那趙完衙門情熟，用極刑拷逼，若不屈招，性命已不到今日了。」趙完也禀道：「朱常當日倚仗假尸，逢着的便打，闔家躲避。那丁文、田婆年老奔走不及，故此遭了毒手。假尸縊死繩痕，是婺源縣太爺親驗過的，豈是仵作妄報！如今日久腐爛，巧言誑騙爺爺，希圖漏網反陷。但求細看招卷，曲直立見。」大尹道：「這也難憑你説。」即教開棺檢驗。

天下有這等作怪的事，只道尸首經了許多時，已腐爛盡了，誰知都一毫不變，宛然如生。那楊氏頸下這條繩痕，轉覺顯明，倒教仵作人没做理會。你道爲何？他已得了朱常錢財，若尸首爛壞了，好從中作弊，要出脱朱常，反坐趙完。如今傷痕見在，若虛報了，恐大尹還要親驗；實報了，如何得朱常銀子？正在躊躇，大尹蚤已瞧破，就走下來親驗。那仵作人被大尹監定，不敢隱匿，一一實報。朱常在傍暗暗叫苦。大尹把所報傷處，將卷對看，分毫不差，對朱常道：「你所犯已實，怎麽又往上司誑告？」朱常又苦苦分訴。大尹怒道：「還要强辨！夾起來！快説這縊死婦人是那裏來的？」朱常受刑不過，只得招出：「本日蚤起，在某處河沿邊遇見，不知是何人撇下？」那大尹極有記性，忽地想起：「去年丘乙大告稱，不見了妻子尸首；後來賣酒王婆告小二打死王公，也稱是日擡尸首，撇在河沿上。起釁至今，尸首没有下落，莫不就是這個麽？」暗記在心。當下將朱常、卜才都責三十，照舊死罪下獄，其餘家人减徒召保。趙完等發落寧家，不題。

且説大尹回到縣中，吊出丘乙大狀詞，并王小二那宗案卷查對，果然日子相同，撇尸地處一般，更無疑惑，即着原差，唤到丘乙大、劉三旺干證人等，監中吊出綽板婆孫氏，齊至尸場認看。此時正是五月天道，監中瘟疫大作，那孫氏剛剛病好，還行走不動，劉三旺與再旺扶挾而行。到了尸場上，仵作揭開棺蓋，那丘乙大認得老婆尸首，放聲號慟，連連叫道：「正是小人妻子。」干證地鄰也道：「正是楊氏。」大尹細細鞫問致死情由，丘乙大咬定：「劉三旺夫妻登門打駡，受辱不過，以致縊死。」劉三旺、孫氏又苦苦折辯。地鄰俱稱是孫氏起釁，與劉三旺無干。大尹喝教將孫氏拶起。那孫氏是新病好的人，身子虚弱，又行走這番，勞碌過度，又費唇費舌折辯，漸漸神色改變。經着拶子，疼痛難忍，一口氣收不來，翻身跌倒，嗚呼哀哉！【眉批】七命。只因這一文錢上起，又送一條性命。正是：

陰府又添長舌鬼，相罵今無綽板聲。

大尹看見，即令放拶。劉三旺向前叫喚，喊破喉嚨，也喚不轉，再旺在旁哀哀啼哭，十分凄慘。大尹心中不忍，向丘乙大道：「你妻子與孫氏角口而死，原非劉三旺拳手相交。今孫氏亦亡，足以抵償。今後兩家和好，尸首各自領歸埋葬，不許再告，違者定行重治。」衆人叩首依命，各領尸首埋葬，不在話下。

再説朱常、卜才下到獄中，想起枉費許多銀兩，反受一場刑杖，心中氣惱，染起病來，却又沾着瘟氣，二病夾攻，不勾數日，雙雙而死。【眉批】八命，九命。只因這一文錢上起，又送兩條性命：

未許他人，先損自己。

説話的，我且問你，朱常生心害人，尚然得個喪身亡家之報；那趙完父子活活打死無辜二人，又誣陷了兩條性命，他却漏網安享，可見天理原有報不到之處。看官，你可曉得古老有幾句言語麼？是那幾句？古語道：

善有善報，惡有惡報。
不是不報，時辰未到。

那天公算子，一個個記得明白。古往今來，曾放過那個？這趙完父子漏網受用，一來他的頑福未盡，二來時候不到，三來小子只有一張口，没有兩副舌，説了那邊，便難顧這邊，少不得逐節兒還你個報應。

閒話休題。且説趙完父子又勝了朱常，回到家中，親戚鄰里，齊來作賀。吃了好幾日酒。又過數日，聞得朱常、卜才俱已死了，一發喜之不勝。田牛兒念着母親暴露，領歸埋葬。不題。

時光迅速，不覺又過年餘。元來趙完年紀雖老，還愛風月，身邊有個偏房，名唤愛大兒。那愛大兒生得四五分顏色，喬喬畫畫，正在得趣之時。那老兒雖然風騷，到底老人家，只好虚應故事，怎能勾滿其所欲？看見義孫趙一郎身材雄壯，人物乖巧，尚無妻室，倒有心看上了。常常走到厨房下，捱肩擦背，調嘴弄舌。你想世間能有幾個坐懷不亂的魯男子，婦人家反去勾搭，可有不肯之理！兩下眉來眼去，不則一日，成就了那事。彼此俱在少年，猶如一對餓虎，那有個飽期，捉空就閃到趙一郎房中偷一手兒。那趙一郎又有些本領，弄得這婆娘體酥骨軟，魄散魂銷，恨不時刻并做一塊。約莫串了半年有餘。

一日，愛大兒對趙一郎説道：「我與你雖然快活了這幾多時，終是礙人耳目，心忙意急，不能勾十分盡興。不如悄地逃往遠處，做個長久夫妻。」趙一郎道：「小娘子若真心肯跟我，就在此可以做得夫妻，何必遠去！」愛大兒道：「你便是我心上人了，有甚假意，只是怎地在此就做得夫妻？」趙一郎道：「向年丁老官與田婆，都是老爹與大官人自已打死詐賴朱家的，當時教我相幫扛擡，曾許事完之日，分一分家私與我。那個棒槌，還是我藏好。一向多承小娘子相愛，故不説起。你今既有此心，我與老爹説，先要了那一分家私，尋個所在住下，然後再央人説，要你爲配，不怕他不肯。他若捨不得，那時你悄地逕自走了出來，他可敢道個不字麽？設或不達時務，便報與田牛兒同去告官，教他性命也自難保。」愛大兒聞言，不勝歡喜，道：「事不宜遲，作速理會。」説罷，閃出房去。

次日，趙一郎探趙完獨自個在堂中間坐，上前説道：「向日老爹許過事平之後，分一股家私與我。如今朱家了賬已久，要求老爹分一股兒，自去營運。」趙完答道：「我曉得了。」再過一日，趙一郎轉入後邊，遇着愛大兒，遞個信兒道：「方纔與老爹説了，娘子留心察聽，看可像肯的。」愛大兒點頭會意，各自開去。不題。

且説趙完叫趙壽到一間廂房中去，將門掩上，低低把趙一郎説話學與兒子，又道：「我一時含糊應了他，如今還是怎地計較？」趙壽道：「我原是哄他的甜話，怎麽真個就做這指望？」老兒道：「當初不合許出了，今若不與他些，這點念頭如何肯息？」趙壽沉吟了一回，又生起歹念，乃道：「若引慣了他，做了個月月紅，倒是無了無休的詐端。想起這事，止有他一個曉得，不如一發除了根，永無挂慮。」那老兒若是個有仁心的，勸兒子休了這念，胡亂與他些小東西，或者免得後來之禍，也未可知。千不合，萬不合，却説道：「我也有這念頭，但没有個計策。」趙壽道：「有甚難處，明日去買些砒礵，下在酒中，到晚灌他一醉，怕道不就完事。外邊人都曉得平日將他厚待的，決不疑惑。」趙完歡喜，以爲得計。

他父子商議，只道神鬼不知，那曉得却被愛大兒瞧見，料然必説此事，悄悄走來覆在壁上窺聽。雖則聽着幾句，不當明白，恐怕出來撞着，急閃入去。欲要報與趙一郎，因聽得不甚真切，不好輕事重報，心生一計。到晚間，把那老兒多勸上幾杯酒，吃得醉熏熏，到了床上，愛大兒反抱定了那老兒，撒嬌撒癡，淫聲浪語。這老兒迷魂了，乘着酒興，未免做些没正經事體。方在酣美之時，愛大兒道：「有句話兒要説，恐氣壞了你，不好開口，若不説，又氣不過。」這老兒正頑得氣喘吁吁，借那句話頭，就停住了，説道：「是那個衝撞了你？如此着惱！」愛大兒道：「叵耐一郎這厮，今早把風話撩撥我，我要扯他來見你，倒説：『老爹和大官人性命都還在我手裏，料道也不敢難爲我。』不知有甚緣故，説這般滿話。倘在外人面前，也如此説，必疑我家做甚不公不法勾當，可不壞了名聲？那樣没上下的人，不如尋個計策擺布死了，也省了後患。」那老兒道：「元來這厮恁般無禮！不打緊，明晚就見功效了。」愛大兒道：「明晚怎地就見功效？」那老兒也是合當命盡，將要藥死的話，一五一十説出。

那婆娘得了實信，次早閃來報知趙一郎。趙一郎聞言，吃那驚不小，想道：「這樣反面無情的狠人！倒要害我性命，如何饒得他過？」摸了棒槌，鎖上房門，急來尋着田牛兒，把前事説與。田牛兒怒氣衝天，便要赶去厮鬧。趙一郎止住道：「若先嚷破了，反被他做了準備，不如竟到官司，與他理論。」田牛兒道：「也説得是。還到那一縣去？」趙一郎道：「當初先在婺源縣告起，這大尹還在，原到他縣裏去。」

那太白村離縣止有四十餘里，二人拽開脚步，直跑至縣中。恰好大尹早堂未退，二人一齊喊叫。大尹唤入，當廳跪下，却没有狀詞，只是口訴。先是田牛兒哭稟一番，次後趙一郎將趙壽打死丁文、田婆，誣陷朱常、卜才情由細訴，將行兇棒槌呈上。大尹看時，血痕雖乾，鮮明如昨，乃道：「既有此情，當時爲何不首？」趙一郎道：「是時因念主僕情分，不忍出首。如今恐小人泄漏，昨日父子計議，要在今晚將毒藥鴆害小人，故不得不來投生。」大尹道：「他父子計議，怎地你就曉得？」【眉批】此大尹亦聰察。趙一郎急遽間，不覺吐出實話，説道：「虧主人偏房愛大兒報知，方纔曉得。」大尹道：「你主人偏房，如何肯來報信？想必與你有姦麽？」趙一郎被道破心事，臉色俱變，强詞抵賴。大尹道：「事已顯然，不必强辨。」即差人押二人去拿趙完父子并愛大兒前來赴審。到得太白村，天已昏黑，田牛兒留回家歇宿。不題。

且説趙壽早起就去買下砒礵，却不見了趙一郎，問家中上下，都不知道。父子雖然有些疑惑，那個慮到愛大兒泄漏。次日清晨，差人已至，一索綑翻，拿到縣中。趙完見愛大兒也拿了，還錯認做趙一郎調戲他不從，因此牽連在内，直至趙一郎説出，報他謀害情由，方知向來有姦，懊悔失言。兩下辨論一番，不肯招承。怎當嚴刑煅煉，疼痛難熬，只得一一細招。大尹因害了四命，情理可恨，趙完父子，各打六十，依律問斬。趙一郎姦騙主妾，背恩反噬；愛大兒通同姦夫，謀害親夫，各責四十，雜犯死罪，齊下獄中。【眉批】十命，十一命，十二命，十三命。田牛兒發落寧家。一面備文申報上司，具疏題請。

不一日，刑部奉旨，倒下號劄，四人俱依擬，秋後處決。只因這一文錢上，又送了四條性命。雖然是冤各有頭，債各有主，若不因那一文錢争鬧，楊氏如何得死？没有楊氏的死尸，朱常這詐害一事，也就做不成了。總爲這一文錢起，共害了十三條性命。這段話叫做《一文錢小隙造奇冤》，奉勸世人，捨財忍氣爲上。有詩爲證：

相爭只爲一文錢，小隙誰知奇禍連。
勸汝捨財兼忍氣，一生無事得安然。

【校記】

〔一〕「壺天法」，東大本作「壺隱法」。

〔二〕自「佃户」以下約四百字與衍慶堂本文——字及内容均有不同。

分書三紙語從
容人畜均分稟
至公老僕不如
牛馬多擁孤孀

年老筋衰遜馬牛
千金難買少人頭
托孤寄命真無愧
羞殺蒼頭不義侯

第三十五卷　徐老僕義憤成家

犬馬猶然知戀主，況于列在生人。爲奴一日主人身，情恩同父子，名分等君臣。

主若虐奴非正道，奴如欺主傷倫。能爲義僕是良民，盛衰無改節，史册可傳神。

說這唐玄宗時，有一官人，姓蕭名穎士，字茂挺，蘭陵人氏。自幼聰明好學，該博三教九流，貫串諸子百家。上自天文，下至地理，無所不通，無有不曉。真個胸中書富五車，筆下句高千古。年方一十九歲，高掇巍科，名傾朝野，是一個廣學的才子。家中有個僕人，名唤杜亮。那杜亮自蕭穎士數齡時，就在書房中服事起來。若有驅使，奮勇直前，水火不避，身邊并無半文私蓄。陪伴蕭穎士讀書時，不待分付，自去千方百計，預先尋覓下果品飲饌供奉。有時或烹甌茶兒助他清思，或暖杯酒兒節他辛苦。整夜直服事到天明，從不曾打個瞌睡。如見蕭穎士讀到得意之處，他在旁也十分歡喜。

那蕭穎士般般皆好，件件俱美，只有兩樁兒毛病。你道是那兩樁？第一件乃是恃才傲物，不把人看在眼内。纔登仕籍，便去衝撞了當朝宰相。那宰相若是個有度量的，還恕得他過，又正衝撞了第一個忌才的李林甫。那李林甫混名叫做李猫兒，平昔不知壞了多少大臣，乃是殺人不見血的劊子手。却去惹他，可肯輕輕放過？被他略施小計，險些連性命都送了。又虧着座主搭救，止削了官職，坐在家裏。第二件是性子嚴急，却像一團烈火，片語不投，即暴躁如雷，兩太陽火星直爆。奴僕稍有差誤，便加捶撻。他的打法，又與別人不同。有甚不同？别人責治家奴，定然計其過犯大小，討個板子，教人行杖，或打一十，或打二十，分個輕重。惟有蕭穎士，不論事體大小，略觸着他的性子，便連聲喝罵，也不用什麽板子，也不要人行杖，親自跳起身來，一把揪翻，隨分掣着一件家火，没頭没腦亂打。憑你什麽人勸解，他也全不作准，直要打個氣息；若不像意，還要咬上幾口，方纔罷手。因是恁般利害，奴僕們懼怕，都四散逃去，單單存得一個杜亮。論起蕭穎士，止存得這個家人種兒，每事只該將就些纔是。誰知他是天生的性兒，使慣的氣兒，打溜的手兒，竟没絲毫更改，依然照舊施行。起先奴僕衆多，還打了那個，空了這個，到得禿禿裏獨有杜亮時，反覺打得勤些。

論起杜亮，遇着這般難理會的家主，也該學衆人逃走去罷了，偏又寸步不離，甘心受他的責罰。常常打得皮開肉綻，頭破血淋，也再無一點退悔之念，一句怨恨之言。打罷起來，整一整衣裳，忍着疼痛，依原在旁答應。

說話的，據你說，杜亮這等奴僕，莫說千中選一，就是走盡天下，也尋不出個對兒。這蕭穎士又非黑漆皮燈，泥塞竹管，是那一竅不通的蠢物；他須是身登黃甲，位列朝班，讀破萬卷，明理的才人，難道恁般不知好歹，一味蠻打，没一點仁慈改悔之念不成？看官有所不知，常言道得好：「江山易改，稟性難移。」那蕭穎士平昔原愛杜亮小心馴謹，打過之後，深自懊悔道：「此奴隨我多年，并無十分過失，如何只管將他這樣毒打？今後斷然不可！」到得性發之時，不覺拳脚又輕輕的生在他身上去了。這也不要單怪蕭穎士性子急躁，誰教杜亮剛聞得叱喝一聲，恰如小鬼見了鍾馗一般，撲秃的兩條腿就跪倒在地。蕭穎士本來是個好打人的，見他做成這個要打局面，少不得奉承幾下。

杜亮有個遠族兄弟杜明，就住在蕭家左邊，因見他常打得這個模樣，心下到氣不過，攛掇杜亮道：「凡做奴僕的，皆因家貧力薄，自難成立，故此投靠人家。一來貪圖現成衣食，二來指望家主有個發迹日子，帶挈風光，摸得些東西做個小小家業，快活下半世。像阿哥如今隨了這措大，早晚辛勤服事，竭力盡心，并不見一些好處，只落得常受他凌辱痛楚。恁樣不知好歉的人，跟他有何出息？他家許多人都存住不得，各自四散去了，你何不也別了他，另尋頭路？有多少不如你的，投了大官府人家，吃好穿好，還要作成趁一貫兩貫。走出衙門前，誰不奉承？那邊纔叫『某大叔，有些小事相煩』，還未答應時，這邊又叫『某大叔，我也有件事兒勞動』。真個應接不暇，何等興頭。若是阿哥這樣，肚裏又明白，筆下又來得，做人且又温存小心，走到勢要人家，怕道不是重用？你那措大，雖然中個進士，發利市就與李丞相作對，被他弄來坐在家中，料道也没個起官的日子，有何撇不下，定要與他纏帳？」

杜亮道：「這些事，我豈不曉得？若有此念，早已去得多年了，何待吾弟今日勸諭。古語云：『良臣擇主而事，良禽擇木而栖。』奴僕雖是下賤，也要擇個好使頭。像我主人，止是性子躁急，除此之外，只怕捨了他，没處再尋得第二個出來。」杜明道：「滿天下無數官員宰相、貴戚豪家，豈有反不如你主人這個窮官？」杜亮道：「他們有的，不過是爵位、金銀二事。」杜明道：「只這兩樁儘勾了，還要怎樣？」杜亮道：「那爵位乃虚花之事，金銀是臭污之物，有甚希罕？如何及得我主人這般高才絶學，拈起筆來，頃刻萬言，不要打個稿兒。真個煙雲繚繞，華彩繽紛。我所戀戀不捨者，單愛他這一件耳。」杜明聽得説出愛他的才學，不覺呵呵大笑道：「且問阿哥，你既愛他的才學，到饑時可將來當得飯吃，冷時可作得衣穿麽？」杜亮道：「你又説笑話，才學在他腹中，如何濟得我的飢寒？」杜明道：「却元來又救不得你的饑，又遮不得你的寒，愛他何用？當今有爵位的，尚然只喜趨權附勢，没一個肯憐才惜學。你我是個下人，但得飽食暖衣，尋覓些錢鈔做家，乃是本等；却這般迂闊，愛什麽才學，情願受其打駡，可不是個呆子！」【眉批】有爵位者不知憐才惜學，而憐惜反出自僕人。才人學士，至此可隕涕矣。杜亮笑道：「金銀，我命裏不曾帶來，不做這個指望，還只是守舊。」杜明道：「想是打得你不爽利，故此尚要捱他的棍棒。」杜亮道：「多承賢弟好情，可憐我做兄的，但我主這般博奥才學，總然打死，也甘心服事他。」遂不聽杜明之言，仍舊跟隨蕭穎士。

不想今日一頓拳頭，明日一頓棒子，打不上幾年，把杜亮打得漸漸遍身疼痛，口内吐血，成了個傷癆症候。初時還勉强趨承，次後打熬不過，半眠半起。又過幾時，便久卧床席。那蕭穎士見他嘔血，情知是打上來的，心下十分懊悔，還指望有好的日子。請醫調治，親自煎湯送藥。捱了兩月，嗚呼哀哉！蕭穎士想起他平日的好處，只管涕泣，備辦衣棺埋葬。蕭穎士日常虧杜亮服事慣了，到得死後，十分不便，央人四處尋覓僕從，因他打人的名頭出了，那個肯來跟隨？就有個肯跟他的，也不中其意。有時讀書到忘懷之處，還認做杜亮在傍，擡頭不見，便掩卷而泣。後來蕭穎士知得了杜亮當日不從杜明這班説話，不覺氣咽胸中，淚如泉湧，大叫一聲：「杜亮！我讀了一世的書，不曾遇着個憐才之人，終身淪落。誰想你到是我的知己，却又有眼無珠，枉送了你性命，我之罪也！」【眉批】説得痛切，可泣，可嘆。言還未畢，口中的鮮血往外直噴，自此也成了個嘔血之疾。將書籍盡皆焚化，口中不住的喊叫杜亮，病了數月，也歸大夢。遺命教還杜亮與他同葬。【眉批】得此知己同穴，九泉可瞑目矣。有詩爲證：

納賄趨權步步先，高才曾見幾人憐。
當路若能如杜亮，草萊安得有遺賢？

説話的，這杜亮愛才戀主，果是千古奇人。然看起來，畢竟還帶些腐氣，未爲全美。若有别椿希奇故事，異樣話文，再講回出來。列位看官穩坐着，莫要性急，適來小子道這段小故事，原是入話，還未曾説到正傳。那正傳却也是個僕人。他比杜亮更是不同，曾獨力與孤孀主母，挣起個天大家事，替主母嫁三個女兒，與小主人娶兩房娘子，到得死後，并無半文私蓄，至今名垂史册。待小子慢慢的道來，勸諭那世間爲奴僕的，也學這般盡心盡力幫家做活，傳個美名；莫學那樣背恩反噬，尾大不掉的，被人唾駡。

你道這段話文，出在那個朝代？什麽地方？元來就在本朝嘉靖爺年間，浙江嚴州府淳安縣，離城數里，有個鄉村，名曰錦沙村。村上有一姓徐的莊家，恰是弟兄三個。大的名徐言，次的名徐召，各生得一子；第三個名徐哲，渾家顔氏，到生得二男三女。他弟兄三人，奉着父親遺命，合鍋兒吃飯，并力的耕田。挣下一頭牛兒，一騎馬兒。又有一個老僕，名叫阿寄，年已五十多歲，夫妻兩口，也生下一個兒子，還只有十來歲。那阿寄也就是本村生長，當先因父母喪了，無力殯殮，故此賣身在徐家。爲人忠謹小心，朝起晏眠，勤於種作。徐言的父親大得其力，每事優待。到得徐言輩掌家，見他年紀有了，便有些厭惡之意。那阿寄又不達時務，遇着徐言弟兄行事有不到處，便苦口規諫。徐哲尚肯服善，聽他一兩句，【眉批】起手便與徐哲有緣。那徐言、徐召是個自作自用的性子，反怪他多嘴擦舌，高聲叱喝，有時還要奉承幾下消食拳頭。阿寄的老婆勸道：「你一把年紀的人了，諸事只宜退縮算。他們是後生家世界，時時新局局變，由他自去主張罷了，何苦定要多口，常討恁樣凌辱！」阿寄道：「我受老主之恩，故此不得不説。」婆子道：「累説不聽，這也怪不得你了！」自此阿寄聽了老婆言語，緘口結舌，再不干預其事，也省了好些耻辱。正合着古人兩句言語，道是：

閉口深藏舌，安身處處牢。

不則一日，徐哲忽地患了個傷寒症候，七日之間，即便了帳。那時就哭殺了顏氏母子，少不得衣棺盛殮，做些功果追薦。過了兩月，徐言與徐召商議道：「我與你各只一子，三兄弟到有兩男三女，一分就抵着我們兩分。便是三兄弟在時，一般耕種，還算計不就，何况他已死了。我們日夜吃辛吃苦挣來，却養他一窩子吃死飯的。如今還是小事，到得長大起來，你我兒子婚配了，難道不與他婚男嫁女，豈不比你我反多去四分？【眉批】小人之見，安知大體。意欲即今三股分開，撇脱了這條爛死蛇，由他們有得吃，没得吃，可不與你我没干涉了。只是當初老官兒遺囑，教道莫要分開，今若違了他言語，被人談論，却怎地處？」那時徐召若是個有仁心的，便該勸徐言休了這念纔是。誰知他的念頭，一發起得久了，聽見哥子説出這話，正合其意，乃答道：「老官兒雖有遺囑，不過是死人説話了，須不是聖旨，違背不得的。【眉批】真不肖。况且我們的家事，那個外人敢來談論！」徐言連稱有理，即將田産家私，暗地配搭停當，只揀不好的留與侄子。徐言又道：「這牛馬却怎地分？」徐召沉吟半晌，乃道：「不難。那阿寄夫妻年紀已老，漸漸做不動了，活時到有三個吃死飯的，死了又要賠兩口棺木，把他也當作一股，派與三房裏，卸了這干係，可不是好？」

計議已定，到次日備些酒肴，請過幾個親鄰坐下，又請出顔氏并兩個侄兒。那兩個孩子，大的纔得七歲，喚做福兒，小的五歲，叫做壽兒，隨着母親，直到堂前，連顔氏也不知爲甚緣故。只見徐言弟兄立起身來道：「列位高親在上，有一言相告。昔年先父原没甚所遺，【眉批】昧心語。多虧我弟兄挣得些小産業，只望弟兄相守到老，傳至子侄這輩分析。不幸三舍弟近日有此大變，弟婦又是個女道家，不知産業多少。况且人家消長不一，到後邊多挣得，分與舍侄便好；萬一消乏了，那時只道我們有甚私弊，欺他孤兒寡婦，反傷骨肉情義了。故此我兄弟商量，不如趁此完美之時，分作三股，各自領去營運，省得後來争多競少，特請列位高親來作眼。」遂向袖中摸出三張分書來，説道：「總是一樣配搭，至公無私，只勞列位着個花押。」

顔氏聽説要分開自做人家，眼中撲簌簌珠淚交流，哭道：「二位伯伯，我是個孤孀婦人，兒女又小，就是没脚蟹一般，如何撑持的門户？昔日公公原分付莫要分開，還是二位伯伯總管在那裏，扶持兒女大了，但憑胡亂分些便罷，决不敢争多競少。」徐召道：「三娘子，天下無有不散筵席，就合上一千年，少不得有個分開日子。公公乃過世的人了，他的説話，那裏作得准。大伯昨日要把牛馬分與你。我想侄兒又小，那個去看養，故分阿寄來幫扶。他年紀雖老，筋力還健，賽過一個後生家種作哩。那婆子績麻紡綫，也不是吃死飯的。這孩子再耐他兩年，就可下得田了，你不消愁得。」【眉批】私心偏駕公道，小人之言不足憑如此。顏氏見他弟兄如此，明知已是做就，料道拗他不過，一味啼哭。那些親鄰看了分書，雖曉得分得不公道，都要做好好先生，那個肯做閒冤家，出尖說話，一齊着了花押，勸慰顏氏收了進去，入席飲酒。有詩爲證：

分書三紙語從容，人畜均分稟至公。
老僕不如牛馬用，擁孤孀婦泣西風。

却說阿寄，那一早差他買東買西，請張請李，也不曉得又做甚事體。恰好在南村去請個親戚，回來時裏邊事已停妥，剛至門口，正遇見老婆。那婆子恐他曉得了這事，又去多言多語，扯到半邊，分付道：「今日是大官人分撥家私，你休得又去閒管，討他的怠慢！」阿寄聞言，吃了一驚，說道：「當先老主人遺囑，不要分開，如何見三官人死了，就撇開這孤兒寡婦，教他如何過活？我若不說，再有何人肯說？」轉身就走。婆子又扯住道：「清官也斷不得家務事，適來許多親鄰都不開口，你是他手下人，又非甚麼高年族長，怎好張主？」阿寄道：「話雖有理，但他們分得公道，便不開口；若有些欺心，就死也說不得，也要講個明白。」又問道：「可曉得分我在那一房？」婆子道：「這到不曉得。」

阿寄走到堂前，見衆人吃酒，正在高興，不好遽然問得，站在旁邊。間壁一個鄰家擡頭看見，便道：「徐老官，你如今分在三房裏了。他是孤孀娘子，須是竭力幫助便好。」阿寄隨口答道：「我年紀已老，做不動了。」口中便説，心下暗轉道：「元來撥我在三房裏，一定他們道我没用了，借手推出的意思。我偏要争口氣，掙個事業起來，也不被人恥笑。」遂不問他們分析的事，一徑轉到顔氏房門口，聽得在内啼哭。阿寄立住脚聽時，顔氏哭道：「天阿！只道與你一竹竿到底，白頭相守，那裏説起半路上就抛撇了，遺下許多兒女，無依無靠；還指望倚仗做伯伯的扶養長大，誰知你骨肉未寒，便分撥開來。如今教我没投没奔，怎生過日？」又哭道：「就是分的田産，他們通是亮裏，我是暗中，憑他們分派，那裏知得好歹？只一件上，已見他們的腸子狠了。那牛兒可以耕種，馬兒可雇倩與人，只揀兩件有利息的拿了去，却推兩個老頭兒與我，反要費我的衣食。」

那老兒聽了這話，猛然揭起門簾，叫道：「三娘，你道老奴單費你的衣食，不及馬牛的力麽？」顔氏魆地裏被他鑽進來説這句話，到驚了一跳，收淚問道：「你怎地説？」阿寄道：「那牛馬每年耕種雇倩，不過有得數兩利息，還要賠個人去喂養跟隨。若論老奴，年紀雖有，精力未衰，路還走得，苦也受得。那經商道業，雖不曾做，也都明白。三娘急急收拾些本錢，待老奴出去做些生意，一年幾轉，其利豈不勝似馬牛數倍？就是我的婆子，平昔又勤於紡織，亦可少助薪水之費。那田產莫管好歹，把來放租與人，討幾擔穀子，做了椿主，三娘同姐兒們，也做些活計，將就度日，不要動那貲本。營運數年，怕不掙起個事業？何消愁悶。」顏氏見他説得有些來歷，乃道：「若得你如此出力，可知好哩。但恐你有了年紀，受不得辛苦。」阿寄道：「不瞞三娘説，老便老，健還好，眠得遲，起得早。只怕後生家還赶我不上哩！這到不消慮得。」顏氏道：「你打帳做甚生意？」阿寄道：「大凡經商，本錢多便大做，本錢少便小做。須到外邊去看，臨期着便，見景生情，只揀有利息的就做，不是在家論得定的。」顏氏道：「説得有理，待我計較起來。」阿寄又討出分書，將分下的家火，照單逐一點明，搬在一處，然後走至堂前答應。衆親鄰直飲至晚方散。

次日，徐言即喚個匠人，把房子兩下夾斷，教顏氏另自開個門户出入。顏氏一面整頓家中事體，自不必説。一面將簪釵衣飾，悄悄教阿寄去變賣，共湊了十二兩銀子。顏氏把來交與阿寄道：「這些少東西，乃我盡命之資，一家大小俱在此上。今日交付與你，大利息原不指望，但得細微之利也就勾了。臨事務要斟酌，路途亦宜小心，切莫有始無終，反被大伯們耻笑。」口中便説，不覺淚隨言下。阿寄道：「但請放心，老奴自有見識在此，管情不負所托。」顏氏又問道：「還是幾時起身？」阿寄道：「本錢已有了，明早就行。」顏氏道：「可要揀個好日？」阿寄道：「我出去做生意，便是好日了，何必又揀？」【眉批】暮年而有生氣，何事不成！即把銀子藏在兜肚之中，走到自己房裏，向婆子道：「我明早要出門去做生意，可將舊衣舊裳，打叠在一處。」

元來阿寄止與主母計議，連老婆也不通他知得。這婆子見驀地説出那句話，也覺駭然，問道：「你往何處去？做甚生意？」阿寄方把前事説與。那婆子道：「阿呀！這是那裏説起！你雖然一把年紀，那生意行中從不曾着脚，却去弄虛頭，説天話，兜攬這帳。孤孀娘子的銀兩是苦惱東西，莫要把去弄出個話靶，連累他没得過用，豈不終身抱怨？不如依着我，快快送還三娘，拚得早起晏眠，多吃些苦兒，照舊耕種幫扶，彼此到得安逸。」阿寄道：「婆子家曉得什麽，只管胡言亂語！那見得我不會做生意，弄壞了事？要你未風先雨。」遂不聽老婆，自去收拾了衣服被窩。却没個被囊，只得打個包兒，又做起一個纏袋，準備些乾糧。又到市上買了一頂雨傘，一雙麻鞋，打點完備。次早先到徐言、徐召二家説道：「老奴今日要往遠處去做生意，家中無人照管，雖則各分門户，還要二位官人早晚看顧。」徐言二人聽了，不覺暗笑，答道：「這倒不消你叮囑，只要賺了銀子回來，送些人事與我們。」阿寄道：「這個自然。」轉到家中，吃了飯食，作別了主母，穿上麻鞋，背着包裹雨傘，又分付老婆，早晚須是小心。臨出門，顏氏又再三叮嚀，阿寄點頭答應，大踏步去了。

且說徐言弟兄，等阿寄轉身後，都笑道：「可笑那三娘子好没見識，有銀子做生意，却不與你我商量，倒聽阿寄這老奴才的説話。我想他生長已來，何曾做慣生意？哄騙孤孀婦人的東西，自去快活。這本錢可不白白送落！」徐召道：「便是當初合家時，却不把出來營運，如今纔分得，即教阿寄做客經商。我想三娘子又没甚妝奩，這銀兩定然是老官兒存日，三兄弟剋剥下的，今日方纔出豁。【眉批】以己心度人心。總之，三娘子瞞着你我做事，若説他不該如此，反道我們妒忌了。且待阿寄折本回來，那時去笑他。」正是：

雲端看厮殺，畢竟孰輸赢？
路遥知馬力，日久見人心。

再説阿寄離了家中，一路思想：「做甚生理便好？」忽地轉着道：「聞得販漆這項道路頗有利息，况又在近處，何不去試他一試？」定了主意，一徑直至慶雲山中。元來採漆之處，原有個牙行，阿寄就行家住下。那販漆的客人却也甚多，都是挨次兒打發。阿寄想道：「若慢慢的挨去，可不擔閣了日子，又費去盤纏。」心生一計，捉個空，扯主人家到一村店中，買三杯請他，説道：「我是個小販子，本錢短少，守日子不起的，望主人家看鄉里分上，怎地設法先打發我去。那一次來，大大再整個東道請你。」也是數合當然，那主人家却正撞着是個貪杯的，吃了他的軟口湯，不好回得，一口應承。當晚就往各村户湊足其數，裝裹停當，恐怕客人們知得嗔怪，到寄在鄰家放下，次日起個五更，打發阿寄起身。

那阿寄發利市，就得了便宜，好不喜歡。教脚夫挑出新安江口，又想道：「杭州離此不遠，定賣不起價錢。」遂雇船直到蘇州。正遇在缺漆之時，見他的貨到，猶如寶貝一般，不勾三日，賣個乾净。一色都是見銀，并無一毫賒帳。除去盤纏使用，足足賺個對合有餘，暗暗感謝天地，即忙收拾起身。又想道：「我今空身回去，須是趁船，這銀兩在身邊，反擔干係。何不再販些别樣貨去，多少尋些利息也好。」打聽得楓橋秈米到得甚多，登時落了幾分價錢，乃道：「這販米生意，量來必不吃虧。」遂糴了六十多擔秈米，載到杭州出脱。那時乃七月中旬，杭州有一個月不下雨，稻苗都乾壞了，米價騰湧。阿寄這載米，又值在巧裏，每一挑長了二錢，又賺十多兩銀子。自言自語道：「且喜做來生意，頗頗順溜，想是我三娘福分到了。」却又想道：「既在此間，怎不去問問漆價？若與蘇州相去不遠，也省好些盤纏。」細細訪問時，比蘇州反勝。

你道爲何？元來販漆的，都道杭州路近價賤，俱往遠處去了，杭州到時常短缺。常言道：「貨無大小，缺者便貴。」故此比別處反勝。

阿寄得了這個消息，喜之不勝，星夜赶到慶雲山，已備下些小人事，送與主人家，依舊又買三杯相請。那主人家得了些小便宜，喜逐顔開，一如前番，悄悄先打發他轉身。到杭州也不消三兩日，就都賣完。計算本利，果然比起先這一帳又多幾兩，只是少了那回頭貨的利息。乃道：「下次還到遠處去。」與牙人算清了帳目，收拾起程，想道：「出門好幾時了，三娘必然挂念，且回去回覆一聲，也教他放心。」又想道：「總是收漆，要等候兩日；何不先到山中，將銀子教主人家一面先收，然後回家，豈不兩便。」定了主意，到山中把銀兩付與牙人，自己赶回家去。正是：

先收漆貨兩番利，初出茅廬第一功。

且說顔氏自阿寄去後，朝夕懸挂，常恐他消折了這些本錢，懷着鬼胎。耳根邊又聽得徐言弟兄在背後擴脣簸嘴，愈加煩惱。一日正在房中悶坐，忽見兩個兒子亂喊進來道：「阿寄回家了。」顔氏聞言，急走出房，阿寄早已在面前。他的老婆也隨在背後。阿寄上前，深深唱個大喏。顔氏見了他，反增着一個蹬心拳頭，胸前突突的亂跳，誠恐説出句掃興話來，便問道：「你做的是什麽生意？可有些利錢？」那阿寄叉手不離方寸，不慌不忙的説道：「一來感謝天地保佑，二來托賴三娘洪福，做的却是販漆生意，賺得五六倍利息。如此如此，這般這般，恐怕三娘放心不下，特歸來回覆一聲。」顏氏聽罷，喜從天降，問道：「如今銀子在那裏？」阿寄道：「已留與主人家收漆，不曾帶回，我明早就要去的。」那時合家歡天喜地。阿寄住了一晚，次日清早起身，别了顏氏，又往慶雲山去了。

且説徐言弟兄，那晚在鄰家吃社酒醉倒，故此阿寄歸家，全不曉得，到次日齊走過來，問道：「阿寄做生意歸來，趁了多少銀子？」顏氏道：「好教二位伯伯知得，他一向販漆營生，倒覓得五六倍利息。」徐言道：「好造化！恁樣賺錢時，不勾幾年，便做財主哩。」顏氏道：「伯伯休要笑話，免得飢寒便勾了。」徐召道：「他如今在那裏？出去了幾多時？怎麽也不來見我？這樣没禮。」顏氏道：「今早原就去了。」徐召道：「如何去得恁般急速？」徐言又問道：「那銀兩你可曾見見數麽？」顏氏道：「他説俱留在行家買貨，没有帶回。」徐言呵呵笑道：「我只道本利已到手了，原來還是空口説白話，眼飽肚中飢。耳邊到説得熱烘烘，還不知本在何處，利在那裏，便信以爲真。做經紀的人，左手不托右手，豈有自己回家，銀子反留在外人？據我看起來，多分這本錢弄折了，把這鬼話哄你。」【眉批】二徐所言，亦世情之常，但非所以律寄老耳。徐召也道：

「三娘子，論起你家做事，不該我們多口。但你終是女眷家，不知外邊世務，既有銀兩，也該與我二人商量，買幾畝田地，還是長策。那阿寄曉得做甚生理？却瞞着我們，將銀子與他出去瞎撞。我想那銀兩，不是你的妝奩，也是三兄弟的私蓄，須不是偷來的，怎看得恁般輕易！」二人一吹一唱，說得顏氏啞口無言，心下也生疑惑，委決不下，把一天歡喜，又變爲萬般愁悶。按下此處不題。

再說阿寄這老兒急急赶到慶雲山中，那行家已與他收完，點明交付。阿寄此番不在蘇杭發賣，徑到興化地方，利息比這兩處又好。賣完了貨，却聽得那邊米價一兩三擔，斗斛又大，想起杭州見今荒歉，前次糴客販的去，尚賺了錢，今在出處販去，怕不有一兩個對合？遂裝上一大載米至杭州，准准糶了一兩二錢一石，斗斛上多來，恰好頂着船錢使用。那時到山中收漆，便是大客人了，主人家好不奉承。一來是顏氏命中合該造化，二來也虧阿寄經營伶俐。凡販的貨物，定獲厚利。一連做了幾帳，長有二千餘金。看看捱着殘年，算計道：「我一個孤身老兒，帶着許多財物，不是要處！倘有差跌，前功盡棄。况且年近歲逼，家中必然懸望，不如回去，商議置買些田產，做了根本，將餘下的再出來運弄。」

此時他出路行頭，諸色畵備。把銀兩逐封緊緊包裹，藏在順袋中。水路用舟，陸路雇馬，晏行早歇，十分小心。非止一日，已到家中，把行李馱入。婆子見老公回了，便去報知顏氏。那顏氏一則以喜，一則以懼。所喜者，阿寄回來；所懼者，未知生意長短若何。因向日被徐言弟兄奚落了一場，這番心裏比前更是着急。三步并作兩步，奔至外廂，望見了這堆行李，料道不像個折本的，心上就安了一半。終是忍不住，便問道：「這一向生意如何？銀兩可曾帶回？」阿寄近前見了個禮，説道：「三娘不要性急，待我慢慢的細説。」教老婆頂上中門，把行李盡搬至顏氏房中打開，將銀子逐封交與顏氏。顏氏見着許多銀兩，喜出望外，連忙開箱啓籠收藏。阿寄方把往來經營的事説出。顏氏因怕惹是非，徐言當日的話，(二)一句也不説與他知道，但連稱：「都虧你老人家氣力了，且去歇息則個。」【眉批】顏氏謹言忍氣，亦像個守財主母。又分付：「倘大伯們來問起，不要與他講真話。」阿寄道：「老奴理會得。」

正話間，外面鬧鬧聲叩門，原來却是徐言弟兄聽見阿寄歸了，特來打探消耗。阿寄上前作了兩個揖。徐言道：「前日聞得你生意十分旺相，今番又趁若干利息？」阿寄道：「老奴托賴二位官人洪福，除了本錢盤費，乾净趁得四五十兩。」徐召道：「阿呀！前次便説有五六倍利了，怎地又去了許多時，反少起來？」徐言道：「且不要問他趁多趁少，只是銀子今次可曾帶回？」阿寄道：「已交與三娘了。」二人便不言語，轉身出去。

再説阿寄與顔氏商議，要置買田産，悄地央人尋覓。大抵出一個財主，生一個敗子。【眉批】「出一個財主，便生一個敗子」，此其故何也？請做財主的自想。那錦沙村有個晏大户，家私豪富，田産廣多，單生一子，名爲世保，取世守其業的意思。誰知這晏世保專於闞賭，把那老頭兒活活氣死。合村的人道他是個敗子，將晏世保三字，順口改爲「獻世寶」。那獻世寶同着一班無藉，朝歡暮樂，弄完了家中財物，漸漸摇動産業。道是零星賣來不勾用，索性賣一千畝，討價三千餘兩，又要一注兒交銀。那村中富者雖有，一時凑不起許多銀子，無人上樁。延至歲底，獻世寶手中越覺乾逼，情願連一所莊房，只要半價。阿寄偶然聞得這個消息，即尋中人去，討個經帳。恐怕有人先成了去，就約次日成交。獻世寶聽得有了售主，好不歡喜。平日一刻也不着家的，偏這日足迹不敢出門，呆呆的等候中人同往。

且説阿寄料道獻世寶是愛吃東西的，清早便去買下佳肴美醖，唤個厨夫安排，又向顔氏道：「今日這場交易，非同小可。三娘是個女眷家，兩位小官人又幼，老奴又是下人，只好在旁説話，難好與他抗禮。須請間壁大官人弟兄來作眼，方是正理。」【眉批】又是阿寄知大體處。顔氏道：「你就過去請一聲。」阿寄即到徐言門首，弟兄正在那裏說話。阿寄道：「今日三娘買幾畝田地，特請二位官人來張主。」二人口中雖然答應，心内又怪顔氏不托他尋覓，好生不樂。徐言說道：「既要買田，如何不托你我，又教阿寄張主。直至成交，方纔來說。只是這村中，没有什麽零星田賣。」徐召道：「不必猜疑，少頃便見着落了。」二人坐於門首，等至午前光景，只見獻世寶同着幾個中人，兩個小廝，拿着拜匣，一路拍手拍脚的笑來，望着間壁門内齊走進去。徐言弟兄看了，倒吃一嚇，都道：「咦，好作怪！聞得獻世寶要賣一千畝田，實價三千餘兩，不信他家有許多銀子？難道獻世寶又零賣一二十畝？」疑惑不定，隨後跟入。相見已罷，分賓而坐。

阿寄向前說道：「晏官人，田價昨日已是言定，一依分付，不敢斷少。晏官人也莫要節外生枝，又更他說。」獻世寶亂嚷道：「大丈夫做事，一言已出，駟馬難追，若又有他說，便不是人養的了。」阿寄道：「既如此，先立了文契，然後兑銀。」那紙墨筆硯，準備得停停當當，拿過來就是。獻世寶拈起筆，盡情寫了一紙絶契，又道：「省得你不放心，先畫了花押，何如？」阿寄道：「如此更好。」徐言弟兄看那契上，果是一千畝田，一所莊房，實價一千五百兩。嚇得二人面面相覷，伸出了舌頭，半日也縮不上去，都暗想道：「阿寄做生意總是趁錢，也趁不得這些！莫不做强盗打劫的，或是掘着了藏？好生難猜。」中人着完花押，阿寄收進去交與顔氏。他已先借下一副天秤法馬，提來放在卓上，與顔氏取出銀子來兑，一色都是粉塊細絲。徐言、徐召眼内放出火來，喉間煙也直冒，恨不得推開衆人，通搶回去。不一時兑完，擺出酒肴，飲至更深方散。

次日，阿寄又向顔氏道：「那莊房甚是寬大，何不搬在那邊居住？收下的稻子，也好照管。」顔氏曉得徐言弟兄妒忌，也巴不能遠開一步，便依他説話，選了新正初六，遷入新房。阿寄又請個先生，教兩位小官人讀書。大的取名徐寬，次的名徐宏，家中收拾得十分次第。那些村中人見顔氏買了一千畝田，都傳説掘了藏，銀子不計其數，連坑厠説來都是銀的，誰個不來趨奉。

再説阿寄將家中整頓停當，依舊又出去經營。這番不專於販漆，但聞有利息的便做。家中收下米穀，又將來騰那。十年之外，家私巨富。那獻世寶的田宅，盡歸於徐氏。門庭熱閙，牛馬成群，婢僕雇工人等，也有整百，好不興頭！正是：

富貴本無根，盡從勤裏得。
請觀懶惰者，面帶飢寒色。

那時顔氏三個女兒，都嫁與一般富户。徐寬、徐宏也各婚配。一應婚嫁禮物，盡是阿寄支持，不費顏氏絲毫氣力。他又見田產廣多，差役煩重，與徐寬弟兄俱納個監生，優免若干田役。顏氏也與阿寄兒子完了姻事；又見那老兒年紀衰邁，留在家中照管，不肯放他出去，又派個馬兒與他乘坐。那老兒自經營以來，從不曾私吃一些好飲食，也不曾私做一件好衣服，寸絲尺帛，必禀命顏氏，方纔敢用。且又知禮數，不論族中老幼，見了必然站起。或乘馬在途中遇着，便跳下來閃在路傍，讓過去了，然後又行。因此遠近親鄰，没一人不把他敬重。就是顏氏母子，也如尊長看承。那徐言、徐召雖也掙起些田產，比着顏氏，尚有天淵之隔，終日眼紅頸赤。那老兒揣知二人意思，勸顏氏各助百金之物。又築起一座新墳，連徐哲父母，一齊安葬。

那老兒整整活到八十，患起病來，顏氏要請醫人調治，那老兒道：「人年八十，死乃分内之事，何必又費錢鈔。」執意不肯服藥。顏氏母子不住在床前看視，一面準備衣衾棺椁。病了數日，勢漸危篤，乃請顏氏母子到房中坐下，説道：「老奴牛馬力已少盡，死亦無恨，只有一事越分張主，不要見怪！」顏氏垂淚道：「我母子全虧你氣力，方有今日，有甚事體，一憑分付，决不違拗。」那老兒向枕邊摸出兩紙文書，遞與顏氏道：「兩位小官人年紀已長，後日少不得要分析，倘那時嫌多道少，便傷了手足之情。故此老奴久已將一應田房財物等件均分停當，今日交付與二位小官人，各自去管業。」又叮囑道：「那奴僕中難得好人，諸事須要自己經心，切不可重托。」顏氏母子，含淚領命。他的老婆兒子，都在床前啼啼哭哭，也囑付了幾句，忽地又道：「只有大官人二官人，不曾面别，終是欠事，可與我去請來。」顏氏即差個家人去請。徐言、徐召説道：「好時不直得幫扶我們，臨死却來思想，可不扯淡！不去不去！」那家人無法，只得轉身。却見徐宏親自奔來相請，二人滅不過侄兒面皮，勉强隨來。那老兒已説話不出，把眼看了兩看，點點頭兒，奄然而逝。他的老婆兒媳啼哭，自不必説。只這顏氏母子俱放聲號慟，便是家中大小男女，念他平日做人好處，也無不下淚。惟有徐言、徐召反有喜色。可憐那老兒：

辛勤好似蠶成繭，繭老成絲蠶命休。
又似採花蜂釀蜜，甜頭到底被人收。

顏氏母子哭了一回，出去支持殮殯之事。徐言、徐召看見棺木堅固，衣衾整齊，扯徐寬弟兄到一邊，説道：「他是我家家人，將就些罷了！如何要這般好斷送？就是當初你家公公與你父親，也没恁般齊整！」徐寬道：「我家全虧他掙起這些事業，若薄了他，肉心上也打不過去。」徐召笑道：「你老大的人，還是個呆子！這是你母子命中合該有此造化，豈真是他本事掙來的哩！還有一件，他做了許多年數，剋剥的私房，必然也有好些，怕道没得結果，你却挖出肉裏錢來，與他備後事。」徐宏道：「不要冤枉壞人！我看他平日，一釐一毫都清清白白交與母親，并不見有什麽私房。」徐召又道：「做的私房，藏在那裹，難道把與你看不成？若不信時，如今將他房中一檢，極少也有整千銀子。」徐寬道：「總有也是他掙下的，好道拿他的不成？」徐言道：「雖不拿他的，見個明白也好。」

徐寬弟兄被二人説得疑疑惑惑，遂聽了他，也不通顏氏知道，一齊走至阿寄房中，把婆子們哄了出去，閉上房門，開箱倒籠，遍處一搜，只有幾件舊衣舊裳，那有分文錢鈔！【眉批】寄老心事愈明。徐召道：「一定藏在兒子房裏，也去一檢。」尋出一包銀子，不上二兩。包中有個帳兒，徐寬仔細看時，還是他兒子取妻時，顏氏助他三兩銀子，用剩下的。徐宏道：「我説他没有什麽私房，却定要來看！還不快收拾好了，倘被人撞見，反道我們器量小了。」徐言、徐召自覺乏趣，也不別顏氏，徑自去了。【眉批】以小人之心待人，以小人之爲教人，言、召真小人哉。

徐寬又把這事學向母親，愈加傷感，令合家挂孝，開喪受吊，多修功果追薦。七終之後，即安葬於新墳傍邊。祭葬之禮，每事從厚。顏氏主張將家産分一股與他兒子，自去成家立業，奉養其母。又教兒子們以叔侄相稱。此亦見顏氏不泯阿寄恩義的好處。那合村的人，將阿寄生平行誼具呈府縣，要求旌獎，以勸後人，府縣又查勘的實，申報上司，具疏奏聞。朝廷旌表其閭。至今徐氏子孫繁衍，富冠淳安。詩云：

年老筋衰遜馬牛，千金致産出人頭。
托孤寄命真無愧，羞殺蒼頭不義侯。

【校記】

〔一〕「徐言」，底本作「徐吉」，據衍慶堂本改，《奇觀》同衍慶堂本。

金印將軍酒量高
綠林暴客氣燥豪
無情波浪兼天湧
疑是胥江起怒濤

報仇雪恥是男兒誰道裙
釵有執持堪嘆硜硜真小
諒不成一事枉嗟咨

第三十六卷　蔡瑞虹忍辱報仇

酒可陶情適性，兼能解悶消愁。三杯五盞樂悠悠，痛飲翻能損壽。謹厚化成兇險，精明變作昏流。禹疏儀狄豈無由？狂藥使人多咎。

這首詞，名爲《西江月》，是勸人節飲之語。今日説一位官員，只因貪杯上，受了非常之禍。話説這宣德年間，南直隸淮安府淮安衛，有個指揮姓蔡名武，家資富厚，婢僕頗多。平昔別無所好，偏愛的是杯中之物，若一見了酒，連性命也不相顧，人都叫他做「蔡酒鬼」。因這件上，罷官在家。不但蔡指揮會飲，就是夫人田氏，却也一般善酌，二人也不像個夫妻，到像兩個酒友。偏生奇怪，蔡指揮夫妻都會飲酒，生得三個兒女，却又酒滴不聞。那大兒蔡韜，次子蔡略，年紀尚小。女兒到有一十五歲，生時因見天上有一條虹霓，五色燦爛，正環在他家屋上，蔡武以爲祥瑞，遂取名叫做瑞虹。那女子生得有十二分顔色，善能描龍畫鳳，刺繡拈花。不獨女工伶俐，且有智識才能，家中大小事體，到是他掌管。因見父母日夕沉湎，時常規諫。蔡指揮那裏肯依？

話分兩頭，且說那時有個兵部尚書趙貴，當年未達時，住在淮安衛間壁，家道甚貧，勤苦讀書，夜夜直讀到鷄鳴方卧。蔡武的父親老蔡指揮，愛他苦學，時常送柴送米，資助趙貴。後來連科及第，直做到兵部尚書。思念老蔡指揮昔年之情，將蔡武特升了湖廣荆襄等處游擊將軍——是一個上好的美缺，特地差人將文憑送與蔡武。

蔡武心中歡喜，與夫人商議，打點擇日赴任。瑞虹道：「爹爹，依孩兒看起來，此官莫去做罷！」蔡武道：「却是爲何？」瑞虹道：「做官的一來圖名，二來圖利，故此千鄉萬里遠去。如今爹爹在家，日日只是吃酒，并不管一毫別事。倘若到任上也是如此，那個把銀子送來？豈不白白裏乾折了盤纏辛苦，路上還要擔驚受怕？就是没得銀子趁，也只算是小事，還有別樣要緊事體擔干係哩！」蔡武道：「除了没銀子趁罷了，還有甚麽干係？」瑞虹道：「爹爹，你一向做官時，不知見過多少了，難道這樣事到不曉得？那游擊官兒，在武職裏便算做美任，在文官上司裏，不過是個守令官。不時衙門伺候，東迎西接，都要早起晏眠。我想你平日在家單管吃酒，自在慣了，倘到那裏，依原如此，豈不受上司責罰？這也還不算利害。或是信地盜賊生發，差撥去捕獲，或者別處地方有警，調遣去出征。那時不是馬上，定是舟中，身披甲冑，手執戈矛，在生死關係之際，倘若一般終日吃酒，豈不把性命送了？不如在家安閒自在，快活過了日子，却去討這樣煩惱吃！」蔡武道：「常言説得好：『酒在心頭，事在肚裏。』難道我真個單吃酒不管正事不成？只爲家中有你掌管，我落得快活，到了任上，你替我不得時，自然着急，不消你擔隔夜憂。況且這樣美缺，别人用銀子謀幹，尚不能勾，如今承趙尚書一片好念，特地差人送上大門，我若不去做，反拂了這一段來意。我自有主意在此，你不要阻當。」瑞虹見父親立意要去，便道：「爹爹既然要去，把酒來戒了，孩兒方纔放心。」蔡武道：「你曉得我是酒養命的，如何全戒得，只是少吃幾杯罷。」遂説下幾句口號：

老夫性與命，全靠水邊酉。
寧可不吃飯，豈可不飲酒。
今聽汝忠言，節飲知謹守。
每常十遍飲，今番一加九。
每常飲十升，今番只一斗。
每常一氣吞，今番分兩口。

每常床上飲，今番下地走。
每常到三更，今番二更後。
再要裁減時，性命不直狗。

且説蔡武次日即教家人蔡勇，在淮關寫了一隻民座船，將衣飾細軟，都打疊帶去，粗重家火，封鎖好了，留一房家人看守，其餘童僕盡隨往任所。又買了許多好酒，帶路上去吃。擇了吉日，備猪羊祭河，作别親戚，起身下船。稍公扯起蓬，由揚州一路進發。

你道稍公是何等樣人？那稍公叫做陳小四，也是淮安府人，年紀三十已外，顧着一班水手，共有七人，唤做白滿、李鬍子、沈鐵甏、秦小元、何蠻二、余蛤蚆、凌歪嘴。這班人都是兇惡之徒，專在河路上謀劫客商，不想今日蔡武晦氣，下了他的船隻。陳小四起初見發下許多行李，眼中已是放出火來，及至家小下船，又一眼瞧着瑞虹美艷，心中愈加着魂，暗暗算計：「且遠一步兒下手，省得在近處，容易露人眼目。」

不一日，將到黄州，乃道：「此去正好行事了，且與衆兄弟們説知。」走到稍上，對衆水手道：「艙中一注大財鄉，不可錯過，趁今晚取了罷。」衆人笑道：「我們有心多日了，因見阿哥不説起，只道讓同鄉分上，不要了。」陳小四道：「因一路來，没有個好下手處，造化他多活了幾日！」衆人道：「他是個武官出身，從人又衆，不比其他，須要用心。」陳小四道：「他出名的蔡酒鬼，有什麽用？少停，等他吃酒到分際，放開手砍他娘罷了，只饒了這小姐，我要留他做個押艙娘子。」商議停當。少頃，到黄州江口泊住，買了些酒肉，安排起來。衆水手吃個醉飽。揚起滿帆，舟如箭發。那一日正是十五，剛到黄昏，一輪明月，如同白晝。至一空闊之處，陳小四道：「衆兄弟，就此處罷，莫向前了。」霎時間，下蓬扯猫，各執器械，先向前艙而來。迎頭遇着一個家人，那家人見勢頭來得兇險，叫聲：「老爺，不好了！」説時遲，那時快，叫聲未絶，頂門上已遭一斧，翻身跌倒。那些家人，一個個都抖衣而戰，那裏動撣得？被衆强盜刀砍斧切，連排價殺去。

且説蔡武自從下船之後，初時幾日酒還少吃，以後覺道無聊，夫妻依先大酌，瑞虹勸諫不止。那一晚與夫人開懷暢飲，酒量已吃到九分，忽聽得前艙發喊。瑞虹急教丫鬟來看，那丫鬟嚇得寸步難移，叫道：「老爹，前艙殺人哩！」蔡奶奶驚得魂不附體，剛剛立起身來，衆兇徒已赶進艙。蔡武兀自朦朧醉眼，喝道：「我老爺在此，那個敢？」沈鐵甏早把蔡武一斧砍倒。衆男女一齊跪下，道：「金銀任憑取去，但求饒命。」衆人道：「兩件俱是要的。」陳小四道：「也罷！看鄉里情上，饒他砍頭，與他個全尸罷了。」即教快取索子，兩個奔向後艄，取出索子，將蔡武夫妻二子，一齊綁起，止空瑞虹。蔡武哭對瑞虹道：「不聽你言，致有今日。」聲猶未絶，都攛向江中去了。其餘丫鬟等輩，一刀一個，殺個乾净。有詩爲證：

金印將軍酒量高，緑林暴客氣雄豪。
無情波浪兼天湧，疑是胥江起怒濤。

瑞虹見合家都殺，獨不害他，料然必來污辱，奔出艙門，望江中便跳。陳小四放下斧頭，雙手抱住道：「小姐不要驚恐！還你快活。」瑞虹大怒，罵道：「你這班强盗，害了我全家，尚敢污辱我麽？快快放我自盡。」陳小四道：「你這般花容月貌，教我如何捨得？」一頭説，一頭抱入後艙。瑞虹口中千强盗，萬强盗，罵不絶口。衆人大怒道：「阿哥，那裏不尋了一個妻子，却受這賤人之辱！」便要赶進來殺。陳小四攔住道：「衆兄弟，看我分上饒他罷！明日與你陪情。」又對瑞虹道：「快些住口，你若再罵時，連我也不能相救。」瑞虹一頭哭，心中暗想：「我若死了，一家之仇那個去報？且含羞忍辱，待報仇之後，死亦未遲。」方纔住口，跌足又哭，陳小四安慰一番。

衆人已把尸首盡抛入江中，把船揩抹乾净，扯起滿蓬，又使到一個沙洲邊，將箱籠取出，要把東西分派。陳小四道：「衆弟兄且不要忙，趁今日十五團圓之夜，待我做了親，衆弟兄吃過慶喜筵席，然後自由自在均分，豈不美哉！」衆人道：「也説得是。」連忙將蔡武帶來的好酒，打開幾罎，將那些食物東西，都安排起來，團團坐在艙中，點得燈燭輝煌，取出蔡武許多銀酒器，大家痛飲。

陳小四又抱出瑞虹坐在旁邊，道：「小姐，我與你郎才女貌，做對夫妻也不辱抹了你。今夜與我成親，圖個白頭到老。」瑞虹掩着面只是哭。衆人道：「我衆兄弟各人敬阿嫂一杯酒。」便篩過一杯，送在面前。陳小四接在手中，拿向瑞虹口邊道：「多謝衆弟兄之情，你略略沾些兒。」瑞虹那裏採他，把手推開。陳小四笑道：「多謝列位美情，待我替娘子飲罷。」拿起來一飲而盡。秦小元道：「哥不要吃單杯，吃個雙雙到老。」又送過一杯，陳小四又接來吃了，也篩過酒，逐個答還。吃了一會，陳小四被衆人勸送，吃到八九分醉了。衆人道：「我們暢飲，不要難爲新人。哥，先請安置罷。」陳小四道：「既如此，列位再請寬坐，我不陪了。」抱起瑞虹，取了燈火，徑入後艙，放下瑞虹，閉上艙門，便來與他解衣。那時瑞虹身不由主，被他解脱乾凈，抱向床中，任情取樂。可惜千金小姐，落在强徒之手。

暴雨摧殘嬌蕊，狂風吹損柔芽。
那是一宵恩愛，分明夙世冤家。

不題陳小四。且説衆人在艙中吃酒，白滿道：「陳四哥此時正在樂境了。」沈鐵甏道：「他便樂，我們却有些不樂。」秦小元道：「我們有甚不樂？」沈鐵甏道：「同樣做事，他到獨占了第一件便宜。明日分東西時，可肯讓一些麽？」李鬍子道：「你道是樂，我想這一件，正是不樂之處哩。」衆人道：「爲何不樂？」李鬍子道：「常言説得好：『斬草不除根，萌芽依舊發。』殺了他一家，恨不得把我們吞在肚裏，方纔快活，豈肯安心與陳四哥做夫妻？倘到人煙湊聚所在，叫喊起來，衆人性命可不都送在他的手裏！」衆人盡道：「説得是，明日與陳四哥説明，一發殺却，豈不乾净。」答道：「陳四哥今夜得了甜頭，怎肯殺他？」白滿道：「不要與陳四哥説知，悄悄竟行罷。」李鬍子道：「若瞞着他殺了，弟兄情上就到不好開交。我有個兩得其便的計兒在此：趁陳四哥睡着，打開箱籠，將東西均分，四散去快活。陳四哥已受用了一個妙人，多少留幾件與他，後邊露出事來，止他自去受累，與我衆人無干。或者不出醜，也是他的造化。恁樣又不傷了弟兄情分，又連累我們不着，可不好麽？」衆人齊稱道：「好。」立起身把箱籠打開，將出黄白之資，衣飾酒器，都均分了，只揀用不着的留下幾件。各自收拾，打了包裹，把艙門關閉，將船使到一個通官路所在泊住，一齊上岸，四散而去。

篋中黃白皆公器，被底紅香偏得意。
蜜房割去別人甜，狂蜂猶抱花心睡。

且說陳小四專意在瑞虹身上，外邊衆人算計，全然不知。直至次日巳牌時分，方纔起身來看，一人不見，還只道夜來中酒睡着。走至稍上，却又不在，再到前艙去看，那裏有個人的影兒？驚駭道：「他們通往何處去了？」心內疑惑。復走入艙中，看那箱籠俱已打開，逐隻檢看，并無一物，止一隻內存些少東西，并書帖之類。方明白衆人分去，敢怒而不敢言，想道：「是了，他們見我留着這小姐，恐後事露，故都悄然散去。」又想道：「我如今獨自個又行不得這船，住在此，又非長策，倒是進退兩難。欲待上涯，村中覓個人兒幫行，到有人煙之處，恐怕這小姐喊叫出來，這性命便休了。勢在騎虎，留他不得了，不如斬草除根罷。」提起一柄板斧，搶入後艙。

瑞虹還在床上啼哭，雖則淚痕滿面，愈覺千嬌百媚。那賊徒看了，神蕩魂迷，臂垂手軟，把殺人腸子頓時鎔化。一柄板斧，撲禿的落在地下。又騰身上去，捧着瑞虹淫媾。可憐嫩蕊嬌花，怎當得風狂雨驟！那賊徒恣意輕薄了一回，說道：「娘子，我曉得你勞碌了，待我去收拾些飲食與你將息。」跳起身，往艄上打火煮飯。忽地又想起道：「我若迷戀這女子，性命定然斷送，欲要殺他，又不忍下手。罷，罷，只算我晦氣，棄了這船，也向別處去過日。倘有采頭，再覓注錢財，原掙個船兒，依舊快活。那女子留在船中，有命時便遇人救了，也算我一點陰騭。」却又想道：「不好不好，如不除他，終久是個禍根。只饒他一刀，與個全尸罷。」煮些飯食吃飽，將平日所積囊資，并留下的些小東西，叠成一個大包，放在一邊，尋了一條索子，打個圈兒，赶入艙來。這時瑞虹恐又來淫污，已是穿起衣服，向着裏床垂淚，思算報仇之策，不隄防這賊來謀害。【眉批】瑞虹之命亦苦矣。說時遲，那時快，這賊徒奔近前，左手托起頭兒，右手就將索子套上。瑞虹方待喊叫，被他隨手扣緊，儘力一收。瑞虹疼痛難忍，手足亂動，撲的跳了幾跳，直挺挺横在床上便不動了。那賊徒料是已死，即放了手，到外艙拿起包裹，提着一根短棍，登跳上涯，大踏步而去。正是：

雖無并枕歡娱，落得一身乾净。

元來瑞虹命不該絶，喜得那賊打的是個單結，雖然被這一收時，氣斷昏迷；纔放下手，結就鬆開，不比那吊死的越墜越緊。咽喉間有了一綫之隙，這點氣回復透出，便不致於死，漸漸蘇醒，只是遍體酥軟，動撣不得，倒像被按摩的揑了個醉楊妃光景。喘了一回，覺道頸下難過，勉强掙起手扯開，心内苦楚，暗哭道：「爹阿！當時若聽了我的言語，那有今日？只不知與這夥賊徒前世有甚冤業，合家遭此慘禍！」又哭道：

「我指望忍辱偷生，還圖個報仇雪耻，不道這賊原放我不過。我死也罷了，但是冤沉海底，安能瞑目！」轉思轉哭，愈想愈哀。

正哭之間，忽然稍上「撲通」的一聲響亮，撞得這船幌上幾幌，睡的床鋪險些攧翻。瑞虹被這一驚，哭也倒止住了。側耳聽時，但聞得隔船人聲喧鬧，打號撑篙，本船不見一些聲息，疑惑道：「這班强盜爲何被人撞了船，却不開口？莫非那船也是同夥？」又想道：「或者是捕盗船兒，不敢與他争論。」便欲喊叫，又恐不能了事，方在惶惑之際，船艙中忽地有人大驚小怪，又齊擁入後艙。瑞虹還道是這班强盜，暗道：「此番性命定然休矣！」只見衆人説道：「不知何處官府，打劫得如此乾净？人樣也不留一個！」瑞虹聽了這話，已知不是强盗了，掙扎起身，高喊：「救命！」衆人赶向前看時，見是個美貌女子，扶持下床，問他被劫情由。瑞虹未曾開言，兩眼淚珠先下，乃將父親官爵籍貫，并被難始末，一一細説，又道：「列位大哥，可憐我受屈無伸，乞引到官司告理，擒獲强徒正法，也是一點陰騭。」衆人道：「元來是位小姐，可惱受着苦了！但我們都做主不得，須請老爹來與你計較。」内中一個便跑去相請。

不多時，一人跨進艙中，衆人齊道：「老爹來也！」瑞虹舉目看那人，面貌魁梧，服飾齊整，見衆人稱他老爹，料必是個有身家的，哭拜在地。那人慌忙扶住道：「小姐何消行此大禮？有話請起來說。」瑞虹又將前事細説一遍，又道：「求老爹慨發慈悲，救護我難中之人，生死不忘大德！」那人道：「小姐不消煩惱。我想這班强盜，去還未遠，即今便同你到官司呈告，差人四處追尋，自然逃走不脱。」瑞虹含淚而謝。那人分付手下道：「事不宜遲，快扶蔡小姐過船去罷。」衆人便來攙扶。瑞虹尋過鞋兒穿起，走出艙門觀看，乃是一隻雙開篷頂號貨船。過得船來，請入艙中安息。衆水手把賊船上家火東西，盡情搬個乾净，方纔起篷開船。

你道那人是誰？元來姓卞名福，漢陽府人氏，專在江湖經商，挣起一個老大家業，打造這隻大船，衆水手俱是家人。這番在下路脱了糧食，裝回頭貨歸家，正趁着順風行走，忽地被一陣大風，直打向到岸邊去。稍公把舵務命推掬，全然不應，徑向賊船上當稍一撞。見是座船，恐怕拿住費嘴，好生着急。合船人手忙脚亂，要撑開去，不道又閣在淺處，牽扯不動，故此打號用力。因見座船上没個人影，卞福以爲怪異，教衆水手過船來看。已後聞報，止有一個美女子，如此如此，要求搭救。卞福即懷不良之念，用一片假情，哄得過船，便是買賣了，那裏是真心肯替他申冤理枉！那瑞虹起初因受了這場慘毒，正無門伸訴，所以一見卞福，猶如見了親人一般，求他救濟，又見説出那班言語，便信以爲真，更不疑惑。到得過船心定，想起道：「此來差矣！我與這客人非親非故，如何指望他出力，跟着同走？雖承他一力擔當，又未知是真是假。倘有别樣歹念，怎生是好？」

方在疑慮，只見卞福自去安排着佳肴美醞，奉承瑞虹，説道：「小姐你一定餓了，且吃些酒食則個。」瑞虹想着父母，那裏下得咽喉？卞福坐在旁邊，甜言蜜語，勸了兩小杯，開言道：「小子有一言商議，不知小姐可肯聽否？」瑞虹道：「老客有甚見諭？」卞福道：「適來小子一時義憤，許小姐同到官司告理，却不曾算到自己這一船貨物。我想那衙門之事，元論不定日子的。倘或牽纏半年六月，事體還不能完妥，貨物又不能脱去，豈不兩下擔閣？不如小姐且隨我回去，先脱了貨物，然後另換個小船，與你一齊下來理論這事，就盤桓幾年，也不妨得。更有一件，你我是個孤男寡女，往來行走，必惹外人談議，總然彼此清白，誰人肯信？可不是無絲有綫？况且小姐舉目無親，身無所歸。小子雖然是個商賈，家裏頗頗得過，若不棄嫌，就此結爲夫婦。那時報仇之事，水裏水去，火裏火去，包在我身上，一個個緝獲來，與你出氣，但未知尊意若何？」瑞虹聽了這片言語，暗自心傷，簌簌的淚下，想道：「我這般命苦！又遇着不良之人。只是落在他套中，料難擺脱。」乃嘆口氣道：「罷罷！父母冤仇事大，辱身事小。况已被賊人玷污，總今就死，也算不得貞節了。且待報仇之後，尋個自盡，以洗污名可也。」躊躕已定，含淚答道：「官人果然真心肯替奴家報仇雪耻，情願相從，只要設個誓願，方纔相信。」卞福得了這句言語，喜不自勝，連忙跪下設誓道：「卞福若不與小姐報仇雪耻，翻江而死。」道罷起來，分付水手：「就前途村鎮停泊，買辦魚肉酒果之類，合船吃杯喜酒。」到晚成就好事。

不則一日，已至漢陽。誰想卞福老婆，是個拈酸的領袖，吃醋的班頭。卞福平昔極懼怕的，不敢引瑞虹到家，另尋所在安下，叮囑手下人，不許泄漏。内中又有個請風光博笑臉的，早去報知。那婆娘怒氣衝天，要與老公厮惱。却又算計，没有許多閒工夫淘氣。倒一字不提，暗地教人尋下掠販的，期定日子，一手交錢，一手交人。到了是日，那婆娘把卞福灌得爛醉，反鎖在房。一乘轎子，擡至瑞虹住處。掠販的已先在彼等候，隨那婆娘進去，教人報知瑞虹説：「大娘來了。」瑞虹無奈，只得出來相迎。掠販的在旁，細細一觀，見有十二分顏色，好生歡喜。那婆娘滿臉堆笑，對瑞虹道：「好笑官人，作事顛倒，既娶你來家，如何又撇在此，成何體面？外人知得，只道我有甚緣故。適來把他埋怨一場，特地自來接你回去，有甚衣飾快些收拾。」瑞虹不見卞福，心内疑惑，推辭不去。那婆娘道：「既不願同住，且去閒玩幾日。也見得我親來相接之情。」瑞虹見這句話説得有理，便不好推托，進房整飾。那婆娘一等他轉身，即與掠販的議定身價，教家人在外兑了銀兩，喚乘轎子，哄瑞虹坐下，轎夫擡起，飛也似走，直至江邊一個無人所在，掠販的引到船邊歇下。瑞虹情知中了奸計，放聲號哭，要跳向江中。怎當掠販的兩邊扶挾，不容轉動。推入艙中，打發了中人、轎夫，急忙解纜開船，揚着滿帆而去。

且説那婆娘賣了瑞虹，將屋中什物收拾歸去，把門鎖上，回到家中，卞福正還酣睡。那婆娘三四個把掌打醒，數説一回，打駡一回，整整鬧了數日，卞福脚影不敢出門。一日捉空踅到瑞虹住處，看見鎖着門户，吃了一驚。詢問家人，方知被老婆賣去久矣。只氣得發昏章第十一。那卞福只因不曾與瑞虹報仇，後來果然翻江而死，應了向日之誓。那婆娘原是個不成才的爛貨，自丈夫死後，越發恣意把家私貼完，又被姦夫拐去，賣與煙花門户。可見天道好還，絲毫不爽。有詩爲證：

忍恥偷生爲父仇，誰知奸計覓風流。
勸君莫設虛言誓，湛湛青天在上頭。

再説瑞虹被掠販的納在船中，一味悲號。掠販的勸慰道：「不須啼泣，還你此去豐衣足食，自在快活！强如在卞家受那大老婆的氣。」瑞虹也不理他，心内暗想：「欲待自盡，怎奈大仇未報；將爲不死，便成淫蕩之人。」躊躇千百萬遍，終是報仇心切，只得寧耐，看個居止下落，再作區處。行不多路，已是天晚泊船。掠販的逼他同睡，瑞虹不從，和衣縮在一邊。掠販的便來摟抱，瑞虹亂喊殺人。掠販的恐被鄰船聽得，弄出事來，放手不迭，再不敢去纏他。徑載到武昌府，轉賣與樂户王家。

那樂户家裏先有三四個粉頭，一個個打扮得喬喬畫畫，傅粉塗脂，倚門賣俏。瑞虹到了其家，看見這般做作，轉加苦楚，又想道：「我今落在煙花地面，報仇之事，已是絶望，還有何顔在世！」遂立意要尋死路，不肯接客。偏又作怪，但是瑞虹走這條門路，就有人解救，不致傷身。【眉批】天留一脉，以報兇人。樂户與鴇子商議道：「他既不肯接客，留之何益！倘若三不知，做出把戲，倒是老大利害。不如轉貨與人，另尋個罷。」常言道：「事有湊巧，物有偶然。」恰好有一紹興人，姓胡名悦，因武昌太守是他的親戚，特來打抽豐，倒也作成尋覓了一大注錢財。那人原是貪花戀酒之徒，住的寓所，〔一〕近着妓家，閒時便去串走，也曾見過瑞虹，是個絶色麗人，心内着迷，幾遍要來入馬。因是瑞虹尋死覓活，不能到手。今番聽得樂户有出脱的消息，〔二〕情願重價娶爲偏房。也是有分姻緣，一説就成。

胡悦娶瑞虹到了寓所，當晚整備着酒肴，與瑞虹叙情。那瑞虹只是啼哭，不容親近。胡悦再三勸慰不止，倒没了主意，説道：「小娘子，你在娼家，或者道是賤事，不肯接客；今日與我成了夫婦，萬分好了，還有甚苦情，只管悲慟？你且說來，若有疑難事體，我可以替你分憂解悶。倘事情重大，這府中太爺是我舍親，就轉托他與你料理，何必自苦如此。」瑞虹見他說話有些來歷，方將前事一一告訴，又道：「官人若能與奴家尋覓仇人，報冤雪耻，莫說得爲夫婦，便做奴婢，亦自甘心。」說罷又哭。胡悦聞言答道：「元來你是好人家子女，遭此大難，可憐可憐！但這事非一時可畢，待我先教舍親出個廣捕到處挨緝；一面同你到淮安告官，拿衆盜家屬追比，自然有個下落。」瑞虹拜倒在地，道：「若得官人肯如此用心，生生世世，銜結報效。」胡悦扶起道：「既爲夫婦，事同一體，何出此言！」遂携手入寢。

那知胡悦也是一片假情，哄騙過了幾日，只說已托太守出廣捕緝獲去了。瑞虹信以爲實，千恩萬謝。又住了數日，雇下船隻，打叠起身，正遇着順風順水，那消十日，早至鎮江，另雇小船回家。把瑞虹的事閣過一邊，毫不題起。瑞虹大失所望，但到此地位，無可奈何，遂吃了長齋，日夜暗禱天地，要求報冤。在路非止一日，已到家中。胡悅老婆見娶個美人回來，好生妒忌，時常厮鬧。瑞虹總不與他争論，也不要胡悦進房，這婆娘方纔少解。

元來紹興地方，慣做一項生意：凡有錢能幹的，都到京中買個三考吏名色，鑽謀好地方，選一個佐貳官出來，俗名唤做「飛過海」。怎麽叫做「飛過海」？大凡吏員考滿，依次選去，不知等上幾年；若用了錢，挖選在別人前面，指日便得做官，這謂之「飛過海」。還有獨自無力，四五個合做夥計，一人出名做官，其餘坐地分贜。到了任上，先備厚禮，結好堂官，叨攬事管，些小事體經他衙裏，少不得要詐一兩五錢。到後覺道聲息不好，立脚不住，就悄地桃之夭夭。十個裏邊，難得一兩個來去明白，完名全節。所以天下衙官，大半都出紹興。那胡悦在家住了年餘，也思量到京幹這樁事體。更兼有個相知見在當道，寫書相約，有扶持他的意思，一發喜之不勝。即便處置了銀兩，打點起程。單慮妻妾在家不睦，與瑞虹計議，要帶他同往，許他謀選彼處地方，訪覓强盗踪迹。瑞虹已被騙過一次，雖然不信，也還希冀出外行走，或者有個機會，情願同去。胡悦老婆知得，翻天作地，與老公相打相駡。胡悦全不作准，擇了吉日，雇倩船隻，同瑞虹徑自起身。

一路無話，直至京師，尋寓所安頓了瑞虹。次日整備禮物，去拜那相知官員。誰想這官人一月前暴病身亡，合家荒亂，打點扶柩歸鄉。胡悦没了這個倚靠，身子就酥了半邊。思想銀子帶得甚少，相知又死，這官職怎能弄得到手？欲待原復歸去，又恐被人笑耻，事在兩難，狐疑不决，尋訪同鄉一個相識商議。這人也是走那道兒的，正少了銀兩，不得完成，遂設計哄騙胡悦，包攬替他圖個小就。設或短少，尋人借債。胡悦合該晦氣，被他花言巧語説得熱鬧，將所帶銀兩一包兒遞與。那人把來完成了自己官職，悄地一溜煙徑赴任去了。胡悦止剩得一雙空手，日逐所需，漸漸欠缺。寄書回家取索盤纏，老婆正惱着他，那肯應付分文！自此流落京師，逐日東奔西撞，與一班京花子合了夥計，騙人財物。

一日，商議要大大尋一注東西，但没甚爲由，却想到瑞虹身上，要把來認作妹子，做個美人局。算計停當，胡悦又恐瑞虹不肯，生出一段説話，哄他道：「我向日指望到此，選得個官職，與你去尋訪仇人。不道時運乖蹇，相知已死，又被那天殺的騙去銀兩，淪落在此，進退兩難。欲待回去，又無處設法盤纏。昨日與朋友們議得個計策，倒也儘通。」瑞虹道：「是甚計策？」胡悦道：「只説你是我的妹子，要與人爲妾，倘有人來相看，你便見他一面，等哄得銀兩到手，連夜悄然起身，他們那裏來尋覓？順路先到淮安，送你到家，訪問强徒，也了我心上一件未完。」瑞虹初時本不欲得，次後聽説順路送歸家去，方纔許允。胡悦討了瑞虹一個肯字，歡喜無限，教衆光棍四處去尋主顧。正是：

安排地網天羅計，專待落坑墮塹人。

話分兩頭。却說浙江温州府有一秀士，姓朱名源，年紀四旬以外，尚無子嗣，娘子幾遍勸他娶個偏房。朱源道：「我功名淹蹇，無意於此。」其年秋榜高登，到京會試。誰想文福未齊，春闈不第，羞歸故里，與幾個同年相約，就在京中讀書，以待下科。那同年中曉得朱源還没有兒子，也苦勸他娶妾。朱源聽了衆人說話，教人尋覓。剛有了這句口風，那些媒人互相傳說，幾日内便尋下若干頭惱，請朱源逐一相看揀擇，没有個中得意的。衆光棍緝着那個消息，即來上樁，誇稱得瑞虹姿色絶世無雙，古今罕有。哄動朱源期下日子，親去相看。此時瑞虹身上衣服，已不十分整齊，胡悦教衆光棍借來妝飾停當。衆光棍引着朱源到來。胡悦向前迎迓，禮畢就坐，獻過一杯茶，方請出瑞虹站在遮堂門邊。朱源走上一步，瑞虹側着身子，道個萬福。朱源即忙還禮，用目仔細一覷，端的嬌艷非常，暗暗喝采道：「真好個美貌女子！」瑞虹也見朱源人材出衆，舉止閒雅，暗道：「這官人倒好個儀表，果是個斯文人物。但不知甚麽晦氣，投在網中。」心下存了個懊悔之念，略站片時，轉身進去。衆光棍從旁襯道：「相公，何如？可是我們不說謊麽？」朱源點頭微笑道：「果然不謬。可到小寓議定財禮，擇日行聘便了。」道罷起身，衆人接脚隨去，議了一百兩財禮。

朱源也聞得京師騙局甚多，恐怕也落了套兒，講過早上行禮，到晚即要過門。衆光棍又去與胡悦商議。胡悦沉吟半晌，生出一計，只恐瑞虹不肯，教衆人坐下，先來與他計較道：「適來這舉人已肯上樁，只是當日便要過門，難做手脚。如今只得將計就計，依着他送你過去。少不得備下酒肴，你慢慢的飲至五更時分，我同衆人便打入來，叫破地方，只說强占有夫婦女，原引了你回來，聲言要往各衙門呈告。他是個舉人，怕干礙前程，自然反來求伏。那時和你從容回去，豈不美哉！」【眉批】今窠婦家往往有此騙局，不必娶妾也。少年不可不防。瑞虹聞言，愀然不樂，答道：「我前生不知作下甚業？以致今世遭許多磨難！如何又做恁般没天理的事害人？這個斷然不去。」胡悦道：「娘子，我原不欲如此，但出於無奈，方走這條苦肉計，千萬不要推托！」瑞虹執意不從。胡悦就雙膝跪下道：「娘子，没奈何將就做這一遭，下次再不敢相煩了。」瑞虹被逼不過，只得應允。胡悦急急跑向外邊，對衆人説知就裏。衆人齊稱妙計，回覆朱源，選起吉日，將銀兩兑足，送與胡悦收了。衆光棍就要把銀兩分用，胡悦道：「且慢着，等待事妥，分也未遲。」到了晚間，朱源教家人雇乘轎子，去迎瑞虹，一面分付安排下酒饌等候。不一時，已是娶到。兩下見過了禮，邀入房中，教家人管待媒人酒飯，自不必說。

單講朱源同瑞虹到了房中，瑞虹看時，室中燈燭輝煌，設下酒席。朱源在燈下細觀其貌，比前倍加美麗，欣欣自得，道聲：「娘子請坐。」瑞虹羞澀不敢答應，側身坐下。朱源教小厮斟過一杯酒，恭恭敬敬遞至面前放下，説道：「小娘子，請酒。」瑞虹也不敢開言，也不回敬。朱源知道他是怕羞，微微而笑。自己斟上一杯，對席相陪，又道：「小娘子，我與你已爲夫婦，何必害羞！請少沾一盞兒，小生候乾。」瑞虹只是低頭不應。朱源想道：「他是個女兒家，一定見小厮們在此，所以怕羞。」即打發出外，掩上門兒，走至身邊道：「想是酒寒了，可換熱的飲一杯，不要拂了我的敬意。」遂另斟一杯，遞與瑞虹。瑞虹看了這個局面，轉覺羞慚，驀然傷感，想起幼時父母何等珍惜，今日流落至此，身子已被玷污，大仇又不能報，又强逼做這般醜態騙人，可不辱没祖宗！柔腸一轉，淚珠簌簌亂下。

朱源看見流淚，低低道：「小娘子，你我千里相逢，天緣會合，有甚不足，這般愁悶？莫不宅上還有甚不堪之事，小娘子記挂麽？」連叩數次，并不答應，覺得其容轉戚。朱源又道：「細觀小娘子之意，必有不得已事，何不説與我知？倘可效力，决不推故。」【眉批】此等話瑞虹已熟聞矣。曾吃賣糖人騙了，今番不信口甜人。瑞虹又不則聲。朱源倒没做理會，只得自斟自飲。吃勾半酣，聽樵樓已打二鼓。朱源道：「夜深了，請歇息罷。」瑞虹也全然不采。朱源又不好催逼，倒走去書卓上，取過一本書兒觀看，陪他同坐。瑞虹見朱源殷勤相慰，不去理他，并無一毫慍怒之色，轉過一念道：「看這舉人倒是個盛德君子，我當初若遇得此等人，冤仇申雪久矣。」又想道：「我看胡悦這人，一味花言巧語，若專靠在他身上，此仇安能得報？他今明明受過這舉人之聘，送我到此；何不將計就計，就跟着他，這冤仇或者倒有報雪之期。」左思右想，疑惑不定。

朱源又道：「小娘子請睡罷。」瑞虹故意又不答應。朱源依然將書觀看。

看看三鼓將絶，瑞虹主意已定。朱源又催他去睡，瑞虹纔道：「我如今方纔是你家的人了。」朱源笑道：「難道起初還是别家的人麽？」瑞虹道：「相公那知就裏，我本是胡悦之妾，只因流落京師，與一班光棍生出這計，哄你銀子。少頃即打入來，搶我回去，告你强占良人妻女。你怕干礙前程，還要買静求安。」朱源聞言大驚道：「有恁般異事！若非小娘子説出，險些落在套中。但你既是胡悦之妾，如何又泄漏與我？」瑞虹哭道：「妾有大仇未報，觀君盛德長者，必能爲妾伸雪，故願以此身相托。」朱源道：「小娘子有何冤抑，可細細説來，定當竭力爲你圖之。」瑞虹乃將前後事泣訴，連朱源亦自慘然下淚。

正説之間，已打四更。瑞虹道：「那一班光棍不久便到，相公若不早避，必受其累。」朱源道：「不要着忙！有同年寓所，離此不遠，他房屋儘自深邃，且到那邊暫避過一夜，明日另尋所在，遠遠搬去，有何患哉！」當下開門，悄地唤家人點起燈火，徑到同年寓所，敲開門户。那同年見半夜而來，又帶着個麗人，只道是來歷不明的，甚以爲怪。朱源一一道出，那同年即移到外邊去睡，讓朱源住於内廂。一面教家人們相幫，把行李等件，盡皆搬來，止存兩間空房。不在話下。

且説衆光棍一等瑞虹上轎，便逼胡悦將出銀兩分開。買些酒肉，吃到五更天氣，一齊赶至朱源寓所，發聲喊，打將入去。但見兩間空屋，那有一個人影。胡悦倒吃了一驚，説道：「他如何曉得，預先走了？」對衆光棍道：「一定是你們倒勾結來捉弄我的，快快把銀兩還了便罷！」衆光棍大怒，也翻轉臉皮，説道：「你把妻子賣了，又要來打搶，反説我們有甚勾當，須與你干休不得！」【眉批】分明扎了自己火囤。將胡悦攢盤打勾臭死。恰好五城兵馬經過，結扭到官，審出騙局實情，一概三十，銀兩追出入官，胡悦短遞回籍。有詩爲證：

牢籠巧設美人局，美人原不是心腹。
賠了夫人又打臀，手中依舊光陸秃。

且説朱源自娶了瑞虹，彼此相敬相愛，如魚似水。半年之後，即懷六甲，到得十月滿足，生下一個孩子。朱源好不喜歡，寫書報知妻子。光陰迅速，那孩子早又周歲。其年又值會試，瑞虹日夜向天禱告，願得丈夫黄榜題名，早報蔡門之仇。場後開榜，朱源果中了六十五名進士，殿試三甲，該選知縣。恰好武昌縣缺了縣官，朱源就討了這個缺，【眉批】天意也。對瑞虹道：「此去仇人不遠，只怕他先死了，便出不得你的氣。若還在時，一個個拿來瀝血祭獻你的父母，不怕他走上天去。」瑞虹道：「若得相公如此用心，奴家死亦瞑目。」【眉批】後來各踐所言。朱源一面先差人回家，接取家小在揚州伺候，一同赴任，一面候吏部領憑。不一日領了憑限，辭朝出京。

原來大凡吴、楚之地作宦的，都在臨清張家灣雇船，從水路而行，或徑赴任所，或從家鄉而轉，但從其便。那一路都是下水，又快又穩；況帶着家小，若没有勘合脚力，陸路一發不便了。每常有下路糧船，運糧到京，交納過後，那空船回去，就攬這行生意，假充座船，請得個官員坐艙，那船頭便去包攬他人貨物，圖個免税之利，這也是個舊規。

却説朱源同了小奶奶到臨清雇船，看了幾個艙口，都不稱懷，只有一隻整齊，中了朱源之意。船頭遞了姓名手本，磕頭相見。管家搬行李安頓艙内，請老爺奶奶下船。燒了神福，船頭指揮衆人開船。瑞虹在艙中，聽得船頭説話，是淮安聲音，與賊頭陳小四一般無二。【眉批】瑞虹念念報仇，故無往不用心探察。不然，船頭説話徑作耳邊風去矣。

問丈夫什麼名字，朱源查那手本寫着船頭吴金叩首，名姓都不相同。可知没相干了，再聽他聲口，越聽越像。轉展生疑，放心不下，對丈夫説了。假托分付説話，唤他近艙。瑞虹閃於背後厮認其面貌，又與陳小四無異。只是姓名不同，好生奇怪。欲待盤問，又没個因由。偶然這一日，朱源的座師船到，過船去拜訪。那船頭的婆娘進艙來拜見奶奶，送茶爲敬，瑞虹看那婦人：

雖無十分顔色，也有一段風流。

瑞虹有心問那婦人，道：「你幾歲了？」那婦人答道：「二十九歲了。」又問：「那裏人氏？」答道：「池陽人氏。」瑞虹道：「你丈夫不像個池陽人。」那婦人道：「這是小婦人的後夫。」瑞虹道：「你幾歲死過丈夫的？」那婦人道：「小婦人夫婦爲運糧到此，拙夫一病身亡。如今這拙夫是武昌人氏，原在船上做幫手，喪事中虧他一力相助。小婦人孤身無倚，只得就從了他，頂着前夫名字，完這場差使。」瑞虹問在肚裏，暗暗點頭，將香帕賞他。那婦人千恩萬謝的去了。瑞虹等朱源下船，將這話述與他聽了。眼見吴金即是陳小四，正是賊頭。朱源道：「路途之間不可造次，且忍耐他到地方上施行，還要在他身上追究餘黨。」瑞虹道：「相公所見極明。只是仇人相見，分外眼睁，這幾日如何好過？」恨不得借滕王閣的順風，一陣吹到武昌。

飲恨親寃已數年，枕戈思報嘆無緣。
同舟敵國今相遇，又隔江山路幾千。

却説朱源舟至揚州，那接取大夫人的還未曾到，只得停泊馬頭等候。瑞虹心上一發氣悶。等到第三日，忽聽得岸上鼎沸起來。朱源教人問時，却是船頭與岸上兩個漢子扭做一團厮打。只聽得口口聲聲説道：「你幹得好事！」朱源見小奶奶氣悶，正没奈何，今番且借這個機會，敲那賊頭幾個板子，權發利市，【眉批】情節凑泊。當下喝教水手：「與我都拿過來！」原來這班水手，與船頭面和意不和，也有個緣故。當初陳小四縊死了瑞虹，棄船而逃，没處投奔，流落到池陽地面。偶值吴金這隻糧船起運，少個幫手，陳小四就上了他的船。見吴金老婆像個愛吃棗兒湯的，豈不正中下懷，一路行奸賣俏搭識上了。兩個如膠似漆，反多那老公礙眼。船過黄河，吴金害了個寒症，陳小四假意殷勤，贖藥調理。那藥不按君臣，一服見效，吴金死了。婦人身邊取出私財，把與陳小四，只説借他的東西，斷送老公。過了一兩個七，又推説欠債無償，就將身子白白裏嫁了他。雖然備些酒食，暖住了衆人，却也中心不伏，爲這緣故，所以面和意不和。聽得艙裏叫一聲：「都拿過來！」蜂擁的上岸，將三個人一齊扣下船來，跪於將軍柱邊。

朱源問道：「爲何厮打？」船頭稟道：「這兩個人原是小人合本撑船夥計，因盗了資本，背地逃走，兩三年不見面。今日天遣相逢，小人與他取討，他倒圖賴小人，兩個來打一個。望老爺與小人做主。」朱源道：「你二人怎麽説？」那兩個漢子道：「小人并没此事，都是一派胡言。」朱源道：「難道一些影兒也没有，平地就厮打起來？」那兩個漢子道：「有個缘故：當初小的們，雖曾與他合本撑船，只爲他迷戀了個婦女，小的們恐誤了生意，把自己本錢收起，各自營運，并不曾欠他分毫。」朱源道：「你兩個叫什麽名字？」那兩個漢子還不曾開口，〔三〕倒是陳小四先説道：「一個叫沈鐵甏，一個叫秦小元。」〔四〕【眉批】天使之也。朱源却待再問，只見背後有人扯拽。回頭看時，却是丫鬟，悄悄傳言，説道：「小奶奶請老爺説話。」朱源走進後艙，見瑞虹雙行流淚，扯住丈夫衣袖，低聲説道：「那兩個漢子的名字，正是那賊頭一夥同謀打劫的人，不可放他走了。」朱源道：「原來如此。事到如今，等不得到武昌了。」慌忙寫了名帖，分付打轎，喝教地方，將三人一串兒縛了，自去拜揚州太守，告訴其事。太守問了備細，且教把三個賊徒收監，次日面審。朱源回到船中，衆水手已知陳小四是個强盗，也把謀害吴金的情節，細細稟知。朱源又把這些缘由，備寫一封書帖，送與太守，并求究問餘黨。太守看了，忙出飛籤，差人拘那婦人，一并聽審。揚州城裏傳遍了這出新聞，又是强盜，又是奸淫事情，有婦人在内，那一個不來觀看。臨審之時，府前好不熱鬧。正是：

好事不出門，惡事傳千里。

却説太守坐堂，吊出三個賊徒，那婦人也提到了，跪於階下。陳小四看見那婆娘也到，好生驚怪，道：「這厮打小事，如何連累家屬？」只見太守却不叫吴金名字，竟叫陳小四。吃這一驚非小，凡事逃那實不過，叫一聲不應，再叫一聲，不得不答應了。太守相公冷笑一聲道：「你可記得三年前蔡指揮的事麽？天網恢恢，疏而不漏。今日有何理説！」三個人面面相覷，却似魚膠粘口，一字難開。太守又問：「那時同謀還有李鬍子、白滿、何蠻二、〔五〕凌歪嘴、余蛤蚆，如今在那裏？」陳小四道：「小的其時雖在那裏，一些財帛也不曾分受，都是他這幾個席捲而去。只問他兩個便知。」沈鐵甏、秦小元道：「小的雖然分得些金帛，却不像陳小四强姦了他家小姐。」太守已知就裏，恐礙了朱源體面，便喝住道：「不許閒話！只問你那幾個賊徒，現在何處？」秦小元道：「當時分了金帛，四散去了。聞得李鬍子、白滿隨着山西客人，販買絨貨；何蠻二、凌歪嘴、余蛤蚆三人，逃在黄州撑船過活。小的們也不曾相會。」太守相公又叫婦人上前問道：「你與陳小四姦密，毒殺親夫，遂爲夫婦，這也是没得説了。」婦人方欲抵賴，只見階下一班水手都上前稟話，如此如此，這般這般，説得那婦人頓口無言。太守相公大怒，喝教選上號毛板，不論男婦，每人且打四十，打得皮開肉綻，鮮血迸流。當下録了口詞，三個强盗通問斬罪，那婦人問了凌遲。齊上刑具，發下死囚牢裏。一面出廣捕，挨獲白滿、李鬍子等。太守問了這樁公事，親到船上答拜朱源，就送審詞與看，朱源感謝不盡。瑞虹聞説，也把愁顔放下七分。

又過幾日，大奶奶已是接到。瑞虹相見，一妻一妾，甚是和睦。大奶奶又見兒子生得清秀，愈加歡喜。不一日，朱源於武昌上任，管事三日，便差的當捕役緝訪賊黨何蠻二等。果然何蠻二、凌歪嘴在黄州江口撑船，〔六〕手到拿來。招稱：「余蛤蚆一年前病死，白滿、李鬍子見跟陝西客人在省城開鋪。」朱源權且收監，待拿到餘黨，一并問罪。省城與武昌縣相去不遠，捕役去不多日，把白滿、李鬍子二人一索子捆來，解到武昌縣。朱源取了口詞，每人也打四十。備了文書，差的當公人，解往揚州府裏，以結前卷。

朱源做了三年縣宰，治得那武昌縣道不拾遺、犬不夜吠。行取御史，就出差淮揚地方。【眉批】冤家路窄。瑞虹囑付道：「這班强盗，在揚州獄中，連歲停刑，想未曾決。相公到彼，可了此一事，就與奴家瀝血祭奠父親并兩個兄弟。一以表奴家之誠，二以全相公之信。還有一事，我父親當初曾收用一婢，名喚碧蓮，曾有六個月孕。因母親不容，就嫁出與本處一個朱裁爲妻。後來聞得碧蓮所生是個男兒。相公可與奴家用心訪問。若這個兒子還在，可主張他復姓，以續蔡門宗祀，此乃相公萬代陰功。」【眉批】瑞虹所見者大。說罷，放聲大哭，拜倒在地。朱源慌忙扶起道：「你方纔所說二件，都是我的心事。我若到彼，定然不負所托，就寫書信報你得知。」瑞虹再拜稱謝。再說朱源赴任淮揚，這是代天子巡狩，又與知縣到任不同，真個：

號令出時霜雪凛，威風到處鬼神驚。

其時七月中旬，未是決囚之際。朱源先出巡淮安，就托本處府縣訪緝朱裁及碧蓮消息，果然訪着。那兒子已八歲了，生得堂堂一貌。府縣奉了御史之命，好不奉承，即日香湯沐浴，换了衣履，送在軍衛供給，申文報知察院。朱源取名蔡續，特爲起奏一本，將蔡武被禍事情，備細達於聖聽：「蔡氏當先有汗馬功勞，不可令其無後。今有幼子蔡續，合當歸宗，俟其出幼承襲。其兇徒陳小四等，秋後處決。」聖旨准奏了。其年冬月，朱源親自按臨揚州，監中取出陳小四與吴金的老婆，共是八個，一齊綁赴法場，剮的剮，斬的斬，乾乾净净。正是：

善有善報，惡有惡報。

若還不報，時辰未到。

朱源分付劊子手，將那幾個賊徒之首，用漆盤盛了，就在城隍廟裏設下蔡指揮一門的靈位，香花燈燭，三牲祭禮，把幾顆人頭一字兒擺開。朱源親製祭文拜奠。又於本處選高僧做七七功德，超度亡魂。又替蔡續整頓個家事，囑付府縣青目。其母碧蓮一同居住，以奉蔡指揮歲時香火。朱裁另給銀兩別娶。【眉批】處分極妥當。朱源有心人，亦有才也。諸事俱已停妥，備細寫下一封家書，差個得力承舍，賫回家中，報知瑞虹。瑞虹見了書中之事，已知蔡氏有後，諸賊盡已受刑，瀝血奠祭，舉手加額，感謝天地不盡。是夜，瑞虹沐浴更衣，寫下一紙書信，寄謝丈夫。又去拜謝了大奶奶，回房把門拴上，將剪刀自刺其喉而死。【眉批】不死不足以明謝。〔七〕如此從容就死，比慷慨捐生者信難耳。〔八〕其書云：

賤妾瑞虹百拜相公臺下：虹身出武家，心嫻閨訓。男德在義，女德在節。女而不節，行禽何別！虹父韜幹韞不戒，麯蘖迷神。誨盜亡身，〔九〕禍及母弟，一時并命。妾心膽俱裂，浴淚彌年。然而隱忍不死者，以爲一人之廉耻小，闔門之仇怨大。昔李將軍忍詬降虜，欲得當以報漢，妾雖女流，志竊類此。不幸歷遭强暴，衷懷未申。幸遇相公，拔我於風波之中，諧我以琴瑟之好。識荆之日，便許復仇。皇天見憐，宦游早遂。諸奸貫滿，相次就縛；而且明正典刑，瀝血設饗。蔡氏已絶之宗，復蒙披根見本，世禄復延。相公之爲德于衰宗者，天高地厚，何以喻兹。妾之仇已雪而志已遂矣。失節貪生，貽玷閥閲，妾且就死，以謝蔡氏之宗於地下。兒子年已六歲，嫡母憐愛，必能成立。妾雖死之日，猶生之年。姻緣有限，不獲面别，聊寄一箋，以表衷曲。

大奶奶知得瑞虹死了，痛惜不已，殯殮悉從其厚，將他遺筆封固，付承舍寄往任上。朱源看了，哭倒在地，昏迷半晌方醒。自此患病，閉門者數日，府縣都來候問。朱源哭訴情由，人人墮淚，俱誇瑞虹節孝，今古無比，不在話下。後來朱源差滿回京，歷官至三邊總制。瑞虹所生之子，名曰朱懋，少年登第，上疏表陳生母蔡瑞虹一生之苦，乞賜旌表。聖旨准奏，特建節孝坊，至今猶在。有詩贊云：

報仇雪耻是男兒，誰道裙釵有執持。
堪笑硜硜真小諒，不成一事枉嗟咨。

【校記】

〔一〕「住」，底本作「做」，據衍慶堂本改，《奇觀》同底本。

〔二〕「聽得」，底本作「德得」，據衍慶堂本改，《奇觀》同底本。

〔三〕「還不曾」，底本、衍慶堂本作「道不曾」，據《奇觀》改。

〔四〕「秦小元」，底本及衍慶堂本作「秦小圓」，《奇觀》同底本，據前後文改，下徑改，不出校。

〔五〕「何鑾二」，底本及衍慶堂本作「胡鑾二」，《奇觀》同底本，據前後文改，下徑改，不出校。

〔六〕「凌歪嘴」，底本及衍慶堂本作「凌盃嘴」，據衍慶堂本改，《奇觀》同衍慶堂本。

〔七〕「明謝」，《奇觀》作「明志」。

〔八〕「信信難耳」，《奇觀》作「尤難耳」。

〔九〕「誨盜」，底本及衍慶堂本作「悔盜」，據《奇觀》改。

去年一覺揚州夢
贏得人間敗子名

千金散盡有何惜
一念皈依然不移
慷慨丈夫終得道
白雲丹穴上天梯

第三十七卷　杜子春三入長安

想多情少宜求道，想少情多易入迷。
總是七情難斷滅，愛河波浪更堪悲。

話説隋文帝開皇年間，長安城中有個子弟，姓杜，雙名子春，渾家韋氏。家住城南，世代在揚州做鹽商營運，真有萬萬貫家資，千千頃田地。那杜子春倚藉着父祖資業，那曉得稼穡艱難。且又生性豪俠，要學那石太尉的奢華、孟嘗君的氣概。宅後造起一座園亭，重價構取名花異卉，巧石奇峰，妝成景致。曲房深院中，置買歌兒舞女，艷妾妖姬，居於其内。每日開宴園中，廣召賓客。你想那揚州乃是花錦地面，這些浮浪子弟、輕薄少年，却又儘多，有了杜子春恁樣撒漫財主，再有那個不來？雖無食客三千，也有幫閒幾百。相交了這班無藉，肯容你在家受用不成？少不得引誘到外邊游蕩。【眉批】少年子弟，切須着眼。　杜子春心性又是活的，有何不可？但見：

輕車怒馬，春陌游行，走狗擎鷹，秋田較獵。青樓買笑，纏頭那惜千緡；博局呼盧，一擲常輸十萬。畫船簫管，恣意逍遥；選勝探奇，任情散誕。風月場中都總管，煙花寨内大主盟。

杜子春將銀子認做没根的，如土塊一般揮霍。那韋氏又是掐得水出的女兒家，也只曉得穿好吃好，不管閒帳。看看家中金銀搬完，屯鹽賣完，手中乾燥，央人四處借債。揚州城中那個不曉得杜子春是個大財主，纔説得聲，東也挜來，西也送至。〔一〕又落得幾時脾胃。到得没處借時，便去賣田園，貨屋宅。那些債主，見他産業摇動，都來取索。那時江中蘆洲也去了，海邊鹽場也脱了，只有花園住宅不捨得與人，到把衣飾器皿變賣。他是用過大錢的，這些少銀兩，猶如吃碗泡茶，頃刻就完了。

你想杜子春自幼在金銀堆裏滚大起來，使滑的手，若一刻没得銀用，便過不去。難道用完了這項，却就罷休不成？少不得又把花園住宅出脱。大凡東西多的時節，便覺用之不盡，若到少來，偏覺得易完。賣了房屋，身子還未搬出，銀兩早又使得乾净。那班朋友，見他財産已完，又向旺處去了，誰個再來趨奉？就是奴僕，見家主弄到恁般地位，贖身的贖身，逃走的逃走，去得半個不留。姬妾女婢，標致的准了債去，粗蠢的賣來用度，也自各散去訖。單單剩得夫妻二人，搬向幾間接脚屋裏居住，漸漸衣服凋敝，米糧欠缺。莫説平日受恩的不來看覷他，就是杜子春自己也無顔見人，躲在家中。正是：

床頭黄金盡，壯士無顔色。

杜子春在揚州做了許多時豪傑，一朝狼狽，再無面目存坐得住，悄悄的歸去長安祖居，投托親戚。元來杜陵、韋曲二姓，乃是長安巨族，宗支十分蕃盛，也有爲官作宦的，也有商賈經營的，排家都是至親至戚，因此子春起這念頭。也不指望他資助，若肯借貸，便好度日。豈知親眷們都道子春潑天家計，盡皆弄完，是個敗子，借貸與他，斷無還日。爲此只推着没有，并無一個應承。便十二分至戚，情不可却，也有周濟些的，怎當得子春這個大手段，就是熱鍋頭上灑着一點水，濟得甚事！好幾日没飯得飽吃，東奔西趁，没個頭腦。

偶然打向西門經過，時值十二月天氣，大雪初晴，寒威凛烈。一陣西風，正從門圈子裏刮來，身上又無綿衣，肚中又餓，刮起一身鷄皮栗子，把不住的寒顫，嘆口氣道：「我杜子春豈不枉然！平日攀這許多好親好眷，今日見我淪落，便不禮我，怎麽受我恩的也做這般模樣？要結那親眷何用？要施那仁義何用？我杜子春也是一條好漢，難道就没再好的日子？」正在那裏自言自語，偶有一老者從旁經過，見他嘆氣，便立住脚，問道：「郎君爲何這般長嘆？」杜子春看那老者，生得：

童顔鶴髮，碧眼龐眉。聲似銅鐘，鬚如銀綫。戴一頂青絹唐巾，披一領茶褐道袍，腰繫絲縧，脚穿麻履。若非得道仙翁，定是修行長者。

杜子春這　肚子氣惱，正莫發脱處，遇着這老者來問，就從頭備訴一遍。那老者道：「俗語有云：『世情看冷暖，人面逐高低。』你當初有錢，是個財主，人自然趨奉你；今日無錢，是個窮鬼，便不禮你。又何怪哉！雖然如此，天不生無祿之人，地不長無根之草，難道你這般漢子，世間就没個慷慨仗義的人周濟你的？只是你目下須得銀子幾何，纔勾用度？」【眉批】問得奇。子春道：「只三百兩足矣。」老者笑道：「量你好大手段，這三百兩幹得甚事？再説多些。」子春道：「三千兩。」【眉批】一添便是十倍，答者□奇。老者摇手道：「還要增些。」子春道：「若得三萬兩，我依舊到揚州去做財主了，只是難討這般好施主。」老者道：「我老人家雖不甚富，却也一生專行好事，便助你三萬兩。」袖裏取出三百個錢，遞與子春：「聊備一飯之費。明日午時，可到西市波斯館裏會我，郎君勿誤！」那老者説罷，徑一直去了。

子春心中暗喜道：「我終日求人，一個個不肯周濟，只道一定餓死。誰知遇着這老者發個善心，一送便送我三萬兩，豈不是天上吊下來的造化！如今且將他贈的錢，買些酒飯吃了，早些安睡。明日午時，到波斯館裏，領他銀子去。」走向一個酒店中，把三百錢都先遞與主人家，放開懷抱，吃個醉飽，回至家中去睡。【眉批】終是不知稼穡的聲口。却又想道：「我杜子春聰明一世，懵懂片時。我家許多好親好眷，尚不禮我，這老者素無半面之識，怎麽就肯送我銀子？況且三萬兩，不是當耍的，便作石頭也老重一塊。量這老者有多大家私，便把三萬兩送我？若不是見我嗟嘆，特來寬慰我的，必是作耍我的，怎麽信得他？明日一定是不該去。」却又想道：「我細看那老者，倒象個至誠的。我又不曾與他求乞，他没有銀子送我便罷了，説那謊話怎的？難道是捨真財調假謊，先送我三百個錢，買這個謊説？【眉批】送人家懵懂，這話却又聰明。明日一定是該去。去也是，不去也是？」想了一會，笑道：「是了，是了！那裏是三萬兩銀子，敢只把三萬個錢送我，總是三萬之數，也不見得。俗諺道得好：『饑時一口，勝似飽時一斗。』便是三萬個錢，也值三十多兩，勾我好幾日用度，豈可不去？」

子春被這三萬銀子在肚裏打攪，整整一夜不曾得睡，巴到天色將明，不想精神困倦，到一覺睡去，及至醒來，早已日將中了，忙忙的起來梳洗。他若是個有見識的，昨日所贈之錢，還留下幾文，到這早買些點心吃了去也好。只因他是使溜的手兒，撒漫的性兒，没錢便煩惱，及至錢入手時，這三百文又不在他心上了。況聽見有三萬銀子相送，已喜出望外，那裏算計至此。他的肚皮，兩日到餓服了，却也不在心上。梳裹完了，臨出門又笑道：「我在家也是閒，那波斯館又不多遠，做我幾步氣力不着，便走走去何妨。若見那老者，不要説起那銀子的事，只説昨夜承賜銅錢，今日特來相謝。大家心照，豈不美哉？」

元來波斯館都是四夷進貢的人在此販賣寶貨，無非明珠美玉，文犀瑶石，動是上千上百的價錢，叫做金銀窠裏。子春一心想着要那老者的銀子，又怕他説謊，這兩隻脚雖則有氣没力的，一步步蕩到波斯館來；一雙眼却緊緊望那老者在也不在。【眉批】如畫。到得館前，正待進門，恰好那老者從裏面出來，劈頭撞見。那老者嗔道：「郎爲甚的爽約？我在辰時到此，漸漸的日影矬西，還不見來，好守得不耐煩。你豈不曉得秦末張子房曾遇黄石公於圯橋之上，約後五日五更時分，到此傳授兵書。只因子房來遲，又約下五日。直待走了三次，半夜裏便去等候，方纔傳得三略之法，輔佐漢高祖平定天下，封爲留侯。我便不如黄石公，看你怎做得張子房？敢是你疑心我没銀子把你麽？我何苦討你的疑心。你且回去，我如今没銀子了。」只這一句話，嚇得子春面如土色，懊悔不及，恰像折翅的老鸛，兩隻手不覺直掉了下去，想道：「三萬銀子到手快了，怎麽恁様没福，到熟睡了去，弄至這時候！如今他却不肯了。」又想道：

「他若也像黄石公肯再約日子，情願隔夜打個舖兒睡在此伺候。」又想道：「這老官兒既有心送我銀子，早晚總是一般的，又吊什麽古今，論什麽故事？」又想道：「還是他没有銀子，故把這話來遮掩？」

正在胡猜亂想，那老者恰像在他腹中走過一遭的，便曉得了，乃道：「我本待再約個日子，也等你走幾遭兒，則是你疑我道一定没有銀子，故意弄這腔調。罷！罷！罷！有心做個好事，何苦又要你走，可隨我到館裏來。」子春見説原與他銀子，又像一個跳虎撥着關棙子直竪起來，急鬆鬆跟着老者徑到西廊下第一間房内。開了壁厨，取出銀子，一剗都是五十兩一個元寶大定，整整的六百個，便是三萬兩，擺在子春面前，精光耀目。説道：「你可將去，再做生理，只不要負了我相贈的一片意思。」你道杜子春好不莽撞，也不問他姓甚名誰，家居那裏，剛剛拱手，説得一聲：「多謝，多謝！」【眉批】妙甚，奇甚！便顧三十來個脚夫，竟把銀子挑回家去。杜子春到明日絶早，就去買了一匹駿馬，一付鞍轡，又做了幾件時新衣服，便去誇耀衆親眷，説道：「據着你們待我，我已餓死多時了。誰想天無絶人之路，却又有做方便的送我好幾萬銀子。我如今依舊往揚州去做鹽商，特來相别。(二)有一首《感懷詩》在此，請政。」詩云：

九叩高門十不應，耐他凌辱耐他憎。

如今騎鶴揚州去，莫問腰纏有幾星。

那些親眷們一向訕笑杜子春這個敗子，豈知還有發迹之日，這些時見了那首《感懷詩》，老大的好没顏色。却又想道：「長安城中那有這等一捨便捨三萬兩的大財主？難道我們都不曉得？一定没有這事。」也有説他祖上埋下的銀子，想被他掘着了。也有説道莫非窮極無計，交結了響馬强盜頭兒，這銀子不是打劫客商的，便是偷竊庫藏的，都在半信半不信之間。這也不在話下。

且説子春，那銀子裝上幾車，出了東都門，徑上揚州而去。路上不則一日，早來到揚州家裏。渾家韋氏迎着道：「看你氣色這般光彩，行李又這般沉重，多分有些錢鈔，但不知那一個親眷借貸你的？」子春笑道：「銀倒有數萬，却一分也不是親眷的。」備細將西門下嘆氣、波斯館裏贈銀的情節，説了一遍。韋氏便道：「世間難得這等好人，可曾問他甚麼名姓？等我來生也好報答他的恩德。」子春却呆了一餉，説道：「其時我只看見銀子，連那老者也不看見，竟不曾問得。我如今謹記你的言語，倘或後來再贈我的銀子時節，我必先問他名姓便了。」那子春平時的一起賓客，聞得他自長安還後帶得好幾萬銀子來，依舊做了財主，無不趨奉，似蠅攢蟻附一般。因而攛掇他重妝氣象，再整風流。只他是使過上百萬銀子的，這三萬兩能勾幾時揮霍？

不及兩年，早已罄盡無餘了。漸漸的賣了馬騎驢，賣了驢步走，熬枯受淡，度過日子。豈知坐吃山空，立吃地陷，終是没有來路。日久歲長，怎生捱得！悔道：「千錯萬錯，我當初出長安别親眷之日，送什麽《感懷詩》，分明與他告絶了，如今還有甚嘴臉好去干求他？便是干求，料他也決不禮我。弄得我有家難奔，有國難投，教我怎處！」韋氏道：「倘或前日贈銀子的老兒尚在，再贈你些，也不見得。」【眉批】一對夫妻。子春冷笑道：「你好癡心妄想！知那老兒生死若何？貧富若何？怎麽還望他贈銀子？只是我那親眷都是腑肺骨肉，到底割不斷的。常言：『傍生不如傍熟。』我如今没奈何，只得還至長安去，求那親眷。」正是：

要求生活計，難惜臉皮羞。

杜子春重到長安，好不卑詞屈體，去求那衆親眷。豈知親眷們如約會的一般，都説道：「你還去求那頂尖的大財主，我們有甚力量扶持得你起？」只這冷言冷語，帶譏帶訕的，教人怎麽當得！險些把子春一氣一個死。忽一日打從西門經過，劈面遇着老者，子春不勝感愧，早把一個臉都挣得通紅了。那老者問道：「看你氣色，像個該得一注横財的，只是身上衣服，怎麽這般藍縷？莫非又消乏了？」子春謝道：「多蒙老翁送我三萬銀子，我只説是用不盡的。不知略撒漫一撒漫，便没有了。想是我流年不利，故此没福消受，以至如此。」老者道：「你家好親好眷遍滿長安，難道更没周濟你的？」子春聽見説親眷周濟這句話，兩個眉頭就攢做一堆，答道：「親眷雖多，一個個都是一錢不捨的慳吝鬼，怎比得老翁這般慷慨！」老者道：「我如今本當再贈你些纔是，只是你三萬銀子不勾用得兩年，若活了一百歲，教我那裏去討那百多萬贈你？休怪休怪！」把手一拱，望西去了。正是：

須將有日思無日，休想今人似昔人。

那老者去後，子春嘆道：「我受了親眷們許多訕笑，怎麽那老者最哀憐我的，也發起説話來。敢是他硬做好漢，送了我三萬銀子，如今也弄得手頭乾了。只是除了他，教我再望着那一個搭救。」正在那裏自言自語，豈知老者去不多遠，却又轉來，説道：「人家敗子也儘有，從不見你這個敗子的頭兒！三萬銀子，恰像三個銅錢，霎霎眼就弄完了。論起你恁樣會敗，本不該周濟你了，只是除了我，再有誰周濟你的？你依舊飢寒而死，却不枉了前一番功果。常言道：『殺人須見血，救人須救徹。』還只是廢我幾兩銀子不着，救你這條窮命。」袖裏又取出三百個銅錢，遞與子春道：「你可將去買些酒飯吃，明日午時仍到波斯館西廊下相會。既道是三萬銀子不勾用度，今次須送你十萬兩。只是要早來些，莫似前番又要我等你！」且莫説那老者發這樣慈悲心，送過了三萬，還要送他十萬，倒也虧杜子春好一副厚面皮，明日又去領受他的。

當下子春見老者不但又肯周濟，且又比先反增了七萬，喜出望外，雙手接了三百銅錢，深深作了個揖，起來舉舉手，大踏步就走。一直徑到一個酒店中，依然把三百個錢做一垛兒先遞與酒家。走上酒樓，揀副座頭坐下。酒保把酒肴擺將過來。子春一則從昨日至今還没飯在肚裏，二則又有十萬銀子到手，歡喜過望，放下愁懷，恣意飲啖。那酒家只道他身邊還有銅錢，嗄飯案酒，流水搬來。子春又認做是三百錢内之物，并不推辭，盡情吃個醉飽，將剩下東西，都賞了酒保。那酒保們見他手段來得大落，私下議道：「這人身上便襤褸，到好個撒漫主顧！」子春下樓，向外便走。酒家道：「算明了酒錢去。」子春只道三百錢還吃不了，乃道：「餘下的賞你罷，不要算了。」酒家道：「這人好混帳，吃透了許多東西，到説這樣冠冕話！」子春道：「這却不干我事，你自送我吃的。」徹身又走。酒家上前一把扯住道：「説得好自在！難道再多些，也是送你吃的？」兩下争嚷起來。

旁邊走過幾個鄰里相勸，問：「吃透多少？」酒家把帳一算，説：「還該二百。」子春呵呵大笑道：「我只道多吃了幾萬，恁般着忙！原來止得二百文，乃是小事，何足爲道。」酒家道：「正是小事，快些數了撒開。」子春道：「却恨今日帶得錢少，明日送來還你。」酒家道：「認得你是那個，却賒與你？」杜子春道：「長安城中，誰不曉得我城南杜子春是個大財主？莫説這二百文，再多些決不少你的。若不相托，寫個票兒在此，明日來取。」衆人見他自稱爲大財主，都忍不住笑，把他上下打料。内中有個聞得他來歷的，在背後笑道：「原來是這個敗子，只怕財主如今輪不着你了。」子春早又聽見，便道：「老丈休得見笑。今日我便是這個嘴臉，明午有個相識，送我十萬銀子，怕道不依舊做財主麼？」衆人聞得這話，一發都笑倒了，齊道：「這人莫不是風了，天下那有送十萬銀子的？相識在那裏？」酒家道：「我也不管你十萬廿萬，只還了我二百錢走路。」子春道：「要，便明日多賞了你兩把，今日却一文没有。」酒家道：「你是什麼鳥人？吃了東西，不肯還錢！」當胸揪住，却待要打。

子春正捽脱不開，只聽有人叫道：「莫要打，有話講理。」分開衆人，捱身進來。子春睁睛觀看，正是西門老者，忙叫道：「老翁來得恰好！與我評一評理。」老者問道：「你們爲何揪住這位郎君厮鬧？」酒家道：「他吃透了二百錢酒，却要白賴，故此取索。」子春道：「承老翁所贈三百文，先付與他，然後飲酒，他自要多把東西與人吃，干我甚事？今情願明日多還他些，執意不肯，反要打我。老翁，你且説誰個的理直？」老者向酒家道：「既是先交錢後飲酒，如何多把與他吃？這是你自己不是。」又對子春道：「你在窮困之鄉，也不該吃這許多。如今通不許多説，我存得二百錢在此，與你兩下和了罷。」袖裏摸出錢來，遞與酒家。酒家連稱多謝。子春道：「又蒙老翁周全，無可爲報。若不相棄，就此小飲三杯，奉酬何如？」【眉批】三杯將何爲酒資？老者微微笑道：「不消得，改日擾你罷。」向衆人道聲請了，原覆轉身而去。子春也自歸家。

這一夜，子春心下想道：「我在貧窘之中，并無一個哀憐我的，多虧這老兒送我三萬銀子，如今又許我十萬。就是今日，若不遇他來周全，豈不受這酒家的囉唣？明日到波斯館裏，莫説有銀子，就做没有，也不可不去。况他前次既不説謊，難道如今却又弄謊不成？」巴不到明日，一徑的投波斯館來。只見那老者已先在彼，依舊引入西廊下房内，搬出二千個元寶錠，便是十萬兩，交付子春收訖，叮囑道：「這銀子難道不許你使用？但不可一造的用盡了，又來尋我。」子春謝道：「我杜子春若再敗時，老翁也不必看覷我了。」即便顧了車馬，將銀子裝上，向老者叫聲聒噪，押着而去。

元來偷鷄猫兒到底不改性的，剛剛挑得銀子到家，又早買了鞍馬，做了衣服，去辭别那衆親眷，説道：「多承指示，教我去求那大財主。果然財主手段，略不留難，又送我十萬銀子。我如今有了本錢，便住在城中，也有坐位了，只是我杜子春天生敗子，豈不玷辱列位高親？【眉批】還話。不如仍往揚州與鹽商合夥，到也穩便。」這個説話，明明是帶着刺兒的。那親眷們却也受了子春一場嘔氣，敢怒而不敢言。

且説子春整備車馬，將那十萬銀子，載的載，馱的馱，徑往揚州。韋氏看見許多車馬，早知道又弄得些銀子回來了，便問道：「這行李莫非又是西門老兒資助你的？」子春道：「不是那老兒，難道還有別個？」韋氏道：「可曾問得名姓麽？」子春睁着眼道：「哎呀！他在波斯館裏搬出十萬銀子時節，明明記得你的分付，正待問他，却被他婆兒氣，再四叮囑我，好做生理，切不可浪費了，我不免回答他幾句。其時一地的元寶錠，又要顧車顧馬，看他裝載，又要照顧地下，忙忙的收拾不迭，怎討得閒工夫，又去問他名姓？雖然如此，我也甚是懊悔。萬一我杜子春舊性發作，依先用完了，怎麽又好求他？却不是天生定該餓死的。」韋氏笑道：「你今有了十萬銀子，還怕窮哩！」

元來子春初得銀子時節，甚有做人家的意思，及到揚州，豪心頓發，早把窮愁光景盡皆忘了。莫説舊時那班幫興不幫敗的朋友又來攛哄，只那韋氏出自大家，不把銀子放在眼裏的，也只圖好看，聽其所爲。真個銀子越多，用度越廣，不上三年，將這十萬兩蕩得乾乾净净，倒比前次越窮了些。韋氏埋怨道：「我教你問那老兒名姓，你偏不肯問，今日如何？」子春道：「你埋怨也没用。那老兒送了三萬，又送十萬，便問得名姓，也不好再求他了。只是那老兒不好求，親眷又不好求，難道杜子春便是這等坐守死了！我想長安城南祖居，儘值上萬多銀子，衆親眷們都是圖謀的。我既窮了，左右没有面孔在長安住，還要這宅子怎麽？常言道：『有千年産，没千年主。』不如將來變賣，且作用度，省得靠着米囤却餓死了。」這叫做杜子春三入長安，豈不是天生的一條的癡漢！有詩爲證：

> 莫恃黄金積滿階，等閒費盡幾時來？
> 十年爲俠成何濟，萬里投人誰見哀。

却表子春到得長安，再不去求衆親眷，連那老兒也怕去見他，只住在城南宅子裏，請了幾個有名的經紀，將祖遺的廳房土庫幾所，下連基地，時值價銀壹萬兩，二面議定，親筆填了文契，托他絶賣。只道這價錢是甕中捉鱉，手到拿來。豈知親眷們量他窮極，故意要死他的貨，偏不肯買。那經紀都來回了。子春嘆道：「我杜子春直恁的命低，似這寸金田地，偏有賣主，没有受主。敢則經紀們不濟，還是自家出去尋個頭腦。」剛剛到得大街上，早望見那老者在前面來了，連忙的躲在衆人叢裏，思量避他。豈知那老者却從背後一把曳住袖子，叫道：「郎君，好負心也！」只這一聲，羞得杜子春再無容身之地。老者道：「你全不記在西門嘆氣之日乎？老夫雖則凉薄，也曾兩次助你好幾萬銀子，且莫説你怎麽樣報我，難道喏也唱不得一個？見了我到躲了去。我何不把這銀子料在水裏，也砰地的響一聲！」子春謝罪道：「我杜子春，單只不會做人家，心肝是有的，寧不知感老翁大恩！只是兩次銀子都一造的蕩廢，望見老翁，不勝慚愧，就恨不得立時死了，以此躲避，豈敢負心！」那老者便道：「既是這等，則你回心轉意，肯做人家，我還肯助你。」子春道：「我這一次，若再敗了，就對天設下個誓來。」老者笑道：「誓倒不必設，你只把做人家的勾當，説與我聽着。」子春道：「我祖上遺下海邊上鹽場若干所，城裏城外衝要去處店房若干間，長江上下蘆洲若干里，良田若干頃，極是有利息的。我當初要銀子用，都爛賤的典賣與人了。我若有了銀子，盡數取贖回來，不消兩年，便可致富。然後興建義莊，開闢義冢，親故們羸老的養膳他，幼弱的撫育他，孤孀的存恤他，流離顛沛的拯救他，尸骸暴露的收埋他，我於名教復圓矣。」【眉批】要圓名教，全仗錢財。老者道：「你既有此心，我依舊助你。」便向袖裏一摸，却又摸出三百個錢，遞與子春，約道：「明日午時到波斯館裏來會我，再早些便好。」子春因前次受了酒家之氣，今番也不去吃酒，别了老者，一徑回去。

一頭走，一頭思想道：「我杜子春天生莽漢，幸遇那老者兩次贈我銀子，我不曾問得他名姓，被妻子埋怨一個不了。如今這次，須不可不問。」只待天色黎明，便投波斯館去。在門上坐了一會，方纔那老者走來。此時尚是辰牌時分。老者喜道：「今日來得恰好。我想你説的做人家勾當，若銀子少時，怎濟得事？須把三十萬兩助你。算來三十萬，要六千個元寶錠，便數也數得一日，故此要你早些來。」便引子春入到西廊下房内，只一搬，搬出六千個元寶錠來，交付明白，叮囑道：「老夫一生家計，盡在此了。你若再敗時節，也不必重來見我。」子春拜謝道：「敢問老翁高姓大名？尊府那裏？」老者道：「你待問我怎的？莫非你思量報我麽？」子春道：「承老翁前後共送了四十三萬，這等大恩，還有甚報得？只是狗馬之心，一毫難盡。若老翁要宅子住，小子賣契尚在袖裏，便敢相奉。」老者笑道：「我若要你這宅子，我只守了自家的銀子却不好。」子春道：「我杜子春貧乏了，平時親識没有一個看顧我的，獨有老翁三次周濟。想我杜子春若無可用之處，怎肯便捨這許多銀子？倘或要用我杜子春，敢不水裏水裏去，火裏火裏去！」老者點着頭道：「用便有用你去處，只是尚早。且待你家道成立，三年之後，來到華山雲臺峰上老君祠前雙檜樹下見我便了。」有詩爲證：

四十三萬等閒輕，末路猶然諱姓名。
他日雲臺雖有約，不知何事用狂生？

却說子春把那三十萬銀子扛回家去，果然這一次頓改初心，也不去整備鞍馬，也不去製備衣服，也不去辭別親眷，悄悄的顧了車馬，收拾停當，徑往揚州。元來有了銀子，就是天上打一個霹靂，滿京城無有不知的。那親眷們都說道：「他有了三十萬銀子，一般財主體面；况又沾親，豈可不去餞別！」也有說道：「他沒了銀子時節，我們不曾禮他，怎麼有了銀子便去餞別？這個叫做前倨後恭，反被他小覷了我們。」到底願送者多，不願送者少，少的拗不過多的，一齊備了酒，出東都門外，與子春餞行。只見酒到三巡，子春起來謝道：「多勞列位高親光送，〔三〕小子信口謅得個曲兒，回敬一杯，休得見笑。」你道是什麼曲兒？元來都是叙述窮苦無處求人的意思，只教那親眷們聽着，坐又坐不住，去又去不得，倒是不來送行也罷了，何苦自討這場没趣。曲云：

我生來是富家，從幼的喜奢華，財物撒漫賤如沙。覷着囊資漸寡，看看手內光光乍，看看身上絲絲挂。歡娱博得嘆和嗟，枉教人作話靶。

待求人難上難，說求人最感傷。朱門走遍自徬徨，没半個錢兒到掌。若没有城西老者寬洪量，三番相贈多情况，這微軀已喪路途傍，請列位高親主張。

子春唱罷，拍手大笑，向衆親眷說聲：「請了！」洋洋而去，心裏想道：「我當初没銀子時節，去訪那親眷們，莫說請酒，就是一杯茶也没有。今日見我有了銀子，便都設酒出門外送我。元來銀子這般不可少的，我怎麽將來容易蕩費了！」一路上好生感嘆。

到得揚州，韋氏只道他止賣得些房價在身，不勾撒漫，故此服飾輿馬，比前十分收斂。豈知子春在那老者跟前，立下個做人家的誓願，又被衆親眷們這席酒識破了世態，改轉了念頭，早把那扶興不扶敗的一起朋友盡皆謝絶，影也不許他上門。方纔陸續的將典賣過鹽場客店、蘆洲稻田，逐一照了原價，取贖回來。果然本錢大，利錢也大。不上兩年，依舊潑天巨富。又在兩淮南北直到瓜州地面，造起幾所義莊，莊内各有義田、義學、義冢。不論孤寡老弱，但是要養育的，就給衣食供膳他；要講讀的，就請師傅教訓他；要殯殮的，就備棺椁埋葬他。莫說千里内外感被恩德，便是普天下那一個不贊道：「杜子春這等敗了，還掙起人家。纔做得家成，又幹了多少好事，豈不是天生的豪傑！」

元來子春牢記那老者期約在心，剛到三年，便把家事一齊交付與妻子韋氏，說道：「我杜子春三入長安，若没那老者相助，不知這副窮骨頭死在那裏？他約我家道成立，三年之外，可到華山雲臺峰上老君祠前雙檜樹下，與他相見，却有用着我的去處。如今已是三年時候，須索到華山去走一遭。」韋氏答道：「你受他這等大恩，就如重生父母一般，莫說要用着你，便是要用我時，也說不得了。況你貧窮之日，留我一個在此，尚能支持；如今現有天大家私，又不怕少了我吃的，又不怕少了我穿的，你只管放心，自去便了。」當日整治一杯別酒，親出城西餞送子春上路。

竹葉杯中辭少婦，蓮花峰上訪真人。

子春別了韋氏，也不帶從人，獨自一個上了牲口，徑往華山路上前去。元來天下名山，無如五岳。你道那五岳？

中岳嵩山、東岳泰山、北岳恒山、南岳霍山、西岳華山。

這五岳都是神仙窟宅。五岳之中，惟華山最高。四面看來都是方的，如刀斧削成一片，故此俗人稱爲「削成山」。到了華山頂上，別有一條小路，最爲艱險，須要攀藤捫葛而行。約莫五十餘里，纔是雲臺峰。子春擡頭一望，早見兩株檜樹，青翠如蓋，中間顯出一座血紅的山門，門上豎着扁額，乃是「太上老君之祠」六個老大的金字。此時乃七月十五，中元令節，天氣尚熱，況又許多山路，走得子春渾身是汗，連忙拭净斂容，向前頂禮仙像。只見那老者走將出來，比前大是不同，打扮得似神仙一般。但見：

戴一頂玲瓏碧玉星冠，披一領織錦絳綃羽衣，黄絲緩腰間婉轉，紅雲履足下蹣跚。頦下銀鬚洒洒，鬢邊華髮斑斑。兩袖香風飄瑞靄，一雙光眼露朝星。

那老者遥問道：「郎君果能不負前約，遠來相訪乎！」子春上前納頭拜了兩拜，躬身答道：「我這身子，都是老翁再生的。既蒙相約，豈敢不來！但不知老翁有何用我杜子春之處？」老者道：「若不用你，要你衝炎冒暑來此怎的！」便引着子春進入老君祠後。這所在，乃是那老者煉藥去處。子春舉目看時，只見中間一所大堂，堂中一座藥竈，玉女九人環竈而立，青龍白虎分守左右。堂下一個大甕，有七尺多高，甕口有五尺多闊，滿甕貯着清水。〔四〕西壁下鋪着一張豹皮。老者教子春靠壁向東盤膝坐下，却去提着一壺酒，一盤食來。你道盤中是甚東西？乃是三個白石子。子春暗暗想道：「這硬石子怎生好吃？」元來煮熟的，就如芋頭一般，味尤甘美。子春走了許多山路，正在飢渴之際，便把酒食都吃盡了。其時紅日沉西，天色傍晚。那老者分付道：「郎君不遠千里，冒暑而來，所約用你去處，單在於此。須要安神定氣，坐到天明。但有所見，皆非實境，任他怎生樣兇險，怎生樣苦毒，都只忍着，不可開言。」【眉批】作者借此戒人開口。分付已畢，自向藥竈前去，却又回頭叮囑道：「郎君切不可忘了我的分付，便是一聲也則不得的。牢記，牢記！」

子春應允。剛把身子坐定，鼻息調得幾口，早看見一個將軍，長有一丈五六，頭戴鳳翅金盔，身穿黃金鎧甲，帶領着四五千人馬，鳴鑼擊鼓，吶喊摇旗，擁上堂來，喝問：「西壁下坐的是誰？怎麽不回避我？快通名姓。」子春全不答應，激得將軍大怒，喝教人攢箭射來，也有用刀夾背斫的，也有用鎗當心戳的，好不利害！子春謹記老者分付，只是忍着，并不做聲。那將軍没奈何他，引着兵馬也自去了。金甲將軍纔去，又見一條大蟒蛇，長可十餘丈，將尾纏住子春，以口相向，焰焰的吐出兩個舌尖，抵入鼻子孔中。又見一群狼虎，從頭上撲下，咆哮之聲，振動山谷。那獠牙就如刀鋸一般鋒利，遍體咬傷，流血滿地。又見許多兇神惡鬼，都是銅頭鐵角，狰獰可畏，跳躍而前。子春任他百般簸弄，也只是忍着。猛地裏又起一陣怪風，刮得天昏地黑，大雨如注，堂下水湧起來，直浸到胸前。轟天的霹靂，當頭打下，電火四掣，鬢髮都燒。子春一心記着老者分付，只不做聲。漸漸的雷收雨息，水也退去。

子春暗暗喜道：「如今天色已霽，想再没有甚麽驚嚇我了。」豈知前次那金甲大將軍，依舊帶領人馬，擁上堂來，指着子春喝道：「你這雲臺山妖民，到底不肯通名姓，難道我就奈何不得你？」便令軍士，疾去揚州，擒他妻子韋氏到來。説聲未畢，韋氏已到，按在地上，先打三百殺威棒，打得個皮開肉綻，鮮血迸流。韋氏哀叫道：「賤妾雖無容德，奉事君子有年，豈無伉儷之情？乞賜一言，救我性命。」子春暗想：「老者分付，說是『隨他所見，皆非實境』，安知不是假的？况我受老者大恩，便真是妻子，如何顧得！」并不開言。激得將軍大怒，遂將韋氏千刀萬剮。韋氏一頭哭，一頭駡，只說：「枉做了半世夫妻，忍心至此！我在九泉之下，誓必報冤。」子春只做不聽得一般。將軍怒道：「這賊妖術已成，留他何用？便可一并殺了。」只見一個軍士，手提大刀走上前來，向子春頸上一揮，早已身首分爲兩處。你看杜子春，剛纔掙得成家，却又死于非命，豈不痛惜！可憐：

游魂渺渺歸何處？遺業忙忙付甚人？

那子春頸上被斫了一刀，已知身死，早有夜叉在旁，領了他魂魄竟投十地閻君殿下，都道：「子春是個雲臺峰上妖民，合該押赴酆都地獄，遍受百般苦楚，身軀糜爛。」元來被業風一吹，依還如舊。却又領子春魂魄，托生在宋州原任單父縣丞叫做王勸家做個女兒。從小多灾多病，針灸湯藥，無時間斷。漸漸長成，容色甚美，只是說不出一句説話來，是個啞的。同鄉有個進士，叫做盧珪，因慕他美貌，〔五〕要求爲妻。王家推辭，啞的不好相許。盧珪道：「人家娶媳婦，只要有容有德，豈在説話？便是啞，不强似長舌的。」却便下了財禮，迎取過門，夫妻甚是相得。早生下兒子，已經兩歲，生得眉清目秀，紅的是唇，白的是齒，真個可愛。忽一日盧珪抱着撫弄，却問王氏道：「你看這樣兒子，生得好麽？」王氏笑而不答。盧珪怒道：「我與你結髮三載，未嘗肯出一聲。這是明明鄙賤着我，還説甚恩情那裏，總要兒子何用？」倒提着兩隻脚，向石塊上只一摜，可憐掌上明珠，摜做一團肉醬。子春却忘記了王家啞女兒就是他的前身，看見兒子被丈夫活活摜死了，不勝愛惜，剛叫得一個「噫」字，豈知藥竈裏迸出一道火光，連這一所大堂險些燒了。

其時天已將明，那老者忙忙向前提着子春的頭髮，將他浸在水甕裏，良久方纔火息。老者跌脚嘆道：「人有七情，乃是喜怒憂懼愛惡欲。我看你六情都盡，惟有愛情未除。若再忍得一刻，我的丹藥已成，和你都升仙了。今我丹藥還好修煉，只是你的凡胎，却幾時脱得？可惜老大世界，要尋一個仙才，難得如此！」子春懊悔無地，走到堂上，看那藥竈時，只見中間貫着手臂大一根鐵柱，不知仙藥都飛在那裏去了。老者脱了衣服，跳入竈中，把刀在鐵柱上刮得些藥末下來，教子春吃了，遂打發下山。子春伏地謝罪，説道：「我杜子春不才，有負老師囑付。如今情願跟着老師出家，只望哀憐弟子，收留在山上罷。」老者摇手道：「我這所在，如何留得你？可速回去，不必多言。」子春道：「既然老師不允，容弟子改過自新，三年之後，再來效用。」老者道：

「你若修得心盡時，就在家裏也好成道；若修心不盡，便來隨我，亦有何益？勉之，勉之！」

子春領命，拜別下山。不則一日，已至揚州。韋氏接着問道：「那老者要你去，有何用處？」子春道：「不要説起，是我不才，負了這老翁一片美情。」韋氏問其緣故，子春道：「他是個得道之人，教我看守丹竈，囑付不許開言。豈知我一時見識不定，失口叫了一個『噫』字，把他數十年辛勤修合的丹藥，〔六〕都弄走了。他道我再忍得一刻，他的丹藥成就，連我也做了神仙。這不是壞了他的事，連我的事也壞了？以此歸來，重加修省。」韋氏道：「你爲甚却道這『噫』字？」子春將所見之事，細細説出，夫妻不勝嗟嘆。

自此之後，子春把天大家私丟在腦後，日夕焚香打坐，滌慮凝神，一心思想神仙路上。但遇孤孀貧苦之人，便動千動百的捨與他，雖不比當初敗廢，却也漸漸的十不存一。倏忽之間，又是三年。一日，對韋氏説道：「如今待要再往雲臺求見那老者，超脱塵凡。所餘家私，儘着勾你用度，譬如我已死，不必更想念了。」那韋氏也是有根器的，聽見子春要去，絶無半點留念，只説道：「那老者爲何肯捨這許多銀子送你，明明是看你有神仙之分，故來點化，怎麼還不省得？」明早要與子春餞行，豈知子春這晚題下一詩，留別韋氏，已潛自往雲臺去了。詩云：

驟興驟敗人皆笑，旋死旋生我自驚。
從今撒手離塵網，長嘯一聲歸白雲。

你道子春爲何不與韋氏面别？只因三年齋戒，一片誠心，要從揚州步行到彼，恐怕韋氏差撥伴當跟隨，整備車馬送他，故此悄地出了門去。兩隻脚上都走起繭子來，方纔到得華州地面。上了華山，徑奔老君祠下，但見兩株檜樹，比前越加葱翠。堂中絶無人影，連那藥竈也没些踪迹。子春嘆道：「一定我杜子春不該做神仙，師父不來點化我了。雖然如此，我發了這等一個願心，難道不見師父就去了不成？今日死也死在這裏，斷然不回去了。」便住在祠内，草衣木食，整整過了三年。守那老者不見，只得跪在仙像前叩頭，祈告云：

竊惟弟子杜子春，下土愚民，塵凡濁骨。奔逐貨利之場，迷戀聲色之内。蒙本師慨發慈悲，指皈大道，奈弟子未斷愛情，難成正果。遣歸修省，三載如初。再叩丹臺，一誠不二。洗心滌慮，六根清净無爲；養性修真，萬緣去除都盡。伏願道緣早啓，仙馭速臨。拔凡骨於塵埃，開迷踪於覺路。云云。

子春正在神前禱祝，忽然祠後走出一個人來，叫道：「郎君，你好至誠也！」子春聽見有人說話，擡起頭來看時，却正是那老者。又驚又喜，向前叩頭道：「師父，想殺我也！弟子到此盼望三年，怎的再不能一面？」老者笑道：「我與你朝夕不離，怎說三年不見？」子春道：「師父既在此間，弟子緣何從不看見？」老者道：「你且看座上神像，比我如何？」子春連忙走近老君神像之前定睛細看，果然與老者全無分別。乃知向來所遇，即是太上老君，便伏地請罪，謝道：「弟子肉眼，怎生認得？只望我師哀憐弟子，早傳大道。」老君笑道：「我因怕汝處世日久，塵根不斷，故假攝七種情緣，歷歷試汝。今汝心下已皆清淨，又何言哉！我想漢時淮南王劉安，專好神仙，直感得八公下界，與他修合丹藥。煉成之日，合宅同升，連那鷄兒狗兒，餂了鼎中藥末，也得相隨而去，至今鷄鳴天上，犬吠雲間。既是你已做神仙，豈有妻子偏不得道？我有神丹三丸，特相授汝，可留其一，持歸與韋氏服之。教他免墮紅塵，早登紫府。」子春再拜，受了神丹，却又禀道：「我弟子貧窮時節，投奔長安親眷，都道我是敗子，并無一個慈悲我的。如今弟子要同妻韋氏，再往長安，將城南祖居捨爲太上仙祠，祠中鑄造丈六金身，供奉香火。待衆親眷聚集，曉喻一番，也好打破他們這重魔障。不知我師可容許我弟子否？」老君贊道：「善哉，善哉！汝既有此心，待金像鑄成之日，吾當顯示神通，挈汝升天，未爲晚也。」正是：

十年一覺揚州夢，赢得人間敗子名。

話分兩頭。却說韋氏自子春去後，却也一心修道，屏去繁華，將所遺家私盡行布施，只在一個女道士觀中投齋度日。滿揚州人見他夫妻雲游的雲游，乞丐的乞丐，做出這般行徑，都莫知其故。忽一日子春回來，遇着韋氏。兩個俱是得道之人，自然不言而喻。便把老君所授神丹，付與韋氏服了，只做抄化模樣，徑赴長安去投見那衆親眷，呈上一個疏簿，說把城南祖居，捨作太上老君神廟，特募黄金十萬兩，鑄造丈六天身，供奉殿上。要勸那衆親眷，共結善緣。其時親眷都笑道：「他兩次得了横財，盡皆廢敗，這不必說了。後次又得一大注，做了人家，如何三年之後，白白的送與人去？只他丈夫也罷了，怎麽韋氏平時既不諫阻，又把分撥與他用度的，亦皆散捨？【眉批】韋氏絶無俗情，所以并能得道。豈不夫妻兩個都是薄福之人，消受不起，致有今日？眼見得這座祖宅，還值萬數銀子，怎麽又要捨作道院，別來募化黄金，興鑄仙像。這等癡人，便是募得些些，左右也被人騙去。我們禮他則甚！」盡都閉了大門，推辭不管閒事。子春夫妻含笑而歸。那親眷們都量定杜子春夫妻斷然鑄不起金像的，故此不肯上疏。豈知半月之後，子春却又上門，遞進一個請帖兒，寫着道：

子春不自量力，謹捨黄金六千斤，鑄造老君仙像。仰仗衆緣，法相完成。擬於明日奉像升座。特備小齋，啓請大德，同觀勝事，幸勿他辭！【眉批】子春面見老君，已得丹訣矣。向人募化特借作木鐸提人耳。

那親眷們看見，無不驚訝，嘆道：「怎麽就出得這許多金子？又怎麽鑄造得這等神速？」連忙差人前去打聽，只見衆親眷們上，和滿都城士庶人家，都是同日有一個杜子春親送請帖，也不知杜子春有多少身子。都道這事有些蹺蹊。到次日，沒一個不來。到得城南，只見人山人海，填街塞巷，合城男女，都來隨喜。早望見門樓已都改造過了，造得十分雄壯，上頭寫着栲栳大金字，是「太上行宫」四個字。進了門樓，只見殿宇廊廡，一剗的金碧輝煌，耀睛奪目，儼如天宫一般。再到殿上看時，真個黄金鑄就的丈六天身，莊嚴無比。衆親眷看了，無不摇首咋舌道：「真個他弄起恁様大事業！但不知這些金子是何處來的？」又見神座前，擺下一大盤蔬菜，一卮子酒，暗暗想道：「這定是他辦的齋了，縱便精潔，無過有一兩器，不消一個人便一口吃完了。怎麽下個請帖，要遍齋許多人衆？」你道好不古怪，只見子春夫婦，但遇着一個到金像前瞻禮的，便捧過齋來請他吃些，沒個不吃，沒個不贊道甘美。

那親眷們正在驚嘆之際，忽見金像頂上，透出一道神光，化做三朵白雲。中間的坐了老君，左邊坐了杜子春，右邊坐了韋氏，從殿上出來，升到空裏，約莫離地十餘丈高。只見子春舉手與人衆作别，説道：「横眼凡民，只知愛惜錢財，焉知大道。但恐三灾横至，四大崩摧，積下家私，抛於何處？可不省哉！可不惜哉！」曉喻方畢，只聽得一片笙簫仙樂，響振虚空，旌節導前，旛蓋擁後，冉冉升天而去。滿城士庶，無不望空合掌頂禮。有詩爲證：

千金散盡貧何惜，一念皈依死不移。
慷慨丈夫終得道，白雲朵朵上天梯。

【校記】

〔一〕「也」，底本作「來」，據衍慶堂本改。

〔二〕「特」，底本及校本均作「待」，據文意改。

〔三〕「光送」，衍慶堂本作「遠送」。按，「光」通「廣」，有「遠」意。

〔四〕「清水」，底本作「清冰」，據衍慶堂本改。

〔五〕「慕」，底本作「墓」，據衍慶堂本改。

〔六〕「修合」，底本及衍慶堂本作「修命」，據前後文改。

向居而行
遇簡而問

第三十八卷　李道人獨步雲門

盡説神仙事渺茫，誰人能脱利名繮？
今朝偶讀雲門傳，陣陣薰風透體凉。

話説昔日隋文帝開皇初年，有個富翁，姓李名清，家住青州城裏，世代開染坊爲業。雖則經紀人家，宗族到也蕃盛，合來共有五六千丁，都是有本事，光着手賺得錢的。因此家家饒裕，遠近俱稱爲李半州。一族之中，惟李清年齒最尊，推爲族長。那李清天性仁厚，族中不論親疏遠近，個個親熱，一般看待，再無兩樣心腸。爲這件上，合族長幼男女，没一個不把他敬重。每年生日，都去置辦禮物，與他續壽。宗族已是大了，却又好勝，各自搜覓異樣古物器玩、錦繡綾羅饋送。他生平省儉惜福，不肯過費，俱將來藏置土庫中，逐年堆積上去，也不計其數。只有一件事，再不吝惜。你道是那一件？他自幼行善，利人濟物，兼之慕仙好道，整千貫價布施。若遇個雲游道士，方外全真，即留至家中供養，學些丹術，講些內養。誰想那班人都是走方光棍，一味説騙錢財，何曾有真實學問。枉自費過若干東西，便是戲法討不得一個。然雖如此，他這點精誠終是不改，每日焚香打坐，養性存心，有出世之念。

其年恰好齊頭七十，那些子孫們，兩月前便在那裏商議，説道：「七十古稀之年，是人生最難得的，須不比平常誕日，各要尋幾件希奇禮物上壽，祝他個長春不老。」李清也料道子孫輩必然如此，預先設下酒席，分着一支一支的，次第請來赴宴。因對衆人説：「賴得你等勤力，各能生活，每年送我禮物，積至近萬，衣裝器具，華侈極矣！只是我平生好道，布衣蔬食垂五十年，要這般華侈的東西，也無用處；我因不好拂你等盛情，所以有受無却。然而一向貯在土庫，未嘗檢閲，多分已皆朽壞了。費你等錢帛，做我的糞土，豈不可惜！今日幸得天曹尚未録我魂氣，生日將到，料你等必然經營慶生之禮，甚非我的本意。所以先期相告，切莫爲此！」子孫輩皆道：「慶生的禮，自古叫做續壽。況兼七十歲，人生能有幾次，若不慶賀，何以以展卑下孝順之心？這可是少得的？」李清道：「既你等主意難奪，只憑我所要的將來送我何如？」子孫輩欣然道：「願聞尊命！」李清道：「我要生日前十日，各將手指大麻繩百尺送我，總算起來約有五六萬丈，以此續壽，豈不更爲長遠！」衆人聞聲，暗暗稱怪，齊問道：「太公分付，敢不奉命！但不知要他做甚？」李清笑道：「且待你等都送齊了，然後使你等知之，今猶未可輕言也。」衆子孫領了李清分付之後，真個一傳十，十傳百，都將麻繩百尺，趕在生日前交納，地上叠得高高的，竟成一座繩山。只是不知他要這許多繩何用。

元來離着青州城南十里，有一座山叫做雲門山，山頂上分做兩個，儼如斧劈開的。青州城裏人家，但是向南的，無不看見這山飛雲度鳥，窳兒内經過，皆歷歷可數。俗人又稱爲劈山。那山頂中間，却有個大穴，澒澒洞洞的，不知多少深。也有好事的，把大石塊投下，從不曾聽見些聲響，以此人都道是没底的。只見李清受了麻繩之後，便差人到那山上緊靠著穴口，竪起兩個大橛子，架上轆轤。家裏又唤打竹家火的，做一個結結實實的大竹籃，又到銅鋪裏買上大小銅鈴好幾百個，也不知道弄出什麽勾當？子孫輩一齊的都來請問，李清方纔答道：「我元説終使你等知之，難道我就瞞着去了？我自幼好道，今經五十餘年，一無所得，常見《圖經》載那雲門山是神仙第七個洞府。我年已七十，便活在世上，也不過兩三年了，趁今手足尚還强健，欲於生日這一日，藉你等所送的麻繩，用著四根，懸住大竹籃四角，中間另是一根，繫上銅鈴，待我坐於籃内，却慢慢的絞下。若有些不虞去處，見我摇動中間這繩，或聽見鈴響，便好將我依舊盤上。萬一有緣，得與神仙相遇，也少不得回來，報知你等。」【眉批】病痛在回報一句，世情未斷。說猶未畢，只見子孫輩都叩頭諫道：「不可，不可！這個大穴裏面，且莫說山精木魅、毒蛇怪獸藏著多少，只是那一道烏黑的臭氣，也把人薰死了。高年之人，怎麽禁得這般利害？」李清道：「我意已決，便死無悔！你等若不容我，必然私自逃去，從空投下。不得麻繩竹籃，永無出來的日子。」內中也有老成的，曉得他生平是個執性的人，便道：「恭敬不如從命。只是這等天大的事，豈可悄然便去，須要遍告親戚，同赴雲門山相送。也使四海流傳，做個美談，不亦可乎！」李清道：「這却使得。」

那李家一姓子孫，原有五六千，又去通知親眷，同來拜送。只算一人一個，却不就是上萬的人了。到得李清生辰這一日，無不陳了鼓樂，携了酒饌，一齊的捧著李清，竟往雲門山去。隨着去看的人，也不知有多少，幾乎把青州城都出空了。不一時，到了雲門山頂。衆人舉目四下一望，果然好景。但見：

衆峰朝拱，列嶂環圍。響泠泠流泉幽咽，密葺葺亂草迷離。崖邊怪樹參天，巖上奇花映日。山徑煙深，野色過橋青靄近；岡形勢遠，松聲隔水白雲連。淅淅但聞林墜露，蕭蕭只聽葉吟風。

那竹籃繩索等件，俱已整備停當。衆親眷們，都更遞的上前奉酒。内中也有一樣高年的説道：「老親家，你好道之心這般决烈，必然是神仙路上人，此去保無他慮，但我等做事也要老成，方無後悔。我想這等黑洞洞深穴，從來没人下去，怎把千金之體，輕投不測？今日既有竹籃繩索，不若先取一個狗來，放下去看。若是這狗無事，再把一個伶俐些家人下去，看道有甚麽仙迹在那裏，待他上來説了，方纔送老親家下去，豈不萬全？」李清笑道：「承教，承教！只是要求道的，長拚個死，纔得神仙可憐，或肯收爲弟子。這個穴内，相傳是神仙第七洞府，又不比砒霜毒藥，怎麽要試他利害？似此疑惑，便是退悔道心，怎能勾超凡脱濁？我主意已定，好歹自下去走遭，不消列位高親擔憂。老漢信口謅得四句俚言，在此留别，望勿見笑！」衆親眷齊道：「願聞珠玉。」李清隨念出一首詩來，詩云：

久拚殘命已如無，揮手雲門願不孤。
翻笑壺公曾得道，猶煩市上有懸壺。

衆人聽了這詩，無不點頭嗟嘆，勉强解慰道：「老親家道心恁般堅固，但願一下去便得逢仙。」李清道：「多謝列位祈祝，且看老漢緣法何如？」遂起來向空拜了兩拜，便去坐在竹籃内，揮手與衆親眷子孫輩作别，再也不説甚話，一徑的把麻繩轣轆轆轆放將下去。莫說衆親眷子孫輩都一個個面色如土，連那看的人也驚呆了，搖頭咋舌道：「這老兒好端端在家受用到不好，却癡心妄想，往恁樣深穴中去求仙！可不是討死吃麽？」噫！李清這番下去了，不知幾時纔出世哩？正是：

神仙本是凡人做，只爲凡人不肯修。

却說李清放下也不知有幾千多丈，覺得到了底上，便爬出竹籃，去看那裏面有何仙迹。豈知穴底黑洞洞的，已是不見一些高低，況是地下有水一般，又滑又爛。還不曾走得一步，早跌上一交。那七十歲老人家，有甚氣力，纔掙得起，又閃上一跌。只兩交，就把李清跌得昏暈了去。那上面親眷子孫輩，看看日色傍晚，又不見中間的麻繩曳動，又不聽得銅鈴響，都猜着道：「這老人家被那股陰濕的臭氣相觸，多分不保了。」且把轆轤絞上竹籃看時，只見一個空籃，不見了李清。其時就着了忙，只得又把竹籃放下。守了一會，再絞上來，依舊是個空籃。那夥看的人，也有嗟嘆的，也有發笑的，都一哄走了。子孫輩只是向着穴口放聲大哭，埋怨道：「我們苦苦諫阻，只不肯聽，偏要下去。七十之人，不爲壽夭，只是死便死了，也留個骸骨，等我們好辦棺槨葬他。如今弄得尸首都没了，這事怎處？」那親眷們人人哀感，無不灑淚。內中也有達者說道：「人之生死，無非大數。今日生辰，就是他數盡之日，便留在家裏，也少不得是死的。況他志向如此，縱死已遂其志，當無所悔。雖然没了尸首，他衣冠是有的，不若今晚且回去，明早請幾個有法力的道士，重到這裏，招他魂去。只將衣冠埋葬，也是古人一個葬法。我聞軒轅皇帝得了大道，已在鼎湖升天去了，還留下一把劍、兩隻履，裝在棺内，葬於橋山。又安知這老翁不做了神仙，也要教我們與他做個空塚。只管對着穴口啼啼哭哭，豈不惑哉！」子孫輩只得依允，拭了眼淚，收拾回家。到明日重來山頂，招魂回去。一般的設座停棺，少不得諸親衆眷都來祭奠。過了七七四十九日，造墳下葬，不在話下。

且説李清被這兩跌，暈去好幾時，方纔醒得轉來，又去細細的摸看。元來這穴底也不多大，只有一丈來闊，周圍都是石壁，别無甚奇異之處。況且脚下爛泥又滑得緊，不能舉步，只得仍舊去尋那竹籃坐下，思量曳動繩索，摇響銅鈴，待他們再絞上去。伸手遍地摸着，已不見了竹籃，叫又叫不應，飛又飛不出，真個來時有路，去日無門，教李清怎麽處置？只得盤膝兒坐在地下。也不知捱了幾日，但覺飢渴得緊，一時難過，想道古人嚙雪吞氈，尚且救了性命，這裏無雪無氈，只有爛泥在手頭，便去抓一把來嚥下。豈知神仙窟宅，每遇三千年纔一開，底裏迸出泥來，叫做「青泥」，專是把與仙人做飯吃的，儘也有些味道，可解飢渴。吃了幾口，覺得精神好些。却又去細細摸看，只見石壁擦底下，又有個小穴，高不上二尺。心下想道：「只管坐在泥中，有何了期！左右没命的人了，便這裏面有甚麽毒蛇妖怪，也顧不得，且是爬將進去，看個下落。」只因這番，直教黑茫茫斷頭之路，另見個境界風光；活喇喇拚命之夫，重開個舖行生理。正是：

閻王未注今朝死，山穴寧無別道通？

李清不顧性命，鑽進小穴裏去，約莫的爬了六七里，覺得裏面漸漸高了二尺來多，左右是立不直的，只是爬着地走。那老人家也不知天曉日暗，倦時就睡上一覺，饑時就把青泥吃上幾口。又爬了二十餘里，只見前面透出星也似一點亮光，想道：「且喜已有出路了。」再把青泥吃些，打起精神，一鑽鑽向前去。出了穴口，但見青的山，緑的樹，又是一個境界。李清起來伸一伸腰，站一站脚，整衣拂履，望空謝道：「慚愧！今朝脱得這一場大難！」依着大路，走上十四五里，腹中漸漸饑餒，路上又没一個人家賣得飯吃。總有得買，腰邊也没錢鈔，穴裏的青泥，又不曾帶得些出來，看看走不動了。只見路傍碧靛青的流水，兩岸覆着菊花，且去捧些水吃。豈知這水也不是容易吃的，仙家叫做「菊泉」，最能延年却病。那李清纔吃得幾口，便覺神清氣爽，手脚都輕快了。

又走上十多里，忽望見樹頂露出琉璃瓦蓋造的屋脊，金碧閃爍，不知甚麼所在？飛撚的趕到那裏去看，却是座血紅的觀門，周圍都是白玉石砌就臺基。共有九層，每一層約有一丈多高，又没個階坡，只得攀藤捫葛，拚命吊將上去。〔二〕那門兒又閉着，不敢擅自去叩，只得屏氣而待。直等到一佛出世，二佛升天，方纔有個青衣童子開門出來，喝道：「李清，你來此怎麼？」李清連忙的伏地叩頭，稱道：「青州染匠李清，不揣凡庸，冒叩洞府，伏乞收爲弟子，生死難忘！」那童子笑道：「我怎好收留得你？且引你進去懇求我主人便了。」那青衣童子入去不久，便出來引李清進去。到玉墀之下，仰看壁上華麗如天宮一般，端的好去處。但見：

朱甍耀日，碧瓦標霞。起百尺琉璃寶殿，甃九層白玉瑤臺。隱隱雕梁鎸玳瑁，行行繡柱嵌珊瑚。琳宮貝闕，飛檐長接彩雲浮；玉宇瓊樓，畫棟每含蒼霧宿。曲曲欄干圍瑪瑙，深深簾幕挂珍珠。青鸞玄鶴雙雙舞，白鹿丹麟對對游。野外千花開爛熳，林間百鳥囀清幽。

李清去那殿中看時，只見正居中坐着一位仙長，頭戴碧玉蓮冠，身披縷金羽衣，腰繫黃縧，足穿朱舄，手中執着如意，有神游八極之表。東西兩傍，每邊又坐着四位，一個個仙風道骨，服色不一。滿殿祥雲繚繞，香氣氤氳，真個萬籟無聲，一塵不到，好生嚴肅。李清上前，逐位叩了頭，依舊將這冒死投見的情節，表訴一遍。只見中間的仙長説道：「李清，你未該來此，怎麽就擅自投到？我這裏没有你的坐位，快回去罷！」李清便涕泣稟道：「我李清一生好道，不曾有些兒效驗。今日幸得到了仙宫，面見仙長，豈肯空手回去？我已是七十歲的人，左右回去，也没多幾時活，難道還再來得成？情願死便死在階下，斷然不回去了。」那仙長只是摇頭不允。却得傍邊的替他稟道：「雖則李清未該到此，但他一片虔誠，亦自可憐！我今若不留他，只道神仙到底修不得的了。况我法門中，本以度人爲第一功德，姑且收留門下，若是不堪受教，再遣他回去，亦未遲也！」那仙長纔點着頭道：「也罷！也罷！姑容他在西邊耳房暫住。」李清連忙拜謝。一頭走到耳房裏去，一頭想道：「我若没有些道氣，怎得做仙家弟子？只是當初曾與子孫們約道，遇得仙時，少不得給假回去，報知你等。今我再三哀稟，又得傍邊這幾位仙長相勸，纔許收留，怎麽又請回去？萬一觸忤了他，嗔責我塵緣未浄，如何是好？且自安心静坐，再過幾時，另作區處。」

那李清走到西邊耳房下，尚未坐定，只見一個老者，從門外進來，稟道：「蓬萊山霞明觀丁尊師初到，西王母特啓瑶池大宴，請群真同赴。」并不見有人陳設，早已九乘鶴駕鸞車，齊齊整整，擺列殿下。其時中間的仙長在前，兩傍的八位在後，次第步出殿來。那李清也免不得隨着那夥青衣童子，在丹墀裏候送。只見仙長覷着李清，分付道：「你在此，若要觀山玩水，任意無拘；惟有北窗，最是輕易開不得的。謹記，謹記！」説罷，各各跨上鸞鶴，騰空而起。自然有雲霞擁護，簫管喧闐，這也不能備述。

豈知李清在耳房下憑窗眺望，看見三面景致。幽禽怪鳥，四時有不絶之音；異草奇花，八節有長春之色。真個觀之不足，玩之有餘。漸漸轉過身來，只見北窗斜掩，想道：「既是三面都好看得，怎麽偏生一個北窗却看不得？必定有甚奇異之處，故不把與我看。如今仙長已去赴會，不知多少程途，未必就回，且待我悄悄的開來看看，仙長那裏便知道了。」走上前輕輕把手一推，呀的一聲，那窗早已開了。舉目仔細一觀，有恁般作怪的事！一座青州城正臨在北窗之下。見州裏人家，歷歷在目。又見所住高房大宅，漸已殘毁，近族傍支，漸已零落，不勝慨嘆道：「怎麽我出來得這幾日，家裏便是這等一個模樣了？俗語道得好：『家無主，屋倒柱。』我若早知如此，就不到得這裏也罷！何苦使我子孫恁般不成器，壞了我的門風。」不覺歸心頓然而起。

【眉批】情多礙道。

豈知嘆聲未畢，衆仙長已早回來了，只聽得殿上大叫：「李清！李清！」那李清連忙掩上北窗，走到階下。中間的仙長大怒道：「我分付你不許偷開北窗，你怎麽違命，擅自開了？又嗟嘆懊悔，思量回去。我所以不肯收留者，正爲你塵心不斷故也。今日如何還容得你在此，便可速回，無得溷我洞府！」那李清無言可答，只是叩頭請罪，哀告道：「我來時不知吃了多少苦楚，真個性命是毫釐絲忽上挣來的。如今回去，休説竹籃繩索，已被家裏人絞上；【眉批】若竹籃繩索還在，歸計決矣。就是這三十多里小小穴道中，我老人家怎麽還爬得過？」仙長笑道：「這不必憂慮，我另有個路徑，教人指引你出去。」那李清方纔放下了這條肚腸，起來拜謝出門。只見東手頭一位，向着仙長不知説甚話。仙長便唤李清：「你且轉來。」李清想道：「一定的又似前番相勸，收留我了。」不勝欣然。急急走轉去跪下，聽候法旨。你道那仙長唤李清回來，説些甚麽？説道：「我遣便遣你回去，只是你没個生理，何以度日？我書架上有的是書，你可隨意取一本去，若是要覓衣飯，只看這書上，自然有了。」李清口裏答應，心裏想道：「元來仙長也只曉得這裏的事，不曉得我青州郡裏的事。我本有萬金家計，就是子孫輩連年送的生日禮物，也有好幾千，怎麽剛出來得這兩日，便回去没有飯吃了？」只是難得他一片好意，不免走近書架上，取了一本最薄的，過去拜謝。那仙長問道：「書有了麽？」李清道：「有了。」仙長道：「既有了書，去罷！」

李清正待出門，只見西手頭一位，向着仙長也不知説甚話。那仙長把頭一點，又叫道：「李清，你且轉來。」李清想道：「難道這一番不是勸他收留我的？」豈知仍舊不是。只見仙長道：「你回去，也要走好些路，纔到得家裏。便到了家裏，也不能勾就有飯吃，你可吃飽了去。」早有童子拿出兩個大芋頭來，遞與李清吃。元來是煮熟的鵝卵石，就似芋頭一般，軟軟的，嫩嫩的，又香又甜，比着雲門穴底的青泥，越加好吃。再走過去拜謝，那仙長道：「李清，你此去，也只消七十多年，還該到這裏的。但是青州一郡，多少小兒的性命，都還在你身上！你可廣行方便，休得墮落。我有四句偈語，把與你一生受用，你緊記着！」偈云：

見石而行，聽簡而問。
傍金而居，先裴而遁。

李清再拜，受了這偈語，却教初來時元引進的童子送他回去。竟不知又走出個甚的路徑來，總便不消得萬丈麻繩，難道也没有一些險處？元來那童子指引的路徑，全不是舊時來的去處，却繞着這一所仙院，倒轉向背後山坡上去。只見一個所在，出得好白石頭，有許多人在那裏打他。李清問道：「仙家要這石頭何用？」童子道：「這個是白玉，因爲早晚又有一個尊師該來，故此差人打去，要做第十把交椅。」李清便問道：「這個尊師是甚麼名姓？」童子道：「連我們也只聽得是這等説，怎麼知道？便知道，也不好説得，恐怕泄漏天機，被主人見罪。」一頭説，一頭走，也行了十四五里，都是龜背大路，兩傍參天的古樹，間着奇花異卉，看不盡的景致，便再走兩里，也不覺的。又走過一座高山，這路徑漸漸僻小，童子把手指道：「此去不上十里，就是青州北門了。」李清道：「我前日來時，是出南門的，怎麽今日却進北門？我生長在青州已七十歲了，那曉得這座雲門山是環着州城的。可知道開了北窗，便直看見青州城裏。但不知那一邊是前路，那一邊是後路，可指示我，等我日後再來叩見仙長，只打這條路上來，却不省費許多麻繩吊去雲門穴裏去？」問未絶口，豈知颼颼的一陣風起，托地跳出一個大蟲來，向着李清便撲，驚得李清魂膽俱喪，叫聲：「苦也！」望後便倒，嚇死在地。可憐：

身名未得登仙府，支體先歸虎腹中。

説話的，我且問你：嘗聞得古老傳説，那青泥白石，乃仙家糧糗，凡人急切難遇，若有緣的嘗一嘗，便疾病不能侵，妖怪不能近，虎狼不能傷。這李清兩件既已都曾飽食，况又在洞府中住過，雖則道心不堅，打發回去，却又原許他七十年後，還歸洞府，分明是個神仙了，如何却送在大蟲口裏？看官們莫要性急，待在下慢慢表白出來。那大蟲不是平常吃人的虎，乃是個神虎，專與仙家看山守門的，是那童子故意差來把李清驚嚇，只教他迷了來路，元非傷他性命。

那李清死去半晌，漸漸的醒轉來，口裏只叫：「救命，救命！」慢慢挣扎坐起看時，大蟲已是不見，連青衣童子也不知去向，跌足道：「罷了，罷了！這童子一定被大蟲馱去吃了。可憐，可憐！」却又想道：「那童子是侍從仙長的，料必也有些仙氣，大蟲如何敢去傷他？決無此理。只是因甚不送我到家，半路就撇了去？」心下好生疑惑，爬將起來，把衣服整頓好了，忽地回頭觀看，又吃一驚：怎麽那來路一剗都是高山陡壁，全無路徑？連稱：「奇怪！奇怪！」口裏便説，心中只怕又跳出一個大蟲來，却不喪了這條老命。且自負命跑去。約莫走上四五里，却是三叉路口，又没一個行人來往，可以問信。看看日色傍晚，萬一走差路頭怎了！正在没擺布處，猛然看見一條路上，却有塊老大的石頭，支出在那裏，因而悟道：「仙長傳授我的偈語，有句道：『見石而行。』却不是教我往這條路去？」果然又走上四五里，早是青州北門了。

進了城門，覺得街道還略略可認，只是兩邊的屋宇，全比往時不同，莫測其故，欲要問人，偏生又不遇着一個熟的。漸漸天色又黑，只得趕回家去。豈知家裏房子，也都改換，却另起了大門樓，兩邊八字墻，好不雄壯！李清暗道：「莫非錯走到州前來了？」仔細再看：「像便像個衙門，端只是我家裏。難道這等改换了，我便認不得。

想我離家去，只在雲門穴裏，不知擔閣了幾日，也是有數的。後面鑽出小穴來，總是今日這一日，怎麼便有這許多差異的事？莫非州裏見我不在，就把我家房子白白的占做衙門？可道凡事也不問個主。只可惜今日晚了，拚到明日，打進狀詞，與他理會。隨你官府，也少不得給官價還我。」只得尋個客店安歇，争奈身邊一個錢也没有，不免解件衣服下來，换了一貫錢。還覺腹中是飽的，只買一角酒來吃了。便待去睡，終久心下徬徨，這夜如何睡得着。李清在床上翻來覆去，自嗟自嘆，悔道：「我怎麼倒去抱怨仙長？他明明説我回去將何度日，教我取書一本，别做生理。又道是我回去，就也未有飯吃，把兩個煮熟的石子與我，豈不是預知已有今日了。」便去袖裏把書一摸，且喜得尚在，只如今未有工夫去看。

待到天明，還了房錢，便遍著青州大街上都走轉來，莫説衆親眷子孫没有一個，連那染坊舖面，也没一間留下的。只得陪個小心，逢人便問。豈知個個摇頭，人人努嘴，都説道：「我們并不知道有甚李清，也并不曾見説雲門山穴裏有人下去得的。」只教李清茫然莫知所以。看看天晚，只得又向客店中安歇。到第二日，又向小巷兒裏東抄西轉，也不曾遇着一個。但是問人，都與大街上説話一般，一發把李清弄呆了，想道：「我也怪前日出來的路徑，有些差異，【行側批】絶好一曲□□不是？莫非這座青州城是新建的，不是我舊青州？故此没個熟人相遇。天下雲門山只有一個，絶無兩個。我何不出了南門，徑到雲門山上一看，若雲門山無異，這便是我舊青州了，再慢慢的訪問，好歹究出甚的緣故來。」忙忙的奔出南門，徑往雲門山去。

將至山頂，早見一座亭子，想道：「這路徑明明是雲門山的，幾時有個亭子在這裏？且待我看是甚麽亭？」元來題着：「爛繩亭。開皇四年立。」李清道：「是了！昔日樵夫曾遇見仙人下棋，他看得一局棋完，不知已過了多少年歲，這斧柄坐在身下，已爛壞了，至今世人傳説爛柯的故事。多分是我衆子孫道我將這麻繩吊下雲門穴底，也去遇了神仙，把繩都爛掉在山上，故建立這座亭子，名爲『爛繩亭』。無非要四方流傳，做個美談的意思。看他後面寫着『開皇四年立』，却不仍是今年的日月，怎麽城裏人家就是這等改换了？且再到上邊去看。」只見當着穴口，竪個碑石，題道：「李清招魂處。」李清嚇了一跳道：「我現今活活的在此，又不曾死，要招我的魂做甚麽？」又想了一想道：「是了，是了！見我下到這般險處，提起竹籃上來，又不見了我，疑心道死了，故在此招我的魂回去。」又想一想道：「咦！莫非是我真個死了，今日是魂靈到此？」心下反徬徨起來，不能自决，想道：「既是招魂，必有個葬處；若是葬，必在祖墳左右。人家雖有改换之日，祖宗墳墓，却千年不改换的，何不再去祖墳上一看，或者倒有個明白。」

下了雲門山，一徑的轉過東門，遠遠望見祖墳上，山勢活似一條青龍，從天上飛將下來的。想起：「《葬經》上面有云：『山如鳳舉，或似龍蟠。一千年後，當出仙官。』看我家祖墳有這等風水，怎麽剛出得我一個！纔遇見仙人，又被赶逐回家，焉能勾升天日子？却不知這風水，畢竟應在那個身上？」【眉批】冷話都有着落。到了祖墳，不免拜了兩拜。只見許多合抱的青松白楊，盡被人伐去。墳上的碑石，也有推倒的，也有打斷的，全不似舊時模樣。不勝悽感，嘆道：「我家衆子孫，真個都死斷了，就没一個來到墳上照管？」單有一個碑，倒還是竪着的，碑上字迹，仿佛可認，乃是「故道士李清之墓」七個字。李清道：「既是招魂葬，〔二〕無過把些衣冠埋在裏面，料必是個空塚。只是碑石已被苔蘚駁蝕幾盡，須不是開皇四年立的，可知我死已多時了。今日來家的，一定是我魂靈，故此幽明間隔，衆親眷子孫都不得與我相見。不然，這上千上萬的人，怎麽就没一個在的？」那李清滿肚子疑心：「只當青天白日，做夢一般。又不知是生，又不知是死，教我那裏去問個明白？」

正在傍徨之際，忽聽得隱隱的漁鼓簡響，走去看時，却是東嶽廟前一個瞎老兒，在那裏唱道情，聚着人掠錢，方纔想起：「臨出山時，仙長傳授我的偈語第二句道：

『聽簡而問。』這個不是漁鼓簡？我該問他的。且自站在一邊，待衆人散後，過去問他便了。」只見那瞎老兒，止掠得十來文錢，便没人肯出。內中一個道：「先生，你且説唱起來，待我們斂足與你。」瞽者道：「不成不成！我是個瞎子，倘説完了，都一溜走開，那裏來尋討？」衆人道：「豈有此理！你是個殘疾人，哄了你也不當人子。」那瞽者聽信衆人，遂敲動漁鼓簡板，先念出四句詩來，道：

暑往寒來春復秋，夕陽橋下水東流。
將軍戰馬今何在？野草閒花滿地愁。

念了這四句詩，次第敷演正傳，乃是「莊子嘆骷髏」一段話文，又是道家故事，正合了李清之意。李清擠近一步，側耳而聽，只見那瞽者説一回，唱一回，正嘆到骷髏皮生肉長，復命回陽，在地下直跳將起來。那些人也有笑的，也有嗟嘆的。却好是個半本，瞽者就住了鼓簡，待掠錢足了，方纔又説，此乃是説平話的常規。誰知衆人聽話時一團高興，到出錢時，面面相覷，都不肯出手。又有身邊没錢的，假意説幾句冷話，佯佯的走開去了。【眉批】世情大率如此，豈獨聽平話爲然。剛剛又只掠得五文錢。那掠錢的人，心中焦躁，發起喉急，將衆人亂罵。內中有一後生出尖攬事，就與那掠錢的爭嚷起來。一遞一句，你不謙，我不讓，便要上交厮打，把前後掠的十五文錢，撒做一地。衆人發聲喊，都走了。有幾個不走的，且去勸厮打，單撇着瞽者一人。

李清動了個惻隱之心，一頭在地上撿起那十五文錢，交付與瞽者，一頭口裏嘆道：「世情如此磽薄，錢財恁般珍重！」【眉批】李清終是道氣。瞽者接錢在手，聞其嘆語，問道：「你是兀誰？」李清道：「老漢是問信的，你若曉得些根由，到送你幾十文酒錢。」瞽者道：「問甚麽信？」李清道：「這青州城内，有個做染匠的李家，你可曉得麽？」瞽者道：「在下正姓李，敢問老翁高姓大名？」李清道：「我叫做李清，今年七十歲了。」瞽者笑道：「你怎麽欺我瞎子，就要討我的便宜。我也不是個小夥子，年紀倒比你長些，今年七十六歲了。只我嫡堂的叔曾祖，叫做李清，你怎麽也叫做李清？」李清見他説話有些來歷，便改着口道：「天下儘有同名同姓的，豈敢討你的便宜？我且問你，那令曾叔祖，如今到那裏去了？」瞽者道：「這説話長哩。直在隋文帝開皇四年，我那叔曾祖也是七十歲，要到雲門山穴裏，訪甚麽神仙洞府，備下了許多麻繩，一吊吊將下去。你道這個穴裏，可是下去得的？自然死了。元來我家合族全仗他一個福力。自他死後，家事都就零落；況又遭着兵火，遂把我合族子孫都滅盡了，單留得我一個現世報還在這裏，却又無男無女，靠唱道情度日。」

李清暗忖道：「元來錯認我死在雲門穴裏了。」又問道：「他吊下雲門穴去，也只一年裏面，怎麼家事就這等零落得快？合族的人也這等死滅得盡？」瞽者道：「哎呀！敢是你老翁說夢哩。如今須不是開皇四年，是大唐朝高宗皇帝永徽五年了。隋文帝坐了二十四年天下，傳與煬帝，也做了十四年，被宇文化及謀殺了，因此天下大亂。却是唐太宗打了天下，又讓與父親做皇帝，叫做高祖，坐了九年。太宗自家坐了二十三年。如今皇帝就是太宗的太子，又登基五年了。從開皇四年算起，共是七十二年。【眉批】與桃源避秦記合。我那叔曾祖去世時節，我只有得五歲，如今現活七十六歲了，你還說道快哩。」李清又道：「聞得李家族裏，有五六千丁，便隔得七十二年，也不該就都死滅，只剩得你一個。」瞽者道：「老翁你怎知這個緣故？只因我族裏人，都也有些本事，會光着手賺得錢的。不料隋煬帝死後，有個王世充造反，到我青州，看見我家族裏人丁精壯，盡皆拿去當軍。那王世充又十分不濟，屢戰屢敗，遂把手下軍馬都消折了。我那時若不虧着是個帶殘疾的，也留不到今日。」【眉批】宋人生犢，孔子使之祀天，亦此意。李清聽了這一篇說話，如夢初覺，如醉方醒，把一肚子疑心，纔得明白。身邊只有三四十文錢，盡數送與瞽者，也不與他說明這些緣故，便作別轉身，再進青州城來。

一路想道：「古詩有云：『山中方七日，世上已千年。』果然有這等異事！我從開皇四年吊下雲門穴去，往還能得幾日，豈知又是唐高宗永徽五年，相隔七十二年了。人世光陰，這樣容易過的！若是我在裏面多住幾時，却不連這青州城也没有了。如今我的子孫已都做故人，自已住的高房大屋，又皆屬了别姓，這也不必説起。只是我身邊没有半分錢鈔，眼前又别無熟識可以那借，教我把甚麽度日？左右也是個死，那仙長何苦定要赶我回來怎的？」嘆了幾聲，想了一會，猛然省道：「我李清這般懵懂，怎麽思量還要做仙哩？我臨出門時，仙長明明説我回家來，怕没飯吃，曾教我到他書架上拿本書去，如今現在袖裏，何不取出書來，看道另做甚麽生意？」

你道這本書是甚麽書？元來是本醫書，專治小兒的病症，也不多幾個方子在上面。那李清看見，方纔悟道：「仙長曾對我説，此去不消七十多年，依舊容我來到那裏。我想這七十年，非比雲門穴底下，須在人世上好幾時，不是容易過的。况我老人家，從來藥材行裏不曾着脚，怎便莽莽廣廣的要去行醫？且又没些本錢置辦藥料。不如到藥舖裏尋個老成人，與他商量，好做理會。」剛剛走得三百餘步，就有一個白粉招牌，上寫着道：積祖金舖出賣川廣道地生熟藥材。

當下李清看見，便大喜道：「仙長傳授我的第三句偈語説道：『傍金而居。』這不是姓金的了？世稱神仙未卜先知，豈不信哉！豈不信哉！」只見舖中坐的，還不上二十多歲，叫做金大郎。李清連忙向前，與他唱個喏，問道：「你這藥材，還是現賣，也肯賒賣？」金大郎道：「別人家買藥的，都要現錢纔賣；只有行醫開舖的，是長久主顧，但要藥料，只上個帳簿取去，或一季，或一月一算，總數還錢，叫做半賒半現。」李清便扯個謊道：「我原是個幼科醫人，一向背着包沿村走的，如今年紀老了，也要開個舖面，坐地行醫，不知那裏有空房，可以賃住？乞賜指引，也好與貴舖做個主顧。」金大郎道：「就是我家隔壁，有一間空房，不見門上貼着『召賃』兩字麽？只怕窄狹，不彀居住。」李清道：「我老身別無家小，便一間也儘彀了。只是舖前須要竪面招牌，舖內須要藥厢藥刀各色家火，方纔像個行醫的。這幾件，都在那裏去置辦？不知可也賒得否？」金大郎道：「我舖裏儘有現成餘下的在此，我一發都借了你去。待生意興旺時，連那藥帳，一總算還與我，豈不兩得其便？」那李清虧得金大郎一力周旋，就在他藥舖間壁住下，想起：「當初在雲門山上與親族告別之時，曾有詩云：『翻笑壺公曾得道，猶煩市上有懸壺。』不意今日回來，又要行醫，却不應了兩句讖語。」【眉批】好照應。遂在門前，横吊起一面小牌，寫着「懸壺處」三個字。直竪起一面大牌，寫着「李氏專醫小兒疑難雜症」十個字。舖內一應什物家火，無不完備。真個妝一佛像一佛，自然像個專門的太醫起來。

恰好這一年青州城裏，不論大小人家，都害時行天氣，叫做小兒瘟，但沾着的便死。那幼科就沒請處，連大方脉的，也請了去。豈知這病偏生利害，隨你有名先生下的藥，只當投在水裏，眼睁睁都看他死了。只有李清這老兒古怪，不消自到病人家裏切脉看病，只要説個症候，怎生模樣，便信手撮上一帖藥，也不論這藥料有貴有賤，也不論見效不見效，但是一帖，要乙伯個錢。若討他兩帖的，便道：「我的藥，怎麽還用兩帖？」情願退還了錢，連這一帖也不發了。那討藥的人，都也半信半不信，無奈病勢危急，只得也贖一帖，回去吃看。你道有這等妙藥？纔到得小兒口裏，病就好一半，一咽咽下肚裹去，便全然好了。還有拿得藥回去，小兒已是死了的，但要煎的藥香，衝在那小兒鼻孔内，就醒將轉來。這名頭就滿城傳遍，都稱他做「李一帖」。

從此後，也不知醫好了多少小兒，也不知賺過了多少錢鈔。我想李清是個單身子，日逐用度有限，除算還了房錢藥錢，和那什物家火錢以外，贏餘的難道似平時積攢生日禮一般，都爛掉在家裏？畢竟有個來處，也有個去處。元來李清這一次回來，大不似當初性子，有積無散。除還了金大郎舖内賒下各色家火，并生熟藥料的錢，其餘只勾了日逐用度，盡數將來賑濟貧乏，略不留難。【眉批】君平之卜，李清之晉，事可并傳。這叫做廣行方便，無量功德。以此聲名越加傳播，莫説青州一郡，遍齊魯地方，但是要做醫的，聞得李一帖名頭，那一個不來拜從門下，希圖學些方術。只見李清再不看甚醫書，又不親到病人家裏胗脉，凡遇討藥人來，收了銅錢便撮上一帖藥，又不多幾樣藥味。也有説來病症是一樣的，倒與他各樣的藥；也有説來病症是各樣的，倒與他一樣藥。但見拿藥去吃的，無有不效。衆皆茫然，莫測其故，只得覓個空閒，小心請教。李清道：「你等疑我不曾看脉，就要下藥，不知醫道中，本以望聞問切目爲神聖工巧，可見看脉是醫家第四等，不是上等。況小兒科與大方脉不同，他氣血未全，有何脉息可以看得？總之，醫者，意也。無過要心下明，指下明，把一個意思揣摩將去。怎麽靠得死方子，就好療病？你等但看我的下藥，便當想我所以下藥的意思。那《大觀本草》這部書，却不出在我山東的，你等熟讀《本草》，先知了藥性，纔好用藥。上者要看本年是甚司天，就與他分個温凉；二者看害病的是那地方人，或近山或近水，就與他分個燥濕；三者看是甚等樣人家，富貴的人，多分柔脆，貧賤的人，多分堅强，就與他分個消補。細細的問了症候，該用何等藥味，然後出些巧思，按着君臣佐使，加減成方，自然藥與病合，病隨藥去。所以古人將用藥比之用兵，全在用得藥當，不在藥多。趙括徒讀父書，終致敗滅，此其鑒也！」衆等皆拜謝教而退。豈知李清身邊，自有薄薄的一本仙書，怎肯輕易泄漏？正是：

小兒有命終須救，老子無書把甚看。

李清自唐高宗永徽五年，行醫開鋪起，真個光陰迅速，不覺過了第六年，又是顯慶五年，龍朔三年，麟德二年，乾封二年，總章二年，咸亨四年，上元二年，儀鳳三年，調露一年，永隆一年，開耀一年，一總共是二十七年了。這一年却是永淳元年，忽然有個詔書下來，説御駕親幸泰山，要修漢武帝封禪的故事。你道如何叫做封禪？只爲天下五座名山，稱爲五嶽。五嶽之中無如泰山，尤爲靈秀，上通於天，雲雨皆從此出。故有得道的皇帝，遇着天下太平，風調雨順，親到泰山頂上祭祀嶽神，刻下一篇紀功德的頌，告成天地。那碑上刻的字，都是赤金填的，叫做金書。碑外又有個白玉石的套子，叫做玉檢。最是朝廷盛舉。那天帝是不好欺的，頌上略有些不實，便起怪風暴雨，不能終事。這也不是漢武帝一個創起的，直從大禹以前，就有七十九代，都曾封禪。後來只有秦始皇和漢武帝兩個，這怎叫得有道之君？無非要粉飾太平，侈人觀聽。畢竟秦始皇遇着大雨，只得躲避松樹底下；漢武帝下山，也被傷了左足。故此武帝之後，再没有敢去封禪的。那唐高宗這次詔書，已是第三次了。青州地方，正是上泰山的必由去處，刺史官接了詔，不免點起排門夫，填街砌路，迎候聖駕。那李清既有鋪面，便也編在人夫數内，催去着役。

其時青州自有了李清行醫，羞得那幼科先生都關了舖門，再沒個敢出頭的。若教他去做夫砌路，萬一小兒們有個急病，一時怎麼就請得他到，討得藥吃？因此合郡的人，都到州裏去替他禀脱。少不得推幾個能言會語的做頭，向前禀道：「現今行醫的李清已是九十七歲近百的人，有甚麼氣力當夫？我們情願替他出錢，另顧精壯少年應役，仍留他在舖裏，也好保全我一州的小兒性命。」元來李清開舖這一年，依還説是七十歲，因此人只認他九十七歲，那知他已是一百六十八歲了。從來律上凡七十以上的，即係是年老，准免差役。所以合郡的人，借這個名色，要與他顧工替役，仍留他在舖行醫。

豈知州刺史是嶺南人，他那地方最是信巫不信醫的，説道：「雖然李清已有九十七歲，想他筋力强健，儘好做工，怎麼手裏撮得藥，偏修不得路？不見姜太公八十二歲還要輔佐周武王，興兵上陣。既做了朝廷的百姓，死也則索要做，躲避到那裏去？總便他會醫小兒，難道偌大一坐青州，只有他幼科一個？查他開舖以來，只得二十七年，以前的青州人家小兒，也不曾見都死絶了。怎麼獨獨除下他一個名字，何以服衆？」隨他合郡的人再三苦禀，只是不聽。急得那許多人就没個處置，都走到李清舖前商議，要央個緊要的分上，再去與州官説。李清道：「多謝列位盛情，以我老朽看來，到不去說也罷。你道一些小事，有何難聽。那州官這等拘執，無過慮着聖駕親來，非尋常上司之比。少有不當，便是砍頭的罪過。故此只要正身著役，恐怕顧工的做出事來，以後不好查究。做官的肚腸，大概如此，斷然不肯再聽人說。但我揣度事勢，這詔書也多分要停止的。在麟德二年一次，調露元年又一次，如今却是第三次。既是前兩次不來，難道這一次又來得成？包你五日裏面，就有決裂。不若且放下膽，憑他怎生樣差撥便了！」

衆人聽了這篇說話，都怪道：「眼見得州裏早晚就要僉了牌，分了路數，押夫着役，如火急一般，那老兒倒說得冰也似冷。若是詔書一日不停止，怕你一日不做夫？我們倒思量與他央個分上，保求頂替，他偏生自要去當。想是在舖裏收錢不迭，只要到州裏去領他二分一日的工食哩。」都冷笑一聲，各自散去。豈知高宗皇帝這一次，已是決意要到泰山封禪，詔下禮部官，草定了一應儀注，只待擇個黄道吉日，御駕啓行。忽然患了個痿痹的症候，兩隻脚都站不起來，怎麽還去行得這等大禮？因此青州上司，隔不得三日之内，移文下來，將前詔停止。那合郡的人，方信李清神見，越加嘆服。

元來山東地面，方術之士最多，自秦始皇好道，遣徐福載了五百個童男童女到蓬萊山，採不死之藥。那徐福就是齊人。後來漢武帝也好道，拜李少君爲文成將軍，欒大爲五利將軍，日逐在通天臺、竹宮、桂館祈求神仙下降。那少君、欒大也是齊人。所以世代相傳，常有此輩。一向看見李清自七十歲開醫舖起，過了二十七年，已是近百的人，再不見他添了一些兒老態，反覺得精神顏色，越越强壯，都猜是有内養的。如今又見他預知過往未來之事，一定是得道之人，與董奉、韓康一般，隱名賣藥。因此那些方士，紛紛然都來拜從門下，參玄訪道，希圖窺他底藴。屢屢叩問李清，求傳大道。李清只推着老朽，元没甚知覺，唯有三十歲起，便絶了欲，萬事都不營心，圖個静養而已，所以一向没病没痛，或者在此。方士們疑他隱諱，不肯輕泄，却又問道：「壽便養得，那過去未來之事，須不是容易曉得的。不知老師有何法術，就預期五日内當有停止詔書消息？」李清道：「我那裏真是活神仙，能未卜先知的人？豈不知孔夫子萍實商羊故事！只是平日裏聽得童謡，揣度將去，偶然符合。蓋因童謡出於無心，最是天地間一點靈機，所以有心的試他，無有不驗。我從永徽五年在此開醫舖起，聽見龍朔年間就有個童謡，料你等也該記得的。那童謡上説道：

上泰山高，〔三〕高幾層？不怕上不得，倒怕不得登。三度徵兵馬，旁道打騰騰。三度去，登不得。

果然前兩度已驗，故知今次斷無登理。大抵老人家聞見多，經驗多，也無過因此識彼，難道有甚的法術不成？」這方士們見他不肯說，又常是收錢撮藥，忙忙的没個閒暇，還有那夥要賑濟的來打攪，以此漸漸的也散去了。

明年高宗皇帝晏駕，却是武則天皇后臨朝，坐了二十一年，纔是太子中宗皇帝，坐了六年，又被韋皇后謀亂，却是睿宗皇帝除了韋后，也坐了六年，傳位玄宗皇帝，初年叫做開元。不覺又過了九年，總共四十三年。滿青州城都曉得李清已是一百四十歲。一來見他醫藥神效如舊，二來容顏不老，也如舊日，雖或不是得道神仙，也是個高年人瑞。因此學醫的，學道的，還有真實信他的，只在門下不肯散去。正是：

神仙原在閻浮界，骨肉還須夙世成。

話分兩頭。却說玄宗天子也志慕神仙，尊崇道教，拜着兩個天師，一個葉法善，一個邢和璞，皆是得道的，專爲天子訪求異人，傳授玄素赤黄，及還嬰泝流之事。這一年却是開元九年，邢、葉二天師奏道：「現有三個真仙在世：一個叫做張果，是恒州條山人；一個叫做羅公遠，是鄂州人；一個叫做李清，是北海人。雖然在煙霞之外，無意世上榮華，若是朝廷虔心遣使聘他，或者肯降體而來，也未可知。」因此玄宗天子差中書舍人徐嶠去聘張果，太常博士崔仲芳去聘羅公遠，通事舍人裴晤聘李清。

三個使臣辭朝別聖，捧着璽書，各自去徵聘。不題。

元來李清塵世限滿，功行已圓，自然神性靈通，早已知裴舍人早晚將到，省起昔日仙長分付的偈語：「第四句説道：『先裴而遁。』這個『遁』字，是逃遁之遁，難道叫我逃走不成？明明是該尸解去了。」你道怎麽叫做尸解？從來仙家成道之日，少不得要離人世，有一樣白日飛升的謂之羽化，有一樣也似世人一般死了的，只是棺中到底没有尸骸，這爲之尸解。惟有尸解這門，最是不同。隨他五行，皆可解去。以此世人都有不知道他是神仙的。

且説李清一個早起，教門生等休挂牌面，説道：「我今日不賣藥了，只在午時，就要與汝等告別。」衆門生齊吃一驚，道：「師父好端端的，如何説出這般没正經話來？况弟子輩久侍門下，都不曾傳授得師父一毫心法，怎的就去了？還是再留幾時，把玄妙與弟子們細講一講，那時師父總然仙去，道統流傳，使後世也知師父是個有道之人。」李清笑道：「我也没甚玄秘可傳，也不必後人曉得。今大限已至，豈可强留？只是隔壁金大郎又不在此，可煩汝等爲我買具現成棺木，待我氣絶之後，即便下棺，把釘釘上，切不可停到明日。我舖裏一應家火什物，都將來送與金大郎，也見得我與他七十年老鄰老舍，做主顧的意思。」【眉批】此時金大郎亦應年九十餘矣，豈竊李清餘緒，故致高壽耶?衆門生一一領命,流水去買辦棺木等件,頃刻都完。那金大郎也年八十九歲了,筋骨亦甚强健,步履如飛,挣了老大家業,兒孫滿堂,人都叫他是金阿公。只有李清還在少年時看他老起來的,所以原呼他爲大郎。那日起五更往鄉間去了,所以不在。

李清到了午時,香湯沐浴,换了新衣,走入房中。那些門生,都緊緊跟着。李清道:「你們且到門首去,待我静坐片時,將心境清一清,庶使臨期不亂。問金大郎回了,請來面别,也不枉一向相處之情。」衆門生依言,齊走出門,就問金大郎,却還未回。隔了片時,進房觀看李清,已是死了。衆門生中,也有相從久的,一般痛哭流涕;也有不長俊的,只顧東尋西覓,搜索財物。亂了一回,依他分付,即便入棺。元來這尸,也有好些異處。但見他一雙手,兩隻脚,都交在胸前,如龍蟠一般。怎好便放下去?待要與他扯一扯直,豈知是個僵尸,就如一塊生鐵打成,動也動不得。只得將就擡入棺中,釘上材蓋,停在舖裏。李清是久名向知的,頃刻便傳遍了半個青州城,主顧人家都來吊探。衆門生迎來送往,一個個弄得口苦舌乾,腰駝背曲。有詩爲證:

百年踪迹混風塵,一旦辭歸御白雲。

羽蓋霓旌何處在，空留藥臼付門人。

却説通事舍人裴晤，一路乘傳而來，早到青州境上。那刺史官已是知得，帥着合郡父老香燭迎接。直到州堂開讀詔書，却是徵聘仙人李清。刺史官茫然無知，遂問衆父老。父老們禀道：「青州地方，但有個行小兒科的李清，他今年一百四十歲，昨日午時，無病而死。此外并不曾聞有甚仙人李清在那裏。」裴舍人見説，倒吃了一驚，嘆道：「下官受了多少跋涉，賫詔到此，正聘行醫的仙人李清，指望敦請得入朝，也叫做不辱君命。偏生不遇巧，剛剛的不先不後，昨日死了，連面也不曾得見。這等無緣，豈不可惜！我想漢武帝時，曾聞得有人修得神仙不死之藥，特差中大夫去求他藥方，這中大夫也是未到前，適值那人死了。武帝怪他去遲，不曾求得藥方，要殺這大夫。虧着東方朔諫道：『那人既有不死之藥，定然自己吃過，不該死了；既死了，藥便不驗，要這方也沒用。』武帝方悟。今幸我天子神明，勝於漢武，縱無東方朔之諫，必不至有中大夫之恐。但邢、葉二天師既稱他是仙人，自當後天不老，怎麼會死？若果死，就不是仙人了。雖然如此，一百四十歲的人，無病而死，便不是仙人，却也難得。」即便分付州官，取左右鄰不扶結狀，見得李清平日有何行誼，怎地修行的，於某年月某日時，已經身死，方好復命。【眉批】到了末世，馱是真仙，也少不得要個結狀。

刺史不敢怠慢，即喚李清左近鄰佑，責令具結前來，好送天使起身。那些鄰舍領命出去，内中一個道：「我們盡是後生，不曉得他當初來歷詳細，如何具結？聞説止有金阿公是他起頭相處的，必然知他始末根由。昨日往鄉間去了，少不得只在今日明早便歸，待他斟酌寫一張同去呈遞，也好回答。」衆人齊稱有理，同回家去。恰好金老兒從鄉間歸來，一個人背着一大包草頭跟着，劈面遇見。衆人迎住道：「好了，金阿公回也！你昨日不到鄉間去，也好與你老友李太醫作別。」金老兒道：「他往那裏去，要作別？」衆人道：「他昨日午時已辭世了。」金老兒道：「罪過，罪過！我昨日在南門遇見的，怎説恁樣話咒他？」衆人反吃一驚道：「死也死了，怎麽你又看見？想是他的魂靈了。」金老兒也驚道：「不信有這等奇事！」也不回家，一徑奔到李清舖裏，只見擺着靈柩，衆門生一片都帶着白，好些人在那裏吊問。金老兒只管摇首道：「怪哉！怪哉！」衆門生向前道：「我師父昨日午時歸天了，因爲你老人家不在，這靈柩還停在此。」又遞過一張單來道：「舖内一應什物家火，遺命送與你做遺念的。」

金老兒接了單，也不觀看，只叫道：「難道真個死了！我却不信。」衆鄰舍問道：「金阿公，你且説昨日怎的看見他來？」金老兒道：「昨日我出門雖早，未出南門，就遇了一個親戚，苦留回去吃飯，直弄到將晚，方纔别得。走到雲門山下，已是午牌時分。因見了幾種好草藥，方在那裏收採，撞見一個青衣童子，捧個香爐前走，我也不在其意。不上六七十步，便是你師父來，不知何故，左脚穿着鞋子，右脚却是赤的。我問他到那裏去，他説道：『我因雲門山上爛繩亭子裏，有九位師父師兄專等我説話，還有好幾日未得回來哩。』他又在袖裏取出一封書，一個錦囊，囊裏像是個如意一般，遞與我，教帶到州裏，好好的送甚裴舍人，不要誤了他事。即今書與錦囊現在我處，如何却是死了？」便向袖中摸出來看。

衆門生起初疑心金老搗鬼，還不肯信，直待見了所寄東西，方纔信道：「且莫論午時不午時，只是我師父從不見出舖門，怎有這東西寄送？豈不古怪！」衆鄰舍也道：「真也是希見的事！他已死了，如何又會寄東西？却又先曉得裴舍人來聘他，便做道魂靈出現，也没恁般顯然！一定是真仙了。」金老兒問道：「什麽裴舍人聘他？」衆鄰舍將朝廷差裴舍人徵聘，州官知得已死，着令結狀之事説出。金老兒道：「元來如此。如今他既有信物，何必又要結狀？我同你們去叩見州官，轉達天使。」衆人依着金老説話，一齊跟來。

金老兒持了書與錦囊，直至州中，將李清昨日遇見寄書的話禀知。州官也道奇異，即帶一干人同去回覆天使。那裴舍人正道此行没趣，連催州裏結狀，就要起身。

只見州官引衆人捧着書禮，禀是李清昨日午時，轉托鄰佑金老兒送上天使的，請自啓看。裴舍人就教拆開書來，却是一通謝表。表上説道：

陛下玉書金格，已簡於九清矣。真人降化，保世安民，但當法唐、虞之無爲，守文、景之儉約。恭候運數之極，便登蓬閬之庭。何必木食草衣，刳心滅智，與區區山澤之流學習方術者哉！無論臣初窺大道，尚未證入仙班；即張果仙尊、羅公遠道友，亦將告還方外，皆不能久侍清朝，而共佐至理者也。昔秦始皇遠聘安期生於東海之上，安期不赴，因附使者回獻赤玉舄一雙。臣雖不才，敢忘答效？謹以緑玉如意一枚，聊布鄙忱，願陛下鑒納。

裴舍人看罷，不勝嘆異，説道：「我聞神仙不死，死者必尸解也。何不啓他棺看？若果係空的，定爲神仙無疑。却不我回朝去，好復聖上，連衆等亦解了無窮之惑。」合州官民皆以爲然。即便同赴舖中，將棺蓋打開看時，棺中止有青竹杖一根，鞋一隻，竟不知昨日尸首在那裏去了。倒是不開看也罷，既是開看之後，更加奇異：但見一道青煙，衝天而起，連那一具棺木，都飛向空中，杳無踪影。【眉批】棺亦飛升，何道而然？唯聞得五樣香氣，遍滿青州，約莫三百里内外，無不觸鼻。裴舍人和合州官民，盡皆望空禮拜。少不得將謝表錦囊，好好封裹，送天使還朝去訖。到得明年，普天下疫癘大作，只有青州但聞的這香氣的，便不沾染，方知李清死後，爲着故里，猶留下這段功果。至今雲門山上立祠，春秋祭祀不絕。詩云：

觀棋曾説爛柯亭，今日雲門見爛繩。
塵世百年如旦暮，癡人猶把利名争。

【校記】

〔一〕「拚命」，底本作「折命」，據衍慶堂本改。

〔二〕「招魂」，底本作「抬魂」，據衍慶堂本改。

〔三〕「上泰山高」，衍慶堂本作「那泰山高」。

空門釋子假作
羅漢真身
妓館佳人錯認
主家少婦

夜色正昏護法神
通開狴犴鐘声甫
定金剛勇力破拘
孪

第三十九卷　汪大尹火焚寶蓮寺

削髮披緇修道，燒香禮佛心虔。不宜潛地去胡纏，致使清名有玷。　念佛持齋把素，看經打坐參禪。逍遥散誕勝神仙，萬貫腰纏不羡。

話説昔日杭州金山寺，有一僧人，法名至慧，從幼出家，積資富裕。一日在街坊上行走，遇着了一個美貌婦人，不覺神魂蕩漾，遍體酥麻，恨不得就抱過來，一口水嚥下肚去。走過了十來家門面，尚回頭觀望，心内想道：「這婦人不知是甚樣人家？却生得如此美貌！若得與他同睡一夜，就死甘心！」又想道：「我和尚一般是父娘生長，怎地剃掉了這幾莖頭髮，便不許親近婦人？我想當初佛爺也是扯淡，你要成佛作祖，止戒自己罷了，却又立下這個規矩，連後世的人都戒起來。我們是個凡夫，那裏打熬得過！又可恨昔日置律法的官員，你們做官的出乘駿馬，入羅紅顏，何等受用！也該體恤下人，積點陰騭，偏生與和尚做盡對頭，設立恁樣不通理的律令！如何和尚犯奸，便要責杖？難道和尚不是人身？就是修行一事，也出於各人本心，豈是捉縛加拷得的！」【眉批】誰教你修行。又歸怨父母道：「當時既是難養，索性死了，倒也乾浄！何苦送來做了一家貨，今日教我寸步難行。恨着這口怨氣，不如還了俗去，娶個老婆，生男育女，也得夫妻團聚。」又想起做和尚的不耕而食，不織而衣，住下高堂精舍，燒香吃茶，恁般受用，放掉不下。

一路胡思亂想，行一步，懶一步，慢騰騰的蕩至寺中，昏昏悶坐，未到晚便去睡卧。心上記挂這美貌婦人，難得到手，長吁短嘆，怎能合眼，想了一回，又嘆口氣道：「不知這佳人姓名居止，我却在此癡想，可不是個呆子！」又想道：「不難，不難！女娘弓鞋小脚，料來行不得遠路，定然只在近處。拚幾日工夫，到那答地方，尋訪消息。或者姻緣有分，再得相遇，也未可知。那時暗地隨去，認了住處，尋個熟脚，務要弄他到手。」算計已定，盼望天明，起身洗盥，取出一件新做的紬絹褊衫，并着乾鞋浄襪，打扮得輕輕薄薄，走出房門，正打從觀音殿前經過，暗道：「我且問問菩薩，此去可能得遇。」遂雙膝跪到，拜了兩拜。向卓上拿過籤筒，摇了兩三摇，撲的跳出一根，取起看時，乃是第十八籤，注着「上上」二字。記得這四句籤訣云：

天生與汝有姻緣，今日相逢豈偶然？

莫惜勤勞問貪懶，管教目下勝從前。

求了這籤，喜出望外，道：「據這籤訣上，明明説只在早晚相遇，不可錯過機會。」又拜了兩拜，放下籤筒，急急到所遇之處，見一婦人，冉冉而來。仔細一覷，正是昨日的歡喜冤家，身伴并無一人跟隨。這時又驚又喜，想道菩薩的籤，果然靈驗。此番必定有些好處，緊緊的跟在後邊。那婦人向着側邊一個門面，揭起班竹簾兒，跨脚入去，却又掉轉頭，對他嘻嘻的微笑，把手相招。這和尚一發魂飛天外，喜之不勝。用目四望，更無一人往來，慌忙也揭起簾兒徑鑽進去問訊。那婦人也不還禮，綽起袖子望頭上一撲，把僧帽打下地來，又赶上一步，舉起尖趫趫小脚兒一蹴，谷碌碌直滾開在半邊，口裏格格的冷笑。這和尚惟覺得麝蘭撲鼻，説道：「娘子休得取笑！」拾起帽子戴好。

那婦人道：「你這和尚，青天白日，到我家來做甚？」至慧道：「多感娘子錯愛，見招至此，怎説這話？」此時色膽如天，也不管他肯不肯，向前摟抱，將衣服亂扯。那婦人笑道：「你這賊禿！真是不見婦人面的，怎地就恁般粗鹵！且隨我進來。」灣灣曲曲，引入房中。彼此解衣，抱向一張榻上行事。剛剛膚肉相湊，只見一個大漢，手提鋼斧，搶入房來，喝道：「你是何處禿驢？敢至此奸騙良家婦女！」嚇得至慧戰做一團，跪到在地下道：「是小僧有罪了！望看佛爺面上，乞饒狗命，回寺去誦十部《法華經》，保佑施主福壽綿長。」這大漢那裏肯聽，照頂門一斧，砍翻在地。你道被這一斧，還是死也不死？元來想極成夢，并非實境。這和尚撒然驚覺，想起夢中被殺光景，好生害怕，乃道：「偷情路險，莫去惹他，不如本分還俗，倒得安穩。」自此即蓄髮娶妻，不上三年，癆瘵而死。離寺之日，曾作詩云：

少年不肯戴儒冠，强把身心赴戒壇。
雪夜孤眠雙足冷，霜天剃髮髑髏寒。
朱樓美女應無分，紅粉佳人不許看。
死後定爲惆悵鬼，西天依舊黑漫漫。

適來說這至慧和尚，雖然破戒還俗，也還算做完名全節。如今說一件故事，也是佛門弟子，只爲不守清規，弄出一場大事，帶累佛面無光，山門失色。這話文出在何處？出在廣西南寧府永淳縣，在城有個寶蓮寺。這寺還是元時所建，累世相傳，房廊屋舍，數百多間，田地也有上千餘畝。錢糧廣盛，衣食豐富，是個有名的古刹。本寺住持，法名佛顯，以下僧衆，約有百餘，一個個都分派得有職掌。凡到寺中游玩的，便有個僧人來相迎，先請至净室中獻茶，然後陪侍遍寺隨喜一過，又擺設茶食果品相待，十分盡禮。雖則來者必留，其中原分等則，若遇官宦富豪，另有一般延款，這也不必細說。

大凡僧家的東西，賽過吕太后的筵宴，不是輕易吃得的。却是爲何？那和尚們名雖出家，利心比俗人更狠。這幾甌清茶，幾楪果品，便是釣魚的香餌，不管貧富，就送過一個疏簿，募化錢糧。不是托言塑佛妝金，定是説重修殿宇；再没話講，便把佛前香燈油爲名。若遇着肯捨的，便道是可擾之家，面前千般諂諛，不時去説騙；設遇着不肯捨的，就道是鄙吝之徒，背後百樣詆毁，走過去還要唾幾口涎沫。所以僧家再無個饜足之期。又有一等人，自己親族貧乏，尚不肯周濟分文，到得此輩募緣，偏肯整幾兩價布施，豈不是捨本從末的癡漢！有詩爲證：

人面不看看佛面，平人不施施僧人。
若念慈悲分緩急，不如濟苦與憐貧。

惟有寶蓮寺與他處不同，時常建造殿宇樓閣，并不啓口向人募化。爲此遠近士庶都道此寺和尚善良，分外敬重，反肯施捨，比募緣的倒勝數倍。况兼本寺相傳有個子孫堂，極是靈應，若去燒香求嗣的，真個祈男得男，祈女得女。你道是怎地樣這般靈感？元來子孫堂兩傍，各設下净室十數間，中設床帳，凡祈嗣的，須要壯年無病的婦女，齋戒七日，親到寺中拜禱，向佛討筶，如討得聖筶，就宿於浄室中一宵，每房只宿一人。若討不得聖筶，便是舉念不誠，和尚替他懺悔一番，又齋戒七日，再來祈禱。【眉批】少不得有個聖筶。那浄室中四面嚴密，無一毫隙縫，先教其家夫男僕從，周遭點檢一過。任憑揀擇停當，至晚送婦女進房安歇，親人僕從睡在門外看守。爲此并無疑惑。那婦女回去，果然便能懷孕，生下男女，且又魁偉肥大，疾病不生。因有這些效驗，不論士宦民庶眷屬，無有不到子孫堂求嗣，就是鄰邦隔縣聞知，也都來祈禱。這寺中每日人山人海，好不熱鬧，布施的財物不計其數。有人問那婦女，當夜菩薩有甚顯應。也有説夢佛送子的，也有説夢羅漢來睡的，也有推托没有夢的，也有羞澀不肯説的，也有祈後再不往的，也有四時不常去的。【眉批】女品盡□此矣。你且想：佛菩薩昔日自己修行，尚然割恩斷愛，怎肯管民間情欲之事，夜夜到這寺裏，托夢送子？可不是個亂話！只爲這地方元是信巫不信醫的，故此因邪入邪，認以爲真，迷而不悟，白白裏送妻女到寺，與這班賊秃受用。正是：

分明斷腸草，錯認活人丹。

元來這寺中僧人，外貌假作謙恭之態，却倒十分貪淫奸惡。那浄室雖然緊密，俱有暗道可入，俟至鐘聲定後，婦女睡熟，便來姦宿。那婦女醒覺時，已被輕薄，欲待聲張，又恐反壞名頭，只得忍羞而就。一則婦女身無疾病，且又齋戒神清；二則僧人少年精壯，又重價修合種子丸藥，送與本婦吞服，故此多有胎孕，十發九中。那婦女中識廉恥的，好似啞子吃黄連，苦在心頭，不敢告訴丈夫。有那一等無耻淫蕩的，倒借此爲由，不時取樂。如此浸淫，不知年代。

也是那班賊禿惡貫已盈，天遣一位官人前來。那官人是誰？就是本縣新任大尹，姓汪名旦，祖貫福建泉州晋江縣人氏，少年科第，極是聰察。曉得此地夷漢雜居，土俗慓悍，最爲難治。莅任之後，摘伏發隱，不畏豪横，不上半年，治得縣中奸宄斂迹，盗賊潛踪，人民悦服。訪得寶蓮寺有祈嗣靈應之事，心内不信，想道：「既是菩薩有靈，只消祈禱，何必又要婦女在寺宿歇，其中定有情弊。但未見實迹，不好輕舉妄動，須到寺親驗一番，然後相機而行。」擇了九月朔日，特至寶蓮寺行香。一行人從簇擁到寺前。汪大尹觀看那寺，周圍都是粉墻包裹，墻邊種植高槐古柳，血紅的一座朱漆門樓，上懸金書扁額，題着「寶蓮禪寺」四個大字。山門對過，乃是一帶照墻，傍墻停下許多空轎。山門内外，燒香的往來擠擁，看見大尹到來，四散走去。那些轎夫也都手忙脚亂，將轎擡開。汪大尹分付左右，莫要驚動他們。住持僧聞知本縣大爺親來行香，撞起鐘鼓，唤齊僧衆，齊到山門口跪接。汪大尹直至大雄寶殿，方纔下轎。

汪大尹看那寺院，果然造得齊整，但見：

層層樓閣，疊疊廊房。大雄殿外，彩雲繚繞罩朱扉；接衆堂前，瑞氣氤氳籠碧瓦。老檜修篁，掩映畫梁雕棟；蒼松古柏，蔭遮曲檻回欄。果然净土人間少，天下名山僧占多。

汪大尹向佛前拈香禮拜，暗暗禱告，要究求嗣弊竇。拜罷，佛顯率衆僧向前叩見，請入方丈坐下。獻茶已畢，汪大尹向佛顯道：「聞得你合寺僧人，焚修勤謹，戒行精嚴，都虧你主持之功。可將年貫開來，待我申報上司，請給度牒與你，就署爲本縣僧官，永持此寺。」佛顯聞言，喜出意外，叩頭稱謝。汪大尹又道：「還聞得你寺中祈嗣，最是靈感，可有這事麽？」佛顯稟道：「本寺有個子孫堂，果然顯應的！」汪大尹道：「祈嗣的可要做甚齋醮？」佛顯道：「并不要設齋誦經，止要求嗣婦女，身無疾病，舉念虔誠，齋戒七日，在佛前禱祝，討得聖笤，就旁邊净室中安歇，祈得有夢，便能生子。」汪大尹道：「婦女家在僧寺宿歇，只怕不便。」佛顯道：「這净室中，四圍緊密，一女一室，門外就是本家親人守護，并不許一個閒雜人往來，原是穩便的！」汪大尹道：「原來如此。我也還無子嗣，但夫人不好來得。」佛顯道：「老爺若要求嗣，只消親自拈香祈禱，夫人在衙齋戒，也能靈驗。」汪大尹道：「民俗都要在寺安歇，方纔有效，怎地夫人不來也能靈驗？」佛顯道：「老爺乃萬民之主，況又護持佛法，一念之誠，便與天地感通，豈是常人可比！」

你道佛顯爲何不要夫人前來？俗語道得好：「賊人心虛。」他做了這般勾當，恐夫人來時，隨從衆多，看出破綻，故此阻當。誰知這大尹也是一片假情，探他的口氣，當下汪大尹道：「也説得是。待我另日竭誠來拜，且先去游玩一番。」即起身教佛顯引導，從大殿旁穿過，便是子孫堂。那些燒香男女，聽説知縣進來，四散潛躲不迭。汪大尹看這子孫堂，也是三間大殿，雕梁繡柱，畫棟飛甍，金碧耀目。正中間一座神厨，内供養着一尊女神，珠冠瓔珞，繡袍彩帔，手内抱着一個孩子，旁邊又站四五個男女。這神道便叫做子孫娘娘。神厨上黄羅繡幔，兩下銀鈎挂開，捨下的神鞋五色相兼，約有數百餘雙。繡旛寶蓋，重重叠叠，不知其數。架上畫燭火光，照徹上下；爐内香煙噴薄，貫滿殿庭。左邊供的又是送子張仙，右邊便是延壽星官。汪大尹向佛前作個揖，四下閒走一回，又教佛顯引去觀宿歇婦女的净室。元來那房子是逐間隔斷，上面天花頂板，下邊盡鋪地平，中間床幃卓椅，擺設得甚是濟楚。汪大尹四遭細細看覷，真個無絲毫隙縫。就是鼠蟲螞蟻，無處可匿。汪大尹尋不出破綻，原轉出大殿上轎，佛顯又率衆僧到山門外跪送。

汪大尹在轎上一路沉吟道：「看這浄室，周回嚴密，不像個有情弊的。但一塊泥塑木雕的神道，怎地如此靈感？莫不有甚邪神，托名誑惑？」左想右算，忽地想出一個計策，回至縣中，喚過一個令史，分付道：「你悄地去喚兩名妓女，假妝做家眷，今晚送至寶蓮寺宿歇。預備下朱墨汁兩碗，夜間若有人來姦宿，暗塗其頭，明早我親至寺中查勘。切不可走漏消息！」令史領了言語，即去接了兩個相熟表子來家，喚做張媚姐、李婉兒。令史將前事説與，兩個妓女見説縣主所差，怎敢不依？捱到傍晚，妓女妝束做良家模樣，顧下兩乘轎子，僕從扛擡鋪蓋，把朱墨汁藏在一個盒子中，跟隨於後，一齊至寶蓮寺内。令史揀了兩間浄室，安頓停當，留下家人，自去回覆縣主。不一時，和尚教小沙彌來掌燈送茶。是晚祈嗣的婦女，共有十數餘人，那個來查考這兩個妓女是不曾燒香討筶過的？須臾間，鐘鳴鼓響，已是起更時分，衆婦女盡皆入寢。親戚人等各在門外看守，和尚也自關閉門户進去，〔二〕不題。

且説張媚姐掩上門兒，將銀硃碗放在枕邊，把燈挑得明亮，解衣上床，心中有事，不敢睡着，不時向帳外觀望。約莫一更天氣，四下人聲静悄，忽聽得床前地平下格格的響，還道是鼠蟲作耗，擡頭看時，見一扇地平板，漸漸推過在一邊，地下鑽出一個人頭，直立起來，乃是一個和尚，到把張媚姐嚇了一跳，暗道：「元來這些和尚設下恁般賊計，姦騙良家婦女，怪道縣主用這片心機。」且不做聲，看那和尚輕手輕脚，走去吹滅燈火，步到床前，脱卸衣服，揭開帳幔，捱入被中。張媚姐只做睡着。那和尚到了被裏，騰身上去，款款托起雙股，就弄起來。張媚姐假作夢中驚醒，説道：「你是何人？黄夜至此淫污。」舉手推他下去。那和尚雙手緊緊摟抱，説道：「我是金身羅漢，特來送子與你。」口中便説，下邊恣意狂蕩。那和尚頗有本領，雲雨之際，十分勇猛。張媚姐是個宿妓，也還當他不起，顛得個氣促聲喘。趁他情濃深處，伸手蘸了銀硃，向和尚頭上盡都抹到。這和尚只道是愛他，全然不覺。一連耍了兩次，方纔起身下床，遞過一個包兒道：「這是調經種子丸，每服三錢，清晨滚湯送下，連服數日，自然胎孕堅固，生育快易。」説罷而去。

張媚姐身子已是煩倦，朦朧合眼，覺得身邊又有人捱來。這和尚更是粗鹵，方到被中，雙手流水拍開兩股，望下亂攢。張媚姐還道是初起的和尚，推住道：「我顛了兩次，身子疲倦，正要睡卧，如何又來？怎地這般不知饜足？」和尚道：「娘子不要錯認了，我是方到的新客，滋味還未曾嘗，怎説不知饜足？」張媚姐看見和尚輪流來宿，心内懼怕，説道：「我身體怯弱，不慣這事，休得只管胡纏。」和尚道：「不打緊，我有絶妙春意丸在此，你若服了，就通宵顛耍也不妨得。」即伸手向衣服中摸個紙包遞與。

張媚姐恐怕藥中有毒，不敢吞服，也把銀硃塗了他頭上。那和尚比前的又狠，直戲到鷄鳴時候方去，原把地平蓋好，不題。

再説李婉兒纔上得床，不想燈火被火蛾兒撲滅，却也不敢合眼。更餘時候，忽然床後簌簌的聲響，早有一人扯起帳子，鑽上床來，捱身入被，把李婉兒雙關抱緊，一張口就凑過來做嘴。李婉兒伸手去摸他頭上，乃是一個精光葫蘆，却又性急，便醮着墨汁滿頭摩弄，問道：「你是那一房長老？」這和尚并不答言，徑來行事。那話兒長大堅硬，猶如一根渾鎗剛鞭。李婉兒年紀比張媚姐還小幾年，性格風騷，經着這件東西，又驚又喜，想道：「一向聞得和尚極有本事，我還未信，不想果然。」不覺興動，遂聳身而就。這場雲雨，端的快暢：

一個是空門釋子，一個是楚館佳人。空門釋子，假作羅漢真身；楚館佳人，錯認良家少婦。一個似積年石臼，經幾多碎搗零舂。一個似新打木樁，儘耐得狂風驟浪。一個不管佛門戒律，但恣歡娱。一個雖奉縣主叮嚀，且圖快樂。渾似阿難菩薩逢魔女，猶如玉通和尚戲紅蓮。

雲雨剛畢，床後又鑽一個入來，低低説道：「你們快活得勾了，也該讓我來頑頑，難道定要十分盡興。」那和尚微微冷笑，起身自去。後來的和尚到了被中，輕輕款款，把李婉兒滿身撫摸。李婉兒假意推托不肯，和尚捧住親個嘴道：「娘子想是適來被他頑倦了，我有春意丸在此，與你發興。」遂嘴對嘴吐過藥來。李婉兒嚥下肚去，覺得香氣透鼻，交接之間，體骨酥軟，十分得趣。李婉兒雖然淫樂，不敢有誤縣主之事，又醮了墨汁，向和尚頭上周圍摸轉，說道：「倒好個光頭。」和尚道：「娘子，我是個多情知趣的妙人，不比那一班粗蠢東西。若不棄嫌，常來走走。」李婉兒假意應承。雲雨之後，一般也送一包種子丸藥。到鷄鳴時分，珍重而別。正是：

偶然僧俗一宵好，難算夫妻百夜恩。

話分兩頭。且說那夜汪大尹得了令史回話，至次日五鼓出衙，喚起百餘名快手民壯，各帶繩索器械，徑到寶蓮寺前，分付伏於兩旁，等候呼喚，隨身止帶十數餘人。此時天已平明，寺門未開，教左右敲開。裏邊住持佛顯知得縣主來到，衣服也穿不及，又喚起十數個小和尚，急急赶出迎接。直到殿前下轎，汪大尹也不拜佛，徑入方丈坐下，佛顯同衆僧叩見。汪大尹討過衆僧名簿查點。佛顯教道人撞起鐘鼓，喚集衆僧。那些和尚都從睡夢中驚醒，聞得知縣在方丈中點名，個個倉忙奔走，不一時都已到齊。汪大尹教衆僧把僧帽盡皆除去。那些和尚怎敢不依，但不曉得有何緣故。當時不除到也罷了，纔取下帽子，內中顯出兩個血染的紅頭，一雙墨塗的黑頂。

汪大尹喝令左右，將四個和尚鎖住，推至面前跪下，問道：「你這四人爲何頭上塗抹紅硃黑墨？」那四僧還不知是那裏來的，面面相覷，無言可對，衆和尚也各駭異。汪大尹連問幾聲，没奈何，只得推稱同伴中取笑，并非别故。汪大尹笑道：「我且唤取笑的人來與你執證。」即教令史去唤兩個妓女。誰知都被那和尚們盤桓了一夜，這時正好熟睡。那令史和家人險些敲折臂膊，喊破喉嚨，方纔驚覺起身，跟至方丈中跪下。汪大尹問道：「你二人夜來有何所見？從實説來。」二妓各將和尚輪流姦宿，并贈春意種子丸藥，及硃墨塗頂，前後事一一細説，袖中摸出種子春意丸呈上。衆僧見事已敗露，都嚇得膽戰心驚，暗暗叫苦。那四個和尚，一味叩頭乞命。

汪大尹喝道：「你這班賊驢！焉敢假托神道，哄誘愚民，姦淫良善！如今有何理説？」佛顯心生一計，教衆僧徐徐跪下，禀道：「本寺僧衆盡守清規，止有此四人，貪淫奸惡，屢訓不悛。正欲合詞呈治，今幸老爺察出，罪實該死，其餘實是無干，望老爺超拔！」汪大尹道：「聞得昨晚求嗣的也甚衆，料必室中都有暗道。這四個姦淫的，如何不到别個房裏，恰恰都聚在一處，入我彀中，難道有這般巧事？」佛顯又禀道：「其實凈室，惟此兩間有個私路，别房俱各没有。」汪大尹道：「這也不難，待我唤衆婦女來問，若無所見，便與衆僧無干。」即差左右將祈嗣婦女盡皆唤至盤問，異口同聲，俱稱并無和尚姦宿。汪大尹曉得他怕羞不肯實説，喝令左右搜檢身邊，各有種子丸一包。汪大尹笑道："既無和尚姦宿，這種子丸是何處來的？"衆婦人個個羞得面紅頸赤。汪大尹又道："想是春意丸你們通服過了。"衆婦人一發不敢答應。汪大尹更不窮究，發令回去。那些婦女的丈夫親屬在旁聽了，都氣得遍身麻木，含着羞耻領回。不題。

佛顯見搜出了衆婦女種子丸，又强辨是入寺時所送，兩個妓女又執是姦後送的。汪大尹道："事已顯露，還要抵賴！"教左右唤進民壯快手人等，將寺中僧衆，盡都綁縛，止空了香公道人，并兩個幼年沙彌。佛顯初時意欲行兇，因看手下人衆，又有器械，遂不敢動手。汪大尹一面分付令史將兩個妓女送回，起身上轎，一行人押着衆僧在前。那時閧動了一路居民，都隨來觀看。汪大尹回到縣中，當堂細審，用起刑具。衆和尚平日本是受用之人，如何熬得？纔套上夾棍，就從實招稱。汪大尹録了口詞，發下獄中監禁，準備文書，申報上司，不在話下。

且説佛顯來到獄中，與衆和尚商議一個計策，對禁子凌志説道："我們一時做下不是，悔之無及！如今到了此處，料然無個出頭之期。但今早拿時，都是空身，把甚麽來使用？我寺中向來積下的錢財甚多，若肯悄地放我三四人回寺取來，禁牌的常例，自不必說，分外再送一百兩雪花。」【眉批】邇來越獄者比比，皆因獄卒貪賂寬縱所使，官府雖屢懲，不能悛也。若使得盜即審，假即釋放，真即敲殺，既無柙虎之虞，又免株連之弊，豈非第一善政乎？那凌志見說得熱鬧動火，便道：「我們同輩人多，不由一人作主，這百金四散分開，所得幾何，豈不是有名無實！如出得二百兩與衆人，另外我要一百兩偏手，若肯出這數，即今就同你去。」佛顯一口應承道：「但憑禁牌分付罷了，怎敢違拗！」凌志即與衆禁子說知，私下押着四個和尚回寺，到各房搜括，果然金銀無數。佛顯先將三百兩交與凌志。衆人得了銀子，一個個眉花眼笑。佛顯又道：「列位再少待片時，待我收拾幾床鋪蓋進去，夜間也好睡卧。」衆人連稱：「有理。」縱放他們去打疊。這四個和尚把寺中短刀斧頭之類裹在鋪蓋之中，收拾完備，教香公喚起幾個脚夫，一同擡入監去。又買起若干酒肉，遍請合監上下，把禁子灌得爛醉，專等黃昏時候動手越獄。正是：

打點劈開生死路，安排跳出鬼門關。

且說汪大尹因拿出了這個弊端，心中自喜，當晚在衙中秉燭而坐，定稿申報上司，猛地想起道：「我收許多兇徒在監，倘有不測之變，如何抵當？」【眉批】天啓大尹之衷也。即寫硃票，差人遍召快手，各帶兵器到縣，直宿防衛。約莫更初時分，監中衆僧取出刀斧，一齊吶喊，砍翻禁子，打開獄門，把重囚盡皆放起，殺將出來，高聲喊叫：「有冤報冤，有仇報仇，只殺知縣，不傷百姓。讓我者生，擋我者死。」其聲震天動地。此時值宿兵快恰好剛到，就在監門口戰鬥。汪大尹衙中聞得，連忙升堂。旁縣百姓聽得越獄，都執鎗刀前來救護。和尚雖然拚命，都是短兵，快手俱用長槍，故此傷者甚多，不能得出。佛顯知事不濟，遂教衆人住手，退入監中，把刀斧藏過，揚言道：「謀反的止是十數餘人，都已當先被殺，我等俱不願反，容至當堂稟明。」【眉批】佛顯奸猾極矣。汪大尹見事已定，差刑房吏帶領兵快到監查驗，將應有兵器，盡數搜出，當堂呈看。汪大尹大怒，向衆人説道：「這班賊驢，淫惡滔天，事急又思謀反。我若没有防備，不但我一人遭他兇手，連滿城百姓，盡受荼毒了。若不盡誅，何以儆後？」唤過兵快，將出的刀斧給散與他，分付道：「惡僧事雖不諧，久後終有不測，難以防制。可乘他今夜反獄，除一應人犯留明日審問，其餘衆僧，各斬首級來報。」衆人領了言語，點起火把，蜂擁入監。佛顯見勢頭不好，連叫：「謀反不是我等。」言還未畢，頭已落地。須臾之間，百餘和尚，齊皆斬訖，猶如亂滚西瓜。正是：

善惡到頭終有報，只争來早與來遲。

汪大尹次日吊出衆犯，審問獄中緣何藏得許多兵器？衆犯供出禁子凌志等得了銀子，私放僧人回去，帶進兵器等情。汪大尹問了詳細，原發下獄，查點禁子凌志等，俱已殺死，遂連夜備文，申詳上司，將寶蓮寺盡皆燒毀。其審單云：

看得僧佛顯等，心沉欲海，惡熾火坑。用智設機，計哄良家祈嗣；穿墉穴地，强邀信女通情。緊抱着嬌娥，兀的是菩薩從天降；難推去和尚，則索道羅漢夢中來。可憐嫩蕊新花，拍殘狂蝶；却恨温香軟玉，抛擲終風。白練受污，不可洗也；黑夜忍辱，安敢言乎！乃仗張媚姐硃抹其頂，〔二〕又遣李婉兒墨涅其巔。〔三〕紅艷欲流，想長老頭横衝經水；黑煤如染，豈和尚頸倒浸墨池。收送福堂，波羅蜜自做甘受；陷入色界，磨兜堅有口難言。乃藏刀劍於皮囊，寂滅翻成賊虐；顧動干戈於圜棘，慈悲變作强梁。夜色正昏，護法神通開犴狴；鐘聲甫定，金剛勇力破拘攣。釜中之魚，既漏網而又跋扈；柙中之虎，欲走壙而先噬人。姦窈窕，淫善良，死且不宥；殺禁子，傷民壯，罪欲何逃！反獄姦淫，其罪已重；戮尸梟首，其法允宜。僧佛顯衆惡之魁，粉碎其骨；寶蓮寺藏奸之藪，火焚其巢。庶發地藏之奸，用清無垢之佛。

這篇審單一出，滿城傳誦，百姓盡皆稱快。往時之婦女，曾在寺求子，生男育女者，丈夫皆不肯認。大者逐出，小者溺死。多有婦女懷羞自縊，民風自此始正。各省直州府傳聞此事，無不出榜戒諭，從今不許婦女入寺燒香。至今上司往往明文嚴禁，蓋爲此也！後汪大尹因此起名，遂欽取爲監察御史。有詩爲證：

子嗣原非可强求，况於入寺起淫偷。
從今勘破鴛鴦夢，涇渭分源莫混流。

【校記】

〔一〕「門」，底本及校本均無，據文意補。

〔二〕「張媚姐」，底本作「李媚兒」，衍慶堂本作「李婉兒」，據前後文改。

〔三〕「李婉兒」，底本及衍慶堂本作「張媚姐」，據前後文改。

馬當山下泊孤舟
岸側芳花簇翠流
忽觀朱門斜半掩
層〻瑞氣鎖清幽

好風一夜送輕舟
倏忽征帆達上流

第四十卷　馬當神風送滕王閣

山藏異寶山含秀，沙有黄金沙放光。
好事若藏人肺腑，言談語話不尋常。

這四句詩，單説着自古至今，有那一等懷才抱德、韜光晦迹的文人秀才，〔一〕就比那奇珍異寶，良金美玉，藏於土泥之中，一旦出世，遇良工巧匠，切蹉琢磨，方始成器，故秀才二字不可亂稱。秀者江山之秀，才者天下之才。但凡人胸中有秀氣，腹内有才識，出言吐語，自是一般，所以謂之不尋常。説話的，兀的説這才學則甚？因在下今日要説一樁「風送滕王閣」的故事。那故事出在大唐高宗朝間，有一秀士姓王名勃，字子安，祖貫晋州龍門人氏，幼有大才，通貫九經，詩書滿腹。時年一十三歲，常隨母舅游於江湖。一日從金陵欲往九江，路經馬當山下，此乃九江第一險處。怎見得？有陸魯望《馬當山銘》爲證：

山之險莫過於太行，水之險莫過於吕梁，合二險而爲一，吾又聞乎馬當。

王勃舟至馬當，忽然風濤亂滚，碧波際天，雲陰罩野，水響翻空。那船將次傾覆，滿船的人盡皆恐懼，虔誠禱告江神，許願保護。惟有王勃端坐船上，毫無懼色，朗朗讀書。舟人怪異，問道：「滿船之人，死在須臾，今郎君全無懼色，却是爲何？」王勃笑道：「我命在天，豈在龍神？」舟人大驚道：「郎君勿出此言！」王勃道：「我當救此數人之命。」道罷，遂取紙筆，吟詩一首，擲於水中。須臾雲收霧散，風浪俱息。其詩曰：

唐聖非狂楚，江淵異汨羅。
平生仗忠節，今日任風波。

此時滿船人相賀道：「郎君奇才，能動江神，乃得獲安，不然，諸人皆不免水厄。」王勃道：「生死在天，有何可避！」〔二〕衆人深服其言。少頃，船皆泊岸，舟人視時，即馬當山也，舟人皆登岸。王勃上岸，獨自閒游。正行之間，只見當道路邊，青松影裏，緑檜陰中，見一古廟。王勃向前看時，上面有朱紅漆牌金篆書字，寫着「敕賜中源水府行宫」。王勃一見，就身邊取筆，吟詩一首於壁上。詩曰：

馬當山下泊孤舟，岸側蘆花簇翠流。

忽睹朱門斜半掩，層層瑞氣鎖清幽。

詩罷，走入廟中，四下看時，真個好座廟宇。怎見得？有詩爲證：

碧瓦連雲起，朱門映日開。

一團金作棟，千片玉爲街。

帝子親書額，名人手篆碑。

庇民兼護國，風雨應時來。

王勃行至神前，焚香祝告已畢，又賞玩江景多時。正欲歸舟，忽於江水之際，見一老叟坐於塊石之上，碧眼長眉，鬚鬢皤然，顏如瑩玉，神清氣爽，貌若神仙。王勃見而異之，乃整衣向前，與老人作揖。老叟道：「子非王勃乎？」王勃大驚道：「某與老叟素不相識，亦非親舊，何以知勃名姓？」老叟道：「我知之久矣！」王勃知老叟不是凡人，遂拱手立於塊石之側。老叟命勃同坐，王勃不敢，再三相讓方坐。老叟道：「吾早來聞爾於船内作詩，義理可觀。子有如此清才，何不進取，身達青霄之上；而困於家食，受此旅況之凄涼乎？」王勃答道：「家寒窘迫，缺乏盤費，不能特達，以此流落窮途，有失青雲之望。」老叟道：「來日重陽佳節，洪都閻府君欲作《滕王閣記》。子有絶世之才，何不竟往獻賦，可獲資財數千，且能垂名後世。」王勃道：「此到洪都，有幾多路程？」老叟道：「水路共七百餘里。」王勃道：「今已晚矣！止有一夕，焉能得達？」老叟道：「子但登舟，我當助清風一帆，使子明日早達洪都。」王勃再拜道：「敢問老丈，仙耶神耶？」老叟道：「吾即中源水君，適來山上之廟，便是我的香火。」王勃大驚，又拜道：「勃乃三尺童稚，一介寒儒，肉眼凡夫，冒瀆尊神，請勿見罪！」老叟道：「是何言也！但到洪都，若得潤筆之金，可以分惠。」王勃道：「果有所贈，豈敢自私？」老叟笑道：「吾戲言耳！」須臾有一舟至，老叟令王勃乘之。勃乃再拜，辭別老叟上船。方纔解纜張帆，但見祥風縹緲，瑞氣盤旋，紅光罩岸，紫霧籠堤。王勃駭然回視江岸，老叟不知所在，已失故地矣。只見：

風聲颯颯，浪勢淙淙。帆開若翅展，舟去似星飛。回頭已失千山，眨眼如趨百里。晨鷄未唱，須臾忽過鄱陽；漏鼓猶傳，仿佛已臨江右。這叫做：運去雷轟薦福碑，時來風送滕王閣。

頃刻天明，船頭一望，果然已到洪都。王勃心下且驚且喜，分付舟人：「只於此相等。」攬衣登岸，徐步入城。看那洪都果然好景。有詩爲證：

洪都風景最繁華，仿佛參差十萬家。
水綠山藍花似錦，連城帶閣鎖煙霞。

是日正是九月九日，王勃直詣帥府，正見本府閻都督果然開宴，遍請江左名儒，士夫秀士，俱會堂上。太守開筵命坐，酒果排列，佳肴滿席，請各處來到名儒，分尊卑而坐。當日所坐之人，與閻公對席者，乃新除澧州牧學士宇文鈞，〔三〕其間亦有赴任官，亦有進士劉祥道、張禹錫等。其他文詞超絕、抱玉懷珠者百餘人，皆是當世名儒。王勃年幼，坐於座末。少頃，閻公起身，對諸儒道：「帝子舊閣，乃洪都絕景。是以相屈諸公至此，欲求大才，作此《滕王閣記》，刻石爲碑，以記後來，留萬世佳名，使不失其勝迹。願諸名士勿辭爲幸！」遂使左右朱衣吏人，捧筆硯紙至諸儒之前。諸人不敢輕受，一個讓一個，從上至下。却好輪到王勃面前，王勃更不推辭，慨然受之。滿座之人，見勃年幼，却又面生，心各不美，相視私語道：「此小子是何氏之子？敢無禮如是耶！」此時閻公見王勃受紙，心亦怏怏，遂起身更衣，至一小廳之内。閻公口中不言，自思道：「吾有婿乃長沙人也，姓吴名子章，〔四〕此人有冠世之才。今日邀請諸儒作此記，若諸儒相讓，則使吾婿作此文以光顯門庭也。是何小子，輒敢欺在堂名儒，無分毫禮讓！」分付吏人，觀其所作，可來報知。

良久，一吏報道：「南昌故郡，洪都新府。」閻公道：「此乃老生常談，誰人不會！」一吏又報道：「星分翼軫，地接衡廬。」閻公道：「此故事也。」又一吏報道：「襟三江而帶五湖，控蠻荆而引歐越。」閻公不語。又一吏報道：「物華天表，龍光射斗牛之墟；人傑地靈，徐孺下陳蕃之榻。」閻公道：「此子意欲與吾相見也。」又一吏報道：「雄州霧列，俊彩星馳。臺隍枕夷夏之邦，賓主接東南之美。」閻公心中微動，想道：「此子之才，信亦可人！」數吏分馳報句，閻公暗暗稱奇。又一吏報道：「落霞與孤鶩齊飛，秋水共長天一色。」閻公聽罷，不覺以手拍几道：「此子落筆若有神助，真天才也！」遂更衣復出至座前。賓主諸儒，盡皆失色。閻公視王勃道：「觀子之文，乃天下奇才也！」欲邀勃上座。王勃辭道：「待俚語成篇，然後請教。」須臾文成，呈上閻公。公視之大喜，遂令左右從上至下，遍示諸儒。一個個面如土色，莫不驚伏，不敢擬議一字。其全篇刻在古文中，至今爲人稱誦。

閻公乃自携王勃之手，坐於左席道：「帝子之閣，風流千古，有子之文，使吾等今日雅會，亦得聞於後世。從此洪都風月，江山無價，皆子之力也。吾當厚報。」【眉批】閻公好意，猶勝近來俗吏。正說之間，忽有一人，離席而起，高聲道：「是何三尺童稚，將先儒遺文僞言自己新作，瞞昧左右？當以盜論，兀自揚揚得意耶！」王勃聞言大驚。太守閻公舉目視之，乃其婿吴子章也。子章道：「此乃舊文，吾收之久矣。」閻公道：「何以知之？」子章道：「恐諸儒不信，吾試念一遍。」當下子章遂對衆客之前，朗朗而誦，從頭至尾，無一字差錯。念畢，座間諸儒失色，閻公亦疑，衆猶豫不決。王勃聽罷，顔色不變，徐徐説道：「觀公之記問，不讓楊修之學，子建之能，王平之閲市，張松之一覽。」吴子章道：「是乃先儒舊文，吾素所背誦耳。」王勃又道：「公言先儒舊文，别有詩乎？」子章道：「無詩。」道罷，王勃遂起身離席，對諸儒問道：「此文果新文舊文乎？後有詩八句，諸公莫有記之者否？」問之再三，人皆不答。王勃乃拂紙如飛，有如宿構。其詩曰：

滕王高閣臨江渚，珮玉鳴鑾罷歌舞。
畫棟朝飛南浦雲，珠簾暮捲西山雨。
閒雲潭影日悠悠，物换星移幾度秋。
閣中帝子今何在？檻外長江空自流。

詩罷，呈上太守閻公，并座間諸儒、其婿吴子章看畢，王勃道：「此新文舊文乎？」子章見之，大慚惶恐而退。衆賓齊起坐向閻公道：「王子之作性，令婿之記性，皆天下罕有，真可謂雙璧矣！」閻公曰：「諸公之言誠然也！」於是吴子章與王勃互相欽敬，滿座歡然，飲宴至暮方散。衆賓去後，閻公獨留勃飲。

次日，王勃告辭，閻公乃賜五百縑及黄白酒器，共值千金。勃拜謝辭歸，閻公使左右相送下船，舟人解纜而行。勃但聞水聲潺潺，疾如風雨。詰旦，船復至馬當山下，維舟泊岸。王勃將閻公所贈金帛，携至廟中，陳於中源水君之前，叩頭稱謝。起身，見壁上所題之詩，宛然如新。遂依前韻，復作詩一首：

好風一夜送輕舟，倏忽征帆達上流。
深感神功知夙契，來生願得伴清幽。

王勃題詩已畢，步出廟門，欲買牲牢酒禮以獻，看岸邊船已不見了，其舟人亦不知所在。正猶豫間，忽然祥雲瑞靄，籠罩廟堂，香風起處，見一老人，坐於石磯之上，即前日所見中源水君。勃向前再拜，謝道：「前日得蒙上聖助一帆之風，到於洪都，使勃得獲厚利。勃當備牲牢酒禮至廟下，拜謝尊神，以表吾心。」老人見說，俯首而笑：「子適來言供備牲牢者，何牢也？吾聞少牢者羊，太牢者牛。禮，諸侯無故不殺牛，大夫無故不殺羊。吾豈可以一帆風，而受子之厚獻乎！吾水府以好生爲德，殺生以祀，吾亦不敢享也，更不必費子措置。適來觀子廟下留題，有伴我清幽之意，吾亦甚喜。但子命數未終，凡限未絕，更俟數年，吾當圖相會耳。」王勃遂稽首拜謝道：「願從尊命！然勃之壽算前程，可得聞乎？」老叟道：「壽算者，陰府主之，不敢輕泄天機，而招陰禍。吾言子之窮通，無害也。吾觀子之軀，神强而骨弱，氣清而體羸，况子腦骨虧陷，目睛不全，子雖有子建之才、高士之俊，終不能貴矣。況富貴乃神主之，人之一鍾一粟，皆由分定，何況卿相乎？昔孔子大聖，爲帝王師範，尚不免陳、蔡之厄，所謂秀而不實者也。子但力行善事，自有天曹注福，窮通壽夭，皆不足計矣！子切記之！」於是與勃作别。

叟行數步，復又走回，對王勃道：「吾有少意相托：子若過長蘆之祠，當買陰帛，與我焚之。」王勃道：「此何由也？」老叟道：「吾昔負長蘆之神薄債未償，子可與吾償之。」王勃道：「非勃不捨，適來觀上聖殿上金錢堆積如山，何不以此還之？」老叟道：「汝不知殿上之錢，皆是貪利酷求之人，害物私心之輩，損人益己，剋衆成家，偶一過此，妄求非福，神不危而心自危之，所以求獻於廟。此乃枉物，譬如吾之贓矣，焉敢用哉？」【眉批】神不受其獻，安能獲佑？貪夫宜三復斯言。王勃再拜受教。老叟即化清風而去。

王勃駭然，仍携金帛之類，離馬當山，趁船徑往長蘆，每思神所説「腦骨虧陷，目睛不全，終不能貴」，心懷怏怏不樂。船至長蘆，正忘神叟所囑化財還債之言，忽然寒風大作，雪浪翻空，群鴉繞船，噪聲不絶。其鴉或歇桅櫓，或落船頭，船不能進。滿船人莫不驚駭畏懼。王勃亦自駭然，乃問舟人：「此是何處？」舟人道：「此是長蘆地方。」王勃聽了，方想江神之言，遂焚香默禱江神，候風息上岸，買金錢答還。祝畢，香煙未絶，群鴉皆散，浪息風平，於是一船人莫不欣喜。

次日，舟人以船泊岸，王勃買金錢十萬下船，復至夜來風起之處焚化，船乃前進。後來羅隱先生到此，曾作八句詩道：

江神有意憐才子，倏忽威靈助去程。
一夕清風雷電疾，滿碑佳句雪冰清。
直教麗藻傳千古，不但雄名動兩京。
不是明靈祐詞客，洪都佳景絶無聲。

王勃親遠任海隅，策騎往省，至一驛舍，欲求暫歇。方詢問驛吏，忽聞驛堂上一人口呼：「王君，久不拜見，今日何由至此？」王勃聞言大驚，視之略有面善，似曾相識，忘其姓名。只見其人道：「王君何忘乎？昔日洪府相會，學士宇文鈞也。」勃大喜，乃整衣而揖。遂邀王勃同坐。叙話間，命驛吏獻茶。茶罷，學士道：「某想昔日洪府之樂，安知今日有海道之憂，豈不悲哉！」王勃道：「學士因何至此？」學士道：「鈞累任教授，後越闕爲右司諫官。唐天子欲征高麗，鈞直諫，觸犯龍顔，將鈞遷於海島。千里獨行，方悲寂寞，何期旅邸，得遇故人。某有《遷客詩》一首，爲君誦之。」詩曰：

萬里爲遷客，孤舟泛渺茫。
湖田多種藕，海島半收糧。
願遂歸秦計，勞收辟瘴方。
每思緘口者，帝德在君旁。

王勃道：「有犯無隱，事君之禮。學士雖爲遷客，直聲播於千古矣！」遂答詩一首。詩曰：

食禄只憂貧，何名是直臣。
能言真爲國，獲罪豈慚人。
海驛程程遠，霜髯日日新。
史官如下筆，應也淚沾巾。

當夜二人互相吟詠至半夜，同宿於驛舍。次日學士置酒管待王勃畢，至第三日，學士邀勃同行，俄然天色下雨，復留海驛。二人談論，終日不倦。至第五日，方始天晴，二人同下海船，飲食宿卧，皆於一處。船開數日，至大洋深波之中，忽然狂風怒吼，怪浪波番，其舟在水，飄飄如一葉，似欲傾覆。舟人皆大恐。學士宇文鈞心大驚駭，嘆道：「遠謫海隅，不想又遭風波，此實命也！」王勃面不改容，因述昔年馬當山遇風始末，并叙中源水君兩次相遇之語，真個是死生有命，富貴在天。風波雖有，不足介意！

談論方終，却見波濤暫息，風浪不生，舟人皆喜，滿船之人，忽聞水上仙樂飄然而至，五色祥雲從天降下，浮於水面，看看來到王勃船邊。衆人皆驚，只見祥雲影裏，幢幡寶蓋，絳節旌旗，錦衣對對，繡襖攢攢，花帽雙雙，朱衣簇簇，兩行擺開。前面有數十人，皆仙娥玉女，仙衣灼灼，玉珮珊珊。前有一青衣女童，手執碧符，遂呼王勃道：「奉娘娘之命，特來召子。」王勃愕然，問女童道：「娘娘是何人也？」女童道：「乃掌天下水籍文簿，上仙高貴玉女吴彩鸞便是，今於蓬萊方丈翠華居止。其内有馬當山水君，舉子文章貫古今，特來請子同往蓬萊方丈，作詞文記，以表蓬萊之佳景。可速往，不可違娘娘之命！」王勃道：「與君人神異途，焉有相召之言？我聞生死分定於天，壽算乃陰府所主，豈有玉女召我作文？何召之有？吾實不從。」道罷，女童道：「君如不去，中源水君必自至矣。」

道由未了，只見一朵烏雲，自東南角上而來，看看至近，到於船邊，從空墜下。就水面之上，見一神人，頭戴黄羅包巾，身穿百花繡袍，手仗除妖七星劍，高聲大叫：「王勃！吾奉蓬萊仙女敕，召汝作文詞，何不往也？况中源水君亦在蓬萊赴會，今衆仙等之久矣。子亦有仙骨之分，昔日你曾廟下題詩，願伴清幽，豈可忘之！」王勃聽言自思：「馬當山中源水君曾言日後遇於海島，豈非前定乎？」遂忻然道：「願從命矣！」神人見説，遂召鬼卒，牽馬來至舟側。王勃甚喜，亦忘深淵，意爲平地，乃回身與學士及滿船之人作別，牽衣出船，〔五〕望水面攀鞍上馬。但見烏雲慘慘，黑霧漫漫，雲霄隱隱，滿船之人及宇文鈞學士無不驚駭。回視王勃，不知所在。須臾，霧散雲收，風恬浪静，滿船之人俱各無事，唯有王勃乃作神仙去矣！

從來才子是神仙，風送南昌豈偶然。
賦就滕王高閣句，便隨仙仗伴中源。

【校記】

〔一〕「韜光」，底本作「蹈光」，據衍慶堂本改。

〔二〕「有何」，底本作「有福」，據衍慶堂本改。

〔三〕「澧州」，底本作「濃州」，徑改。「澧州」，今爲「澧縣」，屬湖南常德。

〔四〕「子章」，底本及衍慶堂本作「子華」，據前後文改。

〔五〕「牽衣出船」，底本及衍慶堂本作「牽衣出馬」，據文意改。

瓶水齋詩集	[清]舒位著　曹光甫點校
龔自珍全集	[清]龔自珍著　王佩諍校點
龔自珍詩集編年校注	[清]龔自珍著　劉逸生、周錫䪖校注
水雲樓詩詞箋注	[清]蔣春霖著　劉勇剛箋注
人境廬詩草箋注	[清]黄遵憲著　錢仲聯箋注
嶺雲海日樓詩鈔	[清]丘逢甲著　丘鑄昌標點

安雅堂全集	[清]宋琬著　馬祖熙標校
龔鼎孳詞校注	[清]龔鼎孳著　孫克强、鄧妙慈校注
吴嘉紀詩箋校	[清]吴嘉紀著　楊積慶箋校
陳維崧集	[清]陳維崧著　陳振鵬標點　李學穎校補
屈大均詩詞編年校箋	[清]屈大均著　陳永正等校箋
屈大均詞箋注	[清]屈大均著　陳永正箋注
秋笳集	[清]吴兆騫撰　麻守中校點
漁洋精華録集釋	[清]王士禛著　李毓芙、牟通、李茂肅整理
聊齋志異會校會注會評本	[清]蒲松齡著　張友鶴輯校
敬業堂詩集	[清]查慎行著　周劭標點
納蘭詞箋注	[清]納蘭性德著　張草紉箋注
方苞集	[清]方苞著　劉季高校點
樊榭山房集	[清]厲鶚著　[清]董兆熊注　陳九思標校
劉大櫆集	[清]劉大櫆著　吴孟復標點
儒林外史彙校彙評(增訂版)	[清]吴敬梓著　李漢秋輯校
小倉山房詩文集	[清]袁枚著　周本淳標校
忠雅堂集校箋	[清]蔣士銓著　邵海清校　李夢生箋
甌北集	[清]趙翼著　李學穎、曹光甫校點
惜抱軒詩文集	[清]姚鼐著　劉季高標校
兩當軒集	[清]黄景仁著　李國章校點
惲敬集	[清]惲敬著　萬陸、謝珊珊、林振岳標校　林振岳集評
茗柯文編	[清]張惠言著　黄立新校點

湯顯祖戲曲集	[明]湯顯祖著　錢南揚校點
白蘇齋類集	[明]袁宗道著　錢伯城校點
袁宏道集箋校	[明]袁宏道著　錢伯城箋校
珂雪齋集	[明]袁中道著　錢伯城點校
喻世明言會校本	[明]馮夢龍編著　李金泉點校
警世通言會校本	[明]馮夢龍編著　李金泉點校
醒世恒言會校本	[明]馮夢龍編著　李金泉點校
隱秀軒集	[明]鍾惺著　李先耕、崔重慶標校
譚元春集	[明]譚元春著　陳杏珍標校
張岱詩文集(增訂本)	[明]張岱著　夏咸淳輯校
陳子龍詩集	[明]陳子龍著 施蟄存、馬祖熙標校
夏完淳集箋校(修訂本)	[明]夏完淳著　白堅箋校
牧齋初學集	[清]錢謙益著　[清]錢曾箋注 錢仲聯標校
牧齋有學集	[清]錢謙益著　[清]錢曾箋注 錢仲聯標校
牧齋雜著	[清]錢謙益著　[清]錢曾箋注 錢仲聯標校
牧齋初學集詩注彙校	[清]錢謙益著　[清]錢曾箋注 卿朝暉輯校
李玉戲曲集	[清]李玉著 陳古虞、陳多、馬聖貴點校
吴梅村全集	[清]吴偉業著　李學穎集評標校
歸莊集	[清]歸莊著
顧亭林詩集彙注	[清]顧炎武著　王蘧常輯注 吴丕績標校

劍南詩稿校注	[宋]陸游著　錢仲聯校注
放翁詞編年箋注(增訂本)	[宋]陸游著　夏承燾、吴熊和箋注 陶然訂補
渭南文集箋校	[宋]陸游著　朱迎平箋校
范石湖集	[宋]范成大撰　富壽蓀標校
范成大集校箋	[宋]范成大撰　吴企明校箋
于湖居士文集	[宋]張孝祥著　徐鵬校點
稼軒詞編年箋注(定本)	[宋]辛棄疾撰　鄧廣銘箋注
辛棄疾詞校箋	[宋]辛棄疾著　吴企明校箋
姜白石詞編年箋校	[宋]姜夔著　夏承燾箋校
後村詞箋注	[宋]劉克莊著　錢仲聯箋注
劉辰翁詞校注	[宋]劉辰翁著　吴企明校注
瀛奎律髓彙評	[元]方回選評　李慶甲集評校點
雁門集	[元]薩都拉著 殷孟倫、朱廣祁校點
揭傒斯全集	[元]揭傒斯著　李夢生標校
高青丘集	[明]高啓著　[清]金檀注 徐澄宇、沈北宗校點
唐寅集	[明]唐寅著　周道振、張月尊輯校
文徵明集(增訂本)	[明]文徵明著　周道振輯校
震川先生集	[明]歸有光著　周本淳校點
海浮山堂詞稿	[明]馮惟敏著 凌景埏、謝伯陽標校
滄溟先生集	[明]李攀龍著　包敬第標校
梁辰魚集	[明]梁辰魚著　吴書蔭編集校點
沈璟集	[明]沈璟著　徐朔方輯校
湯顯祖詩文集	[明]湯顯祖著　徐朔方箋校

歐陽修詞校注	[宋]歐陽修著　胡可先、徐邁校注
蘇舜欽集	[宋]蘇舜欽著　沈文倬校點
嘉祐集箋注	[宋]蘇洵著　曾棗莊、金成禮箋注
王荊文公詩箋注(修訂版)	[宋]王安石著　[宋]李壁箋注　高克勤點校
王令集	[宋]王令著　沈文倬校點
蘇軾詩集合注	[宋]蘇軾著　[清]馮應榴注　黄任軻、朱懷春校點
東坡樂府箋	[宋]蘇軾著　[清]朱孝臧編年　龍榆生校箋
東坡詞傅幹注校證	[宋]蘇軾著　[宋]傅幹注　劉尚榮校證
欒城集	[宋]蘇轍著　曾棗莊、馬德富校點
山谷詩集注	[宋]黄庭堅著　[宋]任淵、史容、史季温注　黄寶華點校
山谷詩注續補	[宋]黄庭堅著　陳永正、何澤棠注
山谷詞校注	[宋]黄庭堅著　馬興榮、祝振玉校注
淮海集箋注(修訂本)	[宋]秦觀撰　徐培均箋注
淮海居士長短句箋注	[宋]秦觀著　徐培均箋注
賀鑄詞集校注	[宋]賀鑄著　鍾振振校注
清真集箋注	[宋]周邦彦著　羅忼烈箋注
石門文字禪校注	[宋]釋惠洪撰　周裕鍇校注
石林詞箋注	[宋]葉夢得著　蔣哲倫箋注
樵歌校注	[宋]朱敦儒著　鄧子勉校注
李清照集箋注(修訂本)	[宋]李清照著　徐培均箋注
吕本中詩集箋注	[宋]吕本中著　祝尚書箋注
陳與義集校箋	[宋]陳與義著　白敦仁校箋
蘆川詞箋注	[宋]張元幹著　曹濟平箋注

韓昌黎文集校注	[唐]韓愈著　馬其昶校注 馬茂元整理
劉禹錫集箋證	[唐]劉禹錫著　瞿蜕園箋證
白居易集箋校	[唐]白居易著　朱金城箋校
柳宗元詩箋釋	[唐]柳宗元著　王國安箋釋
柳河東集	[唐]柳宗元著　[宋]廖瑩中輯注
元稹集校注	[唐]元稹著　周相録校注
長江集新校	[唐]賈島著　李嘉言新校
張祜詩集校注	[唐]張祜著　尹占華校注
三家評注李長吉歌詩	[唐]李賀著　[清]王琦等評注 蔣凡校點
樊川文集	[唐]杜牧著　陳允吉校點
樊川詩集注	[唐]杜牧著　[清]馮集梧注
温飛卿詩集箋注	[唐]温庭筠著　[清]曾益等箋注
玉谿生詩集箋注	[唐]李商隱著　[清]馮浩箋注 蔣凡校點
樊南文集	[唐]李商隱著　[清]馮浩詳注 錢振倫、錢振常箋注
皮子文藪	[唐]皮日休著　蕭滌非、鄭慶篤整理
鄭谷詩集箋注	[唐]鄭谷著 嚴壽澂、黄明、趙昌平箋注
韋莊集箋注	[五代]韋莊著　聶安福箋注
李璟李煜詞校注	[南唐]李璟、李煜著　詹安泰校注
張先集編年校注	[宋]張先著　吴熊和、沈松勤校注
二晏詞箋注	[宋]晏殊、晏幾道著　張草紉箋注
樂章集校箋	[宋]柳永著　陶然、姚逸超校箋
梅堯臣集編年校注	[宋]梅堯臣著　朱東潤編年校注
歐陽修詩文集校箋	[宋]歐陽修著　洪本健校箋

蕭繹集校注	[南朝梁]蕭繹著　陳志平、熊清元校注
玉臺新咏彙校	吴冠文、談蓓芳、章培恒彙校
王績集會校	[唐]王績著　韓理洲校點
王梵志詩校注(增訂本)	[唐]王梵志著　項楚校注
盧照鄰集箋注	[唐]盧照鄰著　祝尚書箋注
駱臨海集箋注	[唐]駱賓王著　[清]陳熙晉箋注
王子安集注	[唐]王勃著　[清]蔣清翊注
陳子昂集(修訂本)	[唐]陳子昂撰　徐鵬校點
孟浩然詩集箋注(增訂本)	[唐]孟浩然著　佟培基箋注
王右丞集箋注	[唐]王維著　[清]趙殿成箋注
李白集校注	[唐]李白著　瞿蜕園、朱金城校注
高適集校注(修訂本)	[唐]高適著　孫欽善校注
杜詩趙次公先後解輯校	[唐]杜甫著　[宋]趙次公注　林繼中輯校
新刊校定集注杜詩	[唐]杜甫著　[宋]郭知達輯注　聶巧平點校
新定杜工部草堂詩箋斠證	[唐]杜甫著　[宋]魯訔編　[宋]蔡夢弼會箋　曾祥波新定斠證
杜詩鏡銓	[唐]杜甫著　[清]楊倫箋注
錢注杜詩	[唐]杜甫著　[清]錢謙益箋注
杜甫集校注	[唐]杜甫著　謝思煒校注
岑參集校注	[唐]岑參著　陳鐵民、侯忠義校注
戴叔倫詩集校注	[唐]戴叔倫著　蔣寅校注
韋應物集校注(增訂本)	[唐]韋應物著　陶敏、王友勝校注
權德輿詩文集	[唐]權德輿撰　郭廣偉校點
王建詩集校注	[唐]王建著　尹占華校注
韓昌黎詩繫年集釋	[唐]韓愈著　錢仲聯集釋

《中國古典文學叢書》已出書目

詩經今注	高亨注
楚辭集注	[宋]朱熹撰　黄靈庚點校
楚辭今注	湯炳正、李大明、李誠、熊良智注
司馬相如集校注	[漢]司馬相如著　金國永校注
揚雄集校注	[漢]揚雄著　張震澤校注
張衡詩文集校注	[漢]張衡著　張震澤校注
阮籍集	[魏]阮籍著　李志鈞等校點
陸機集校箋	[晉]陸機著　楊明校箋
陶淵明集校箋(修訂本)	[晉]陶潛著　龔斌校箋
世説新語箋疏(修訂本)	[南朝宋]劉義慶撰　余嘉錫箋疏　周祖謨等整理
世説新語校釋(增訂本)	[南朝宋]劉義慶撰　[南朝梁]劉孝標注　龔斌校釋
鮑參軍集注	[南朝宋]鮑照著　錢仲聯增補集説校
謝宣城集校注	[南朝齊]謝朓著　曹融南校注集説
江文通集校注	[南朝梁]江淹著　丁福林、楊勝朋校注
文心雕龍義證	[南朝梁]劉勰著　詹鍈義證
詩品集注(增訂本)	[梁]鍾嶸著　曹旭集注
文選	[梁]蕭統編　[唐]李善注